朱恒夫　主编

中国傩戏剧本集成

松阳夫人戏·永康醒感戏

徐宏图　编校

上海大学出版社

图书在版编目(CIP)数据

松阳夫人戏·永康醒感戏/徐宏图编校. —上海：
上海大学出版社,2018.12
(中国傩戏剧本集成/朱恒夫主编)
ISBN 978-7-5671-3432-4

Ⅰ.①松… Ⅱ.①徐… Ⅲ.①傩戏—地方戏剧本—作品集—浙江 Ⅳ.①I236.55

中国版本图书馆 CIP 数据核字(2018)第 301384 号

责任编辑　傅玉芳　庄际虹
封面设计　柯国富
技术编辑　金　鑫　钱宇坤

中国傩戏剧本集成
朱恒夫　主编
松阳夫人戏·永康醒感戏
徐宏图　编校
上海大学出版社出版发行
(上海市上大路 99 号　邮政编码 200444)
(http://www.press.shu.edu.cn 发行热线 021-66135112)
出版人　戴骏豪
＊
南京展望文化发展有限公司排版
江阴金马印刷有限公司印刷　各地新华书店经销
开本 710mm×1000mm　1/16　印张 19.5　字数 328 千
2018 年 12 月第 1 版　2018 年 12 月第 1 次印刷
ISBN 978-7-5671-3432-4/I·513　定价　98.00 元

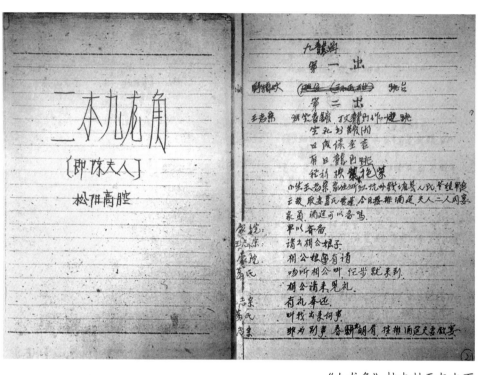

《九龙角》抄本封面与内页

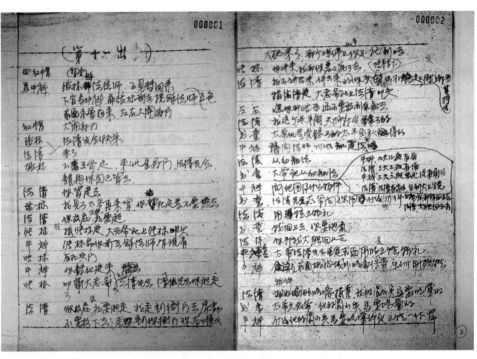

《九龙角》抄本内页

《逝女殇》抄本内页

《逝女殇》抄本内页

总序：论傩戏与傩戏剧本

朱恒夫

在中国戏剧的大家庭中，傩戏是极其重要的成员。不仅历史悠久、种类繁夥、分布较广、观众众多，还因其所具有的强大的宗教功能，与人们的生活甚至生命紧密地联系在一起。一般的戏剧，只有审美与教育的作用，而无关人们的生活与生命，故而可演可不演、可看可不看。而傩戏则不是这样，任何一种傩戏自它形成之日起，就成了一种民俗事象，或在规定的时间内，或在与神灵"商约"的时间内，不但必须演出，而且必须观看，甚至组织者或观众也要在一定程度上参与"表演"。

然而，如此重要的戏剧形式，却长期没有得到学术界应有的重视。傩戏从萌发时算起，迄今已有数千年历史，而傩戏的研究，只是从 20 世纪才开始，而且是零星的、断断续续的，使得绝大多数人在 20 世纪 90 年代之前都不认识"傩"字，更不要说它的形态、特征和价值了。

直至 20 世纪 80 年代中期，随着"中国戏曲志"编写工作的开展，全国进行民族戏剧的普查活动，许多省份的傩戏才从历史文献与活态的民间风俗中浮现出来。于是，在"文化寻根"与保护文化遗产的背景下，戏曲学、民族学、人类学、宗教学等学术领域的专家们携起手来，不断地掀起傩戏及傩文化的研究热潮。尤其是在成立了"中国傩戏学研究会"之后，傩戏的研究成了一种常态性的学术工作。迄今为止，中国傩戏学研究会以及相关机构举办了三十多次国内国际的大型学术研讨会，出版了四百多部有关傩戏及傩文化的调查报告、学术著作、傩祭或傩戏的画册，搜集到了数以百计的傩戏手抄本。更让人欣喜的是，在其过程中，形成了一支较为稳定的有百人之多的专家学术队伍。

当然，傩戏研究尽管取得了一定的成果，但实事求是地说，仍处在起步的阶段，有许多问题的讨论还停留在表层上，还有一些问题则从来没有涉及过，譬如，傩戏该如何定义？不同地区的傩戏之间有什么关联？傩戏的剧目是怎样产生的？每一种傩戏中的神灵形象是如何形成的？傩戏有哪些宗教成分，它们是如何融合在一起的？等等。而要深入地讨论这些问题并取得突破性的进展，前提条件是研究者必须掌握较为丰富的傩戏资料，即了解傩戏的演出过程、傩戏所在地区的文化生态环境和读到能够进行纵横比较的各地各种类的傩戏剧本。

一、傩戏的名称、分类与定义

旧时的傩戏几乎遍布全国城乡，就是今日，大部分省份仍有留存。由于傩戏所在地区的政治、经济、教育、宗教、民族等背景不同，所以，各地的傩戏会呈现出不同的形态，连名称也因此而不一样。

有的以傩戏主要演出者巫师的地方称谓来命名，如称巫师为"端公"的就叫"端公戏"，有安徽端公戏、陕南端公戏、成都端公戏、云南昭通端公戏等；称巫师为"香火"的则叫"香火戏"，如六合香火戏、金湖香火戏、天长香火戏等。与"香火戏"大同小异的南通、连云港、盐城的傩戏，则因这些地区称巫师为"僮子"，故而皆名"僮子戏"。借巫师的地方性称谓而名傩戏的，还有流行于广西的"师公戏"，流行于湖南、四川等地的"道公戏"（又称"师道戏"），流行于岷江流域茂县、理县等地的"释比戏"。

有的以祭坛的名称命名，如贵州、四川、湖南、湖北等省的一些地方称祭坛为"傩坛"或"傩堂"，故而将在傩坛上演出的傩戏称为"傩坛戏"或"傩堂戏"，如贵州道真仡佬族傩坛戏、土家族傩堂戏、德江傩堂戏、思南傩堂戏等。

有的以傩戏的功能来命名，如源于福建泉州开元寺由僧人演出旨在将亲人的鬼魂从地狱中救拔出来的"打城戏"；河北邯郸武安市和石家庄市井陉县的以扫除不洁、搜拿恶鬼为目的的傩戏"捉黄鬼""拉死鬼""拉虚耗"等；在山西北部经常演出的以消灭旱魃为演出内容的傩戏"斩旱魃"；流行于浙江永康及其毗邻地区的作用在于警醒世人的傩戏"醒感戏"；以去阴壮阳、治病救人为其功能的傩戏"剑阁阳戏""梓潼阳戏""酉阳阳戏""接龙阳戏""江北阳戏""福泉阳戏"等。

有的以人们供奉的神祇命名，如流行于合江县的所供奉的主神为"州人顶戴，视为神明"的隋朝加州刺史、后在神话中被称为"灌口二郎"的赵昱的傩戏，称为"赵侯坛"；产生于云南玉溪澄江小屯村的主神为关羽之子关索的傩戏，名为

"关索戏";演孟姜女万里寻夫哭倒长城故事并借助此戏祈求孟姜女保佑的傩戏,就叫"孟戏"或"姜女戏"。

另外,还有以演出场地来命名的,如贵州安顺的"地戏"。因为该地属于山陵地区,平坦的"小坝子"(平地)较少,而戏剧在小坝子上演出,故有是名。

上面从称谓的角度列举的并不是傩戏的全部,还有一些如贵州威宁裸戛村彝族的"撮泰吉"、藏族的白面具戏、蓝面具戏以及"羌姆",湘西土家族的"毛古斯",广东潮汕地区的"英歌舞",东北各地的"旗香",内蒙古赤峰市的"呼图克沁",青海同仁、民和等地土族的"跳於菟""纳顿会"和以驱邪纳吉、绥靖地方为目的的"目连戏",等等。

这么多的傩戏,可以根据其组织者的身份和演出的场所分为四种:一是民间傩。顾名思义,就是老百姓所组织演出的行傩活动。历史上和现存的傩戏,绝大多数是民间傩。民间傩的历史悠久,《论语·乡党》中所记载的春秋时期的"乡人傩"无疑就是民间傩。二是宫廷傩。即在宫廷中的行傩活动。常为人们引用的《周礼·夏官·方相士》所描述的行傩情形就是宫廷傩:"方相士,掌蒙熊皮,黄金四目,玄衣朱裳,执戈扬盾,帅百隶而时难(傩),以索室驱疫。大丧,先柩,及墓,入圹,以戈击四隅,驱方良。"① 宫廷傩一直延续至清代,只是在规模上,各朝或各个时期不完全一样。三是军傩。军傩肇始于何时,因资料缺失,已经无法溯源,但至迟在宋代即有军傩活动,宋人周去非在《岭外代答》"桂林傩队"中说:"桂林傩队,自承平时,名闻京师,曰'静江诸军傩'。"② 军傩兼有祭祀、操练、誓师、娱乐等功能,贵州的地戏、云南澄江的关索戏等都属于这一种类,所演的多是表现金戈铁马的战争故事。四是寺院傩。为僧人在寺院中演出的傩戏。泉州开元寺和尚所演的"打城戏"、藏族喇嘛在寺庙中演出的蓝面具戏与白面具戏以及"羌姆"即属此类。

形态如此多样的傩戏,要将它们共同的特征抽绎出来进行准确的定义,是一件较为困难的事情,所以,学术界至今在傩戏的概念上也没有取得共识。

若要把握傩戏的性质,首先要对"傩"有正确的认识。《礼记·月令》云:"季春之月,命国傩,九门磔禳,以毕春气。""仲秋之月,天子乃傩,以达秋气。"

---

① 〔清〕孙诒让《周礼正义》,中华书局1987年版,第2493页。
② 〔宋〕周去非《岭外代答》卷七。

"季冬之月，命有司大傩，旁磔，出土牛，以送寒气。"① 东汉高诱对"命有司大傩"做过这样的注解："今人腊前一日，击鼓驱疫，谓之逐除是也。《周礼》：'方相氏，掌蒙熊皮，黄金四目，玄衣朱裳，扬戈击盾，帅百隶而时傩，以索室驱疫'，此之谓也。旁磔犬羊于四方以禳，其毕冬之气也；出土牛，令之乡县，得立春节，出劝耕土牛于东门外是也。"② 由此可见，傩是一种驱除疫疠之鬼、消灭邪气、导致正气，以保人平安的一种仪式。而傩戏是什么呢？中国傩戏研究会创始会长曲六乙先生曾对傩戏的特征做了这样的归纳：傩戏是多种宗教文化的混合产物，它汇蓄和积淀了从上古到近代各个历史时期的宗教文化和民间艺术，面具是它造型艺术的重要手段，其演职员多由巫师们兼任；宗教是它的母体，它是宗教的附庸③。这些特征也可以看作曲先生对傩戏的定义，笔者是基本同意的，但还可以更周详更明确一些。

驱鬼逐疫的行傩仪式开始肯定是较为简单的，渐渐的因增加了许多内容而变得复杂起来，到了汉代，已经十分繁琐了：

> 先腊一日，大傩，谓之逐疫。其仪：选中黄门子弟年十岁以上、十二以下，百二十人为侲子。皆赤帻皂制，执大鼗。方相氏黄金四目，蒙熊皮，玄衣朱裳，执戈扬盾。十二兽有衣毛角。中黄门行之，冗从仆射将之，以逐恶鬼于禁中。夜漏上水，朝臣会，侍中、尚书、御史、谒者、虎贲、羽林郎将执事，皆赤帻陛卫。乘舆御前殿。黄门令奏曰："侲子备，请逐疫。"于是中黄门倡，侲子和，曰："甲作食歹凶，肺胃食虎，雄伯食魅，腾简食不祥，揽诸食咎，伯奇食梦，强梁、祖明共食磔死寄生，委随食观，错断食巨，穷奇、腾根共食蛊。凡使十二神追恶凶，赫女躯，拉女干，节解女肉，抽女肺肠。女不急去，后者为粮！"因作方相与十二兽儛。欢呼，周遍前后省三过，持炬火，送疫出端门；门外驺骑传炬出宫，司马阙门门外，五营骑士传火弃雒水中。百官官府各以木面兽能为傩人师讫，设桃梗、郁櫑、苇茭毕，执事陛者罢。苇戟、桃杖以赐公、卿、将军、特侯、诸侯云。④

---

① 〔清〕孙希旦《礼记集注》，上海古籍出版社1987年版，第83页。
② 〔周〕吕不韦《吕氏春秋·季冬纪》，见文渊阁《四库全书》"子部"。
③ 曲六乙《中国各民族傩戏的分类、特征及其"活化石"价值》，《傩戏·中国戏曲之活化石——中国首届傩戏研讨会论文集》，黄山书社1992年版，第1页。
④ 〔南朝·宋〕范晔《后汉书·礼仪志》，中华书局1965年版，第3127—3128页。

此种繁琐的仪式更像一场按照之前规定的内容来演出的戏剧。其演员就是120人的侲子、方相氏、十二兽的装扮者、中黄门以及各级朝官,其中很多人是化妆"上场"的。他们的表演动作不是随意的,而是须按照程式进行。其表演不仅有动作,还有歌唱与说白,即"黄门令奏曰"与"黄门倡,侲子和"是也。

这种傩仪一直延续至今日,尽管现在的傩事没有汉代宫廷的规模,其内容也不完全相同,但其功能和主要的程序是相似的。如山西上党地区的迎神赛社的祭仪,分为下请、迎神、头场、正赛、末场与送神六个单元。像迎神中的"请土地",主礼引社首、香老等至土地庙前,焚香、献爵,在正式祭祀之前首先以歌唱的方式说明请出土地神的目的,是想让土地神出面邀请各路神灵来共赴盛会。"请"的过程是这样的:① 奏乐侑酒:乐手吹奏低音唢呐与高音咪子,模仿当地民歌中的男女对唱,以让土地神快乐地饮酒。② 泡太阳(祭祀太阳神):主礼唱读《祭太阳文》,略云:"神出自扶桑,照临万方。……四时分其寒暑,八节升降阴阳。民感洪恩,薄奠一觞。……"接着,"前行"① 舞蹈并唱诵:"自从盘古立三皇,金乌玉兔月中望;清晨执盏朝东跪,万道霞光捧太阳。"诵毕,乐队吹【煞鼓】三遍,奠酒。③ 讲酒:由"前行"人员吟诵《酒诗》《尧王显圣酒诗》等,并讲述仪狄造酒、杜康酿酒、刘伶醉酒等故事,其目的仍然是为土地神侑酒。④ 请状文:由主礼面对土地神塑像朗诵。状文大意是:土地神乃百家之宰、一境之司,凡有所祈,必先预报。故请土地神御云驾风,到各地去邀请诸神莅临主庙享赛。朗诵毕,亭士(专门伺候神灵的人员)举起神牌与众执役排班;前行开始演"流队戏";主礼唱诵《上马文》,云:"伏望诸神,天上灵明非凡尘,瞻仰之至。上车马以逍遥,览崎岖之不便,谨请尊神上马!"前行高声传呼:"请尊神上马吃!"呼毕,乐起,前行执戏竹前导,主礼引社首、香老等于鼓乐声中簇拥亭士端捧的诸神牌位行至主庙山门外站定,举行"迎神入庙"仪式②。其过程也是一场戏剧的演出,戏剧的要素——演员、表演、规定的动作、歌唱、说白与一定的时间长度等,基本具备。事实上,全国各地无论是参与其中的演出者,还是观看者,都将傩仪的举行看作是一种戏剧的表演。

---

① 赛祭乐人,一般由乐户担任。手执戏竹,引导乐队演奏,并做致语、诵念祝赞词等工作。

② 参见杨孟衡《上党古赛仪典考》,《赛社与乐户论集》,中国戏剧出版社2006年版,第85—126页。

为了能够请来为人们驱邪纳吉、消灾赐福的神灵，并让请来的神灵高兴，也就是娱神，主持傩事的巫师等人除了献上牺牲供品与香火之外，主要任务就是向神献艺。其艺不外乎奏乐、歌唱、舞蹈、杂技与戏剧，而音乐往往又是与歌唱、舞蹈、戏剧结合在一起的。

在行傩活动中的歌唱，一般称之为"傩歌"。歌唱的内容较为广泛，多是描写行傩的过程、牺牲与供品的特性、所邀请的神灵的生平来历和本领、愿主家的心愿、神话故事，等等。如湖南沅陵县七甲坪的傩歌《上熟歌》：

锣沉沉，鼓沉沉， 惊天动地谢神灵。 鼓震三通催声急， 雷响一声雨来临。
许愿之时敬茶许， 还愿之时斩三牲。 许愿合家同心口， 今宵还愿口同心。
许愿之时峨眉月， 今宵还愿月团圆。 好比隔江叫渡子， 过河感谢渡船人。
芭蕉叶上千条路， 条条路上是分明。 许愿好比吃娘奶， 还愿长大报母恩。
王字点头神做主， 土旁添申镇乾坤。 红旗插在绿旗内， 红红绿绿谢上神。
户主三牲摆在仙台上，未见皇王亲口尝。
不是我王爱贪这口气，略表信士一片心。
满堂蜡烛如星斗， 昼夜长明不熄灯。 借动祖师三昧火， 枝枝头上放光明。
两旁敲动锣和鼓， 劝神上熟酒三巡。（吹角，请神，又吹角）

这一傩歌是代表愿主向神灵介绍举行这一次傩事活动的原因和表示对神灵虔诚的态度。傩歌多数是叙述体，但巫师的歌唱和琴书、评弹等说唱曲艺不一样，他们不是坐着的，而是站着并进行表演，甚至常常会进入角色，成为某一个神灵。

舞蹈是傩事活动中运用得最多的一种艺术表现形式，可以说，古往今来，没有一个傩事活动是不跳舞的，以至民间常以"跳"字来表述傩事活动的特征，所谓"跳大神""跳竹马""跳八仙""跳於菟""卡尔（跳）羌姆"等。根据艺术发展的一般规律，舞蹈先于说唱，更早于叙事性的说唱，所以，舞蹈应该是行傩活动肇始时期的艺术形式之一。之后，尽管傩事中融进了许多艺术形式，但是仍有许多地方的傩事依然以舞蹈为主，最典型的就是江西南丰的乡傩。它的主要节目有《搜傩》《搜间》《搜除》《装跳》《开山》《魁星》《财神》《杨戬》《哪吒》《金刚》《大肚罗汉》《判官刷簿》《傩公傩婆》等。一些学者认为，叙事性舞蹈属于戏剧，并名之为"哑傩戏"。其实，这些舞蹈皆在傩戏的范畴之内，因为表演者并非以"我"的自然形象来舞蹈，而是以神灵的形象来舞蹈，每一个舞蹈节目在整个傩事中都是有机的组成部分，与其他事项构建了较为紧密的逻辑关系。再说，它们都有一定的叙事性,并有着较为浓郁的文学意蕴。所以,不能说叙事性明显的舞蹈为"哑傩戏",其他的就不是。

傩事活动中还有特别引人注目的杂技表演,即表演者呈现其特殊的技能。譬如贵州道真仡佬族在行傩活动中常常表演煞铧、开红山、化骨吞签、过刀桥等技艺。煞铧的表演为:巫师赤着手从熊熊燃烧的灶膛中取出烧得通红的铁铧,迅速跑到做傩事的堂屋,赤脚在火红的铁铧上摩挲,然后再用牙齿咬住虽然已经不红但温度仍然很高的铁铧,在围观的人群前面走上一圈,让人们感受到铁铧的炙热。最后,用桃木棍夹住铁铧,将含在嘴里的桐油喷在铁铧上,铁铧立即燃起火焰,巫师便夹着燃烧着的铁铧到愿主家的居室、牛栏、猪圈、茅坑等处驱邪。有的煞铧表演更令人惊骇,巫师先在普通的一般用来做纸钱的两张黄草纸上画上符咒,同时口中念念有词。然后将这两张纸各裹在两只铁铧的一端,再用两手抓着裹纸的地方而其他部位已经被炉火烧得通红的铁铧舞蹈,黄草纸自始至终没有被点燃,巫师的手更没有被烫伤。在山西的潞城等地的傩事中,有一些被称为"马神"(又称"马披""马界""马狴"等)的巫师,会做这样的表演:用一根铁条穿过两腮,然后手持一把大铡刀,随着锣鼓的节奏,手舞足蹈[①]。巫师之所以做这样特殊技能的表演,大概是出于如下两个原因:一是显示神祇超凡的本领,以此威慑鬼祟,同时也让俗众信服;二是用这样的方式向人们表示驱邪的神灵不但能够给人们带来平安,还愿意代替人们承受巨大的苦难。这些特技的演出,虽然没有说白,没有歌唱,而只有动作,但是我们不能仅仅把它们看作杂技表演,就好像我们不能把戏曲中的刀枪对打、翻跟斗、窜毛、僵尸等说成是武术表演一样,因为它们已经融进了整个驱邪纳吉的傩事之中,特技不是为了炫耀巫师的本领,而是为了增强俗众对神祇的依赖度,和让傩事达到预期的效果。因此,它们也属于"戏"的表演。

我们在衡量傩事活动中的表演是否为傩戏时,不能用戏曲的标准,更不能用西方的歌剧、舞剧或音乐剧等戏剧的尺子,因为傩戏的源流历程比起戏曲或西方的戏剧要长得多,在功能上要多得多,对人的影响力也大得多。它除了在戏曲兴盛之后受过戏曲的一些影响之外,基本上是按照其已经形成的规律在运动,从没有在本质上做过多少改变。因此,我们应该这样来认识傩戏:

---

① 参见张振南、暴海燕《上党民间的"迎神赛社"再探》,《中华戏曲》1996年第1期。

它的功能主要是驱邪纳吉、祛病消灾，以保一个人、一个家庭、一个家族、一个村庄乃至数个村庄的安宁。这样的功能是它的生命力所在。它之所以能从简单的傩仪发展为内容繁复的傩戏，其根本原因就在于人们将它看作是身体健康、五谷丰登、六畜兴旺、家庭和顺、地区安宁的保障。它虽然也有娱人的功能，但仅是客观上衍生出来的。

它的演出不是在戏台上，也不是固定在一个地点，家族的祠堂、家庭的堂屋、打谷场、道路等，都是它表演的场所。如果说它有剧场的话，那么这个剧场包含着整个村庄。

它的演职人员除了巫师外，更多的是愿主家庭的成员或一个家族、一个村庄的成员。后者既是观众，又是演员。而做演员时，不是应差式的参与，而是全身心的投入，因为在他们看来，参与表演不是娱乐，而是事关自己与亲人命运的否泰。

它的演唱内容，是叙述体与代言体相结合，并以前者为多。然而，即使是叙述体，无论是演唱者本人还是观众，都不认为这是说唱，而认为是在表演。因为演唱者们完全不像一般说唱曲艺那样，坐着讲唱，而是歌唱与表演相结合，许多时候，歌唱只是表演的解说。

它的演唱程序都与"神"有关，一般分为请神、娱神、神灵驱邪、送神四大段。当然，不同地区、不同种类的傩戏不完全相同。像贵州道真仡佬族傩戏的程序为：开坛、申文、立楼扎寨、迎兵接圣、交标合会、抛傩、开洞、灵官镇台、走阵出神、和尚检斋、差兵发票、领牲、催愿撤愿、回熟、将军统兵、判官勾愿、造船造茅、游傩送圣。其中的"抛傩"就是娱神性质的表演：由巫师两人扮成生、旦载歌载舞，先唱混沌初开之时洪水泛滥，伏羲、女娲躲进葫芦幸免于难，由金龟道人做媒，两人结为夫妻从而繁衍了人类这一故事。然后演唱孔圣人、佛祖、老子的生平。演唱毕，将诸神请上傩坛接受祭拜。安徽贵池傩戏的演出程序则为：请神、启圣、请三官、新年斋、问社公或问土地、逐疫、送神、朝庙等。我们以新年斋为例，来看看他们是怎样演出的：它仿照佛教法事，为亡灵超度。主演这一仪式的是一帮和尚和全村各家各户的家长。傩戏演出至上半夜后，开始举行新年斋仪式。祠堂大厅的正中设一条案，铺红色桌帷，案上置法铃、惊堂木、如意、净水钵、朝笏板等，并摆设烛台、香炉、食品等。做斋时，由戴着面具的老和尚带领戴着面具的小和尚上场，后面跟着各户家长，大家手持着香，在佛号声中绕案而行。老和尚行至案前，小和尚侍立其后，家长们则肃立在小和尚的后面。老和尚一边摇铃、一边唱请神词："恭闻：香烟缥缈满虚空，瑞气氤氲绕坛中。惟愿众圣临法会，耍戏龙神请来临。南无香云界，菩萨摩诃萨……"以此来邀请各路神仙参与法会①。由"新年斋"的过程可见，它既是仪式，也是"戏"的形态。所以，仪式就是"戏"，为傩戏的一个组成部分。

它通过面具来塑造神灵、英雄、凡人与魔鬼的形象。面具在我国有着悠久的历史，早在宋代，广西桂林地区的面具艺术就十分成熟。陆游在《老学庵笔记》中介绍道："政和中，大傩，下桂府进面具。比进到，称一副。初讶其少，乃是以八百枚为一副。老少妍陋，无一相似者，乃大惊。至今桂府作此者，皆致富。天下及外夷，皆不能及。"②面具在傩戏中起着这样的作用：一是让同一个神灵或俗世的英雄有着固定的貌相。如果不用面具，那么不同的人装扮的同一个神，就会有不同的形貌，这不但不便于人们辨识，还会让人们怀疑他们的真假和神圣性。二是突出他们的相貌特征，由其形貌而表现出他们的性格、本领。天上的玉帝、人间的国王，其面具形貌都是天庭饱满、地阁方圆、两耳垂肩、嘴阔鼻直，以显示出他们雍容华贵之态；佛祖、观音或道教的太上老君，总是慈祥睿智，并有一种超凡的风姿，让人们情不自禁地生出敬仰之心；武将如关公、张飞、周仓、关索等，虽然面部的色彩不一，但都显得威风凛凛、英武之气逼人；而驱邪逐疫的神将，大都面目狰狞、气势汹汹；那些瘟神或邪魔外道，面部则会有一种残忍的煞气，使人见了会不寒而栗。三是便于演员快速地转换角色，因为在傩戏活动中能够扮演神灵的演艺人员不会很多，一个人必须要演数个角色，倘若每换一个角色，就要进行面部化妆，必然会中断演出，而换面具则是在瞬间就能完成的事情。再说，对于经济条件较差的偏僻乡村来说，化妆颜料会是一笔不小的开支。就全国而言，绝大多数种类的傩戏都有面具造型，面具已经成了傩戏一个凸出而鲜明的特征，一些人常会以"戴面具戏"来指代傩戏。

总而言之，傩戏是这样一种戏剧：它旨在祈请主持正义的神灵驱除给人们带来病害、灾祸的妖魔鬼祟和阴邪之物，以保障人们的健康、安宁，并能满足人们符合实际的生活愿望，如生儿育女、暖衣饱食等；它以巫教为思想基础，在其发

---

① 参见王兆乾《贵池傩戏剧本选》，施合郑民俗文化基金会1995版，第564—565页。
② 〔宋〕陆游《陆放翁全集》（上册），中国书店1986年版，第2页。

展过程中，接受了道、佛、儒的思想与祭祷方式的影响；它以舞蹈、说唱、戏剧等艺术形式来迎神、娱神和送神，并大多用面具装扮神灵及世俗人物来演述故事。这些艺术形式的综合程度有低有高，然而，"表演"是它们的主要特征，因而，不论是舞蹈，还是叙述体的说唱，按照传统的标准和民众的习惯认知，都属于"傩戏"。

二、傩戏剧本的内容

如上所述，傩戏不同于一般的戏剧，那么傩戏的剧本，也就不同于一般戏剧的剧本，有的以舞蹈为主的傩戏，一般都没有剧本。那么，有剧本的傩戏，其内容有哪些呢？

一是开坛、请神、安位、送神等各种科仪和叙写所供奉的祭品与所请神祇的基本情况，等等。如云南保山香童戏的"开坛"：

掌坛师：日吉时良，黄道开坛。

众：日吉时良，黄道开坛。

〔击响器大小坎。

掌坛师：开坛祈请，

众：天降吉祥。

〔击大小坎。

掌坛师：锣鼓齐备，

众：灯烛辉煌。

掌坛师：鼓派三通，

众：万神降临。

〔击大小坎。

（唱）：灯花合会亮沉沉，灯烛荣光火烛金。

照似红莲开水面，香焚金炉起祥云。

掌坛师：无上虚传，证无上道。志心诚念，奉神酬愿，保安下凡。

〔念愿主名讳，愿主捧香三炷坛前下跪。

×××及合家人等，维日具诚，上干大造，下情专为：家道欠顺，人丁有灾，病魔缠身。发心告许，以就坛庭，酬神表愿，庆祭消灾事。开坛位前，摆起坛场，设立方位，于宝炉中，香焚三炷。初炷香（愿主上香）、二炷香（愿主上香）、三炷香（愿主上香）。三香已毕，一叩首（愿主叩首）、再叩首（愿主叩首）、三叩首（愿主叩首）。叩首已毕，伏位下跪（愿主家大小人下跪）。发动乐音，具有净水神咒，法事排班。伏以三清上帝，原在九霄之境，下民所奏，不离五岳之香。吾已清衣洁身，焚香乞请：

掌坛师（唱）：五方五德五龙君，

　众（唱）：四方四隅四神君，

　甲（唱）：天德君、地德君、日精月华君，

　乙（唱）：九凤破秽大将军，

　丙（唱）：东净夫人、西池玉女，

　丁（唱）：刘令火灵大将，

　甲（唱）：铜头铁额大神。

掌坛师（唱）：解秽局中，合千官君将，仰请诸神，执符掌剑，制火留令，请降五龙神水。

　　　　　〔抬圣水碗。

　　　　　金光正气，流入水中，助我荡秽。伏引水者，浩浩荡荡，渺渺茫茫，鱼龙得之而变化，河海得之以汪洋。如何秽而不灭，厌而复藏。一滴遍洒，六尘自亡。

　　　　　〔衔水喷洒，鼓乐齐鸣。

　众（唱）：安安红红，众神聚首。邪魔鬼怪，敢有不顺，化作微尘。叫有净天地神咒，排班赞念。①

……

表明愿主对神灵恭敬之心、祈求的愿望和介绍所请的神祇。请来神灵，自然要好好地招待，那么，请神灵馨飨的祭品有哪些呢？巫师要一一予以介绍，如南京六合香火戏的"果品"：

　　献上王前有供养，　五色果子敬神王。　鲜桃鲜果王前献，　花红李子满盘装。

---

① 参见倪开生《保山香童戏研究》，中国戏剧出版社2009年版，第204页。

四月樱桃初上市，　五月食桃喷鼻香。　六月阳桃街上卖，　七月葡萄满架黄。
中秋又把红菱卖，　南来荔枝已上行。　打开石榴千颗子，　劈开西瓜粉红瓤。
圆眼荔枝金装就，　宣州栗子皮又黄。　花生名叫长生果，　瓜子绵绵寿又长。
核桃原是粮糠货，　柿饼沾了一身霜。

夸耀祭品数量多而贵重，其目的是想让神高兴。在有的傩戏中，介绍的供品有一百多种，非要花上两三个小时才能完成。这一内容虽然繁杂、冗长，但它表现了这一次傩事活动的庄重和愿主诚意的态度。

如果说介绍祭品是对神灵的，那么，介绍神灵的生平、本领则是对愿主与观众的，如六合香火戏"请土地"：

张公土地本姓张，　住在东南拐角上。　娶的妻子萧氏女，　同交三夜各分张。
后来刘王登天下，　封你官职伴孤王。　封你不为别官职，　封你张公土地王。
封你江南做土地，　封你江北管田庄。　弟子祝庆喜乐会，　请你家去受真香。

将所有被邀请的神灵全部介绍给愿主，既是对神灵的尊重，也是让愿主与观众认识这些用面具造型装扮的"神灵"，同时，也显示这场法事的规格和巫师与神灵沟通的本领。

二是有关神灵的故事。傩戏所涉及的神灵很多，如江淮神书中重点摹写的就有土地神、阎王、陈文进、牛王、火德星君、城隍、东岳天齐仁圣王、赵公元帅、昊天王都天神、灶君、军王、二郎神、寿星彭祖、圈神、观音、黄桂香、华主神、牛栏夫人，等等。贵州德江傩堂戏剧目中作为主人公的神灵则有天仙、土地神、开山神、五路财神、孟姜女、龙王女、庞氏女、八仙，等等。许多种类的傩戏都有孟姜女的剧目，有的傩戏甚至只演孟姜女的故事而不演其他剧目，如江西省广昌县的"孟戏"，1950年前流行于浙江上虞、绍兴、嵊县以及余姚、新昌部分地区的"姜女戏"，即是如此。人们不说这类傩戏为"演戏"，而称之为"做孟姜"。傩戏如此青睐孟姜女故事的题材，当然是因为该剧反映了老百姓反对暴政、渴望家室团圆、实现男耕女织生活理想的愿望，但更重要的原因还不是这些，而是它能够满足人们借助神灵的力量让死在外地的亲人进入天堂和让活着的人们一生顺利的心理。在人们的心目中，孟姜女绝不是一个普通的女子。若是普通的人，她怎么能够独身一人，跋山涉水，闯关过卡，万里迢迢到达苦寒的边塞之地呢？若是普通的人，仅凭凄苦的哭声，岂能把坚固的长城哭倒？若是普通的人，她一个普通的女子，怎能让秦始皇率领文武大臣为其死去的丈夫范杞良披麻戴孝、举行国葬？她一定不是个普通的世俗之人，而是具有非凡本领的神灵。于是，各地纷纷建造孟姜女的庙宇祠堂，以祭祀这位女神。既然是神，就会具有非凡的能力，只要敬之祀之，就能求得她的护佑。在这种心理的支配下，人们纪念她和传播她的事迹，不仅仅是同情她的不幸命运和借助于她哭倒象征着暴政的长城来宣泄对现实政治的不满，而更多的是祈求这位平民出身的神祇赐予他们福祉。于是，孟姜女就担负起了让人们生活幸福、平安的任务，被人们奉为招魂神、河堤神、庄稼神、蚕神乃至送子神。

三是世俗人物的故事。譬如贵州安顺地戏的历史演义故事，其剧目《东周六国志》《楚汉争锋》《三国英雄志》《大反山东》《四马投唐》《罗通扫北》《薛仁贵征东》《薛丁山征西》《薛刚反唐》《粉妆楼》《郭子仪征西》《飞龙传》《初下河东》《二下河东》《三下河东》《九转河东》《二下偏关》《八虎闯幽州》《五虎平南》《五虎平西》《岳飞传》《岳雷扫北》等，其主人公都是世俗人物。安徽贵池傩戏《刘文龙》《包公放粮》《关索与鲍三娘》，贵州傩堂戏《搬师娘》《毛鸡打铁》《秦童》，重庆酉阳土家族苗族自治县阳戏《大孝记》《蓝继子》《解带封官》《杜老送子》《冬梅花》，湖南辰州傩戏《洗罗裙》《郭先生教书》《董儿放羊》《捡菌子》《毛三编诓》《小姑贤》《花子嫁妻》《挑女婿》《卖纱》，等等，所演的也都是世俗人物的故事。

这类剧目又可以分为三类：一是表现朝代鼎革、金戈铁马的故事。其主要人物都是历史上的真实人物，这方面最为突出的是贵州安顺地戏的剧目。由其内容可以看出，它们大都是根据小说、说唱等叙事文艺作品改编而成的，因此，比起其他的傩戏剧目，相对晚出，至少在历史演义、平话等文艺形式出现之后。据传说，安顺地戏已经有六百多年的历史，源自明洪武年间。洪武十四年（1381），明太祖朱元璋调集来自赣、皖、苏、浙、豫等地的三十万大军远征云贵，在扫清了元蒙在彼地的残余势力之后，令官兵就地驻扎，设立卫、所，以戍守边陲。后官兵在此成家立业，平日耕种，战时打仗，而聚集之处，名为"屯堡"。屯堡人为什么会搬演表现军队战争故事的地戏呢？据《续修安顺府志》记载："当草莱开辟之后，人民习于安逸，积之既久，武事渐废，太平岂能长保？识者忧之，于是乃有跳神戏之举。借以演习武事，不使生疏，含有寓兵于农之深意。"原来是出于操练习武的动机。当然，可能这些军人的后代还想借助演述历史英雄的戏剧，保持并发扬先辈忠君爱国、勇于牺牲、秉持正义、公而忘私、除奸反暴、行侠仗义的精神。而地戏的形式则源于屯堡人祖籍之地的傩戏，这从地戏所供奉的神灵、祭仪、面具和演唱的声腔，可以看出它与祖籍之地皖、赣、浙、豫等地的内在联系。二是演述发奋努力、改变命运的故事。如安徽贵池傩戏《刘文龙》、六合香火戏《朱买臣》等。《刘文龙》写书生刘文龙为了读书有成，"勤不懒，古今书，三坟五典习如初。九曲八索皆通晓，朝乾夕惕莫糊涂"。在考中状元之后，旋即领兵出战，收复失地。在牧守地方时，则锄强扶弱、爱民如子，得到了民众由衷的爱戴。他不但自己事业有成，还光宗耀祖、封妻荫子。《刘文龙》这一剧目的题旨就是剧中所揭示出来的："少小须勤学，文章可立身。满朝朱子贵，尽是读书人。"《朱买臣》的故事一直在民间盛传，他的否极泰来的命运能增强读书人对未来的信心。他在落魄之时："典田当地又欠债，一连几次遭天火，贫穷落魄苦难挨。田产卖尽无处住，搬到窑塘住下来。买臣本是攻书客，无奈山上去打柴。日间山上将柴打，晚上回来念文才。买臣哪天受过苦，思前想后苦在怀。越思越想心烦恼，崔氏妻子苦难挨。十冬腊月天寒冷，只见雪花落下来。没米下锅将饿死，只得高山去打柴。十冬腊月下大雪，想余柴米哪块来？"守不住贫寒的妻子逼使他写下休书不算，还残忍地羞辱了他一番："你今若有官来做，东边日头打西来；你今若有官来做，江心磨子滂（漂）起来；你今若有官来做，铁树生根把花开；你今若有官来做，转世为人再投胎。自己尿尿照影子，照照你的好文才。头上帽子又无顶，身上蓝衫几十块。脚上穿的破袜子，又穿一双坏蒲鞋。"然而，他终因学富五车、满腹经纶，命运发生了逆转。在被朝廷发现之后，先做了京官，后又被委任为家乡会稽郡的最高长官。这一剧目告诉观众：只要积极向上、锲而不舍，一定会由贫转富、从卑至高。很明显，这类剧目有着激发人不甘平庸、奋发图强的励志作用。三是暴露底层社会猥琐、粗鄙、自私、卑劣的各色人生，从而对不良的行为予以批判。如辰州傩戏《毛三编诓》：赌徒毛三为了能在过年前骗取一笔钱财，和年轻的寡妇表妹串通一气，诓骗有钱的毛老大，故意将表妹介绍给他，表妹假说同意，以取得毛老大的信任。在获得四千元的聘金与媒钱之后，毛三将一个不知情的老婆婆张妈妈背进了毛老大的房里。再如《郭先生教书》说的是一个不学无术的木匠，因被李员外看中而做了教书先生，他对《关雎》是这样讲解的："'关关'是一个人，'雎鸠'是只大斑鸠。'在河之洲'，一是走到河内，二是走到沙洲。'窈窕淑女'，就是一个体面女子；'君子好逑'，就是一个相公，揣的一个好球。"如此误人子弟的教书先生，却在头一次见到学生时，不断地叮嘱道："莫忘记把你屋里好吃的东西帮我带点来。"将这些形形色色的人与事揭露出来,以让人们看清其"丑陋",给予无情的嘲笑,无疑会起到警示人心、净化心灵的作用。

或许有人会说,演述世俗人物故事的剧目与傩事活动的宗旨关系不大,因为它们没有驱邪纳吉的作用。其实不然,演述的无论是历史演义故事,还是普通人的生活故事,都能有助于提升所在环境的正气——公正忠勇、敬老爱幼、友好善良、济贫恤弱、勤奋刻苦、积极向上等。当正气浩然充盈了,邻里或家庭成员之间的关系自然就会和谐,大家便能同舟共济,一起享受生活的美好,也一起面对着天灾人祸,这样,邪气就会受到抑制,由邪气带来的灾难也就难以生发了。

三、傩戏剧本的价值

留存于今日的傩戏剧本,大大小小的约有四五百种,总字数在一千万字以上。由于傩戏为民间草根文化的一种表现形式,不但不为统治阶级和士绅阶层所欣赏,反而经常会被他们禁止,所以,傩戏的剧本几乎从没被刻印过,绝大多数或以手抄本形式流传,或以无文字刻印在心的方式流传。又由于傩戏的内容在巫师看来具有祈神降福、驱邪纳吉的神性,故多秘不示人,其演出传承的方式一般也是以家族为单位代代相传。这当然会造成剧本的佚失与收集的困难,但是,也使得剧本的内容具有相对的稳定性。

一般人认为,支配我国社会的文化,是儒家文化、道家文化与释家文化,其实,还有对底层社会影响甚大的巫师传布的傩文化,而傩戏就是傩文化原态的呈现。通过它们,我们可以直接触摸到旧时底层社会的脉搏。

由于傩戏蕴藏着在漫长的历史发展过程中所累积的民间宗教、伦理、艺术、宗法制度、民俗、语言等丰富信息,故而有着重要的价值。

一是它表现了下层民众的宗教观、伦理观、政治观、历史观,融入了底层百姓对人生、社会、天地的认识,表现了他们对生活的态度,以及在叙述故事时对大量的民俗画面所作的生动的描绘,能为宗教学、伦理学、历史学、民俗学、方言学等学科提供在一般文献中难以见到的资料。我们仅以傩戏所提供的下层民众的宗教观和所在地方的民俗事象为例,来了解傩戏中信息的丰富程度。

众所周知,底层社会的民众受巫教的影响很深,认同多神观念,相信神祇有严密的组织体系,除了天上、人间、阴间这三维的世界中有一个职位最高的神统领着诸神之外，每一个地方，每一个领域都有神祇在管理，山有山神，河有河神，树有树神，城市有城隍、乡村有土地公。就是一家一户，也有很多神：门神、灶神、茅坑（厕所）神，等等，各有职责。既然有正面的神灵，也就会有反面的魔怪。它们也各有分工，有的是给人带来疾病的，有的是造成火灾的，还有的是劝人投河上吊的，等等。那么，到底有多少神灵与魔怪呢？可能就是专门研究巫教的专家也弄不清楚，而各地的傩戏却有着较为详细而真实的反映。如果将各地傩戏中所敬奉的神灵和驱除的魔怪鬼祟的名字与数量一一统计出来，大概就能弄清楚巫教的整个神灵与魔怪的谱系。

傩戏在民俗事象的表现上，是其他艺术形式难以望其项背的。从民俗的角度上说，每一部傩戏，就是一幅摹写逼真、色彩鲜明的民俗画卷。有的傩戏和民俗紧密地结合在一起，成了民俗事象的有机组成部分，如四川阿坝羌族释比戏《婚嫁》就是这样。该剧常演出于生活中真实的新郎、新娘成亲的喜庆的日子里，而演出的场所就设在新郎家。当迎亲的队伍到达寨门时，释比让新郎站在家门口等候，并在门口放上"攒煞"的条桌。新娘由迎亲的人从轿中背下来，后面则跟随抬着嫁妆的送亲队伍。新娘到了门口后，神情严肃的释比，口中念念有词，并用手象征性地在新娘身上拍打，以驱逐附在新娘身上的"煞气"。新郎的家人或其他人此时怕这股"煞气"附到自己身上，都远远地离开。新郎这时则站在释比的旁边，佯装满脸怒气地望着红布盖头的新娘。"攒煞"的法事做完后，新娘由媒人牵着交给新郎。接着，一对新人进入堂屋，在释比的引领下，拜六合、拜祖宗、拜阿爸阿妈与夫妻对拜。拜完之后，进入新房，释比于此时歌唱祝福词："今天日子好，是双月和双日。心里很高兴，前十年的订婚今天会，男女双双配成婚。男的坐男位，看男的；女的坐女位，看女的。男女成双后，要像山羊一样发展合群，要像蜂子一样顾家勤劳。一匹山的森林不够插杆，一匹山的箭竹也不够插酒杆。火堂里的火烟不断，房顶神杆永久在，阿爸阿妈的财产永久有人继承。站起来能顶门户，坐起来接待客人。……"① 释比的歌唱远不止这些，他可以即兴编唱，见人唱人，见物唱物，所唱皆为祝福的内容。更为精彩的是与新人一问一答式的盘歌，其内容插科打诨，诙谐滑稽，且多是与激发情欲有关。这样的风俗画面，

---

① 参见严福昌主编《四川少数民族戏剧》，四川大学出版社2007年版，第192—193页。

是旧时的，今日已经不多见了，所以，随着时间的推移，这一剧目的民俗文献的价值会越发珍贵。

二是它活生生地表现了地域文化，能够让读者了解到一个地方的文化精神。每一个地域因其地理条件、经济方式、宗教信仰、民族成分、宗法组织等不完全一样，由它们形成的地域文化便有了很大的差异。而地域文化对于生活在该文化圈中的人的价值观、伦理观、社会观等有着深刻的影响，会使群体形成相同或相似的观念，这些观念以及观念支配的行动又成了该地域文化精神的显性表现。地域文化是一个庞杂的概念，很难用抽象的语言准确地描述出来，要体认一个地域的文化精神，最好的方式是亲身进入该地域，并在相当长的时间内，通过参与或观察去把握。而这样的做法，对于大多数从事文化研究或想了解某个地域文化的人来说，是比较困难的。一般的做法是将反映该地域的文艺作品作为文化资料，去分析研究。而在诸多文艺作品中，傩戏所表现的文化精神是最接近原体的，因为傩戏的创作者基本上都是生活于该文化地域的人，又因这些人读书不多、很少与外界交往，受域外文化的影响程度很低，故而他们的观念、语言、行为等，无不体现着地域的文化。看了他们所创作、所扮演的傩戏，就能基本把握或了解他们所在地域的文化精神。像传统藏戏的大多数剧目所表现的都是佛教的惩恶扬善、利他主义思想，如八大传统剧目之一的《卓娃桑姆》叙述了这样的故事：古门隅蔓扎岗国王格勒旺布，在寻找丢失的猎犬时，于密林山沟之中，发现了白房人家中由空行母化身的卓娃桑姆，便将她娶回王宫。此后，国王在卓娃桑姆的感化下改恶从善，相继得到一男一女。魔妃哈江和恶仆斯莫朗果勾结设谋，想害死卓娃桑姆母子三人。卓娃被逼无奈，飞返天界。魔妃又授意斯莫朗果用毒酒使国王神志迷乱，并将其关入狱中。尔后，多次派人去杀害逃跑在外的卓娃桑姆所生的姐弟俩。最终，姐弟俩在天神与牧民的帮助下，不但没有被害，反而各掌一国，与被解救出来的父亲，过上了幸福的生活。魔妃与恶仆则受到了应有的惩罚。《赤美滚登》则是宣扬利他主义的代表性剧目。剧中百岱国王子赤美滚登，是一个信仰坚定的佛教徒，抱着"只要有人需要，一切东西都愿施舍予人"的宗旨，劝父王慷慨布施，以使穷苦、贫困之人获得温饱。他自己则连双眼都挖出来施舍给盲人。最后，他的行为感动了敌国国王，与敌国化干戈为玉帛；也感动了神佛，让他双目复明；坐上了王位后，在神灵的护佑下，风调雨顺，国泰民安。这样的剧目渗透着藏区的文化精神，即：诸恶莫作，众善奉行，信仰正法，戒行正道，慈悲为怀，知恩报恩等。

三是它融进了许多民间故事与历史传说，是一座内容极其丰富的民间文学宝库。傩戏演述的故事多是当地盛行于民间的传说，而且代代积累，并通过一个主干性的故事将若干小故事串联起来。从事傩事活动的人，不论是巫师、道士，还是普通人，他们都是当地的"故事篓子"，像苏北地区的香火僮子、安顺屯堡长期演地戏的农民，对于从商周到元明的历史故事，可谓如数家珍。其他地方像傩坛掌坛师这类人，对于当地的各种民间故事几乎无不能讲。有些故事因产生时代较远，现已经不为一般人所知，但仍存在于傩戏之中。譬如"秦始皇赶山塞海"的传说，旧时广泛传播，而且不同的地方，情节还有很大的差异，然而，今日60岁以下的绝大多数人都没有听说过这个故事了，但它仍存在于江淮神书"唐忏"中。传说略云：秦始皇修筑长城时，挖出了一匹像麒麟似的石马。始皇要骑这匹石马巡视天下，可石马不动，他便逼使文臣武将找出让石马奔驰的办法，找不到办法便立即处死，一连几日，屈杀了上百个朝臣。在即将处死大臣洪宗时，玉皇差太白金星到月宫砍下梭罗树，与老龙筋做成一根神鞭送给始皇，让始皇用鞭子抽打石马，"打马一鞭去五百，打马二鞭一千程。始皇骑在石马上，四足跑起如驾云"。不料始皇还不满足，用此神鞭抽打石山，将一座座石山赶往大海。东海龙王怕大海被填平，忧愁不已，其女三公主为解父忧，利用始皇好色的秉性，来到始皇必经之处等候，她精心打扮，以绰约的风姿挑逗始皇。三公主在与始皇饮酒交欢之时，趁机窃取了神鞭，旋即逃回龙宫。始皇发觉后，怒火中烧，"朝着石马三头撞，呜呼一命见阎君"。但三公主怀了始皇的孩子，这孩子就是后来的楚霸王项羽。江淮神书中的"唐忏"主要讲述的是唐太宗游地府的故事，在这个故事下引申出三条线：唐僧西天取经、刘全进瓜和魏九郎代父请神。前两条线见诸现存的元明小说戏剧，而魏九郎代父请神只存在于江淮神书之中。将这一条线的故事补进来，才能了解"唐太宗游地府"故事的全貌。

四是它的许多艺术形态值得今天的戏曲借鉴。傩戏之所以生生不息，为人们喜爱，是因为它的内容与形式吻合了民族的生命需要与审美心理，它的一些成功经验并不因为时代的进步而过时，有些内核仍能给我们很多的启发。具体地说，有下列三点特别值得注意：第一，将戏剧表演与观众的生命质量联系在一起。傩戏的每一场演出，其内容大体上可分为仪式剧与艺术剧两大部分，仪式剧如"起坛""谢土""放兵""造桥""祭表""邀神""飨神""游村"等，主要目的是邀请各路神祇下凡参与此场傩事活动,请他们驱除邪秽,并赐予人们福祉。对于观众来说,尽管这些表演没有什么艺术性、可看性不强,但是都会来到演出的地方。因为人们认为,通过与"神灵"亲密的接触,能够获得"神气"与"神力",而依赖"神气"与"神力"能增强自己抵御阴邪病魔的能力,虽然不能获得审美上的快感,但有可能提升自己的生命质量。旧时戏曲演出时在正戏之前"跳加官",即是和傩戏的仪式剧一脉相承的。第二,将演员和观众打成一片,变被动的娱乐为积极的娱乐。傩戏在演出时,允许观众参与演出,甚至会积极主动地邀请观众入戏,如贵州傩堂戏《甘生赴考》,当秦童要陪甘生往京城赴考而离家时,他的娘子表现出依依不舍的神情,此时的秦童便会问观众:"你们说,我走不走啊?"观众说:"你是雇工,哪里由得了你啊?!"秦童又问:"那我走后,哪位好心人能够帮助照顾我娘子?"此时一群成年男性观众哄笑地抢着表态:"我来照顾!""我来照顾!"这时的演出场景极其热烈,观众的快乐情状无可比拟。第三,内容富有知识性。傩戏充积着丰富的知识,历史演义故事能够让人们了解历史,尽管这"历史"和真实的历史有很大的距离,但是能够在一定程度上满足文盲或半文盲了解"过去"的渴望。生活故事则能告知观众岁时风俗、人生礼仪甚至农业、手工业等诸多方面的知识。江淮神书"唐忏"中有一个唐太宗与魏九郎"对天文地理"的情节,当唐太宗考问魏九郎"三皇五帝"是什么人时,魏九郎答道:"神农皇帝治药草,轩辕皇帝制衣裳,伏羲皇帝制八卦,制下八卦算阴阳。女娲娘娘分男女,才有男女配成双。禹王开下塘和坝,尧王治水来栽秧。这是三皇和五帝,请问主公详不详?"观众通过这一场戏,能够获得大量的有关天文地理等方面的知识。第四,对描写对象进行细致的铺排。喜欢铺排是民族的审美特点,以铺排见长的汉代大赋、《孔雀东南飞》中对刘兰芝精心打扮后的形貌与太守家娶亲聘礼及车马的描绘、《琵琶行》中对琵琶女演奏技艺的摹写,等等,都是为了切合民族的这一审美心理。傩戏的叙事也多是这样,如贵州息烽县流长乡长杆子村阳戏《造棚》对神鸡的描述:"当初之时无鸡叫,三藏西天带蛋回。带得三双六个蛋,孵出三双六个鸡。寅年出个寅鸡子,卯年出个卯鸡儿。……"将这一只神鸡的来历、本领、对人们生活的影响,不厌其烦地细致铺排,以让观众了解它的每一个细节。

尽管傩戏有着较多的社会与审美的功能,但它毕竟是神灵信仰坚定的农业时代的产物,随着科技的进步与工业化、城市化的进程,在人们掌握自己命运的能力不断提高的情况下，它便呈现出衰弱的趋势。但是，作为一个曾经遍及各地、至今仍活跃在许多地方的宗教与艺术的现象，对于认识民族的过去尤其是底层社会的生活状态，无疑是一个重要的窗口；而它的剧本——包容着民族、宗教、经济、宗法、语言、历史、风俗、伦理、医学等丰富信息的物质存在，其巨大的学术价值则是毋庸置疑的，并将与时俱增。

编 校 说 明

本书中的《九龙角》原本已佚，本校订本以1959年松阳高腔老艺人吴大水等口述记录本（现藏浙江婺剧团资料室）为底本，全剧共三本，计七十五出。其中第一本十一、十二两出及第三本一至十出原缺，现均已由吴大水于1994年春节在松阳周安村演出本剧后重新口吐、补入，校以华俊校补的《夫人戏》（内部刊印，下称"校补本"）以及民间传抄的角色单条本《夫人》《夫人炼丹》《红孩儿》等。现存的醒感戏"九殇"均为抄本。

编校整理遵循如下原则：

一、除纠正标点错误，注释某些极为难懂的方言、土语外，主要是改正错别字、校补漏字。凡是音近、音同或形似的讹字以及习惯用字，如"戴"误作"带"、"轿"误作"桥"、"闻"误作"问"等，均直接改正。若全句文意不通而校以他本文字，则出校记说明所据版本。

二、记录本和抄本中因方言音近而误用的文字，如"把，摆"、"自，是"、"个，过"、"收，修"、"觉，曲"、"这，只"等，皆依文意直接改正，不出校记说明。

三、记录本和抄本中的方言、俗语、土语以及生造字，除按原状录出外，在第一次出现时说明该字、词相当于现在的哪个字、词。

四、记录本和抄本中人物的角色名称时有省略，为避免读者混淆，在编校过程中作统一处理，如陈正姑有时作"正旦"，有时作"旦"，今统一作"正旦"，校记中不再说明。凡未注明该角色在唱或白，均直接补上，不出校记。若弄错表演的角色，或将角色的唱误作白、白误作唱，则出校记说明。

五、记录本和抄本中漏写曲牌者，凡有他本可据且有参考价值，则据他本补入，同时出校记交代所据版本。

六、校订符号：

中国傩戏剧本集成

〔　〕用以标示记录本和抄本中错字、不可解字的校正字或可能遗漏的字。若所缺字数不确定，则直接注明"〔下缺〕"。

（　）用以标示记录本和抄本中唱、白、科介等。

【　】用以标示唱腔、曲牌名。

□用以标示缺字或难以辨认的漫漶字。

目 录

松阳夫人戏《九龙角》概述 ……………………………………… 1

永康醒感戏及"九殇"概述 ………………………………………… 27

九 龙 角

第一本 ……………………………………………………………… 55

 第一出 ……………………………………………………………… 56

 第二出 ……………………………………………………………… 56

 第三出 ……………………………………………………………… 57

 第四出 ……………………………………………………………… 57

 第五出 ……………………………………………………………… 58

 第六出 ……………………………………………………………… 59

 第七出 ……………………………………………………………… 60

 第八出 ……………………………………………………………… 60

 第九出 ……………………………………………………………… 60

 第十出 ……………………………………………………………… 61

 第十一出 …………………………………………………………… 62

 第十二出 …………………………………………………………… 62

 第十三出 …………………………………………………………… 63

 第十四出 …………………………………………………………… 64

 第十五出 …………………………………………………………… 65

 第十六出 …………………………………………………………… 69

 第十七出 …………………………………………………………… 73

 第十八出 …………………………………………………………… 73

第十九出	74
第二十出	75
第二十一出	75
第二十二出	77
第二十三出	77
第二十四出	79
第二十五出	80
第二十六出	81
第二十七出	82
第二十八出	83

第二本 85

第一出	86
第二出	86
第三出	86
第四出	87
第五出	88
第六出	90
第七出	91
第八出	91
第九出	93
第十出	93
第十一出	99
第十二出	102
第十三出	104
第十四出	105
第十五出	106
第十六出	107
第十七出	108
第十八出	109
第十九出	110

第二十出	113
第二十一出	115
第二十二出	117

第三本 …… 124
第一出	125
第二出	125
第三出	126
第四出	127
第五出	127
第六出	129
第七出	130
第八出	131
第九出	132
第十出	133
第十一出	137
第十二出	140
第十三出	143
第十四出	144
第十五出	145
第十六出	146
第十七出	147
第十八出	147
第十九出	149
第二十出	149
第二十一出	150
第二十二出	150
第二十三出	151
第二十四出	151
第二十五出	152

九　殇

逝女殇 ……………………………………………………	159
狐狸殇 ……………………………………………………	170
撼城殇 ……………………………………………………	180
溺水殇 ……………………………………………………	192
断缘殇 ……………………………………………………	199
忤逆殇 ……………………………………………………	207
毛头殇 ……………………………………………………	210
草集殇 ……………………………………………………	233
精忠殇 ……………………………………………………	241

附录　醒感戏乐曲 ……………………………………… 271

松阳夫人戏《九龙角》概述

《九龙角》又名"夫人戏""陈十四夫人戏",原为浙江道教闾山派的道坛仪式剧之一,后成为浙江古老剧种松阳高腔的代表性剧目。演唐大历年间道教闾山派始祖闾山九郎①及闾山九母的女弟子陈靖姑②除妖灭怪救良民的故事。流传于浙南及浙西南的温州、丽水、衢州、金华一带。全剧共三本,可演三至五个晚上。其中农村因村民喜看长戏,三个晚上可演毕;城镇则不宜太长,一般需演五个晚上。剧中保存着大量道教闾山派的教义、科仪演示方式以及法器、法服的式样规格等,吸取了大量浙江民间的宗教信仰、社会习惯、民情民风、方言土语,同时还完整地保存了松阳高腔的唱腔和音乐。所有这些对于我们探究戏剧与宗教、信仰与民俗以及松阳高腔的源流等,均有一定的参考价值。

一、《九龙角》的历史背景

《九龙角》既然出自道教闾山派,同时又与陈靖姑信仰密切相关,自然应当首先介绍一下浙江道教闾山派的历史及陈靖姑的信仰、传播等情况。

(一)浙江道教闾山派概述

1. 闾山教的传入和流布

道教闾山派又称"闾山三奶派""陈十四夫人教"等,系产生于元、明间民间

---

① 闾山九郎:又作"闾山许九郎",为道教闾山派的教主。一般指许真君(旌阳),即许逊,字敬之,许昌人,嗜神仙修炼之术,从吴猛学,得神方秘诀,隐于西山。晋太康初,起为旌阳县令,后弃官入道,得净明五雷诸法术,举家拔宅飞升,为西山净明派祖师,俗称旌阳真君。详见《神仙通鉴》。

② 陈靖姑:"靖",又作"静""正""贞"等,音近或音同而异写。松阳高腔《九龙角》中作"陈正姑"。民间则多以陈夫人、陈十四、陈娘娘、陈十四娘娘、临水娘娘称之。

符箓道支派，有人将其划入正一道，其实它与正一道并不完全相同。原流传于福建古田一带，崇奉临水夫人陈靖姑及林九娘、李三娘等所谓"三奶夫人"。其中尤其崇奉陈靖姑，曾推其为教主，故又有"陈十四夫人教"之称。丽水一带闾山派师公不论做何种醮斋，其"净坛"时，均需于净水碗内敕夫人名"靐霳霆"三字；"关奏章书"时，法师需化白鹤飞至福建古田临水殿请陈十四夫人到坛关奏章书并度达天庭。据传，陈靖姑曾在福建闾山向许真君九郎兄妹学法得道，后林、李二夫人事师她，并得道法。福建道士奉其为开派教主，自称"闾山教"，其派诗为："道高三山龙虎伏，德重五岳鬼神钦。符驱天下无道鬼，法治山川不正神。"该派自宋朝以来随移民的搬迁，东传台湾，南下广东，西流江西，北入浙江温州、丽水及金华等地。据福建寿宁县下房村《陈氏族谱》载，闾山派道士、村民陈小五为太平兴国末至咸平间人，此人后迁东瓯下榆洋（今属温州市平阳县）定居，可见，闾山教至迟于北宋初年已从福建传入温州①。温州的闾山教以苍南、永嘉、泰顺诸县为著。苍南称闾山派道士为"红师"或"师公"，与来自福建的其他派道士合称为"闾派道士"②，长于武场，以铃刀、龙角收妖驱邪，所做的法事有"三元醮""师公拔祟"等③。永嘉县的闾山派则单称"师公"而不叫"红师"，亦长于武场，好踏罡踢斗以除妖灭怪，所作的法事有"八卦""收殇"等④；据该县老道士何国敬先生说，他的祖上从福建迁居永嘉渠口南山村，自先祖何恭一习闾山教起，传至他时已是第三十三代，计有七百多年的历史了⑤。丽水地区闾山道流传于景宁、丽水、云和、松阳、青田、龙泉、遂昌等县，除汉族外，尚有畲族移民，包括雷、蓝、钟三姓，他们自称始祖龙麒曾在闾山学得驱邪降魔的法术，以后代代相传，以保佑本民族长盛不衰；所做的法事有"奏名传法""做功德""打鬼""拔殇""夫人炼丹"等⑥。金华武义县亦有闾山教流传，为明朝时由福建畲

---

① 参阅叶明生：《福建寿宁四平傀儡戏奶娘传》（前言），台北施合郑民俗文化基金会，1997年版，第11页。

② 见清乾隆年间《平阳县志·神教志》。此据温州市民族民间舞蹈集成编委会编：《中国民族民间舞蹈集成·浙江温州卷》，1995年，第301页。

③ 见《中国民族民间舞蹈集成·浙江温州卷》，第301—317页。

④ 见《中国民族民间舞蹈集成·浙江温州卷》，第292—300页。

⑤ 见《中国民族民间舞蹈集成·浙江温州卷》，第292—300页。

⑥ 见丽水地区民族民间舞蹈集成编委会：《中国民族民间舞蹈集成·浙江丽水卷》，1991年，第321—416页。

族移民传入,能作"做丧""念符""破地狱""破血湖"等法事①。

2. 闾山教的科仪

浙江闾山教的科仪原来均为武场,旨在摄妖捉鬼,表演时右手握龙角、左手执铃刀,伴以掷筊杯、摇铃、摔鞭、步罡、捏诀等动作。其服饰,头上裹红绸头巾,身穿藏青对襟上衣,腰围红色师裙,扎红色绑腿,穿戴与台湾"红头法师"相近。近年由于吸收正一道的科仪及其表演形式,亦出现了文场,旨在超度灵魂或延年益寿,其表演以诵经、拜忏为主,穿戴与正一道相同。其武场科仪除上述提及外,尚有祈晴、祈雨、翻岩破洞、翻九楼、驱五雷除邪、翻三界、召天兵、过火焰山、做五龙闪、大罗山、小罗山、大九州、小九州等,不一而足。最常见的则是:打魟、跳童、拔殇、召引、十二踏罡、炼丹、做功德、传师学师、做丧、度关、皇君落场等。

打魟②,流传于丽水地区龙泉县八都一带畲族村落,旨在捉鬼驱邪治病,多在病人家里进行。据当地老师公蓝木又(1907年生)口述,他祖宗七代都会做打魟,可见打魟在畲民中流传至少已有两百多年历史了。全科仪仅由师公一人表演,扮演闾山法师(村民称其为"先生")捉鬼抢魂。伴奏五人,其中两人打铜锣,两人打扁鼓,一人打小钹。仪式依次为:撒五雷子③、打头坛④、点五方灯⑤、炼魟皮⑥、会洞⑦、行罡施法⑧、造庙下鞭⑨、送魂衣⑩、造九州仙楼⑪、放油火⑫。

---

① 见金华市民族民间舞蹈集成编委会编:《中国民族民间舞蹈集成·浙江金华卷》,1991年,第583—605页。
② 打魟:即打鬼的意思。魟,方言,《玉篇》:"胡硬切,行去声,鬼也。"
③ 撒五雷子:指师公走到病人家门口时,手握五粒小石子用力撒向他的屋顶瓦背上,表示天兵天将来了。
④ 打头坛:指请来天兵天将把守东、南、西、北各方,准备捉妖邪。
⑤ 点五方灯:指在油盏碟里面以灯芯点着东、南、西、北、中五盏灯,以治煞气。
⑥ 炼魟皮:指调兵扎寨,进行练兵。
⑦ 会洞:指会兵,聚集天兵天将、地兵地将。
⑧ 行罡施法:即出兵捉妖邪,包括开门罡、扫地罡、提饭甑、紧拢、飞鹤等仪式。
⑨ 造庙下鞭:意谓闾山祖师化一庙为鬼店,把鬼引进店中并捉住,夺回病人的魂魄,然后把鬼关进鬼牢进行鞭打。
⑩ 送魂衣:指师公将摄有病人魂魄的衣服送到病人的床前。
⑪ 造九州仙楼:指迎接玉皇大帝光临,将九州妖魔鬼怪除尽杀绝。
⑫ 放油火:指师公用茶油点火,照遍病人家中的每个房间,以消除一切邪气。

跳童，即跳神的意思，流行于丽水地区松阳县古市一带村落，于清末从福建传入，已有一百多年的历史，旨在为病人驱魔除病。仪式一般均在病人家中举行，堂屋正中放置供桌一张，桌上除摆供品外，尚放置净水碗一只，米斗一只，铃刀、马鞭插在米斗内，另外将毛草纸折成文牌立放在铃刀与马鞭之间。仅由一位师公表演，仪式包括开坛、净坛、请神、跳神、封厄等。重点则是饰演闾山法师建造东、南、西、北、中五方神楼，捉鬼灭魔，载歌载舞，音乐多用【普界调】。

拔殇，流传于丽水地区景宁、云和等县的畲族村落，是畲民为天殇、地殇、水殇、火殇、刀殇、吊殇、跌殇等所谓"三十六道殇门"者所做的超度仪式。仪式一般在死者墓葬后举行，也有少数在死后即举行的。畲民认为只有经过拔殇，才能使死者在阴间不再重遭各种殇门所害，其子孙后代才会太平无事。仪式包括"朝魂""过三十六道殇门""破三十六道殇门"等，需一昼夜演毕。主要由一位高功饰演闾山法师大破三十六道殇门。道场设在露天的平地上，殇门设在中间。所谓三十六道殇门，即用小竹子做成象征殇门的三十六道竹圈。殇门前竖立一根连根挖起的毛竹，毛竹上挂一只鸡笼，笼内放一只公鸡。还需在适当的地方放置米筛、镜子、尺、剪刀及牛轭等，以示祭度避邪。牛轭中穿着一根稻草绳，绳上吊着三十六个铜钱，一直穿过三十六道殇门。殇门的后面放着盛满水的木盆，盆中放着一对石磨，草绳穿过石磨中的洞孔，使之头尾两端相接。众孝男孝女钻过三十六道殇门之后，师公便宣召闾山法师破三十六道殇门。每破一道殇门，首先要念一段破门咒语，然后吹一声龙角，接着挥舞铃刀向殇门一击，场上便有两人用刀将这一道殇门（竹圈）砍断并扔在火堆里焚化。死者的女儿或媳妇跪在殇门的后面，边唱哀歌边拉草绳，法师每破一道殇门，她们就从草绳上摘下一个铜钱，直至破完三十六道殇门为止。

召引，即做圣召引，又名引魂，流传于丽水地区，是丧葬前举行的一项祭祀活动，旨在不使亡故者的灵魂四处飘游，成为游魂，故请闾山九郎祖师把死者的亡魂召引回来，使之安居香炉，一年四季八节享受后人供奉莫奠。仪式一般在丧家堂屋举行，正中摆一张四方桌，上放各类供品，法师在桌旁时而舞铃刀，时而吹龙角，时而捏手诀，表演请祖师、收师、添香、藏魂、奏章等科仪。此法事原为师公所为，后因动作、道具均较简单，个别普通老百姓也学会作，他们自称为闾山子弟，也常常被丧家雇请。他们往往省略了乐器伴奏、纯粹为自念、自唱、自作,道具也只用铃刀及铜铃,不用龙角,穿一般便服①。

做丧,又名做功德,流传于金华武义县柳城大源乡一带畲族村落,大约于明末清初随移民传自福建莆田,旨在请闾山法师为死者破地狱度亡魂。仪式包括:请大小冥王、迎香火祖师、通府、接佛、请灵、行教、召兵召将、破地狱等。召兵召将、破地狱时,闾山法师一手执龙角、一手举神刀破阵,并唱道:"上宫三清登宝座,闾山法主请出坛;请出坛前扶弟子,引接五营兵马到坛前。"又道:"闾山九郎派兵马,派兵点马降来临。"充分体现了武教的特点。道场自始至终走"莲花步",据说这是因为陈十四夫人即教主陈靖姑是为女性之故,走莲花步是对陈十四夫人信奉虔诚的象征。莲花步又称"娘娘步",走时双脚始终在一直线上,双脚的脚尖、脚跟前后相接,每只脚着地的顺序是先脚掌、后脚跟,身子可上下微微颤动,动作要保持平衡、对称。可见,所谓莲花步即罡步②。

度关,全称为"三元禳灾解厄度关召魂保安道场",为儿童除煞过关的科仪。据说,儿童自诞生之日起即要遇到种种关隘,每关均有神煞把守,计有田柱关、四季关、千日关、百日关、阎王关、五鬼关等三十六关,不破煞度关,难以生存。一般需请五个师公做一整天法事,共十九场科仪。上午六场,依次为:发鼓、发符、召兵、请神、太岁醮、灶君醮;下午七场,依次为:解连醮、天医醮、谢外客、保童灯、三落军、收魂、造船;晚上六场,依次为:造钱、分钱、度关打关、妆扫送船、赏军、送神。全堂法事不用管弦,唯有锣鼓伴奏。笔者曾于1998年9月21日在苍南五凤乡大隔村观看度关道场实况。

皇君落场,为闾山教与正一道合作启建的九日八夜"三元大斋九皇大醮"大法事中的一场科仪,意谓奉请皇君陈十四夫人降临道场斩妖驱邪,以保地方平安。陈十四夫人因救民护国有功,被唐德宗加封为"太阴圣母娘娘",民间则称其为"皇君娘娘"。仪式包括:净筵、结界、拜三山三洞三祖六路、挑灯、拜印、开三洞、发十愿、召将、阅兵、过百花桥等。最后歌颂陈十四夫人的功德曰:"巍巍道法本闾山,九转丹成得意还;到处救民邪气敛,忠心护国帝恩颁。泽重临水无穷

---

① 见丽水地区民族民间舞蹈集成编委会编:《中国民族民间舞蹈集成·浙江丽水卷》,1991年,第361、433、541页。

② 见金华市民族民间舞蹈集成编委会编:《中国民族民间舞蹈集成·浙江金华卷》,1991年,第583—605页。

碧,迹显古田尚欲班;但愿人人虔供奉,何愁解度叹维艰。元君学法在闾山,法显无边济世间;玉质金容犹灿灿,威灵赫耀保平安。元君法显宋朝封,鬼怪邪魔尽灭踪;护国佑民功赫赫,抱男送女德重重。护国佑民封大阴,泽同临水一般深;祈求男女皆如意,更有灵光照古今。"笔者曾于1999年4月21日(农历三月初六)观看了该场科仪。

3. 闾山派的音乐

闾山派的音乐,总的特点是节奏比较简单、平稳,曲调纯朴、高亢,具有独特的民族风格。各地均有自己的特色,如丽水闾山派的唱曲大多采用单段曲式,自由而灵活地反复,词格以七言为主,间以三、五、六字句,如字数与曲谱不符则加头加尾、加拍减拍、增助词等方法灵活处理。演唱者手持铃刀、龙角,随音乐节奏每拍摇动一次,借铃刀发出的嚓嚓声烘托斩妖灭魔的气氛。常用的曲谱有【造寨】【造老君殿】【引坛】【敬酒】【招兵】【排兵】【前三二后三三】等。其【排兵】曰:"一声鸣角排东方,……铃刀先斩后奏报闾山。"推闾山祖师为最高统帅。景宁县闾山派以歌伴舞,以二胡、京胡、笛子、唢呐等伴奏;打击乐主要有扁鼓、铜锣、龙角、铃刀、叮钟、桐树木刀、桐树木拍等,击打在动作的强拍上。叮钟即法铃,铜制;"桐树木拍"是将一长约10厘米的桐树圆木中间剖开一分为二而成。曲调朴素、健朗,节拍除结束较为自由外,大多比较规范、平稳。常用的曲牌有【打五狱门】【造寨】【团兵】【造井收师】【造老君殿】【撩鹤】等。云和闾山派音乐曲调高亢,节拍自由,常将2/4拍转到1/4拍或3/4拍,以二胡、唢呐、笛子等乐器伴奏,打击乐器以扁鼓和低音锣为主,从这两种乐器的声响就可分出音乐的强弱拍。常用的曲调有【起祖】【拆寨】【压担】【造寨】【安祖团鸡】【退兵到座】【团兵赶煞】【造井收师】【做声招魂】【打开十八地狱】【把五方界】【过九重山】【引魂】【少年起身】【退兵山头】等。武义闾山派的打击乐器为大鼓、大锣、小锣、次锣、歌板等。演唱者一手执法铃,以铃击板,另一手执龙角,每唱完一段即吹龙角一声或数声。吹的调门按规定应是"2 5 2 5 5 2 5",如龙角制作不标准,则不易吹。唱曲时常以法铃击板作为伴奏乐器,常用的曲调有【行孝】【召兵召将】【一声龙角】等。其中【召兵召将】演唱闾山法主陈靖姑及其祖师闾山许九郎带领闾山兵马降坛收神捉鬼,歌曰:"上宫三清登宝座,闾山法主请出坛;来到堂前登宝座,受纳弟子一炉香。"又曰:"闾山九郎派兵马,派兵点将降来临;东海王,南海王,收神捉鬼大神王。"巫师公饰闾山法主陈靖姑,走莲花台步,唱时锣鼓轻敲,曲调缓慢、低沉,每唱完一段吹龙角一声,以烘托收妖氛围。

(二)浙江陈靖姑信仰略述

陈靖姑除了是斩妖驱魔的英雄之外,还是求子助产的生育神、乞降甘霖的农业神、演唱夫人鼓词的经坛神。为了答谢她,民间兴建了许多夫人庙,年年举行迎夫人活动。

1. 求子助产的生育神

在浙南农村,陈十四夫人一直被作为送子娘娘、助产保童之神予以供奉,夫人庙内香火长年不断。如武义县宣平上坦村风景山下有一石桥,当地称"夫人娘娘桥",桥头有一殿称"十四夫人殿"。殿中供奉的有陈、李、林三夫人之神像。陈十四夫人之神像位于正中央,村民敬其为生育女神,凡结婚花轿抬至夫人桥前,新娘要下轿步行过桥,入殿敬香,祭拜夫人神像,乞求庇护,早得贵子,顺利生育。相传农历正月十四为陈十四夫人诞辰,这一天,上坦村凡头年生儿者,家家洗石臼,捣麻糍(年糕),前往村口夫人殿献祭,俗称"大男麻糍",这是为答谢夫人送子、保媳顺利生产之大恩而特制的一种礼物。大男麻糍重数斤,正面染成五色,由家中大人专程送往夫人殿供奉,同时焚化五色纸制罗伞、锡纸等物,以谢夫人送子之恩①。又如云和县民间,凡子女体弱多病,就要给孩子拜认个"亲娘",以借助他人的福气或神佛的力量来保全。拜认亲娘的对象有好几个,其中就有拜陈十四夫人为亲娘的。其拜认的仪式是:用米筛一面、古铜镜一面、孩子衣衫一件,拉在长竹竿上,竖立在屋檐口,备三牲祭品,由道士来祭请陈十四夫人,行认亲娘礼。孩子病好后,每年七月十五日要备办三牲祭品,仍请道士来主祭,祭后用五色彩线一束系在孩子的头颈上和手臂上,俗称"还俊"。孩子长满十岁,就要杀猪宰羊,做最后一次隆重的祭祀,俗称"满俊",以报夫人保佑的俊德。凡拜认陈十四夫人为亲娘的,就号为"夫人儿"②。

2. 乞降甘霖的农业神

在浙南农村,凡夏季久晴大旱、危及庄稼,即请闾山教法师翻九台求雨。届

---

① 参阅雷国强:《大男麻糍》,见《浙江民俗大观》(当代中国出版社1998年版),第213页。

② 参阅王存义:《云和的认亲娘》,见《浙江民俗大观》(当代中国出版社1998年版),第216—217页。

时，必抬有呼风唤雨之功的陈十四夫人神像出巡。相传有一次，闽越汀州府一带三年无雨，大地龟裂，草木枯焦，烈焰烤得岩头起火，百姓扶老携幼到衙门吵闹，知县坐卧不安，只好派公差四处请法师求雨。先请陈法清，法清求不到雨，按当地风俗，要上柴牢，甚至被抬到干柴上烧化。法清寻机逃了回来，哀求姐姐陈十四代他求雨。陈十四为解救汀州百姓的痛苦，决定挺身而出，可又想到自己怀孕七月，万一冲动胎气，血光冲天，非但求不到半滴甘霖，还要触犯天条，获罪非轻。怎么办呢？她不顾个人的安危，运用"剖腹取胎法"，亲手将自己的胎儿取出，安放床上，盖上畚斗。畚斗化作斑斓老虎，站在左边，神鞭化作金龙，守在右边，两把扫帚化作两个老人，站在床头，一同守护胎儿。自己急忙驾起五彩祥云，径往汀州而去。到达汀州后，她戴好神额，穿起神衫、神裙，左手执神铃、神刀，右手持龙角吹将起来，口念神咒"一声龙角透天门"云云。只听三声龙角过去，顿时，东南西北，四面八方，乌云滚滚，一声闷雷响过，大雨哗哗，百姓齐声叫好。正待陈十四放下龙角，蓦然云散雨止，一轮骄阳晒得大地冒烟。陈十四在神坛上看得分明，原来是五雷神、七雷神作梗，命龙王收云禁雨。陈十四以好言相劝未果，便怒目圆睁，大吼道："看刀！"斩了两位雷神。最后，直奔天宫与玉帝论理，逼得玉帝不得不调动东海龙王来到汀州上空，行云布雨三昼夜。顿时，黑云重聚，一声霹雳，大雨倾泻，旱情获得解除。从此，陈十四夫人名闻天下，成了催降甘霖的大恩神，受到百姓的供奉①。

3. 演唱夫人鼓词的经坛神

温州城乡，凡演唱陈十四夫人的鼓词《南游记》时，均要设立经坛，俗称"灵经坛"。经坛的主神就是陈十四娘娘，须举行隆重迎送仪式，一般设在娘娘宫或殿宇内。宫内张灯结彩，搭成闾山景，两旁贴对联曰："挂灯结彩唱灵经，讲经诵词颂神娘。"并设有三界台，另扎三只纸船，以备送耗送圣时用。经坛后首是陈十四及诸神的座位，座前摆设香案，祭品除三牲福礼及各类水果外，尚有米塑，塑有陈家老少、六姐、九妹等。此外尚立有祖师案，竖有圣位牌，他们是玄天上帝祖师、闾山茅山祖师、陈氏圣母、法通、法清等，案上亦供有各类祭品。

经坛设毕，选黄道吉日举行立坛起经仪式，须请道士主持，仪式包括发符、请师、净坛等，旨在请三界神圣降临护佑赐福。其中请主神陈十四娘娘时念道：

---

① 参阅叶中鸣：《陈十四奇传》，浙江人民出版社1982年版，第192—199页。

"三请三迎三召，召请福建福州古田县陈十四圣母娘娘、陈上元太老封君、葛氏太母夫人、法通法清二法师、相应太子走马灵通、圣母娘娘六姐九妹、莲花会上二十四位圣母娘娘亲身降临。"

鼓词唱到第五天，即陈十四南游救人收妖到温州白鹿城时，经坛里照例要举行到坛仪式，意谓陈十四收妖已到本境，要去迎接。届时，经坛头首召集二三十人，组织迎圣队伍，将陈十四出巡的佛銮即行宫坐轿抬出，伴以一副銮驾、头牌执事、长幡宝盖、令旗彩旗等。还由唢呐笛箫、管弦长号、锣鼓铙钹等组成一支漫长的民间器乐队，群乐齐奏，来到陈十四案前，敬奏斛食及金银财珍等，观众烧香合手相迎。道士向陈十四请过大令之后，左手执大令、神剑，右手执铃，带领迎圣队伍，浩浩荡荡，直往瓯江畔或本村村口，迎请陈氏圣母娘娘。道士望空祈祷曰："奉请陈氏圣母娘娘，亲降灵坛会上，受陈供奉，伏祈勿罪，降福延生，收妖斩怪，救度万民。"念毕，带领迎圣队伍回转经坛，安落圣母神位，听诵灵经。

鼓词唱到最后一天，即第七天夜晚 11 时许，要举行送圣仪式。经坛首事恭敬斛食、生盆福礼、三牲、二牲、金银纸马之仪，并将预先扎好的仙船一只抬上经坛，然后乞请陈十四娘娘遣五瘟大王，把天耗、地耗及一切妖魔鬼怪，统统押上船舱，送出南洋大海。唱词的瞽工身穿长衫，站在经台上，发鼓三通，高唱"送船遣耗"及"送圣回銮"曰："威灵显赫陈圣母，拯救众生斩妖蛇。嗣分香火地方庙，威震各方神显灵。是月望日起灵经，七昼连宵经完满，制造花船送圣聪。"与此同时，道士在经坛前，身穿道袍，头戴道巾，左手执疏，右手执铃，请起降灵，念起通情，送陈十四娘娘和众神灵归位曰："今晚灵经唱完满，拜送众圣转回宫。三清上圣还原位，道经三宝转回宫。张三令公还原位，陈氏圣母还本宫。"云云。最后，在道士的带领下，首事们腰插钢刀宝剑，将纸船送至村头水口焚化。至此全本夫人鼓词演唱才算告毕①。可见，在整个演唱过程中，陈靖姑始终作为经坛的主神受到人们的敬仰。

丽水地区唱夫人词时，其经坛除立香案外，还要挂"夫人画"，上有陈十四夫人及三清等诸神的画像，供挂中堂。根据词中的内容，还架设一座"洛阳桥"。为

---

① 参阅金崇柳：《〈南游〉梗概和演唱仪式》，见浙江省民间文艺家协会等汇编《夫人词》(内部资料，1995 年 3 月)，第 623—629 页。

了表达对陈十四夫人的敬仰，在演唱《夫人传》前一百二十天内，主家、香倌及瞽工等，不准吃狗肉和番鸭肉，主家在演唱前三日就必须开始吃素。此处的经坛布置与艺人家中的神坛有关。神坛亦称"夫人坛"，坛上贴有"总神榜"，榜上除主神陈十四夫人外，尚有法通、法清和陈十四的结拜姐妹诸位夫人以及闾山师父、师母、张天师、玄天上帝、观音大士等。坛前设总香炉一只，香火日夜不断①。

4. 夫人庙和迎夫人

旧时，陈十四这位女神在浙南城乡有极高的威望，"夫人庙"、"娘娘宫"到处可见。在小小的丽水城关镇内，就有"十四夫人庙"、"管痘夫人庙"、"催生夫人庙"、"护生夫人庙"等各种夫人庙。宫庙都以陈十四及其结拜姐妹为主体塑立神像。在丽水乡间，也有许多大大小小的夫人庙，其中如灵山寺、小白岩、碧湖、九龙、吴圩、东西岩、普心寺等处的夫人庙都是较大而远近闻名的。正宗的夫人庙，陈十四夫人偶像居中，陈法通、陈法清两个偶像在两旁外，有的还设有陈十四夫人之父陈上元和母亲葛氏的庙龛。现在修复保留的有灵山寺的陈十四夫人殿和小白岩的陈十四夫人庙。

有庙必有庙会，丽水的夫人庙会要举办大规模的迎夫人仪式，共迎三位夫人，分别在元宵节前后即正月十四、十五、十六三天夜晚进行。十四日夜迎的是陈十四夫人，又称顺懿夫人、临水夫人，为民间崇奉的生育神。十五日夜迎的是林十五夫人，又称管痘夫人、南国夫人，掌管少儿的天花麻疹。十六日夜迎的是李十六夫人，又称催生夫人、护国夫人，分管妇女的临产。林、李两位夫人都是陈十四夫人在收妖灭怪途中救起并与陈十四结拜为姐妹后成神的。在陈十四夫人出巡的前一天，为迎夫人清道，先由首事指定一人扮演判官沿出巡的街道走一番，以示为次日的出巡扫清障碍。三位夫人各有神庙，正殿的夫人神像是不出巡的，出巡的是她的"副牌"神像，不是泥塑，而是木雕的，平时安置在后殿或厢房，不受香火，专出迎游。出巡日，夫人庙里张灯结彩，焚香点烛，祭供三牲，拜祀的妇女络绎不绝。当晚，要由福寿双全的老年婆婆为夫人雕像沐浴更衣。

三位夫人出巡，以陈十四夫人出巡最为隆重、最为热闹。这一晚，全城街道主要地段都布置得灯彩辉煌，家家户户立香案、摆斋饭，老老少少上街迎拜夫人。

---

① 见唐宗龙：《〈陈十四夫人传〉的演唱和习俗信仰》，收入浙江省民间文艺家协会等汇编《夫人词》（内部资料，1995年3月），第274—279页。

出巡的队伍浩浩荡荡，前有两面大铜锣开道，接着是两盏大宫灯，宫灯上书"顺懿夫人"名讳，然后是执事牌匾，牌匾上署有皇帝敕封的夫人圣号，紧跟着是"肃静"、"回避"及旌旗、刀斧、剑戟等行列，再接着是鼓手班和戏曲人物队伍。待威严的"半副銮驾"和戏曲人物队伍过后，才是八人抬的夫人神像大轿，轿旁是一班身着长袍马褂的庙董，这些庙董一般都是地方上较有名望和财产的人，出巡时所需的费用，大部分由他们承担。在夫人神轿后，尚有长长的一大群"孩灯人"，这些孩子，都是"求子而得"或"许愿还愿"的。孩子由父母背着抱着，每个孩子手里都提着一盏灯，有各种鱼灯和花灯，大部分是从夫人庙购来的夫人灯。夫人灯为六面形彩灯，竹篾扎制，棉纸糊成，各面绘有花鸟、山水、戏曲人物等，缀以彩色蜡光纸，用针密密穿刺成各式图案，内点红烛，极为美观。夫人巡游经过的街道及庙宇，都置香案迎谢夫人，有些店家在香案上除摆普通祭礼外，还把珍藏的小古董及古玩等物摆列在桌，供人观赏。

林、李两位夫人出巡仪式程序与陈十四出巡大同小异，但不及陈十四出巡时那么隆重和热闹，因为陈十四是老少崇拜的"法力无边"的神祇，其威望及在本地的影响力要超过观音大士等，因而万家空巷去一瞻圣容，而林、李两夫人总归是"法逊一筹"，加上出巡方式相同，人们兴趣稍减。相传陈十四夫人在丽水一带，还为当地苦难的民众除灭了苋菜精、白犬怪等等，这也是丽水人民格外崇敬陈十四的原因之一。至于迎夫人活动为何要放在元宵节的前一夜，据说正月十四是陈靖姑的诞辰日之故。庙会加灯会，自然就热闹空前了①。

（三）陈靖姑故事在浙江的传播

陈靖姑除妖救人的故事在浙南一带可谓"老少皆知，口耳相传，众口皆碑，无限崇敬"。其传播的渠道，除口头外，主要是鼓词、戏曲和小说。

1. 鼓词传播

夫人鼓词，丽水一带称《陈十四夫人传》，简称《夫人传》，俗称"唱夫人"。据彭润章等纂修清同治《丽水县志》（1874年刻本）卷十三载："妇女敬事夫人，即所称顺懿夫人、护国夫人也。顺懿庙在太平坊鹤鸣井者，香火尤甚。凡求子者，

---

① 见童涉：《丽水的元宵迎夫人》，收入《浙江民俗大观》（当代中国出版社1998年版），第28—29页。

必赴庙虔祷，儿生，自洗儿及弥月、周岁，必设位于家，供香火，招瞽者唱夫人遗事，曰唱夫人。"① 丽水鼓词的曲目五花八门，十分丰富，然其当家曲目却只有一个，那就是《夫人传》。盲人投师学艺，主要学唱《夫人传》。丽水鼓词艺人把演唱《夫人传》视为"正业"，而演唱其他长短鼓词则视为"副业"。《夫人传》的演唱时间长短视主家的经济能力及需要而定，大全本《夫人传》需三日四夜唱毕，中全本的需唱二日三夜，小全本的只需一日两夜。大全本《夫人传》共分三册，头册的主要故事情节如下："洛阳桥"，叙蔡小姐吞珠怀孕产子、蔡状元造桥、观音化美女筹银助造桥、吕岩戏观音等；"大漳州"，叙陈上元逃难等；"撩庙"，叙法通、法清上南庄庙收蛇妖，法清沿途戏弄地方小神以及与蛇妖斗法等细节；"大学法"，叙观音下凡试心，引导陈十四上闾山学法等。二册的主要故事情节如下："南京收蟹精"，叙陈十四与大螃蟹斗法的诸多情节；"上七县收妖"，叙陈十四在丽水所属的云和、景宁、松阳、遂昌、宣平、龙泉、庆元七县收妖经过，为他本所无，颇具地方特色；"朱洞坑收地摄"，叙地摄的由来、作祟情景、收治过程等；"邱富做庙会"，叙邱富为虎所伤，陈十四灭虎救邱富等。三册的主要故事情节如下："大收蛇"，叙陈十四与蛇婆斗法，蛇婆被斩，逃走七尺蛇头；"大炼丹"，叙陈十四海中捞起法通骨粉，然后炼丹救法通；"二收蛇妖"，叙蛇头逃到杭州化成凡人开旅店，专吃赴考的秀才，陈十四到此再度斗法收蛇妖；"妖蹿皇宫"，叙蛇妖蹿入内宫，吃掉娘娘，化身正宫娘娘伴君，后装病要吃陈十四的心肝；"嫁夫隔床"，叙陈十四被逼出嫁后，以五色线隔床，使其夫无法与她做爱，后被法清破法而怀孕；"解粮除盗"，叙陈十四去山东杀平强盗，救出奉旨解粮去山东赈灾的公公林巡检；"陈宰相奏主"，叙假娘娘要吃陈十四心肝，陈宰相探知内情，奏主由陈十四进宫捉妖救娘娘；"大求雨"，叙陈十四剖腹取胎求甘霖的经过；"大升天"，叙正宫娘娘做产，陈十四催生，洪州发天火，陈十四在皇宫施法泼茶灭火；"唐皇分四季"，叙陈十四死后，其灵魂与蛇妖灵魂在唐皇面前争吵，唐皇把四季中的春、夏、冬给陈十四掌管，把秋季分给蛇妖掌管，故秋季"百虫旺发，百草含毒"，此外还叙述闾山法师与阎王换位等。其他穿插的小关节尚存不少，它们与大关节一起，共同塑造了陈十四舍己救人的英雄女神的丰满形象②。

---

① 转引自叶明生：《闽西上杭高腔傀儡与夫人戏》（台北施合郑民俗文化基金会，1995年版），第164页。

② 见浙江省民间文艺家协会等汇编：《夫人词》（内部资料，1995年3月），第272—277页。

温州的夫人鼓词称《南游记》,俗称"大词"或"娘娘词"。清郭钟岳《东瓯百咏》"唱大词"曰:"呼邻结伴去烧香,迎庙高台对夕阳;锦绣一丛齐坐听,盲词村鼓唱娘娘。"原注:"俗有唱大词,庙期又有唱娘娘。"① 郭钟岳《瓯江小记》释"大词十四娘娘"曰:"唱大词者讲十四娘娘之事迹也。岁九月于广应宫内搭台,二瞽者对坐,旁置一鼓击之而唱。其词多俚俗,有三昼夜者,有七昼夜者,妇女坐听,或笑或叹,游人杂沓,殊不雅观。"② 《南游记》共分"启篇""正篇""后篇"等三篇,凡十四本。其中"启篇"又名"香山",叙观世音出身、修行、得道的历程。只是因为陈十四乃是观世音的佛血所变,在与蛇妖的斗法中,又多赖观世音佛力相助才得收妖灭精,斩怪保国,故作为《南游记》的"启篇"。"正篇"叙陈十四出生、上闾山学法、南游收妖救人、升天的全过程,重点写南游除妖。"后篇"写山东出现大妖神,害民匪浅,恳请陈十四去收大妖,而陈十四此时已得道,不便去,故观世音指点陈十四将陈十五梦中带到闾山学法,待闾山祖师授法后,再指点陈十五到西天雷音寺拜求观世音赐法宝,后陈十五求得观世音所赐法宝水火袍、水火帕,终于除灭了山东妖怪。

2. 戏曲传播

浙江有关陈十四夫人的戏曲,除由人扮演的松阳高腔《九龙角》外,尚有木偶戏《夫人传》,前者称"人班",后者称"傀儡班"。人班从"观音梳妆"演至"陈十四金殿除妖受封"凡三本。傀儡班从"造洛阳桥"演至"金殿受封",凡十四本,均为连台本戏。此外,尚存有丑角单条戏《红孩儿》一本、丑角单条戏《夫人》及《夫人炼丹》各一本,散折残本有《观音梳妆》《闾山学法》《苏毛岗换宝》等。

夫人戏开演前除拜戏神唐明皇外,还要将陈十四夫人偶像从夫人庙抬出,安置在戏台的正对面供人祭拜。演出中,凡陈十四夫人出场时均要点香、敬酒、上烛、烧纸、举拜,以示敬仰,乞求平安。参拜的人中间以老太婆居多,其他如生了男孩的母亲、病体康复者以及发财者则进行还愿,参拜更勤。正本《九龙角》至少要演三个晚上,老百姓最喜欢看的是其中的"陈靖姑上闾山学法""救法通""斩蛇妖""剖腹取胎""换宝""踏罡""还愿"等情节。

---

① 参阅郭钟岳:《东瓯百咏》,见叶大兵《温州竹枝词》(文化艺术出版社2008年版),第71页。

② 参阅郭钟岳:《瓯江小记》,清光绪四年冬刊本,第十二页。

夫人戏演出结束时要进行扫台，演员扮演包公上台，先念台词曰："头戴香雕黑蟒袍，铁面无私保宋朝；哪怕皇亲并国戚，虎口铜铡定不饶。"再白口道："来此云端经过，下界锣鼓喧天，不知为了何事？二将张龙、赵虎，与我打开云雾。""麾下原来浙江省处州府××村合众头首搭这红花戏台搬演《九龙角》，赛还戏文良愿，老包来了本坛之内，上保人口吉庆，下保畜财兴旺，保了田山大熟六种全收。"①

傀儡班演出的夫人戏影响比人班更大。旧时，庆元、龙泉、景宁、云和、丽水、青田、松阳、遂昌、温州地区的平阳（含苍南）、文成、泰顺、瑞安、乐清、永嘉等县，均有木偶班。木偶班能演八十多本大戏，其中高腔连台戏《夫人传》最为山区群众喜闻乐见，成了各木偶剧团的看家戏。他们农忙务农、农闲演出，许多剧团除在本地区演出外，还常到金华、衢州、温州以及闽北山区巡回交流演出，每班一般只有四至八人，所有傀儡行头、乐器道具只有一担箱子，队伍精悍，行动灵活，长年活跃在深山冷坞、穷乡僻壤，成为浙西南山区戏曲队伍中的一支轻骑，陈十四夫人的故事就随着他们的巡回演出而传播四方。

3. 小说传播

浙江民间流传的有关陈十四夫人事迹的小说凡四种：《陈十四全传》共六十回，已佚，民间艺人徐扬台曾见过。《闽都别记》共四百〇一回，传自福州，清中叶福州人何求纂，其中《洛阳桥观音显应》《靖姑避婚闾山学法》《陈夫人祈雨捉蛇首》与丽水鼓词《夫人传》关节相同。《临水平妖传》共十七回，传自福清。《陈十四奇传》是近人叶中鸣据流传于浙南民间的传说、鼓词整理的，由浙江人民出版社1982年出版，共二十三回。为供研究者参考，现将其回目抄录如下：

第一回　宴蟠桃天宫聚群仙，弹天柱红雨孕娇娥
第二回　惜花怜物静姑不平，巧取豪夺南蛇托梦
第三回　王知县遣差求法师，陈法通代父斩妖魔
第四回　施妙计大哥擒妖怪，泄天机小弟纵蛇精
第五回　唉法通蛇公瞒蛇婆，害静姑南蛇怀诡计
第六回　求妙法假十四上山，雪冤仇真静姑登程

---

① 参阅吴刚戟：《丽水陈十四夫人崇拜风俗》，见丽水风俗编委会编《丽水风俗》（浙江省新闻出版局1995年），第204页。

第七回　师父三试难分虚实，观音一点易辨真伪

第八回　读天书陈十四减寿，调法宝南蛇婆中计

第九回　洞宫山众妖邪啸聚，蛇太洞南蛇婆点将

第十回　黑松林除妖庆太平，古溪洞灭怪结金兰

第十一回　假拜寿巧计擒魔王，真妙法炼丹救十五

第十二回　篾缆精逞霸七里泷，南蛇婆喜庆得二宝

第十三回　真作假南蛇公中计，假充真陈仙姑识妖

第十四回　降妖魔古田县会师，救黎民南天门评理

第十五回　山穷水尽南蛇末路，柳暗花明观音赐剑

第十六回　落花重开法通再生，残月又圆陈家团聚

第十七回　南蛇婆三探昭阳宫，蔡皇后一惊摔玉杯

第十八回　乱毛汉一语值千金，陈十四除害上京都

第十九回　报宏恩陈丞相奏主，雪冤仇昭阳宫捉妖

第二十回　陈十四五神庙斩魔，观世音潮音洞匿蛇

第二十一回　法清哥大闹潮音洞，十四妹智歼南蛇婆

第二十二回　创新法惹恼闾山师，求甘霖怒斩两雷神

第二十三回　蛇尾巴伺机报夫仇，陈十四含冤离人间

二、《九龙角》的艺术特色

《九龙角》俗称"夫人戏"，是松阳高腔的主要看家戏，凡提及松阳高腔，人们就指说"夫人戏"。它取题于民间，集浙南及浙西南山区有关陈十四娘娘故事之大成，生活气息浓郁，语言朴素通俗，音乐古朴，表演粗犷，甚为群众喜闻乐见。

（一）《九龙角》的剧情

《九龙角》全剧凡三本，头本二十八出，二本二十二出，三本二十五出，合计七十五出。

头本演观世音于天庭梳头，不慎掉下两根青丝，变作一对蛇妖下凡作乱。为除妖害，观音剪下三片指甲，命其分别投胎于陈家、李家和林家，是为陈夫人正姑、李夫人三妹、林夫人九姑。同时命红孩儿下凡相助。正姑投胎于福建福州古

田县道教法师陈上元家为女，红孩儿化身为幼童亦为陈上元收养，取名法清。上元尚有长子法通。时朝廷命官张石魁偕夫人叶氏入授于江州府，过黄河渡口时叶氏被黑蛇吞噬，石魁求救于叶天师，天师授令符召四大天将降伏黑蛇。黑蛇败退南庄庙，与蛇母结为夫妇继续作乱。蛇母化身作圣母娘娘托梦当地书生黄孔文，称从此以后，南庄庙的祭品必须有一对童男童女，否则地方不得太平。本年度祭奠头首黄孔文之兄黄贵字闻讯叫苦不迭，百般无奈，最后只好决定献出自己唯一的女儿。孔文得知是蛇妖作怪，乃求救于法师陈上元。上元命法通、法清前往收妖。法通布下天罗地网，用麻绳铁索捆绑住蛇妖，不料因法清泄露法术，蛇妖逃脱并卷土重来，反而吃掉了法通，法清狼狈逃回。陈正姑见此状，决心上闾山学法为民除害。蛇母闻讯甚惧，乃化身为假正姑先上闾山学法，待正姑到达闾山时，蛇母已学就并下山。正姑学就后下山，在苏毛岗斗败蛇母，将其斩为两段：七尺蛇尾去半天游嬉，三尺蛇头飞入皇宫继续作乱。正姑在归途中救活被黑蛇吞噬的叶氏，终于使张石魁夫妇团圆。

　　二本演野猪妖先化身作王志宗的书友陈兄诱骗王志宗去云南经商罗缎，然后再化身作王志宗占去王妻葛氏。志宗归，因斗不过猪妖化身的假王志宗，无法入家门与葛氏团聚，乃求救于其叔王三老及其师书馆先生，然均无济于事。法师张和郎应请前往收服，亦被猪妖所败，后幸遇陈正姑，才得以除灭猪妖，使其夫妻团圆。接着，陈正姑又以排骨炼丹法入地府取魂，先后救活了被蛇妖所吞的李三妹和林九姑，并与她俩结拜为姐妹，授以闾山法术。继而，陈正姑入南庄庙斩了黑蛇，救活其兄陈法通，因法通无法行走，乃送入半天云头被封为"改正先师"。又宣召王志宗夫妻入南庄庙显灵领受香烟。

　　三本演陈上元夫妇未等正姑闾山学法归来就将其许配给林色之子林大郎为妻。正姑虽然在闾山师母前发誓永不出嫁，嫁人则深江大海而死，但最终还是屈从于"孝"字，听从父母嫁给林大郎，不久就怀孕了。时值大旱，禾苗枯焦，百姓叫苦连天。县官马中魁张榜召请法师求雨。法清揭榜应召，由于蛇妖打断雨路，求雨失败，险些被活活烧死。正姑为解其难，不顾个人安危，竟剖腹取胎，然后上雨台与蛇妖做殊死的斗争，终于求得甘霖，百姓感恩不尽。蛇妖死不甘休，其三尺蛇头飞入内廷吞噬正宫娘娘后，化身为假正宫，同时尽吞三十六宫、七十二院，之后宫妃均以纸画代之。最后装病称只有陈正姑的心肝可治，欲乘机吃掉正姑。正姑法力无边，在李、林两位妹妹的协助下，经过一场智斗，终于使蛇妖原形毕露而除灭之。接着又运用排骨炼丹法救活正宫娘娘，并借用万岁赐予的一杯玉茶扑灭了杭州一场火灾。唐大历王感激不尽，封陈正姑为十四一品夫人，封林九姑、李三妹为十五一品夫人。林大郎及其两个儿子走马、灵通亦各有所封。

综观全剧，以陈十四斗蛇妖为主脑，把激烈惊险的搏斗场面写得一波三折，引人入胜，文辞优美，情节悲壮而充满神奇色彩。

（二）《九龙角》的脚色体制

《九龙角》保留了古老的松阳高腔初期的脚色体制——"三档"及"八把交椅"分工法。

"三档"的分法如下：

第一档：生（正生）、旦（正旦）、净、丑。

第二档：小生、占（或称"贴"）、外、夫（或称老旦）。

第三档：小角（或称"下手"）、末。

上述三档以第一档为最重要，故陈正姑、陈法清、蛇妖、野猪妖、王志宗、林大郎等重要脚色均放在第一档扮演；其中尤以正旦陈正姑为主要脚色。二档次之，故陈法通、陈上元、阊山九郎、葛氏等放在这一档扮演。末虽列为第三档，但在演剧中也是一个比较重要的脚色，要求戏路宽、演技全面，往往演戏中缺档的脚色，除应本工外均由末来担任。

"八把交椅"指一、二两档的八个脚色。第三档又称"下档"。这三档十个行当可演几十个脚色，故艺人们说："八把交椅加下档，什么戏文都能做。"显然，这就要求演员一专多能，包括"反串"等功夫。

《九龙角》的"三档"和"八把交椅"的脚色分工制，为后来松阳高腔正式形成"十大正脚"制奠定了基础。这十大正脚为：正生、大花、小花、小生、老生、副末、正旦、贴旦、花旦。其中以正旦、正生为最重要[1]。

（三）《九龙角》的表演特色

《九龙角》作为戏曲剧目，自然亦讲究唱、做、念、打"四功"及手、眼、

---

[1] 详见浙江丽水地区文化局戏曲志编委会编：《丽水地区戏曲志》（浙江省新闻出版局1994年），第101页。

身、法、步"五法",以及运用把子功、毯子功、腰腿功,等等,这些与其他戏曲并无二致。与众不同的自身特色的是,它吸取了闾山派师公在法事演出中的一些作法,从而丰富了自身的表演,如手法上的捏诀与步法上的罡步就直接来自闾山教。

手诀本来是师公在法事仪式中,用来请兵请将、驱魔除鬼时与咒语配合使用的各种手势。《九龙角》中的陈正姑正是运用这些手诀宣召天兵天将与蛇妖、猪妖搏斗并战胜它们的。每个手诀都有名字和捏法,如"大门诀"的捏法:双手竖立,手心向里,双手的食指、中指伸直并拢,左手小指插入右手无名指与大拇指之间,左手无名指搭在右手小指上,右手无名指搭在左手小指上,左右大拇指各搭在无名指第一关节处(图一);"双箭诀"的其捏法:双手背相靠,两手小指互相勾紧,中指弯曲,大拇指搭在中指关节上端处,两食指伸直相靠,两无名指从中指后插入中、食指之间(图二);"射箭诀"的捏法:双手食指交叉,右手食指在外,其他手指动作均与"双箭诀"作法相同(图三);"后门诀"的捏法:双手背相靠,右手无名指、小指弯曲,中指伸直,左手中指搭在右手中指尖上,左手无名指从左手中指后勾住右手无名指及小指,右手大拇指搭在左手无名指第二关节处,右手食指勾着左手食指尖,靠在右手中指的第二关节处,左手小指弯曲,左大拇指搭在左手小指指尖处(图四)①。

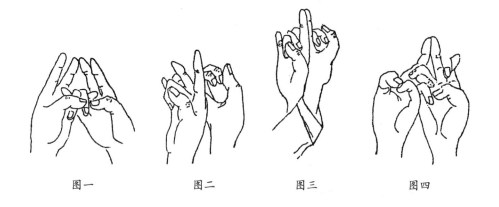

图一　　　　图二　　　　图三　　　　图四

---

① 见丽水地区民间舞蹈集成编委会编:《中国民族民间舞蹈集成·浙江丽水卷》1991年,第305—307页。

陈正姑是一个刚正不阿、力战邪恶、敢于为民除害的女子,上闾山学得法术之后,法力无边,凭借着这些神秘的手诀驱逐妖孽。其手诀的捏法,据老艺人口述有三十余种,在夫人戏中常用的除上述四种外,尚有十种。

罡步又称禹步(详见《海琼白真人语录》),是师公在驱邪灭鬼仪式中所走的法步。罡,北斗七星之一。踏罡步,意谓在施法的场地里踏出一个类似扁圆形俗称天罗地网的罡圈,只是留一个缺口,把妖魔鬼怪引入罡圈内,然后用手诀将它们消灭。丽水一带闾山教师公所做的打尪、拔殇、传师学师、做功德等法事均有踏罡表演。在《九龙角》中,陈正姑在与蛇母的搏斗中,多次出现踏罡步的动作提示,如在第二本"南庄庙斩蛇救法通"中为其兄排骨炼丹时就采用了"三点罡"步法。此法的表演要点为:以一只脚为轴心不动,另一只脚向主轴脚尖前点步,然后横跨一步,再向后点步,然后双脚并步,重复三次为一组动作。罡科时,演员身体侧面朝观众。这时,陈正姑右手拿龙角、左手执铃刀,按步法节奏做逆向转动,身体随步频频起舞,按东、南、西、北、中五个方位做重复动作,最后用铃刀写"批示",喷洒净水,唤醒法通,令其起死回生,罡步告结①。

此外,尚有三台罡、地狱罡、天罡、地罡等。罡步往往与捏诀互相配合而产生神力,如陈正姑为兄排骨炼丹就先捏"渡桥诀",然后再步"三点罡",接着破指滴血,起唱【一字调】"头上骨头还头上"云云,载歌载舞,从而完成排骨炼丹救人的表演,以形象的动作渲染舞台效果。

(四)《九龙角》的人物造型

松阳高腔作为浙江古老剧种之一,其服饰、化妆、砌末和装置,早就形成一套特有的艺术程式和体制。其服饰素淡、简朴、原始;其化妆除净、丑画脸谱,其他均淡敷水粉,松香烟墨略勾眼眉,轻拷胭脂;道具中有品种繁多的面具,砌末中有取自道教的铃刀、龙角等。最能体现这些特色的是看家戏《九龙角》一剧的人物造型。这些人物造型既古朴又具有浓郁的生活气息。现将其主要人物造型简介如下:

陈正姑,正旦,服饰简朴,身着毛蓝布大襟衣,紫裙;脚穿跷鞋,俗称"三

---

① 参阅浙江丽水地区文化局戏曲志编委会编:《丽水地区戏曲志》(浙江省新闻出版局1994年),第102页。

寸金莲"，头上无珠花，作法和捉蛇妖时，头扎红带，肩插竹节马鞭，手拿铃刀、龙角，不时地步罡、捏诀，以除妖救人为己任，在舞台上与其他角色形成强烈的对比，一见就是善良、可亲的形象。所穿的跷鞋是一种特制的靴筒鞋，鞋掌短小，穿时要将朝笏插在靴筒里，再用带子把脚踝连同脚背绑紧，以足尖走路。旦角平时需练跷功。

陈法通，小生，有时亦以正生应工，头戴道士九梁方巾，身穿客衣，黑色或素色长衫，脚穿圆白便鞋。作法时，头戴九梁巾，身穿白箭衣，素色，表现其正直、善良、学道的形象。

陈法清，小丑，头戴草编小圆帽，身穿红马褂，红裤，迎亲时穿女客衣（大襟衣），面部化妆为倒挂眉，眼眉和嘴上都画椭圆形白色块，两颊涂红，是一个既淘气又莽撞、心地善良而老是惹事闯祸的丑角形象。

蛇妖，有多种造型。坐享南庄庙时，为占即贴旦打扮；化为人形上闾山学法时，与陈正姑一样，为正旦打扮。有时穿黑箭衣，扎大带，头戴额子扎巾，穿平底鞋，为武生打扮。现原形时，用纸胎做成蛇头，拿在手里，出场时放在头部，披客衣，做蛇形动作，显示其阴险狡猾，是一个无恶不作的反面角色①。

（五）《九龙角》的声腔音乐

《九龙角》的声腔音乐，无论人班还是木偶，均唱松阳高腔。松阳高腔产生的年代无考，明万历年间已开始盛行，清同光时曾一度中兴，不久即开始衰落。其唱腔属曲牌联缀体，其曲牌名称和各地高腔类同，但在实际演唱时，句式、词格常根据剧情需要而随意变化，行腔中常用咿、呀、啊、哈等衬字。其曲牌的组成以腔句为单位，腔句后又衬以小锣助节的丝竹短过门。生、旦唱腔多以丝竹伴奏，花脸多以唢呐伴奏，个别由花脸和生角演唱的曲牌遇到激昂、紧张的场面，则用大锣衬配。生、旦唱腔有时以高八度假嗓帮唱。这些独具特色的风格，使《九龙角》的唱腔辽阔秀丽，伴奏活泼轻松，具有浓厚的乡村风味。

松阳高腔今存有牌名的曲牌约四十首，《九龙角》几乎全部保存了这些曲牌，常用的有【红纳袄】【山坡羊】【玉芙蓉】【念经调】【一字调】【江头金桂】【桂枝

---

① 参见浙江丽水地区文化局戏曲志编委会编：《丽水地区戏曲志》（浙江省新闻出版局1994年），第114—115页。

香】【解三酲】【风入松】【落山虎】【驻马听】【锁南枝】【孝顺歌】【园林好】【耍孩儿】【不是路】等。此外，尚有不少佚名曲。后期因受徽、乱等声腔的影响，也出现很多板类成分，有起板、倒板、平板、叠板、紧板等。舞台用语主要用松阳官腔，唯《九龙角》丑角陈法清全用土语，别有风趣。乐器曲牌有【过场】【望妆台】【将军令】【满堂红】【小开门】【小桃红】等；锣鼓经有【水底鱼】【纱帽头】【一字锣】【满天星】【平锣】【水星锣】等。乐队编制分：鼓堂（檀板、板鼓、堂锣）、正吹（操笛、唢呐、先锋）、散手（操大鼓、大锣及辅胡）、副吹（操唢呐、主二胡）、小锣等五种行当。其传统座位如图五所示。

图五

三、《九龙角》与闾山教的关系

（一）《九龙角》的主要关节出自闾山教，是闾山教法事仪式的戏剧化

《九龙角》凡三本，头本叙真、假正姑上闾山学法。假正姑为蛇妖所变，蛇妖吃掉陈法通之后，得知法通之妹陈正姑欲上闾山学法为其兄报仇，惧甚，乃化身陈正姑先上闾山，瞒过闾山教主许九郎、许九母兄妹，学得闾山法并携带铁伞、铁鞭、铁马、铁龙角等闾山真宝下山。三年后，真正姑到达闾山，在真、假正姑莫辨之时，九郎动用照妖镜，才知下山而去的是蛇妖所变。乃连忙用闾山遁法将其缠困在苏毛岗不让其下山，同时加紧向陈正姑传授法书。陈正姑学完闾山十本法书，便腾云驾雾赶至苏毛岗与蛇妖斗智斗法，终于用九母所赠的纸伞、纸马、纸鞭、纸龙角，换得蛇妖的铁伞、铁马、铁鞭、铁龙角，并将其斩为两段。在下山途中，陈正姑还运用闾山排骨炼丹法，救活了被蛇妖所害的叶金莲，使其与丈夫张石魁团圆。

二本先叙陈正姑设排骨炼丹之仪，通过步罡、捏诀、吹九龙角等仪式，宣召闾山三洞兵及黄梁二将，救活了被猛虎吞噬的李三妹。次叙陈正姑再设排骨炼丹之仪，拯救因做产而死的林九姑。因九姑做产时秽气落入阎王千岁血湖之内，被打入血湖地狱一时炼不还阳，于是陈正姑焚化纸钱送走黄梁二将回闾山之后，又宣召引魂童子到阴司向阎王说情，请求放还林九姑的阴魂。阎王不肯，陈正姑乃设破血湖之仪，动用闾山翻天覆地之法，一口气翻了二十口血湖，逼得阎王不得不将林九姑的阴魂放还，使九姑得救。三叙陈正姑入南庄庙拯救被蛇妖吞噬的哥哥陈法通，先举行跳童仪式（详前），破了妖法，找到法通的尸骨；再举行排骨炼丹法事，使法通还阳。这一本，基本上由上述三场法事组成。

三本先叙陈正姑剖腹取胎求雨救良民。时值大旱，禾苗枯焦，百姓叫苦连天，法清求雨失败，正姑挺身而出，她不顾六月怀胎在身，毅然剖腹取胎上雨台作法。接着便是一场规模宏大的求雨仪式。设雨台一座，她先撑起一把清凉伞，然后放下凉伞去向雨台。来到雨台之前，先发出六曹兵马，命天兵天将、地兵地将、风火二将，一齐发在雨台上，并吹起九龙角求雨。来到雨台之后，又筑起五色祥云：东方青云、南方赤云、西方白云、北方黑云、中方黄云，五方祥云一起筑，吹动龙角求甘霖。紧接着，蛇妖带领雷公打散了陈正姑的雨路，云散日出，停止了下雨。正姑怒极，重新驾起祥云，斩断猛雷，终于使甘霖倾盆而下，解了下界的旱情。正姑收回六曹兵马，仪式结束。次叙陈正姑连续两次举行排骨炼丹法事，炼就了自己的两个儿子并使他们还阳，一名叫走马，一名叫灵通。仪式包括拜请闾山三洞兵、迎接闾山师父降坛、吹龙角、排骨头、吹法水、转还阳、送神等。三叙陈正姑入皇宫灭蛇妖，救皇后。蛇妖在苏毛岗被陈正姑斩为两段之后，七尺蛇尾去半天游嬉，三尺蛇头飞入内宫吃掉正宫及妃子，自己化作正宫蒙骗大历王继续作怪。陈正姑作起闾山法叫其现出原形，使皇上醒悟，同时吹角踏罡，再度举行排骨炼丹法事，使皇后复活。最后因杭州发生火灾，陈正姑奉命启建灭火道场，利用皇上所赐的一杯玉茶，化作一阵洪雨灭了大火，受到皇上的嘉奖。

总之，《九龙角》所演均是道教闾山派除妖救良民的故事，排骨炼丹等闾山教科仪一场接一场，是一出地地道道的宗教仪式剧。

（二）《九龙角》的舞台表演来自闾山教，是闾山教道场师公作法的翻版

《九龙角》最常见的舞台表演动作是打筊、踏罡、捏诀、吹龙角、念咒、唱曲

等，无非是唱、念、做、打"四功"。而这些几乎都采自闾山教的科仪动作，有时甚至不做任何艺术加工而被全盘照搬，如头本"夫人炼丹"就是如此。戏文大意是：张石魁奉旨赴福建漳州府上任途中，渡黄河时其妻叶氏被河中蛇妖摄去而死，停棺河边。一日，陈正姑闾山学法回归途中，见棺中冒火起烟，便知有冤，忙用符开棺，只见枯骨一副，便作法炼丹，令牌招魂，净水洗泼，使叶氏复活。张感恩不尽，以金银相谢，陈谢绝而别。此后，其兄陈法通被蛇妖所吞，正姑亦用排骨炼丹法救其复生。其舞台表演依次为：

掷筊：这是闾山教任何一场道场开始时都必须进行的一项问神仪式，务必掷出圣筊（详后）方可决定是否进行排骨炼丹仪式。师公有时掷筊数次仍得不到圣筊，往往使病家急得欲哭，唯恐神灵不肯降坛除妖，病人凶多吉少，直到圣筊出现才破涕为笑。戏中的表演也一样，笔者 1994 年春节在周安村观看《九龙角》头本时，剧中的陈正姑就连掷四次才掷出一个圣筊来。

请神：浙江闾山教所请神祇有福州古田县临水大殿三封四敕护国救民善利顺济夫人、九天应曜齐天圣母太阴三位大德娘娘、正宫陈十四娘娘、左宫林九娘娘、右宫李三娘娘、监生看生婆神、保胎护产婆神、催生保产夫人、金盆送子夫人、转女成男夫人、临盆救难夫人、通事监梦夫人、掌关度煞夫人、汪杨邱吕四员大将、临水大殿合局圣众，等等。师公请神时的主要动作是吹龙角、踏罡步。戏中的陈正姑上场时，先吹响三声龙角，然后手举铃刀起舞，舞的就是踏罡步。其步法：左脚站立不动，右脚在前点三步，向右跨一步，再向后点两步，右脚向左靠拢，此为一罡步；再以右脚站立不动，左脚在前点三步，向左跨一步，再向后点两步，左脚向右脚靠拢，此又为一罡步。如此反复交换行进，即所谓"步罡踏斗"，按北斗七星的位置用脚画着走之意。

点兵：也称召将。闾山教俗称"武教"，以斩妖收魔为己任，因此点兵召将便成为最常用的仪式了。所点的兵将包括闾山三洞兵以及天兵天将、地兵地将等。师公点兵，主要通过捏手诀伴以念神咒来实现。手诀又称"手势法术"，相传为战国时的巫觋所创，后被道教采纳，手势繁多。浙江闾山教手诀计有渡桥诀、铁板盖、翻天覆地、水龙锁、四大天王、四大文王、上天五虎、扑地五虎、青阳锁、祖师诀、本师诀等数十种。戏中的陈正姑点兵时所用的手诀为"祖师诀"，其捏法：用右手大拇指掐中指第一指节上，左手三指平伸，指尖向上，与正一道士用的"天师诀"相似。捏诀时唱【一字调】："我今东方召来九万兵，南方召来八万将。西方召来六重军,北方召来五蹄马。中方召来三洞兵,天兵天将,地兵地将,风火二将,一时收在龙角内。我今吹动九龙角,吹动龙角召兵马。"唱毕,走东、南、西、北、中五个方位,每到一方位,捏一手诀,念一咒语,原地转三圈,将身子向上一跳,为一组合动作,共计五个组合。伴奏的音乐有两种:一为打击乐,主要乐器是大锣、小锣;一为丝竹乐,主要乐器为二胡、笛子。

排骨:排骨连同下一科仪的炼丹向来为闾山教师公所特别看重的仪式,也是《九龙角》一剧的重头戏。其中尤以排骨的表演最为丰富,试看陈正姑排骨救法通的表演。这段表演可分找骨、认骨、排骨三个层次。首先是找骨。法通南庄庙收蛇妖,因法清捣乱,得罪了三天圣主,结果法术失灵,被蛇妖吞噬,骨头被罩在铜钟下。陈正姑四处寻找,怎么也找不着。后通过跳童仪式才发现原来被罩在铜钟底下。铜钟很重,启不动,后借用上天王十九大夫之力,动用火炼金枪掀起铜钟,取出骨头。其次是认骨。铜钟底下的骨头很多,不知哪些骨头是法通的,于是陈正姑以虚拟动作将其故兄的白骨排列台中,咬破中指滴血在骨头上,据说若是亲人的骨头,与血相接,若不是亲人的骨头,则不相接,此曰"亲骨血"。正姑边咬指滴血,边唱【一字调】:"忙把指头来咬破,咬破指头救故兄。(咬指介)啊唷!是我故兄骨头来走起,别人骨头莫相连。"第三是排骨。经滴血确认是法通的尸骨,便开始排骨。其表演主要是踏罡步、唱神咒。陈正姑接前腔唱道:"奉请闾山三洞兵,迎接闾山师父到来临。今日宣召无别事,来到此地救良民。头上骨头还头上,脚下骨头还脚下。肋下骨头还肋下,两手骨头分左右。排起三十六骨头无差异。"

炼丹:排定三十六副骨头之后便开始炼丹,其表演动作主要是按东、南、西、北、中五方走罡步,又称"走五方"。走时,陈正姑右手举铃刀,左手握龙角,在锣鼓的伴奏下载歌载舞,为法通招魂炼度。

还阳:经过炼丹包括水、火二炼之后,便可还阳了。陈正姑走完五方,立台中间,举起案上神水碗向四方喷洒,用铃刀画符,唱道:"呀!再将令牌来宣召,宣召灵魂到来临。法水一口转还阳。"唱毕,念曰:"法通吾兄,速醒,速醒。"这时,另一演员扮演法通苏醒上,在问清眼前的情况后唱【下山虎】:"多谢众姐妹(重句),多谢姐妹相搭救,搭救为兄转还阳上。"①

---

① 参阅吴真:《大山里的鬼神世界》,见上海民间文艺家协会汇编《中国民间文化》(学林出版社1991年版)第二集,第63—64页。

至此，夫人炼丹表演结束。这段表演几乎全部照搬闾山教师公的道场作法，没有任何艺术加工。不进行艺术加工的原因是由于观众已非常熟悉师公作法的形式，进行艺术处理之后反会不被他们承认，同时也由于戏的表演，使我们还能看到当年师公的作法仪式，从而满足了一部分人的审美需求。

《九龙角》的舞台表演照搬闾山教道场作法场面的还有很多，诸如陈正姑闾山学法、闾山九母向真假正姑传授闾山法、闾山九郎用"遁法"将假正姑缠困在苏毛岗、陈正姑初试闾山翻天覆地法、真假正姑苏毛岗斗法换宝、陈法清私放闾山兵、陈正姑收归闾山兵、陈正姑阴司取魂、陈正姑王家除猪妖、陈正姑南庄庙斩蛇妖、陈正姑入皇宫与蛇妖智斗、陈正姑剖腹取胎、陈正姑雨台求甘霖、陈正姑排骨救正宫、陈正姑御茶灭火灾等，不一而足。所有这一切事实都证明夫人戏《九龙角》脱胎于闾山教除妖救良民的仪式。

（三）《九龙角》的砌末、服饰来自闾山教

《九龙角》的砌末如龙角、铃刀、神鞭、筊杯、净水、雷公锤等，均移植于闾山教法器。简介如下：

龙角：一般用弯曲的杉树根制作，根心挖空，形似牛角，长约50厘米，用铁皮条扎紧，绘熟褐色，用以宣召神兵神将驱鬼降妖。其执法，通常挟在左手虎口和中指及无名指中间，大拇指扣住龙角。

铃刀：铁制，如剑形，全长约40厘米，刀身长约35厘米。刀柄尾端挂有一串铃，由铜板穿孔而成。也有的用铜钿或铁片环代替，挥动时发出沙沙响声。还有在刀柄上挂两只筊杯（详后）的。铃刀代表神的旨令，用作镇妖除魔的武器。一般握在右手。

神鞭：竹根制成，长约55厘米，凡三十六节，粗的一端扎有红布条，挂下两条约30厘米的飘带，是用以打鬼、驱鬼的神器。

筊杯：铜制，为两只半球面形的小杯，状如小铍，杯径约5厘米，分别系在一根长约100厘米的红绳两端，是师公作法时用作问神讨旨谕的法器。平时挂在铃刀刀柄端头，用时将两杯抛在案上或地上以卜吉凶，两杯口均覆地的叫"阴筊"，两杯口均向上仰朝天的叫"阳筊"，杯一覆一仰的叫"圣筊"，为大吉之象。相传这种筊杯从前规定要用金、银、铜、铁、锡五金制成，否则不具灵气，近年才改为单用铜制的。

净水：用普通瓷碗或酒杯盛上清水，上写"净水清明"四字。师公作法时用柏树枝蘸水喷洒，或用以净坛，或用以驱邪消灾。

《九龙角》的服饰来自闾山教及茅山教的法服。

陈正姑师从闾山九母，其服饰与闾山教法服无异，上身穿毛蓝布大襟衣，下身系花边紫裙，为三折裙。据说这花边代表波浪，因陈正姑与蛇妖变的假正姑曾在苏毛岗一条河中斗法换宝，这花边就象征她们在水中斗法时掀起的浪涛。脚穿跷鞋，俗称三寸金莲。头饰无珠花，仅扎一条红带，肩插竹节马鞭，手拿铃刀、龙角，人物造型既古朴又具有浓郁的生活气息。林九姑、李三娘的服饰与此相近。

陈法通师从茅山教，其服饰与茅山教法服无异，平时身穿客衣，即黑色长衫或素色长衫，头戴九梁方巾，脚穿圆口便鞋。作法时，头戴九梁巾，身穿白箭衣。陈上元的服饰与此相近。

陈法清非闾非茅，自成一体，其服饰头戴草编小圆帽，身穿红马褂、红裤子，迎亲时穿女客衣（大襟衣），为丑角形象。

蛇妖上闾山学法时与陈正姑一样打扮，穿闾山教法服。有时则穿黑箭衣，扎大带，头戴额子扎巾，脚穿平底靴，为武生打扮。现原形时，披客衣，拿蛇头，放在头部，做蛇形动作。

此外，尚有各种面具亦与闾山教有关，早期闾山教作法时就使用过面具。面具品种繁多，有全头面壳，如观音、牛头、马面、老虎等；有半面壳，如雷公、判官、十二生肖的鼠、羊、兔、狗、猪等；有半段面壳，指嘴巴上半部的面具，如土地公、狐狸精等；还有戴在额上的特殊动物造型，如用纸胎做成蛇头套在额头表示蛇妖，用纸胎做成鸡头帽戴在头上表示鸡精。

总之，《九龙角》一剧，从剧情、表演、音乐到道具、服饰均出自闾山教，是闾山教除妖灭怪仪式的戏剧化。它的产生和流传，又为中国戏剧源于宗教仪式这一论点提供了新的一例。

永康醒感戏及"九殇"概述

永康醒感戏最早产生于浙江省永康县,后流播于毗邻之缙云、磐安、义乌、武义、东阳、金华等县。其原名"做殇",也称"省感戏"依附于道教科仪,专为超度亡灵道坛而设,夹杂在翻九楼、忏兰盆、水陆道场等仪式中演出。形成的年代较早,明正德年间已盛行。明正德《永康县志》卷五"风俗"曰:"为超度亡灵,驱邪镇恶,消患灭灾,民间盛行做水陆道场、翻九楼、做殇等习俗。"① 清康熙年间尤盛。康熙《永康县志》卷六"风俗"曰:"师巫有同戏剧,谓之洪楼胜会,又谓之翻九楼,鄙亵诞妄,莫知其所出。而愚民多信之,男女聚观,恬不为怪。年来沈公(即知县沈葆)亦严禁之。然习俗已久,其愚卒不可破,必奉宪痛革,或可止也。"② 至20世纪20年代依然未衰,全县至少尚有十个以上醒感戏班在流动演出,与其他戏班斗台时常处于压台之优势。时有打油诗曰:"三十六班斗胜来,唯有做殇压诸台。黄昏观剧到天明,九楼坛前忘家归。"③ 可见其深受当地群众欢迎。醒感戏的主要特征是:融祭仪、戏剧、音乐于一炉,集道士、演员于一身,合科书、剧本为一体,是独树一帜的宗教仪式剧。

一、融祭仪、戏剧、音乐于一炉

醒感戏是道教祭仪的产物,平时不得随便演出,只能夹杂在翻九楼、水陆道场、忏兰盆等法事中演出。其中与翻九楼道场的关系最密切。翻九楼又称"鸿楼胜会""庆忏鸿楼大会",是永康一带影响最大的道场之一,旨在超度幽魂。其发

---

① 〔明〕吴宣济、胡楷修,陈泗等纂:《永康县志》(明嘉靖三年胡楷刻本)卷五,第6页。
② 〔清〕沈藻修,朱谨纂:《永康县志》(康熙三十七年刻本)卷六,第9页。
③ 黄绍良:《省感戏盛衰考略》,见浙江省艺术研究所编:《艺术研究》第六辑(内部发行,1986年),第262页。

起人称"九楼头",余称"九楼脚"或"九楼尾"。永康道教分道、师二派,虽同宗共祖,均属元始天尊门下,却又各有所崇奉。其中崇奉玄武上帝的称"道教",该派长于经忏,文武兼顾;而崇奉张道陵且以"龙水王"为教主的称"师教",该派长于科法,属武道士①。翻九楼道场为道、师二教共同举办而各司其职:道教主内坛,于祠堂或庙宇设道场,行经忏科仪;师教主外坛,于广场建九楼坛及戏台,表演翻九楼杂技与醒感戏。全道场需三年完成。第一年称"起九楼",择选吉日,于内坛做一天一夜道场,当晚于外台演醒感戏《毛头殇》一本。会头、会脚们则从此各自选养猪、羊,以作为三年后的祭品。第二年称"暖九楼",内坛做三昼夜法事,外台演五本醒感戏。第三年称"翻九楼",为期五昼夜,正式举行所谓鸿楼胜会②。届时,内坛做五天五夜法事,分阴、阳两种,俗称"阴佛"与"阳佛"。阴佛以超生为旨,阳佛以祈福为务。阴阳道场,方向相对,一般阳佛设于前厅,坐南朝北;阴佛设于后厅,坐北朝南。阴阳科仪,分两班同时进行。与内坛相对应的外台则要演五天五夜的醒感戏,共九个剧本,每一个剧本均与内坛的法事相呼应。现先将内坛的科仪演出逐日简介如下:

第一天,凡十二场法事,依次为:

(1) 净厨:置净水碗一口,竹叶三片。高功登坛,焚香拜请上、中、下三元净厨斋戒净洒坛场祛秽除氛先师降鉴,然后敕水,焚符,持诵净厨斋戒荡秽除氛神咒,至灶君位、斋戒位、三清位、十殿位以及坛前后洒净除秽,以迎请万神降坛。

(2) 大申发:高功登坛,三捻上香。然后吟香偈、水偈,敕水,念净口、净身、净心神咒。接着谨请祖师天蓬都元帅、日宫太阳帝君、月府太阴帝君以及五方生气君等各降真气,以荡除厌秽。最后步罡默咒,护身镇宅,除灭妖精。

(3) 召将:即召万神降坛护佑。分阳召、阴召。阳召时,高功登坛念:"下达民情,须凭杳檄,上干天听,必假真灵,王符令召,速请降临。急急如律令。"阴召则念:"三官九署,十二河源,上解祖考,亿劫种亲,王符令召,速请降临。急急如律令。"

(以上为上午科仪)

---

① 此处有关永康道派的分法,采用高功李昌基(永康县前仓镇璋川村人,时年82岁)的说法。

② 有关起九楼、暖九楼、翻九楼,参阅徐重凡《永康省感班"翻九楼"》,见《金华市戏曲志资料汇编》1985年第二期,第9页。

(4) 开启：分阳、阴两种。阳开启，奏启南斗六司延寿星君、北斗七元解厄星君。阴开启则奏启南斗六司陶魂星君、北斗炼魄星君。其科仪包括敕水、绕坛行香、请圣等。

(5) 献斋：向众圣献百味供养之意。分阳、阴两种。阳献上祈高尊赐福延生，阴献则上祈慈尊超度亡魂。科仪演法相同，高功登坛先念"亶娄阿荟，无霠睹音"云云。然后焚香仰启三界有关真宰威灵，散花供养。接着谨请天厨使者、变食溟滓大神等行变食，持诵变炼法言，斋献圣凡。最后斋事完成，奉送归位，众念："斋福无量天尊，酡酥百味天尊，无量不可思议功德。"

(6) 诵经：搭台，诵《度人经》，每跪拜一下，击磬一声。

(7) 拜忏：拜《九幽忏》一至二卷。

(8) 供童：奉请十方童子及一切灵官降赴灵筵，分班就座；斋官设拜，酌酒斟茶，道众虔诚散花供养。

(9) 施生：即施食，摄召四生六道孤魂等众来赴法筵受度，谨请天厨使者普施法食以飨之。

(以上为下午科仪)

(10) 召家先：高功持太上之真符，召家先之神识，来临玉陛，领受功勋，并赴坛受度。道坛需搭台，设家先之位，以供拜揖。

(11) 五道灯：即关点五道神灯，开通五道冥路，以资度亡魂某等往升天界并旁资附度均证生方。仪式有游四门、调灯等。

(12) 云厨斛：设斋筵，摆红烛、馒头等。高功率道众绕坛修斋，毕，回洞案前念："巍巍狮子座，吾今登宝台，代令仙翁旨，斛筵尽皆开。"然后，行焚香请圣，吟咏离怖畏、解旧冤、开咽喉、变食、施食等诸科仪。末了，众回玄武上帝神位杀更歇息。

(以上为晚上科仪)

第二天，凡十六场法事，依次为：

(1) 卷帘：分阳、阴两种。阳卷帘旨在延生集福，故高功的奏启词为："臣诚惶诚恐，顿首稽首，今月某日据奉道弟子某等，词为诞生事，由是今月某日仗道就祠（家）启建延生集福醮坛本日某夜，做诸法事，依按真科次第，完陈祈修净醮，恭祈道力，请福延生。"然后出师堂、卷帘帏而入觐太上昊天金阙至尊玉皇上帝，上章进表，为斋主祈福延生。阴卷帘旨在超度亡魂，故高功的奏启词为：

"臣诚惶诚恐，顿首稽首，今月某日据奉道追修某同某家某等为荐先某灵魂，由是今月某日仗道就某建斋坛某日某夜，做诸法事，依按真科次第，完陈祈修净醮，恭祈开度，利益存亡。"然后出师堂、入帘坛、卷帘帏而入觐玉皇上帝，上章进表，为斋主祈求超度先某灵魂及一切孤魂。

（2）分辉：分阳、阴两种。阳分辉旨在祈寿，故高功登坛时念："臣闻天虽高而听甚卑，道在迩而求诸远，叩之必应，感而遂通。臣奉为醮官某等谨按玄科，恭燃灯法，伏望降金光于莲炬，锡丹焰于兰膏，破暗续明，倾光回驾，普照八极，旁烛十方，用照赫之威光，式显煌煌之厚德，臣仰对法座，恭分宝辉，稽首虔诚，赞扬功德。"然后念诵，焚惠光符。最后，高功举问："灯光明否？"班手答曰："已明。"高功又问："灯光遍否？"班手曰："已遍。"高功曰："已明已遍，同声赞咏。"阴分辉旨在超幽，故高功登坛念曰："仰启，十方上圣，三界高真，放九色之光明，破重泉之幽暗，益以四生冥昧，不离迷途，六趣昏蒙，长居永夜……今斋官某等为荐亡过某灵魂，开建大斋，祈超道岸，恭依科式，敷列坛场，燃点神灯，开明幽暗。"其他科法与阳分辉同。

（3）金钟：分阳、阴两种。演阳金钟时，高功登场念："伏以，混元太极，启玉匮之金科；元始天尊，演琅函之妙式，……钟圆应天，始于三十六下，磬方像地，须惩二十四通，左右抑扬，感千尊之齐集；清浊交合，作万善之威仪。"接着击金钟玉磬，并宣读召阳与召阴真符，以召阳神决吏和阴神决吏等守护坛场，保证法事顺利进行。演阴钟时，高功登坛则念："伏以，华林隐霭，环列天中之天；丹阙森罗，傍开象外之象，……是以云篆与瑶坛并启，金钟与玉磬交鸣，四辟六开，闻步虚之远绝，九和十合，扬大梵之精微。"以下演法与阳金钟同。

（4）安镇：又称五方安镇。高功领道众到东、南、西、北、中五方，分别皈依东方青灵始老、南方丹灵真老、西方皓灵苍老、北方玄灵元老、中央黄灵皇老及诸灵官，并一一敷宣五方玉字镇文，祈请阴超阳泰、地方太平。

（5）禁坛：道坛初启，宝筏将宣，切虑人物往远参诸厌秽，故先敕水禁坛，然后按科葳事。禁坛时，备宝剑一把、净水碗一口，高功登坛，行存神、运念、诵咒、捏诀、步罡、敕水、敕剑等科，然后谨请青、赤、白、黑、黄五天魔王来侍左右前后，奏请五方帝君各降真气入其净水中，使之"噢天天朗清，噢地地永宁，噢人人长生，噢鬼鬼灭形"，"摄邪归正，咸六洞之鬼锋；点浊为清，荡群迷之秽质。俯愍法众，咒水行坛"，使道坛一片洁净。

(6) 敕坛：此乃禁坛之继续，高功持剑入坛念咒曰："吾持宝剑向天门，握法都监搜鬼魂。戴天履地总乾坤，应有邪魔尽皆奔。敢有不顺吾道者，锋刀寸斩化为尘。急急如律令。"然后在万神的卫护下，步罡踏斗，巡坛敕剑，噀水，行五方安镇、结界等科仪。最后犹恐法力未周，再请天仙、地仙、水仙及高功院下诸路兵力以及城隍土地等，随其绕坛三匝，叠坛三重，使一切魍魉妖精、浮游浪鬼，"摄赴魁罡之下，入地万丈，化作微尘"。先后三次步罡，步法均不同，现分别制简图如下：

咒曰：
震登兑位，坎顺离明。
艮生巽旺，虎步龙翔。
天门地府，人门鬼路。
为我者离，昊上昊苍。
今日禹步，上应魁罡。

咒曰：
贪狼剿恶，食鬼吞精。
巨门烜赫，焰耀光明。
禄存奔雾，统领天兵。
震标文曲，光彻廉贞。
威灵武曲，真人辅星。
天罡大圣，破军真星。

咒曰：
手执龙剑震上立，
自巽巡离直至坤。
履兑魁罡向坤亥，
遥望天门谒帝君。
坎子行山顶上过，
直至艮宫封鬼门。
急急如律令。

```
步罡图（之一）         步罡图（之二）              步罡图（之三）
乾    坎    艮（终）   乾       坎（始）  艮        坤   离   巽
天门  坎顺  艮生       武曲     贪狼     禄存       兑        震（始）
            鬼路                                              左足
兑    镇    震（始）   （终）兑  镇       震                   起步
兑位        震登       破军              辅星       乾   坎   艮（终）
虎步        龙翔
                      坤        离       巽
坤    离    巽         巨门     廉贞     文曲
地府  离明  巽旺
            人门
```

（以上为上午科仪）

(7) 召王：又称召佛，修斋奉请上、中、下三界香官普召上界朝元真宰、中界狱府威灵、下界酆都官属、水府冥曹十王。重点是拜请冥府十殿慈王及王子王妃诸眷属，俯降法筵，证明功德。法众则整肃容仪，总伸朝礼。朝礼毕，请退瑶阶，归筵享供，法众虔诚俯从引导，班手行香，都讲敕座，准备献供。

(8) 文献：或称十献、献供等。分别将香、花灯、水、食、茶、果、采、宝、经等所谓十宝交献给十殿冥王。演时，高功极力赞颂十宝之珍贵，班手和念"献上，献香花供养"云云，斋官上香设拜，斟茶，酌酒，道众虔诚散花供养，或祈高尊赐福，或祈慈尊超生。

（9）供王：分阳、阴两种。演阳供王时高功登场念："太乙郁霄，上登洞房，六合三宝，司命神公。"然后鸣法鼓二十四通，发炉，召出身中三五功曹等各三十六神，烧香请圣，奏据情旨，百拜上启三清无上天尊及冥府十殿慈王等。接着斟酒三献，散花供养，宣疏，再称十二愿，存神烧香，祈请高尊赐福延生。演阴供王时，高功则念："劫仞宝台，香云素盖，妙哉元始，洞观无碍。"然后鸣法鼓二十四通，召出身中中元丹田八景真人等各二十四神。接着奏据情旨，再称法位，三上香，三献酒，三散花，宣疏回向，祈请慈尊超度亡魂。

（10）午斋：即搭台献斋。

（11）诵经：即诵《度人经》。

（12）拜忏：拜《九幽忏》三至四卷。

（以上为下午科仪）

（13）大破九狱：高功登坛诵念"王京仙苑下瑶台，童子传言地狱开。孽海波涛皆息浪，铁城铜柱化成灰"，然后焚香供养，叩头奏启三清上圣六御高真及冥府十王等，奏据情旨，敷宣玉清宝箓破地狱真符。接着，大破东方风雷地狱、南方火翳地狱、西方金刚地狱、北方溟冷地狱、东北方镬汤地狱、东南方铜柱地狱、西南方屠割地狱、西北方火车地狱、中央普掠地狱等九狱。其间要念破地狱咒"茫茫酆都中"云云，叩头奏启救苦表文，宣读关文，请策杖、纳策杖等。

（14）召魂：高功登坛诵念"仰凭神虎传符命，摄召亡魂赴道场。仗此虔修功德力，早辞苦趣往生方"，然后焚香叩头，仰告三清四梵八极九霄大罗法界无上至尊，奏据情旨，志心召请三元直使神虎将军及摄召灵官追魂使者，摄召亡魂赴坛受度。犹恐冥路未通，又宣读催督牒文加以追召。亡魂及众家先召到之后，即地行沐浴荡秽，特设兰汤净浴，法众称念沐浴荡秽咒："天澄地清，五色高明，日月吐辉，灌炼身形，神精内养，香汤炼形。"沐浴荡秽毕，即请上华幡引魂朝礼三清、十殿慈王、日月三光。最后登金门，步玉堂，超度升天。

（15）天医醮：分阳、阴两种。阳者旨在为患者治病，阴者旨在超度亡灵。目前道士一般只做阳天医醮。其科法为：高功登坛诵念天地神咒"天地自然，秽气分散"云云。然后焚香请圣，奏据情旨，虔诚上启虚无自然三境天尊及历代祖师天医。仰冀天医默运神功，广被黎庶，或施针砭，或赐金丹，或末或丸，或炮或炙，或以汤液而奏效，或示焚兆以通神，以使病者转死回生，益寿延年。其主要科仪为三上香、三献酒、三散花，上祈高真赐福延生，同赖善功，证无上道，一切信礼回上因缘，称念消灾解厄天尊，无量不可思议功德。

(16) 冥阳斛：高功登坛敕座曰"天尊修道混元初，太极两仪立两图。令我宣扬秘密语，冥阳斛食济幽途"，然后上座吟偈曰"澄澄湛湛自天生，涤荡乾坤垢秽清。滞魄普沾同乐意，孤魂广济动怡情。心中火焰皆消灭，体上尘埃悉利冷。乘此九龙神水力，脱离苦趣去超升"。接着焚香请圣，奏据情旨，志心召请东、南、西、北、中五方分野无主孤魂今夜斯时来赴法会，受此法食斋馐功德，并谨请天厨使者变食，以一变十，以十变百，以百变千，以千变万，万变恒河沙数，无极无量，持诵变炼法言"玉山金阙"云云，法众和念"宝华完满天尊"。最后将法食普散十方，以飨孤魂，俱获超度。

（以上为晚上科仪）

第三天，共七场法事，依次为：

(1) 诵经：阳佛诵《三官经》，阴佛诵《血湖经》。

(2) 拜忏：拜《九幽忏》四至五卷。

（以上为上午科仪）

(3) 早朝：分阳、阴两种。阳早朝旨在祈福延寿，高功先于天师堂赞请五师，然后出堂行香，卷班，鸣法鼓二十四通，召出身中上元丹田八景真人等各三十六神，再称法位，三上香、坐忏，具位，诵经，祭将，宣疏，再称十二愿，存神烧香。最后回拜五师，伏愿醮官"仁沾长幼，合门均保于康宁；福佑子孙，筮仕早跻于清显"。阴早朝旨在超度亡魂，故高功三上香之后，由班手宣读元始符命解冤释结真符、皇上玉简九幽符命及关文；由知磬保庇，并伏愿："白简诞颁，使亡魂而不昧；金章毕奏，超滞魄于高明。"使亡魂俱获超生。

(4) 午朝：分阳、阴两种。阳午朝旨在请福延生，高功先入天师堂诵念："五浊已清，八景已明，年朝行道，罪灭福生。"然后赞请五师。接着出堂入朝序礼，念卫灵咒，鸣鼓二十四通，召出身中中元丹田八景真人等各二十四神，奏据情旨，再称法位，三捻上香，坐忏，具位再称十二愿，存神烧香。最后回拜五师，祈请禳灾谢过，赐福延寿。阴午朝旨在超度，故高功在班手坐忏之后即宣读灵宝符命天官玉简，拔度亡过某等灵魂出离天牢地狱，赦除大罪，得升梵气之天；宣读灵宝符命地官玉简，拔度亡过某等灵魂出离地府，永脱幽囚，上升天堂；宣读灵宝符命天官玉简，拔度亡过某等灵魂出离寒池曲水、苦海冥波，径生阳界。接着，班手宣读关文，道众虔诚读章奉送。最后回拜五师，称念道经师宝天尊。午朝事毕，班退复位。

（5）晚朝：分阳、阴两种。阳晚朝旨在延寿，高功入天师堂序班后念请师口奏"晚朝行道，罪灭福生"云云，然后赞请五师。接着出师堂，入朝序礼，回洞案前念卫灵咒，鸣法鼓二十四通，召出身中下元丹田赤子八景真人等各一十二神。然后陞坛行道，朝谒众圣，奏据情旨，再称法位，三捻上香，坐忏，具职，再称十二愿，存神烧香。最后回拜五师，以祈拔罪，赐福延生。阴晚朝旨在超度，故高功于三上香、宣忏之后，即命班手宣读灵宝升天大券，告下天门主吏，传令亡过某等欣庆受度；宣读太阴炼形真符，告下月中神仙司命诸灵官，拔度亡过某等炼度形神；宣读上清披黄受道宝箓，告下十方三界一切真灵，超度亡过某等执符把箓，保命生根。最后回拜五师，以祈度亡魂出离苦趣，往升天界。

（以上为下午科仪）

（6）大破血湖：高功登坛诵念"天尊哀怜赐灵芝，普放祥光照血尸。污地翻为清净界，血湖化作白莲池"，然后焚香供养，叩头奏启虚空皇中大道君等天尊，燃点血湖神灯，请赦，宣赦，颁告荡涤血湖拔度符命敕赦真文，宣读牒文，分别向东方血溢地狱主者、南方血冷地狱主者、西方血污地狱主者、北方血淄地狱主者、中央血湖地狱主者，宣告太上无间大地狱破荡血湖真符。接着向玄武上帝请剑，请杖（荷花杖），大破血湖，即将染红的五只鸡蛋，覆盖在五张瓦片之下，高功挥剑，举杖，一一震破之，以示大破五方血湖地狱，拔度亡灵出离苦趣，往升仙界。末了，纳剑，纳杖，破狱结束。

（7）溟滓斛：设斛筵奉请亡灵歆享之意。高功登坛讽诵"天尊慈惠济冥阳，一洒冷冷甘露浆"云云，然后请圣、入意，持诵玉清慧命神咒、离怖畏法言、解冤释结法言、发欢喜心法言、开咽喉饮甘露法言，奏启变食溟滓火神等变炼法食，诵念变炼法言。接着为亡灵志心忏悔业罪，稽首礼谢无上正真三宝，唱道宝赞、经宝赞、师宝赞、真人颂，并宣告十戒，持诵真经，讽诵天尊宝号，宣读文疏，护送亡魂往升天界。

（以上为晚上科仪）

第四天，共七场法事，依次为：

（1）拜忏：礼拜《九幽忏》五至八卷。

（2）请经：高功登坛念"太极分高厚，大梵三天主"云云，然后顿首再拜，叩头奏启上清真境灵宝天尊虚皇上帝,恭望师慈,俯垂洞察。接着班手入意,宣奏请纳表文,宣读关文。高功焚表,诵念"请经若饥渴,特至于金石"云云,并出师堂,绕坛行香,吟唱:"直上萧台第一层,空浮五丈黍珠明。便从个里参元始,听演琳琅十转经。"最后道众虔诚登台,请经告终。

(3)十方口奏:此乃紧接请经之后的科仪。先由知磬主白,稽首礼谢道、经、师宝天尊,然后高功入意,分别至东、南、西、北、东北、东南、西南、西北、上、下等十方启谢十方口奏。其仪式包括:具职、上表、宣关、诵经等项,奉为斋官某等追荐某灵魂,愿仗良因,超登净域。最后高功回向,称念天尊圣号,声称法事功德,引魂入位,回上清前,仪式告终。

(以上为上午科仪)

(4)十方表文:高功登坛具职、入意之后,即向上清真境灵宝天尊拜贡请经表文,并宣读关文。然后分别到东、南、西、北、东北、东南、西南、西北、上、下等十方无极大道太上灵宝天尊前,启谢十方表文,奉为斋官某等追荐某亡魂及众孤魂,永离恶趣,往升仙界。

(5)纳经表文:高功登坛诵念纳经口奏"王龟七宝林,唱赞愿同舟。舟景曜目精,令我心踌躇",然后向上清真境灵宝天尊虚皇上帝百拜叩头启奏曰:"臣今奉为醮官某等开建延生醮坛,科演诞生妙经,今则演诵周完,纳经称谢。"接着宣奏纳经表文,宣读关文,道众虔诚灵章奉送。最后高功焚表,上祈高尊赐福延生,同炼善功,证无上道,一切信礼为上因缘,称念倾光回驾天尊、纳经称谢天尊。

(以上为下午科仪)

(6)九枝灯:高功登坛诵念"华灯烈焰九枝分,科按盟真旧格存。上彻九天并本始,下通九地破幽昏。九光辉耀合神景,九气氤氲布本根。朗诵九章成九道,九阳九炼度亡魂",然后焚香供养,叩头启奏证明功德主,奏请高上神霄三师帝君等圣,奏据请圣情旨。班手宣读元始赦罪符命,以炼度亡魂,往升天界。接着高功燃点九枝神灯,供养不同的天尊及圣众。其中一枝曰"震宫神灯",供奉大罗玉清高上玉皇金阙救苦天尊、十方得道圣众;第二枝曰"离宫神灯",供养北阴酆都大帝、总和南宫十王真君、九幽冥曹判官、泰山主簿、二十四狱百二十曹酆都诸司河源北阴寒池河沙圣众;第三枝曰"兑宫神灯",供养十方三界无量无边一切圣众;第四枝曰"坎宫神灯",供养三光五斗河汉星君一切圣众;第五枝曰"艮宫神灯",供养三十六洞天七十二福地一切圣众;第六枝曰"巽宫神灯",供养水府泉宫扶桑大帝、四渎四海九江九河五湖七潭一切圣众；第七枝曰"坤宫神灯"，供养五岳名山圣帝真君、靖庐治化得道神仙一切圣众；第八枝曰"乾宫神灯"，供养九天功曹列班真仙一切圣众；第九枝曰"镇宫神灯"，供养土府高皇帝君、土司一切圣众。其旨均在奉为斋主某等资荐亡过某灵魂，仰祈超度，克遂生方。最后班手召魂，道众参灯，科仪告终。

（7）大斋：分上、下两卷。上卷的演法为：高功登坛诵念"广设大斋从此判，幽魂得真早起升"云云，然后与道众同登高台，唱诵度幽赞颂，具职，志心奏请三清及太乙救苦天尊等降临法座，证明斋事。班手请圣宣意曰"今霄广设大斋关行法事，恭望八鸾九凤自天而下，千乘万骑浮空而来"云云。高功持诵玉清惠命法言、破酆都开业道神咒、接引法言等，接引天仙道一切众降临法筵，法众虔诚散花供养；接引神祇道一切众到法筵，朝礼三宝，听法受食；接引人伦道一切众来临法筵，朝礼三宝，听法受食；接引斋官之七祖九玄、三生亲戚、本音家庙一切神魂来临法筵，朝礼三宝，听法受食；接引地狱道一切众来临坛下，朝礼三宝，听法受食；奉白饿鬼道、畜生道一切众来临坛下，朝礼三宝，听法受食。焚香普召十方三界一切孤魂来临法会，先礼三尊，次朝万圣，谛听十大善愿。接着持诵离怖畏法言、解冤释结法言、发欢喜心法言、开咽喉饮甘愿法言，并谨请天厨使者等变食，普施大斋，咸使孤魂饱满，悉令充足。下卷的演法是：高功登坛先诵念《祭鬼经》"天下无正味，味之正者莫外于金饭玉浆；世上无精馐，馐之正者莫妙于云厨天供"，法众同声称念大慈至广天尊等宝号。然后高功奏启东极慈尊十方上圣，惟愿不舍慈悲，大开方便，使幽灵消愆灭罪。接着志心忏悔，奉为幽灵忏悔耳眼鼻心身罪、六根六欲六情愆、悭贪嫉妒愚呆罪、邪淫偷盗杀生愆，宣告坛下众魂受三皈依、九大戒。最后宣读文疏，普施斛食，一切幽灵俱蒙资荐；永遂逍遥。斋主虔诚奉送众真宰、神祇返回三界。乐队奏【闹花台】，祝贺大斋斛圆满成功。

（以上为晚上科仪）

第五天，共十四场法事，依次为：

（1）诵经：诵念《度人经》或《北斗经》。

（2）拜忏：礼拜《九幽忏》九至十卷。

（3）自然朝：分阳、阴两种。阳自然朝旨在延生度厄，演法是：道众于天师堂序班，高功具职，入意，请师。然后出堂行香，卷班焚符，各礼师存念如法，念卫灵咒，鸣法鼓二十四通，召出身中三五功曹等各三十六神，奏据谒帝朝真情旨，再称法位，三捻上香，坐忏，再称十二愿。最后伏炉，回师。阴自然朝旨在超度幽灵，故演出程序虽与阳自然朝相近，但各项科仪的具体内容却不一样，如卫灵咒、发炉以及所召神灵、朝真情旨、十二愿等，均自成体系。最后的伏愿亦不一样。阳自然朝伏愿："十方上圣同垂照鉴之功，三洞神仙供赐永宁之福。曰孙曰子，克绍于箕裘；若妇若夫，永谐和于琴瑟。"而阴自然朝伏愿："师尊垂佑，大道施仁，监此五日之斋修，拯拔一灵而超度，九玄七祖同登快乐之乡，六道四生各遂逍遥之路。"

（以上为上午科仪）

（4）建坛：分阳、阴两种。阳建坛旨在赐福延寿，高功登坛于洞案前念五方咒及卫灵咒，然后鸣法鼓二十四通，召出身中三五功曹等各三十六神。接着奏据情旨，具位，坐忏，请赦，上帝敕旨颁降赦文，开具四种不可赦者及十种可赦者条文，宣读牒文，召请家先幽魂赴会，诵经，祭将，再称十二愿，存神烧香。最后回拜五师，科事毕，班退复位。阴建坛旨在超度幽灵，其科仪程序虽与阳建坛同，但具体内容却不一样。如高功具职后宣奏天监俯察哀情斋意青词以请赦，接着班手宣告元始符命全箓白简救苦真符、玉清宝箓破地狱真符、玉清宝箓拔幽魂真符、灵宝三气流光真符、东极青玄救苦九龙符命真符、太上敕生天宝箓真符，奉为斋主超度某亡魂洎家先男女等众出离幽暗，同证生方。这些内容即为阳建坛所无。

（5）大赦：分阳、阴两种，现今道士一般只做阴大赦。阴大赦紧接建坛，高功登坛敕座曰"建肃瑶坛谒帝君，颁符赦宥度亡魂。吾今代奉宣天旨，亡魂平步上朱陵"，然后命坛下鬼魂跪听宣读赦宥玉旨凡十二条，并宣读牒文以保证赦书顺利施行。接着班手召魂，参经；高功祭将，酌献，散花；班手宣读文献及地府关文；高功代替灵宝大法司颁告元始符命金灵白简真符、玉清宝箓拔幽魂真符、玉清宝箓破地狱真符、东极青玄救苦九龙符命真符、灵宝三气流光真符，并宣读关文，奉为斋主拔度亡过某灵魂洎家先幽魂等众出离长夜，上升福堂。最后再称十二愿，存神烧香，回拜五师。赦宥事毕，班退复位。

（6）召冥夫：摄如年轻力壮之冥夫挑送冥财入冥库之意。演法是：高功登坛吟偈曰"恭此振铃伸召请，冥夫不昧愿遥闻。仗承三宝加持力，是日今时分外勤"，然后摇法铃、洒净水、持诵太上法言"太玄神水"，接着焚香请圣，奏据情旨，谨伸摄召，通过天下都殿城隍以及省主、府邑城隍司主者并当方里社神聪等众，一心召请"年轻力健、貌勇形魁、不虑千斤之重何愁百里之遥的冥夫"。犹恐未尽来临，再仗密言重伸催请，于是道众虔诚讽咒出食，诵念"净咒加持尽法食，普施河沙众冥夫"云云。最后交付经财，催促冥夫收拾行李次第起身。冥夫随高功至天师前签押起解。

（以上为下午科仪）

（7）五苦灯：燃点五苦神灯，开通冥路超度幽灵脱离五苦之意。演法为：高功登坛诵念"太乙慈尊下九衢，毫光闪烁破酆都。拯拔沉魂离五苦，超升滞魄出三途"，然后焚香供养，叩头奏启三清大道、六御高尊等。接着，关赞五苦神灯，焚香请圣，奏据情旨，宣告玉清宝箓破三途五苦真符，拔度亡魂洎家先幽灵等众出离苦趣，上升福堂。斋主及道众稽首神灯，虔诚赞咏，稽首五方五苦地狱主，即东方苦心地狱主者、南方苦神地狱主者、西方苦形地狱主者、北方苦精地狱主者、中央苦魂地狱主者。最后，接引并超度亡魂往升仙界，关点五苦神灯，仪式告毕。

（8）炼度：以水火交炼使亡魂重成人形超生之意。演法是：高功登坛敕座曰"水池火沼气腾腾，迨坎交离造化因。吾今不过三日后，出门就是大罗天"，然后具职、入意、请圣并召请亡灵、家先及孤魂到坛受炼。接着奏请水火炼形天尊进行炼度，先奏启月府太阴皇君、黄华荡形天尊及水炼灵官等施行水炼，再奏启日宫太阳仪真帝、玉眸炼形天尊及火炼灵官等进行火炼。经过月华、木液、金液等水火相济交炼，终于炼就肾、肝、肺、脾、胃、肠、膀胱以及四肢、骨肉等形体，并归还其三魂七魄。法众诵念宝章"混合空洞气，飞爽无幽寥"云云，凡九章。诵毕，皈依三宝，谛听并受九戒。宣读元始符命金箓白简长生真符及关文、牒文，并宣请金童邀迎玉女诵经礼忏，破狱召魂，奉供冥王，判施斛食，建坛放赦，给库颁符，升举亡魂，进登道岸。最后引魂辞谢，辞谢大圣元始天尊、灵宝天尊、明皇天尊，众念"九光炼度天尊，不可思议功德"，炼度告终。

（9）度桥：天尊设法桥，接引亡魂度桥升天之意。演法是：高功登坛诵念口奏，具职。班手入意，并宣奏度桥表文。高功百拜上表，并宣读关文，宣毕焚表。接着颂扬桥曰："天尊设无上法桥，度亡灵登至真道岸，是桥非木石所制，非斧凿之可成，以道德为津梁，以烟霞为栏槛。"最后散花供养众真，道众赞咏法桥大度天尊宝号，祝贺度桥圆满成功。

（10）五苦偈：又称五苦门偈，言经过水火交炼的亡魂尚需度五苦门方可升天之意。演法为：高功登坛，颂扬"太上垂科三箓，广祈禳之路；至尊应化十方，敷忏谢之仪",然后持元始之符命,引导亡魂逐一度过色累苦心之门、爱累苦神之门、贪累苦形之门、华累苦精之门、身累苦魂之门等五苦门,从而开通冥途,超度亡魂,往升天界。

(11) 冥阳醮:道场法事即将圆满成功,高功奉为斋主向三界高真斟酒三献以谢天恩之意。演法为:高功登坛诵念"天朗气清,三光洞明"云云。然后发炉,入意,请圣,散花,具位,上启,依次作斟酒初献、二献、三献,以祈家眷安宁,门户迪吉。末了,加演三奠酒,即向亡魂初奠、二奠、三奠献酒,以送其升迁仙界。

(12) 左班:此科仪与冥阳醮同时进行,于道场法事周全成功之际,谢恩弟子设醮上谢天恩、下酬众神之意。演法为:高功登坛,焚香谨请中下二界列班圣众、监坛官将、坤府十王真君、诸司府院使副真君以及西汉夫人、金母元君等光临醮所。然后宣读醮疏,进贡关文及谢玄表,醮谢天恩与五师,并恭祈道力,保奏方来。分阳、阴两种,阳左班旨在延生度厄,阴左班旨在超度幽灵。

(13) 右班:亦与冥阳醮同时进行,为谢恩而设。演法为:高功登坛,焚香上请当境里社列庙神祇、东岳府掌四生六道孤魂案主、中界掌风、云、雷、雨、电、雪、霜、露、雹职司圣众、当州郡主婆宿星以及救苦灵司千尊万圣等,俯赐恩光,降临醮所。然后宣读三界献、谢玄关,醮谢天恩与五师。分阳、阴两种,阳右班旨在延生度厄,阴右班旨在超度幽魂。

(14) 谢佛:此为道场结束时,谢佛弟子设醮谢佛仪式。演法为:高功登坛,诵念祝香咒"道无不在,可以目而存;神无不灵,可以心虔而至",然后焚香恭请上、中、下三元回神师、谢佛师、散将师,上界天仙符官、中界云仙符官、下界水仙符官,上界圣众、中界真众、下界仙众以及当境城隍、土地等降临坛筵。接着,斟酒三献以谢,并祈保谢佛弟子及善男信女合众人人获福、个个臻祥。最后向善男信女送灯,众人在鼓乐声中提灯回家。五天五夜的内坛法事到此告结。①

"内坛法事外台戏"。在内坛举行五天五夜法事的同时,外台则演五天五夜的醒感戏,共九个剧目,俗称"九殇",每一个剧目均与内坛法事紧密配合,彼此呼应,共同为斋主完成超度亡魂的任务。醒感戏的演出由师教道士完成。现将其演

---

① 以上科仪的演法,据高功朱兰祥(永康县前仓镇璋川村人)口述,并参阅黄存祥(永康县石柱镇文化站站长)于1995年8月16日写给笔者的信及所附《永康民间省感戏俗》手稿。

出程序、剧目的安排以及与内坛法事的配合情况逐日简介如下：

第一天，上午行净厨斋戒礼，由醒感班两位法师，一位手摇法铃，另一位口吹龙角，并打着神锣，率领香火、执事等一班人，到村中各会头、会脚家中焚烧纸钱，朝拜灶君。法师唱道："法角声声响铃铃，行香刷净献灶君。烧纸钱，化纸钱，纸钱不是平凡钱；吾师行香，净利市钱。"一家净毕，转另一家时则唱"吾师坛前穿过了，抽兵转马转行坛"云云。如此，按大头、小头、会脚，挨家挨户进行，俗称"供灶"。下午布置戏台。醒感戏的戏台称"超生台"，必须顺水而搭，坐北朝南，台角的左边放一口大铁锅，俗称"大节锅"，由专人负责焚烧纸钱，耗资较大，故醒感戏的演出又称"万银会"。戏台的厢房里要立张天师神案供艺人们叩拜。戏台的正中摆一张"台心桌"，桌衣横额写有"××醒感班"字样，两侧各置一条木红椅，均挂有椅披，桌衣、椅披均用红缎，金丝浮钉或刺成龙凤图案和压边。戏台的东、西、南三面敞开临空，仅挂后幕而无前幕。台口上方正中必贴"消灾集福"红纸横批，两柱的对联为"鸿楼九级插云霄看此日头头是道可从天而降可平地而升法转幽魂登极乐"、"阴德三年施雨露卜地时处处逢春或筮仕于朝或膴荣于野祥凝众信祭燕禧"①。晚上搬演醒感戏《逝女殇》，演张天师超度夭逝女苏爱卿还阳事，从而与内坛法事召家先、五道灯、云厨斛相呼应。

第二天，上午继续行供灶仪式。下午搬演《狐狸殇》，演张天师超度殇女精魂并使其修炼得道事，与内坛召王、高献、供王、午斋、诵经、礼忏等法事相配合。晚上搬演《撼城殇》，为孟姜女摆祭超度其夫范杞良升天事，与内坛大破九狱、召魂、天医斛、冥阳斛等法事相映照。

第三天，上午先行大请神，即在戏台前设左、中、右神案，供奉猪头、鹅一副，鸡、肉二副。再行翻三界仪式，即在广场上戏台前用桌子叠成三座三层高台，成三角形，每座高台上均由两名演员表演翻筋斗、竖蜻蜓、金鸡独立、白鹤展翅等杂耍。下午搬演《溺水殇》，为张天师设醮超度溺水殇的冤魂的故事，与内坛法事早朝、午朝、晚朝等法事相呼应。晚上搬演《断缘殇》，为孝子目连十殿救母并超度其母升天故事，与内坛大破血湖、溟涬斛等法事相结合。

第四天，上午先行小请神，即于戏台前设神座一个，供奉鸡、肉一副。再行

---

① 以上有关醒感戏戏台的布置，据高功道士朱兰祥、潘天福口述。

翻五台、捣五谷仪式。翻五台是在广场上用桌子叠成五座三层高台，成梅花形，演法与翻三界同。捣五谷指一艺人仰躺在戏台板上，腹上置一石臼，倾入数斤谷，两人轮杵舂米，至谷、米各半止。下午搬演《忤逆殇》，为桑孟一被不孝之子打死之后，张天师超度其还阳故事，与内坛十方表文、纳经表文等相配合。晚上搬演《毛头殇》，为童养媳钱花姐屈死惊动阎王，后经超度而复生的故事，与内坛九枝灯、大斋斛等仪式相呼应。当晚醒感班还必须举行"超土"仪式，即先用白雄鸡的血淋在要竖九楼柱的地方，然后在那里挖掘两个直径约0.2米的小洞，分别入进两个馒头，以飨地下幽魂，俗称"九洲馒头"。接着又把馒头取出，插入两根小"九楼柱"，周围填上泥土之后，再用茶叶、米撒过，以示驱邪。

第五天，上午先竖九楼，即把前一天晚上竖好的两根小九楼柱取出，扩大洞穴，竖立两根正式的大九楼柱，其中一根高三丈六尺，另一根高三丈五尺，柱的顶端直径不小于一尺，两柱间距为三尺三寸，埋入土内约三尺深。两柱之间自下向上叠桌子十张，底部一张为八仙桌，以上九张均为特制的长方桌，最高一张仰放，桌脚朝天。每张桌子皆用绳子捆扎在九楼柱上。在最高一张桌子上面的两柱间用大绳索扎成"之"字形的绳梯，通向柱端。在两柱下端扎一根丈余成"廿"形的横档，横档两端各悬一根丈余的回形白绸练。如此俨然像一座九层楼房，故称"九楼"。接着举行祭楼仪式，即在九楼柱前设神案，供奉猪羊祭礼。也就是会头、会脚们自起九楼仪式开始择选历经三年饲养的"千斤猪""百斤羊"，今天均宰杀并以净白的全猪、全羊上架，口衔黄橙、红橘，披红挂彩，四人或八人抬扛，在乐队吹打、鸣炮开道中，抬着香案，从各乡会聚九楼台，多至上百副猪羊整齐地排列在九楼柱前摆祭。周围几十里的善男信女纷至沓来，锣鼓喧天，鞭炮齐鸣，热闹非凡。祭毕便举行惊心动魄的翻九楼仪式。只见醒感班的三位法师腰扎捆包，运足内气，跃跃欲试。待其中一位主法师（一般由醒感班小花脸担任）念动咒语，率先从地面翻上八仙桌之后，其他两位法师亦念念有词，先在地面表演翻筋斗等杂耍之后，便逐层倒翻而上，直至楼顶。此时主法师立在九楼柱顶，或表演金鸡独立，即单脚凌空；或表演白鹤展翅，即腹顶柱尖，四肢凌空而舞；或表演竖塔，即徒手倒立；或表演双龙出水等高难度杂技动作。另两人分别攀悬于顶端两柱之间的横档上，利用横档两端悬挂的两条回形白绸练，表演吊额、吊腋、吊腰、吊手、吊腿、吊脚等凌空倒悬动作，凡十八套，俗称"十八吊"。他们每做一个动作，都要喊一句诸如"跌死啰""爹娘白生啦"等恶语，传说多喊一句这样的恶语，即可多超度一个鬼魂。演毕，他们向观众群中抛掷馒头，以飨各类孤魂野鬼。相传人吃了此馒头可保平安长寿，猪吃了快长肥大，所以广场上成千上万的观众无不抬头仰望，互相争抢，即使抢得一块沾满泥巴的碎片，也会觉得十分幸运。东阳一带翻九楼，妇女们还把小孩的衣服集中起来，一捆捆地吊上九楼顶，请法师念咒并盖上"灵宝大法司"法印，据说孩子穿上这样的衣服就会一帆风顺，不生病，不中邪，出门什么的也不用担心了。抛毕馒头，法师们逐层下翻，并逐层撤掉相叠的九张桌子，以示大破十八层地狱，超度所有殇逝的冤魂①。下午搬演《草集殇》，包括《白虎》《龙船》《神桥》等小戏，意为护送冤魂野鬼过奈河桥、转轮和超生，与内坛阴建坛、阴大赦、召冥夫等法事相吻合。晚上搬演《精忠殇》，包括"前精忠""后精忠"两本，演岳飞尽忠得度升天、秦桧夫妇陷害忠良地狱受刑的故事，最后以超度一切幽灵往升天界结局，与内坛五苦灯、炼度、度桥、冥阳醮以及左班、右班、谢佛等仪式相呼应。

最后一夜醒感戏演毕之后，醒感班必须行五方祭孤魂仪式，即设斋筵，供饭五碗，法食三十盆，鸡五只，酒五壶，猪头、鹅五副，香纸五堂，封包三十六个，神灯三十六盏，以祀五方孤魂。

总之，外坛醒感戏的每一个剧目均为内坛的超度法事服务，两者殊途同归，融为一体，密不可分，只不过前者重于娱人，而后者重于娱神而已。

醒感戏的音乐，集民间小调、道士腔与地方戏剧诸腔于一体。首先是吸收当地的民间小调，其中最著名的是"毛头腔"，此腔因用于《毛头殇》一剧而定名。由于出自村坊小曲"毛头花姐山歌"，故山风野味极浓。其唱词均为七言句，带有"啊""嘞""咿""来""啰""哩"等衬字，为一板一眼的羽调式四句体结构。徒歌干唱，不被管弦，末三字由人声帮和，句间以小锣助节，给人清新悦耳的感觉。

其次是吸收当地的道士腔。醒感戏的演出既然为内坛法事服务，其九本传统剧目几乎全是以张天师超度孤魂作结局，演员又都是道士担任，因而道士们借用内坛法事的唱腔演唱醒感戏自然成了最方便实用的事了，大量道士腔进入醒感戏

---

① 上述有关九楼的搭法和翻法，参阅黄绍良《省感戏盛衰考略》、黄存祥《永康民间省感戏俗》、徐重凡《翻九楼》（手稿，现存永康市文化馆资料室）。

便成为必然。演员们往往借用这些唱腔表演开通冥路以超度冤魂的场面(开通冥路的唱腔见附录)。

第三是吸收当地戏曲诸腔。主要是高腔系统中的侯阳高腔、松阳高腔及西吴高腔。后来在《断缘殇》《精忠殇》等剧目中吸收了部分昆曲与乱弹唱腔,又在《草集殇》中吸收了《卖表炭》《走广东》等时调剧目及其唱腔。吸收并没有被替代,醒感戏依然有自己独特的唱腔,属于联缀体的高腔,常用曲牌有【驻云飞】【江头金桂】【山坡羊】【一封书】【北驻云】【下山虎】【香柳娘】【还魂调】【锦堂月】【孔细恶】【风入松】【不是路】【裳花】,等等。其基调接近侯阳高腔,调式以商、徵、羽居多,帮腔部分大量使用"啊""咿""哎""呀"之类的衬词和山歌风味极浓的下滑音,具有独特的风格。原先亦不被管弦,仅以鼓或小锣助节,后来才加进管弦伴奏。

醒感戏的乐队分工如下:

(1)堂鼓:主操单皮鼓、夹板,兼操大堂鼓。

(2)正吹:操曲笛、大唢呐。

(3)副吹:操胡琴、小唢呐,兼吹山火筒(土制的管乐器,发音凌厉,多在出神出鬼时吹之)。

(4)弦锣:操大锣、三弦。

(5)磬钹:操大钹,兼掌先锋与磬。

(6)散手:操小锣、小堂鼓,兼拿小道具。

乐队传统的座位如下图所示①:

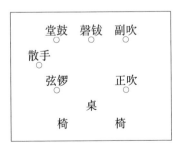

---

① 本节有关醒感戏的音乐,参阅黄绍良:《醒感戏音乐》,见浙江省艺术研究所戏曲志编辑部编《中国戏曲志·浙江卷》"初审稿音乐部分",第48—53页。

二、集道士、演员于一身

　　醒感戏演员披上道袍是道士，穿上戏装是演员，集道士、演员于一身。但他们最早的身份应该是道士，因为在醒感戏产生之前，他们早已在民间为斋主启建各种酬神还愿或驱疫消灾的道场。永康地处黄土丘陵地带，人多地少，土地贫瘠，村民们纷纷转习手工业，诸如钉秤、油漆、箍桶、串粽、弹棉、补锅、修伞、打铁、铸瓢或制作金器、银器、铜器、锡器、铁器、竹器、藤器等，不一而足。他们走南闯北，四处谋生，难免遭逢天灾人祸，以致丧命他乡。其中有病死的、饿死的、跌死的、被杀死的、落水而死的，等等。在家的乡民或为了祈保漂泊在外的亲人平安吉祥，或为了超度丧命他乡亲人的亡灵早日升天，便雇请道士诵经拜忏，举办水陆道场、忏兰盆、招魂、开通冥路等各种醮斋仪式，以了却心愿。此外，永康民间历来崇奉神灵，如木匠、泥水匠、石匠崇奉鲁班先师，丈量必用"鲁班尺"；裁缝崇奉轩辕氏，丈量必用"三元尺"，又称"轩辕尺"；铁匠、砖瓦匠崇奉太上老君；工匠多崇奉地方神胡公大帝，每逢农历初一、十五日，均备办祭品到胡公大帝神位前叩拜一番。被崇奉的神灵尚很多，如县有城隍庙，乡有乡主殿，村有本保殿，家有门神、灶君、床公、床婆，山有山神、土神、田有田公、田婆，河有河神，桥有桥神，树有树神，等等。民间的敬神祈福活动如开光、游桥、炼火、取龙求雨、鸿楼炼度、化封、化库、忏受生、忏琉璃、忏孤魂等法事即应运而生，道士的队伍也随之扩大。

　　永康的道士绝大部分为家居，俗称"火居道士"或"山人"，但也有住在道观的。今知永康最早的道观延真观（又名宝林观）建于梁大同元年（535），位于县北之松石山，元代黄缙有记，清光绪十四年（1888）池氏重建。属于梁代兴建的尚有崇道观、紫霄观等。属于宋代兴建的有善祥观，属于元代兴建的有全真道院，属于明代兴建的有正一道院等①。随着道士队伍的扩大和斋主要求的提高，醮斋演出的种类和形式也逐步发生变化。道士们为了满足广大斋主和观众日益提高的娱乐需求，便在原有的内坛法事基础上，腾出一部分力量从事外台演出。他们借助戏剧的形式，编演以超度幽灵为内容、能为内坛法事服务的特殊剧目，如

---

① 以上各观详见清光绪《永康县志》卷二"寺观"。

《毛头殇》《逝女殇》《溺水殇》等,于是一种类似傩戏、目连戏的道教仪式剧——永康醒感戏便应运而生了。从这时开始,道士们才身兼二职——既是法师又是演员。

永康的道教分为道、师两大支派,道教长于经忏,师教善于科法,醒感戏即由师教道士扮演。师教道士因搬演醒感戏而出名,人们便称他们的道士班为醒感班,著名的有池芦章班、俞岩法班、郑国庭班、姚大宝班、陈金雄班等,是以著名的道士命名。醒感班的编制最初为十八人,道具、乐器等均较简陋。后来受婺剧等当地剧种的影响,逐步扩大编制,发展到二十五人。具体分工如下:

(1) 演员十二人:其中旦角四人(花旦、正旦、拜堂旦、老旦各一人)、白脸四人(小生、正生、老外、副末各一人)、花脸四人(大花、二花、四花、小花各一人)。

(2) 乐队五人:正吹、副吹、鼓板、三弦、小锣各一人。其中小锣兼"值台",即演出时除敲小锣外,还负责舞台桌椅及其他道具的摆设。

(3) 箱房三人:其中头箱一人(管理有水袖的服装为主,兼管彩莲衣、盔甲、靴、鞋、打衣、红裤以及佛珠、玉镯、手帕等小道具)、盔箱一人(管理盔、帽、胡子、跳毛等)、三箱一人(管理刀、枪、棍棒,兼演武手下、爬老虎以及羊、豹等)。

(4) 勤杂三人:其中扇茶一人(可由三箱兼任)、火头(即炊事员)一人、打杂一人(筹划供演员睡觉用的稻草,买柴,协助打扫厨房,洗刷锅、灶等粗活)。

(5) 堂中先生一人:系醒感班的组织者,相当于现在的剧团团长,他有权辞退或招聘演员。

(6) 领袖(即行头主)一人:可由本班演员兼任。①

著名的醒感戏演员及后场人员可考者有:

俞老卫,俞溪头乡俞溪头村人,已故,行头主。

俞益元,俞溪头乡俞溪头村人,已故,司鼓。

俞益山,俞溪头乡俞溪头村人,已故,正吹。

俞益进,俞溪头乡俞溪头村人,已故,正旦。

俞益仕,俞溪头乡俞溪头村人,九十五岁,二花脸。

---

① 以上有关醒感班脚色分工情况,见徐重凡《省感班的组织》(手稿,现存永康市文化馆资料室)。

俞老呆，俞溪头乡俞溪头村人，八十六岁，正旦。
俞岩法，俞溪头乡俞溪头村人，七十三岁，正旦兼花旦。
俞岩来，俞溪头乡俞溪头村人，六十岁，二花脸。
池瑞龙，新店乡池宅村人，九十岁，擅演各种脚色。
吴章水，新店乡池宅村人，八十岁，旦角。
池福宝，新店乡池宅村人，八十岁，二花脸。
池章金，新店乡池宅村人，九十岁，老旦。
池陈槐，新店乡池宅村人，八十岁，副末。
池化早，新店乡池宅村人，九十岁，小锣。
池芦章，新店乡池宅村人，七十五岁，小花脸兼正生。
池陈和，新店乡池宅村人，六十五岁，大花脸。
池瑞荃，新店乡池宅村人，七十岁，小生。
池陈桃，新店乡池宅村人，六十四岁，旦角。
李忠林，新店乡池宅村人，五十九岁，小花脸。
池金汉，新店乡池宅村人，八十三岁，老旦兼二、四花脸。
陈高龙，芝英镇人，八十岁，小花脸。
应小龙，芝英镇人，七十五岁，正吹。
应周连，岩后乡岩后村人，八十岁，大花脸。
应岩宣，岩后乡长坑村人，七十岁，旦角。
应戴桃，岩后乡下邵村人，九十岁，大花脸、二花脸兼武场诸角色。
陈金雄，石柱乡下陈村人，已故，擅演多脚色。
陈金法，石柱乡下陈村人，已故，正生。
陈云鹤，石柱乡下陈村人，已故，大花脸、二花脸。
胡忠秋，石柱乡缸窑村人，已故，小生。
郑国庭，长城乡沙田村人，已故，系堂中先生。
郑长生，长城乡沙田村人，七十岁，小生。
姚青松，长城乡黄棠村人，七十岁，小花脸。
周其水，云山乡大园村人，八十岁，老旦。
周兰货，云山乡大园村人，八十岁，正生。
周赵荣，云山乡大园村人，八十岁，花旦。

郎宝栓，永祥乡山门头村人，八十岁，副吹。
周德云，芝英镇页口村人，已故，司鼓。
周培新，芝英镇页口村人，已故，副吹兼三弦。
章富龙，新店乡殿下村人，八十岁，二花脸。
马恒法，新店乡殿下村人，已故，正旦。
李长有，新店乡殿下村人，已故，鼓板。
李戴民，新店乡殿下村人，六十岁，花旦。
朱朝墩，金川乡晏唐村人，八十岁，二花脸。①

上述演员以新店乡池宅村的吴章水、李忠林、池陈桃、池陈和、池芦章、池章金，石柱乡缸窑村的胡忠秋，岩后乡下邵村的应戴桃，云山乡大园村的周其水，长城乡沙田村的郑国庭，岩后乡长坑村的应岩宣，俞溪头乡俞溪头村的俞岩法、俞岩来最为著名。

醒感戏演员一律为男性，从无女性参加演出。表演风格粗犷、夸张、强烈，注重特技功夫，尤以翻九楼、十八吊、翻三界、捣五谷驰名一时。既供奉张天师，又供奉唐明皇。开演前，演员们除了挂天师像叩拜外，还必须举行向张天师请兵仪式，即由三名演员扮演，一人饰法师，头戴金刚箍，身披大红袍，另二人饰押官，身穿龙套，他们边吹龙角边打神锣，来到内坛天师堂行文发牒。只见法师口里念念有词，并连吹十二声龙角，请求张天师发兵，意谓通过发牒请兵，一方面恭请上界高真、中界神祇赴坛听诵，另一方面则摄召三十六殇孤魂于坛外等候超度，并敕令其不准喧扰，违者严惩不贷。至于唐明皇，除了祭拜外，还因为相传唐明皇曾饰演过小花脸，故醒感班用膳时必须让小花脸演员先开筷，归场时亦必须让小花脸演员先走，然后再让其他演员陆续归场。

总之，醒感戏的扮演者，既是道士又是演员，既精通道教经忏科法，又谙熟戏曲的唱念做打，斋主称他们是道士，观众视他们是演员。

三、合剧本、科书为一体

醒感班的剧本今知凡九种，剧中的主人公几乎均为夭殇者，故以"殇"名之，

---

① 以上演员情况，参见徐重凡《省感戏演员一览》（手稿，现存永康市文化馆资料室）。

合称"九殇"。现简介如下：

（1）《逝女殇》：又名《遇花记》《赵国清》。北宋年间定远县八都一带天花横行，贫民毛吉卯之妻苏爱卿于避难娘家途中染病身亡，葬于南山，阴魂化为逝女，与上京赴考路过这里的徐州太守之子赵国清相爱并结为夫妇回归赵府。毛吉卯发现后，诉状衙门，反被徇情枉法的杨知县毒打六十大板告结。毛不服，告到开封府，包拯凭借轩辕镜照出逝女幽魂的原形，终于使真相大白，从而使赵国清惊醒，重新挑灯夜读，终于金榜题名。苏爱卿的阴魂则因张天师超度而还阳，与毛吉卯重续前缘。

（2）《狐狸殇》：又名《斩狐狸》。秀才龚文达早年丧父，其母敬神至笃，许愿以祈其子早遂功名。龚文达却不信鬼神，以至捣毁神像。城隍怒告玉皇，玉皇因其乃文曲星下凡，只能误其功名，遂命某殇女之幽魂化为狐狸精去迷惑龚生，使他误了考期。后经张天师点破，龚生醒悟，重新攻书博取功名。殇女幽魂因超度和修炼而登仙。

（3）《撼城殇》：又名《长城记》《孟姜女》。秦始皇暴政，一面下旨焚书坑儒，一面横征劳役修万里长城。儒生范杞良因抗旨而被追捕，一日危急越墙潜入孟家花园，恰遇孟姜女正在沐浴，于是因祸得福，两人喜结伉俪。不料洞房夜范杞良被官府捉拿充军北疆，丧生长城之下。其冤魂托梦于孟姜女，哭诉筑城劳役之寒苦。孟姜女心如刀割，在神鸟的带路下，万里寻夫到边疆，四处寻觅无着，于是千呼万唤，哭声撼天，终于哭倒万里长城，惊动玉帝，命金童、玉女下凡，拯救范杞良、孟姜女升天团圆。全剧以张天师建道场超度因修筑长城而惨死的冤魂野鬼告终。

（4）《溺水殇》：又名《全艺堂》《张天师卫国征番》。浙江湖州府德清县书生周德钦得中状元，相爷见其才貌双全，即强行招赘。周生已有婚约，拒不从命，相爷怀恨在心。时值番邦入侵，相爷乘机奏本，命周挂帅出征。周被困水中，不见救兵，幸亏柳树精化小舟搭救其脱身，但番兵紧追其后，危在旦夕。于是张天师卫国征番，施法力决水淹没敌兵而获胜。剧终以张天师超度溺水而殇者升天作结。

（5）《断缘殇》：又名《目连救母》。目连之父傅相信佛甚笃，一生斋戒吃素，博施济众，却于端午节被大鹏鸟啄去眼珠后身亡。其母刘氏愤于此，在胞弟刘贾的唆使下破戒开荤，大吃烤山羊肉等，因而犯下滔天罪孽，受到神灵的惩罚而被打入十八层地狱。目连甚孝，为救母出家金山寺修行。后功德盖世，得佛祖锡杖、神灯相赐，终于破狱救母，并超度其母升天，一家团圆。

（6）《忤逆殇》：又名《雷公殇》《桑孟一》。浙江处州府丽水县秀才桑孟二上京赴考，得中状元而忘了父母。其父桑孟一千里寻儿到京都，被拒门外而不认，还活活被他打死。桑孟二终因天理不容，被天雷击毙；桑孟一经超度而还阳。宣扬了天道无私，自有报应。

（7）《毛头殇》：又名《毛头花姐》。永康县钱婆塘村姑娘钱花姐因家道贫穷，自幼卖给毛火龚家做童养媳，20岁时被迫与7岁的毛头成亲，精神极度痛苦。后与货郎罗三培私通，被毛头瞧见并诉之父母，遂将花姐赶出。花姐姑姑王氏，为人刁诈，唆使花姐假上吊，乘机向毛家敲诈。花姐因失手竟然吊死，阴魂不散，连声叫屈，惊动阎王，亲自审案。终于惩罚了王氏等人，放花姐还阳与货郎罗三培成亲。

（8）《草集殇》：包括《白虎》《龙船》《神桥》等小戏。其中《白虎》较著名，演一老叟年轻时能腾云驾雾，法力无穷，曾身佩赤金宝刀上山擒虎。晚年虽鹤发童颜，然气力已衰，当地有白虎出没伤人，老叟仍以宝刀镇之，终因法力失灵而丧生虎口。情节似汉代百戏《东海黄公》。

（9）《精忠殇》：包括《顺精忠》（又名《前精忠》）、《倒精忠》（又名《后精忠》）上下本。《顺精忠》演岳飞屡折金兵之后扎营朱仙镇，策划救回被金兵俘押的徽、钦二帝。番邦金兀术为夺我中原，派军师哈米嗤潜入宋室勾结奸相秦桧陷害岳飞。卖国求荣的秦桧接到金兀术的蜡丸密旨后，竟假传圣旨，连发十二道金牌召岳飞返京。岳飞就范，关押在大理寺，秦桧以克扣军粮、私通金邦、按兵不动三条罪状加害岳飞，并骗岳云、张宪进宫，父子三人就义于风波亭。岳飞的冤魂托梦于宋高宗，控诉秦桧的卖国行径。《倒精忠》演岳家妻女闻凶讯投河而死。地藏王化身疯神，乘秦桧夫妇进香灵隐寺之机，以疯言疯语揭露其种种罪恶，劝其改邪归正。秦桧自愧成疾而亡，其幽魂被押赴阴司游地府，受到应有的惩罚。秦妻王氏不思悔改，阎王乃出票命无常、牛头、马面等捉拿王氏归案，割去舌头后，命雷公、电母打入十八层地狱。剧终亦以张天师超度岳飞等众冤魂升天而谢幕。其中"捉王氏"一场，牛头、马面等均戴面具，从台前追到台后，从台下跳到台上，观众群情激愤，纷纷向王氏投掷石块，其情景与绍兴目连戏"捉刘氏"一场几乎相同。

醒感班法事所用的科仪本，现存一百二十二种，合称《青词汇录》，曾于民国八年（1919）重修并内部分册（种）刻印供本派道士使用，现大多已成为孤本。

各种仪本的名称如下：《道德流传净厨科仪》、《道德流传谢佛科仪》、《大申发科仪》、《召将科仪》、《开启科仪》、《元始灵书中篇献斋科仪》、《召家先科仪》、《施生科仪》、《关灯科仪》、《延生度厄三官经科仪》、《太上玄灵北斗真经科仪》、《三官忏启赞科仪》、《三官消愆灭罪宝忏》、《供童科仪》、《五道灯科仪》、《云厨斛科仪》、《清卷帘科仪》、《阴卷帘科仪》、《清分辉科仪》、《阳金钟科仪》、《阳安镇科仪》、《阴分辉科仪》、《阴金钟科仪》、《阴安镇科仪》、《禁坛科仪》、《敕坛科仪》、《阳供王科仪》、《召王科仪》、《阴供王科仪》、《玉皇真经科仪》（一——十卷）、《太上慈悲九幽拔罪忏法卷》（一——十卷）、《九幽灯科仪》、《地狱灯科仪》、《召魂科仪》、《阳天医治病净醮科仪》、《冥阳斛科仪》、《三元消愆灭罪水忏》（上、中、下三卷）、《清早朝科仪》、《阴早朝科仪》、《清十方忏科仪》（又名《清三朝忏科仪》）、《阳十方忏悔班首科仪》、《阴十方忏首科仪》、《阳午朝科仪》、《阴午朝科仪》、《灵宝延生阳晚朝科仪》、《灵宝延生阴晚朝科仪》、《血湖灯科仪》、《太乙拔度血湖宝忏》（天、地、水三部）、《太上济度血湖真经》（上、下两卷）、《溟滓斛科仪》、《请经科仪》、《玉皇宝忏科仪》（一——十卷）、《十方口奏科仪》、《十方表文科仪》、《九枝灯科仪》、《五斗延生口奏》、《五斗大延生灯科仪》、《清五斗延生科仪》、《五福灯科仪》、《三元灯科仪》、《三涂灯科仪》、《北斗灯科仪》、《南斗灯科仪》、《大斋斛科仪》（上、下）、《太上玄灵北斗真经科仪》、《灵宝禄库受生经科仪》、《太上洞玄灵宝无量度人上品妙经》、《太上慈悲拔罪救苦妙经》、《清自然朝科仪》、《阴自然朝科仪》、《阳建坛科仪》、《阴建坛科仪》、《阴大赦科仪》、《五苦灯科仪》、《五苦门偈科仪》、《度桥表科仪》、《召冥夫科仪》、《炼度正本科仪》、《炼度副本科仪》、《冥阳醮科仪》、《三奠酒科仪》、《清左班科仪》、《阴左班科仪》、《清右班科仪》、《阴右班科仪》、《道德三十六殇科仪》、《开光意科仪》、《修造井醮意科仪》、《耕塘意尾科仪》、《取龙接佛意科仪》、《哭雨通用科仪》、《清黄道醮科仪》、《阴天曹醮科仪》、《灵宝延生太岁醮科仪》、《延生炎灵宝醮科仪》、《延生禳灾宝醮科仪》、《人病清醮意科仪》、《猪牛清醮意科仪》、《消灾延生真经科仪》、《延生和瘟宝醮科仪》、《道德祈雨醮科仪》、《道德禾苗醮科仪》、《道德伏龙醮科仪》、《召九生科仪》（即《清九生斛科仪》）、《延生保命过关科仪》、《延生度厄济幽斛科仪》、《清净斛科仪》、《解结科仪》、《三稽首忏头科仪》、《超度宝童意尾科仪》、《换神主兰盆意科仪》、《保庇科仪》、《大三皈依科仪》、《阴一书夜意科仪》、《阴五书夜全意科仪》、《阳五书夜全意科仪》、《水陆道场意尾科仪》、《施棺圆满兰盆意科仪》。醒感戏的剧本由于是道士们为配合内坛法事而专门编写的，是内坛科仪的戏剧化，因而它具有二重性：既是剧本又是科仪本，合剧本、科仪本为一体。这主要体现在以下两个方面：

首先，两者描写的对象相同，都是屈死的亡魂。例如，醒感戏九个剧本的主人翁均死于非命，死后成为冤魂，亟待超度。其中《逝女殇》中的苏爱卿死于瘟疫，《撼城殇》中的范杞良被活埋，《断缘殇》中的傅相因被大鹏鸟啄走眼珠而死，《忤逆殇》中的桑孟一被儿子活活打死，《毛头殇》中的钱花姐被迫悬梁自尽，《草集殇》中的某老叟死于虎口，《溺水殇》中的狐狸精亦是一位屈死的殇女冤魂化身。剧本正是以这些夭殇者的故事为情节而展开的，其结局均以冤魂超度升天而告终。内坛法事所用的科仪本也同样以超度某斋主家的亡魂为内容的，几乎每一种科仪本都留有"超度亡过□□□亡魂"的字样，其中所留空格处，以便临时填写被超度亡魂者的姓名。这些亡魂大都是夭殇的，且多数死于他乡，即所谓三十六殇、七十二难者。如水陆道场第五天下午所用科仪本《道德三十六殇科仪》就列有以下三十六殇的项目：天杀殇（瘟疫、雷撼、雨雹、枪炮、寒暑、火杀），地杀殇（蛇蜂、刀剑、陷坑、石压、车马、倒路），年杀殇（饥饱、淋痘、相思、夭寿、服毒、凶煞），月杀殇（鬼迷、疮毒、虚病、痨病、蛊胀、咽食），日杀殇（生产、失水、冤枉、痴癫、横亡、斗狠），时杀殇（自尽、失跌、狼虎、闭牢、牛抄、颠犬）。醒感戏九殇就包括在上述三十六殇，如此则一殇一剧，内坛度三十六殇，外台唱三十六殇，里外一致。

其次，两者的宗旨目的相同。无论是醒感戏剧本还是内坛科仪本，均以超度亡魂为宗旨，以达到娱神和娱人的目的，只不过前者运用戏剧的功能，后者运用科仪的功能。因而，每一个醒感戏的剧本都注明被超度者的姓名及超度的结果，而几乎每一种科仪本也都写有"奉道为醮官某等超度亡灵魂往升天界旁资附度均证生方"的情旨。为实现这一宗旨，剧本和科仪本总是相互配合，以达到相辅相成之最佳效果。如内坛行供童、施生、召家、五道灯、云厨斛等科仪，外台则演《逝女殇》；内坛行大破九狱、召魂、天医醮、冥阳斛等科仪，外台则演《撼城殇》；内坛行早朝、午朝、晚朝科仪，外台则演《溺水殇》；内坛行大破血湖、溟滓斛科仪，外台则演《断缘殇》；内坛行十方表、纳经科仪，外台则演《忤逆殇》；内坛行九枝灯、大斋斛科仪，外台则演《毛头殇》；内坛行大赦、召冥夫科仪，外台则演《草集殇》；内坛行炼度、度桥、冥阳醮科仪，外台则演《精忠殇》。总之，内外形影不离，殊途同归。

综上所述，醒感戏是永康一带的道教祭仪、民间音乐及地方戏剧互相结合而形成的独具一格的区域性文化，与当地的傩戏、目连戏相类。其地域性的特征，主要表现在：

（1）唱腔民歌化：如它的主要唱腔毛头腔即来自当地的毛头山歌，不仅带有"啊""啰""来""哩"等有声无义的尾部拖腔，而且说唱相间，似唱似诵，似念似白，大有《南词叙录》所称早期南戏音乐"村坊小曲而为之，本无宫调，亦罕节奏，徒取其畸农市女顺口可歌"的"随心令"特点①。

（2）宾白方言化：采用大量当地方言、土语以及谚语、歇后语，不仅充满乡土气息，而且有利于表达情意、刻画性格。如《毛头殇》中的钱花姐所念的韵白"桃红柳白正当年"的"桃红柳白"，即是当地的方言，意谓"花容月貌"；"我奴王蜂九里道"的"王蜂九里道"即为当地的谚语，意谓凶猛的王蜂被人触怒，将追人九里之遥。

（3）表演杂耍化：其中耍棍、拼刀、舞抛叉、十八吊、耍牙、变脸、喷火等显然来自当地胡公庙会中的罗汉拳、踩高跷、炼火、大头舞、十八蝴蝶等表演，与明张岱《陶庵梦忆》所述"旌阳弟子"在邻近绍兴一带表演的目连戏杂耍极其相似。醒感戏的从业人员既是伙居道士，又是戏剧演员。入道坛是高功、都讲、监斋、侍香、侍灯；上戏台则是生、旦、净、末、丑，身兼二职。但首先必须练就道士的本事，精通经忏及各种科法。因演戏的时日到底不多，只有鸿楼胜会、水陆道场等少数道场才可演出。他们主要靠道场法事的收入维持生计。醒感戏始终未能摆脱道坛的束缚而单独发展，它的兴衰荣枯与当地道教同命运。近年，随着永康道教的日趋衰落，道士们只做些开光、开路、寄库等小规模道场，鸿楼、水陆等大道场早已停做，因而醒感戏也随之停锣息鼓，正面临着消亡的境遇。

附记：本文在撰写的过程中先后得到黄绍良先生、徐重凡先生、黄存祥先生的指教并出示他们的大作《省感戏盛衰考略》《省感班的组织》《永康民间省感戏俗》供笔者参阅，特此一并致谢。

---

① 〔明〕徐渭：《南词叙录》，引自《中国古典戏曲论著集成》第三册，中国戏剧出版社1959年版，第240页。

九龙角

第 一 本

第一出

外：陈上元

（外上，白）身坐茅山大法堂，十万兵马九万藏。有人学得茅山法，捉拿妖魔鬼怪精。我乃陈上元，家住福建福州府古田县人氏。娶妻葛氏，我儿法通。此话不必细表。还要去到江南下都做个法事，收拾法担便了。

（唱）忙步前行，去往江南下都。忙步向前行，江南走一程。看看来到是江南，来到是江南。（下）

第二出

小生：韦驮

旦：观音

丑：红孩儿

（韦驮金刚、和尚、鸡妖、红孩儿跳台）（小生白）七世修有佛法真，手提降麻树〔魔杵〕一条。有人问我多少重，百万数千斤。咳！我乃佛〔护〕法韦驮。今当三月三，佛母来也。（旦上，白）头戴五幅冠，身穿白罗衫。手〔提〕无价宝，仙珠定阴阳。我乃南海慈悲。韦驮金刚，站在两廊，梳妆一番。（过场）（梳妆完毕）（蛇科）（小生白）启上佛母，你有青丝二条跌下凡间，变作一对蛇妖。（旦白）这也不妨，待我剪下指甲下凡，叫它不得作乱。一个指甲去到陈家投胎，二个指甲剪在李家投胎。①（小生白）启上娘娘，指甲剪下，要不得！（旦白）怎么要他不得？叫〔红〕孩儿下凡。〔红〕孩儿何在？（丑白）在。（旦白）你到凡间投胎。（丑白）凡间投胎我不去。（旦白）韦驮。（小生白）在。（旦白）将〔红〕

---

① 此处校补本尚有"第三个指甲剪下林家投胎"一句。

孩儿打在凡间。（小生白）打在凡间。庆贺！（下）

第三出

丑：红孩儿

外：陈上元

（丑上，白）领了佛母命，即刻到凡间。咳吓！我乃红孩儿，佛母要我凡间〔投胎〕，我难以从命①。陈上元那边过来，还要变作孩儿岂不是好？反身一变，孩儿出现。（外上，唱）

【孝顺歌】② 移步儿往前行，江南下都转回来。远远听见有人声。不知哪里孩童叫，老汉向前看分明。（又）③

（白）这里果然有个小孩童，待我抱你回去便了。

（唱）中途路上得一子，欢欢喜〔喜〕转回家。（下）

第四出④

夫：葛氏

外：陈上元

（夫上，白）官人出外不见回，是我心中长挂心［念］。（外上，白）离了中途路，来到自家门。（夫白）官人回来，见礼。（外白）有礼。（夫白）行李收藏，请坐。（外白）同坐。吓吔咳咳！（夫白）官人回来，为何心中唤月⑤？（外白）不是我心中唤月，中途路上得来一子，欢喜。（夫白）你在路上得来一子，我在家生了一女。（外白）果然难得了！安人，还要留名好呼唤。（夫白）子名父取。（外白）

---

① 从命：校补本作"违命"。
② 【孝顺歌】原本无，据校补本补。
③ 又：指重复唱一句。下同。
④ 此出校补并入第三出。
⑤ 唤月：松阳一带方言，意为欢悦、高兴。

孩儿取名陈法清。(夫白)女儿取名陈正姑。(外白)果然好美名。转过祖先堂,焚香保佑便了。(过场)一言哀告。

(唱)哀告祖先,(又)儿孙说你句〔知〕①,全望祖先相保佑,保佑儿女快长大。(化纸)忙把纸钱来烧化,全望祖先相保佑,全望祖先相保佑。(下)

第五出

生:陈法通

旦:王氏

外:陈上元

夫:葛氏

丑:陈法清

正旦:陈正姑

(生上,白)身坐家庭如茅山,师父传教救万民。有人学得法文好,捉拿妖魔鬼怪精。我乃陈法通,爹爹陈上元,母亲葛氏,娶妻王氏,弟郎法清,妹子陈正姑。此话不必细表。今当爹娘寿诞,安摆酒筵为爹娘上寿。娘子快来。(旦白)来了。忽听官人叫,忙步就来到。官人请来见礼。(生白)有礼奉还。(旦白)叫我出来为了何事?(生白)非为别事,今当爹娘寿诞,安排酒筵为爹娘上寿。酒筵可已齐备吗?(旦白)早已齐备。一同请出爹娘。爹娘有请。(外、夫白)来了。忽听我儿请,出堂问原因。(生白)爹娘在上,孩儿〔拜见〕。(外、夫白)罢了。请出为父何事?(生白)非为别事,今当爹娘寿诞,安排酒筵为爹娘上寿。(外、夫白)我儿行孝。可有外客没有?(生白)并无外客。孩儿把盏。(外、夫白)不用把盏,一礼摆上。(生白)孩儿不会敬礼。(外白)才好说话。将酒摆开。(生白)②今日摆场。(丑白)③爹娘寿日,我法清也要来拜拜寿。(生白)本该的。(丑白)拜一拜,爹娘八十八,老酒拿来喝一喝。(生白)拜拜添。(丑白)拜二拜,爹娘九十九,鸡腿拿来好配酒。(生白)吃了勤读法书。(同白)好酒呀!(外

---

① 据校补本校订。下径改。

② 生白:原本误作"丑白",据校补本校订。

③ 丑白:原本误作"外白",据校补本校订。

白）陈正姑我儿哪里去了？（夫白）问过媳妇就见明白。媳妇儿，你的姑娘哪里去了？（旦白）南楼念经。（夫白）叫她下楼来。（旦白）晓得。咳！往日姑娘看我不上眼，今日还要公婆面前搬弄是非一场，岂不是好？启禀公婆，姑娘不下楼还则可，还骂着公婆。（夫白）怎样骂？

（旦唱）上告公婆听诉启，容媳妇一言说你知。姑娘南楼〔念〕弥陀，保佑公婆老……（外白）为何停口不说？（旦白）非是我停口不说，她骂我不敢说。（外白）他骂得，〔你但说何妨〕。

（旦唱）保佑公婆老□。（外白）不信。（旦唱）① 你若还不信，去到南楼亲耳听，骂不骂的去问无声。（又）（生白）咳！娘子，我妹子没有言语得罪你，你为何爹娘跟前搬弄是非？又道：大鹏飞在梧桐树，自有旁人说短长。

（同唱）自有旁人说短长。（下）

第六出

正旦：陈正姑

外：陈上元

（正旦上，唱）

【引】奴今独坐绣房内，日夜看经文。

（白）口念慈悲千尊佛，作恶也多善也少〔空烧万支香〕。池塘养鱼永不钓，高山麒鹿保长生。我乃陈正姑。闲下无事，去到南楼念经便了。（过场）呀！（唱）

【驻云飞】② 上告佛母，且容陈正姑说你知。今日念弥陀，保佑爹娘福寿长。

（外白）开门。（正旦白）何人到来？（外白）为父到来。（正旦白）怎么？是爹娘到来，待女儿来开门。爹爹请进，万福。（外白）哇！扣〔亏〕你不孝之女！为爹娘寿诞，法清螟蛉之子，晓得前来拜寿，你是亲生女儿，不来拜寿还则可，反来在南楼咒骂。今日不打待等哪时？招打！（正旦白）饶我！（外白）畜生无理，咒骂为父心中怨；畜生无理，念经咒骂。也罢！打了香炉断了祸。（下）

---

① 唱：原本误作"白"，据校补本校订。

② 【驻云飞】原本无，据校补本补。

（正旦唱）招打难忍，怎不叫人珠泪流。不知何人搬弄是和非，佛母打在尘埃地。抱起佛母奉香茶。不知何人搬弄是和非，佛母打在尘埃地。（又）（下）

第七出

旦：观音

（旦白）头戴五幅冠，身穿白罗衫。手提无价宝，仙珠定阴阳。我乃南海慈悲。陈正姑与我立香火，陈上元无礼，打破我的真身。还要害他法通夫妻拆散。驾雾腾云。（下）

第八出

净：黑虎（蛇）

（净上，白）两眼红焰焰，双手如铁钳。身穿麒麟甲，反身一变是黑虎①。我在水帘洞修成数百余年，未曾出洞游玩。今日天气晴明，出洞游玩飞沙走石。咳！不知哪里好游玩？抓一风来看。话说南庄庙有个圣母，我是个男，她是女，不免与她成就夫妻，岂不是好？一阵妖气起，即刻到南庄。（下）

第九出

占：圣母（蛇）
净：黑虎（蛇）
手下

（占上，白）身坐南庄大殿庭，凡人打扮〔供奉〕我威灵。三牲福礼来祭奠，保他一乡定太平。我乃南庄庙圣母娘娘。命了小鬼打听黑虎大王消息，不见回报，

---

① 黑虎：校补本作"黑蛇"。

闷煞人也。(手下上，白)报。(占白)报何事？(手下白)黑虎大王与圣母娘娘讨战。(占白)你去回了。咳！黑虎大王好生无礼，他在水帘洞，我在南庄庙，与我作斗。怕了不成！宫女们，与我〔脱〕去大衣迎战。(杀科)(占白)杀败了！杀败了！黑虎大王来得厉害，他不来就罢，若还再来，与他结起百年长〔夫妻〕便了。(杀科)(净白)与你成就夫妻，你道如何？(占白)怕大王心上有虑。(净白)我心上有虑？我对天盟誓来。(占白)你去谢〔誓〕来。(净白)天地神明、日月三星〔光〕在上，我与圣母娘娘成就夫妻，后来若有三心两意，尸体不得周全。只怕圣母娘娘有〔虑〕。(占白)若我心上有虑，我对天盟誓来。天地神明、日月三光在上，我乃南庄庙圣母娘娘，与水帘洞黑虎大王成就夫妻，并无三心两意。(净白)若有三心两意？(占白)就是一刀，头在东来身在西。(净白)好话不用多说。南庄庙往年用什么东西祭奠？(占白)往年三牲福礼祭奠。(净白)今年改过。(占白)改过什么？(净白)改用童男童女祭奠。(占白)若无童男童女祭奠？(净白)江南下乡不能太平。(占白)从便于你。请。(下)

第十出

生：张石魁

占：叶金莲

丑：艄公

家院

手下

(生上，白)喳喳喜鹊叫，不知何事到我家。(内白)报。(手下白)报何事？(内白)老爷授江州府为太守，长〔迎〕接人到。(家院白)启禀老爷，入授江州府为太守，迎接人到。(生白)请出夫人。(家院白)夫人有请。(占白)忽听老爷请，出堂问原因。老爷见礼。(生白)有礼。(占白)请坐。(生白)同坐。(占白)叫妾身出来何事？(生白)非为别事，入授广〔江〕州府为太守，迎接人到，夫人去而不去？(占白)妾身奉陪。(生白)家院，叫外班起道，黄河渡口上船。(家院白)左右起道，黄河渡口上船。(排子)(手下白)来到黄河渡口。(生白)吩咐艄公打棹。(占白)开船。(风科)(丑白)启禀老爷，不好了！黄河浪大，开不得船。（生白）调过船头。（占白）开船。（妖科）（叶氏被吸下）（家院白）老爷，不好了！失落夫人不见了！（生白）吩咐艄公打桌，众人过来四处查问夫人下落。老爷我三步一拜，拜到天师府法主台前求下令符搭救夫人。众人退下。（众白）晓得。（下）（生白）我手奉香盆三步一拜便了。

（唱）苦限〔呀〕！妖魔太无理，我三步一拜天师府，法主台前求令符。（下）

第十一出

外：叶真人
丑：道童
生：张石魁

【点绛唇】（外白）人间天地堂，佛法归人敬〔鬼神惊〕。阴阳分昼夜，八卦定乾坤。我乃天师府叶真人，能晓未来之事。远远观见张石魁，手奉香盆求见于我。他是白羊精转世，难好见我，不免差了道童门口答话。道童哪里？（丑白）忽听师父叫道童，道童做事来得伶俐。师父在上，徒弟举手。（外白）是稽首。（丑白）叫我何事？（外白）非为别事，张石魁到来求见于我，他是白羊精转世，难好见我，你到山门外答话。（丑白）他若还问起呢？（外白）你说师父在床上打睡，不准闲人进去。（丑白）他不是空手走一场了？（外白）我有令符三道交付与他，叫他令符烧化，后来必有荫德。（丑白）师父请回。（外下）（生上，白）中途路上受尽千般苦，不觉来到天师府。小师父见礼。（丑白）有礼。到来何事？（生白）到来求见法主，可在堂吗？（丑白）我师父在床上打睡，不准闲人进去。（生白）千里迢迢到来，师父在床上打睡，不能得见，不是白白空走一场了？苦呀！（丑白）老爷，这也不妨，师父交付令符三道，你拿去中途烧化，必有荫德。（生白）我没有银钱偿赠小师父。（丑白）出家之人，不受别家银钱。（生白）好小师父，请回。师父果然能晓未来之事，赠我令符三道，拿来烧化便了。

（唱）忙把令符来烧化，烧化令符有荫德。（又）（下）

第十二出

马、赵、温、岳四将

（马、赵、温、岳四将上）（马白）手提金枪舞如云，朝朝暮暮守天门。有人问我何名姓？三天门下马令公。吾，马元帅是也。张石魁往黄河渡口经过，失了叶氏夫人，三步一拜拜到天师府，天师跟前求下令符，召我四将下凡收服妖魔归天除罪。驾起祥云。（下）（赵白）手提钢鞭七尺长，二十四记定阴阳。有人问我何名姓，三天门下赵玄坛。吾，赵公明是也。张石魁去到黄河渡口经过，失了叶氏夫人不见，三步一拜拜到天师府，赠他令符三道，命我等下凡收服妖魔归天除罪。驾起祥云。（下）（温白）手提狼牙齿石剑，蓝脸红发好精神。当初井边吞毒药，死后凡间守庙庭。吾，温太保。玉旨一道，命我等下凡收服妖魔归天。待我黄河渡口一走。（下）（岳白）父子尽忠孝，绞死风波亭。阎王分忠奸，死后守庙庭。吾姓岳名飞，字鹏举。玉旨一道，命我等下凡收服妖魔。待我黄河渡口一走。（下）①（杀科）（四将上，白）大败水帘洞，水帘洞抄灭，上天回复玉旨。（下）

第十三出

外：黄贵字

丑：黑志

（蛇科）（外上，白）今当三月清明节，家家户户去祭扫。南北山头多坟墓，清明祭扫各坟前。纸灰化作白蝴蝶，十坐红渡转□□。我乃黄贵字。今乃是三月清明佳节，不免叫出我儿一同祭墓，岂不是好？黑志，我儿哪里？（丑白）来了。忽听爹爹叫，忙步就来到。爹爹在上，孩儿拜揖。（外白）罢了。（丑白）叫孩儿出来何事？（外白）非为别事，今乃清明佳节，带你南山祭墓。从我来，向前带路。

（唱）步出门外，（科介）只见乌鸦眼前叫。乌鸦眼前叫，不知何事到？去到南山去祭墓。（又）（外白）来到南山，摆开香案。黑志，跪下拜拜。启禀爹娘，今日孩儿带孙儿前来，到来祭扫坟茔，全望爹娘保佑。一言哀告。

（唱）告爹娘听诉启，孩儿说你知。今当三月清明佳节，到来祭扫坟茔。阴中保佑保佑，保佑孩儿得荣贵。儿孙若有出头日，不忘爹娘保佑恩。（又）

---

① 以上文字原抄本略，作"马、赵、温、岳四将上，四句不写"。据校补本补。

（蛇拖黑志科）（外白）黑志我儿！咳！不好了！苍天！

（唱）失落我儿，（科）怎不叫人珠泪垂！妖魔太无理，我儿来吞害，怎不叫人珠泪垂！（白）黑志，我儿！苦吓！（下）

第十四出

小生：黄孔文

占：圣母（蛇）

外：黄贵字

丑：老头

（小生上，白）坐在书馆内，日夜读圣书。小小书进〔须勤〕学，文章可立身。满朝贵子〔朱紫〕贵，正〔尽〕是读书人。我乃黄孔文。闲下无事，去到书馆攻书一番便了。（唱）

【风入松】忙移步，一去到书馆，去往书馆读圣书。忙移步到书馆，忙移步到书馆。

（占上，唱）轻移莲步到书馆，去到书馆走一程。忙移步，到书馆。（又）（白）黄孔文，黄孔文，醒转头来听我言。我非是别个，乃是南庄庙圣母娘娘托梦与你。南庄庙往年三牲福礼祭奠，今年改过童男童女祭奠。若无童男童女祭，江南下都不能太平。醒转记我言。一阵妖风起，速刻到殿庭。（小生白）好睡！好睡！圣母娘娘在哪里？（又）嗳吓！睡梦只见南庄庙圣母娘娘前来托梦与我，她说南庄庙往年三牲福礼祭奠，今年改过童男童女祭奠。若无童男童女祭，江南下都不能太平。今年兄长当头，回家报与哥兄知道，岂〔不〕是好？离了书馆地，来到兄长家。兄长在家么？

（外上，唱）孩儿，失落我儿，叫我日后靠何人？（白）贤弟请进。（小生白）有进。

（唱）告兄长听诉启，你为何双眼掉泪落纷纷？

（外唱）告贤弟听诉启，带了孩儿南山去祭墓，失落我儿无处寻。（小生白）倒也可伤了。（外白）贤弟到来何事？（小生白）小弟在书馆攻书，在梦只见南庄庙圣母娘娘前来托梦与我，南庄庙往年三牲福礼祭奠，今年改过了，改过童男童女祭奠,若无童男童女祭奠,江南下都一乡不能太平。今年是兄长当头,怎生是好?(外白)有了此事,圣母威灵,为兄去到街坊访买童男童女,贤弟你下书馆攻书。向前勤科〔苦〕读,(小生白)马上轻移回。兄长请。(下)(外白)不免多带银两街坊一走。(唱)

【孝顺歌】① 移步儿往前行,去到街坊走一程。只为神圣有威灵,要吃童男并童女,去到街坊去访买。忙移步往前行,不觉来到是街坊。(又)

(白)来到此地,不免向前问个分明。里面可有老丈么?(丑上,白)门外有人叫,不知何客到?原来客官到来,请进。(外白)有进。(丑白)请来见礼。(外白)有礼。(丑白)请坐。(外白)同坐。(丑白)请问客官家住哪里?高姓尊名?细说一番。(外白)我乃是江南下都人氏,姓黄名贵字。有个南庄庙神圣威灵,要吃童男童女祭奠。老公公,你家多少人吃饭?(丑白)我家二十四个人吃饭。(外白)老公公,你家人众这样多,分我一对祭祭菩萨好不好?(丑白)我家是人口众多,不是鸡鹅养得多。谁家公婆不惜孙?哪家父母不爱子?讲话无数,赶出去!(外白)谁家公婆不惜孙?哪家父母不爱子?岂肯卖把我祭菩萨?空想了。苦呸!(下)

第十五出

小生:黄孔文

旦:观音

外:黄贵字

外:陈上元

生:陈法通

丑:陈法清

净:殿前护使

(小生上,唱)
【懒画眉】② 忙移步前往去,去往书馆走一程。不觉来到是书馆,到此是

---

① 【孝顺歌】原本无,此据校补本补入。
② 【懒画眉】原本无,此据校补本补入。

书馆。

（旦上，唱）重重到过是书馆，不觉来到是书馆。（白）黄孔文，（又）醒转抬头听我说你知。我乃非是别个，南海慈悲到来托梦于你。南庄庙不是圣母娘娘，是一对妖魔作乱，若还要收得此妖平伏，福建福州府陈家法师收得此妖平伏。醒转牢记我言。一阵妖〔仙〕风起，即刻上云端。（小生白）好睡也。佛母在哪里？（又）我在书馆打睡，梦中只见南海佛母娘娘前来托梦与我，她说南庄庙不是圣母娘娘，是一对妖魔作乱，若还要收得此妖平伏，福建福州府陈家法师收得此妖平伏。不免报与兄得知。离了书馆地，来到哥兄家。哥兄在家么？（外上，白）门外有人叫，不知何客到？原来贤弟到来，请进。（小生白）有进。（外白）见礼。（小生白）有礼。（外白）请坐。（小生白）同坐。（外白）贤弟，你不在书馆攻书，到来何事？（小生白）非为别事，小弟在书馆攻书，梦中只见南海佛母娘娘前来托梦与我，她说南庄庙不是圣母娘娘，是一对妖魔作乱，若要收得此妖平伏，要福建福州府古田县陈家法师收得此妖平伏。（外白）①为兄路途遥远，请他不来，怎生是好？（小生白）路途〔遥远〕，哥兄赶之不上，待小弟前去相请法师就是。（外白）贤弟与我前去相请，我有银子数两，你带在身旁作为路费。此事全望你。（小生白）哥兄万事宽心。兄长请。（外下）（小生白）慢慢趱行起步。（唱）

【孝顺歌】②别家乡往前行，去到福建福州府，相请法师收妖魔。忙移步往前行，不觉来到古田县。（又）

（白）内面可有老丈么？（外白）外面有人到，不知何客到？原来相公到来，请进。（小生白）有进。（外白）见礼。〔（小生白）有礼。〕（外白）请坐。（小生白）同坐。（外白）请问相公，你在哪里？高姓大名？（小生白）我家住江南下都，姓黄名孔文。（外白）到来有何贵事？（小生白）我那边妖魔作乱，相请陈家法师收妖。（外白）我这里左右都是姓陈的，不知请哪一个？（小生白）陈上元老先生。（外白）要想陈上元老先生，我做个梦〔谜〕话你猜猜。此人远，（小生白）远在千里之外，不能相见。（外白）此人近，（小生白）近在眼前，就是陈上元老先生，不知，多有得罪！（外白）不知不罪，快快起来。我往年你江南做过法事，如今是年迈了，不能远行，不去了。（小生白）定要与我前去。（外白）难以从命。（小生

---

① （外白）原本无，此据校补本补入。

② 【孝顺歌】原本无，此据校补本补入。

白）下过一礼，与我前去。（外白）陪过一礼，难好前去。（小生白）下个全礼，与我前去。（外白）这等定意，快快起来。我自己不能前去，我孩儿名叫法通，与你前去。你回去点起七七四十九盏明灯不可黑，我叫孩儿来就是了。（小生白）好，我有银子数两，收藏作为路费。此事全望你。（外白）相公，万事请宽心。（小生白）先生请。（下）（外白）不免叫出法通。法通快来。（生上，白）忽听爹爹叫，忙步就来到。爹爹在上，孩儿拜揖。（外白）罢了。（生白）叫孩儿出来何事？（外白）不为别事，一个相公家住江南下都人氏，到来相请为父收妖，为父年迈，不能远行，我儿前去就是。（生白）孩儿法文未曾学好，不敢前去。（外白）为父看你法文未学好，不甚精到，我叫法清陪伴你去。（生白）兄弟那张口不好。（外白）呀！那张口不好吗？我叫出来训教一番就不会乱讲了。法清，法清。不叫老子他不来。法清老子！（丑白）我的儿子，我就要打来了。（生白）你大小都不分。（丑白）大水牛总大都要打。叫我何事？（外白）叫你跟随哥兄江南收妖。（丑白）有得吃的么？（外白）酒肉饭有得吃的，你去收起法担伺候。（生白）爹爹请上，孩儿拜别。（唱）

【下山虎】① 拜别爹爹（又），孩儿说你知。今日一别家乡去，去到江南去收妖。咳！爹爹呀！

（丑白）呸！大哥，收妖就回来的，难道死在南庄不成！（生白）爹爹，兄弟说出不利之话，不去就是了。（外白）你小弟那张口，常常如此。你去法兵〔堂〕发出兵马，大体不妨。（生白）爹爹请回，兄弟转过后洞发兵便了。（唱）

【一字调】② 忙把衣衫来改换，改换衣衫发兵马。东方发出九万兵，南方发出八万将。西方发出六重兵，北方发出五蹄马。天兵天将、地兵地将、风火二将一时发，南庄庙内收妖魔。

（白）兄弟带路。

（唱）叫声兄弟前带路，江南下都走一程。（丑白）哥兄，我要拉尿了。（生白）为兄站在这里等候。（丑白）你先去，我拉了尿就来的。（生白）就要来。（丑白）兄长倒是好骗，才得来就要拉尿？我看这里庙堂菩萨没有生意做，我要化匹马骑到南庄庙去。法祖师。（马踢科）（生白）法清，为何不来？（丑白）这庙堂菩

---

① 【下山虎】原本无，此据校补本补入。

② 【一字调】原本无，此据校补本补入。

萨被我化了一匹马，我骑上去，它一脚踢来，先先〔险些〕卵子被它踢开。（生白）何不打死了你！

（唱）叫声兄弟前带路，南庄庙内收妖魔。（丑白）大哥，我要拉粪了。（生白）那里拉屎，这里拉尿。为兄等候你。（丑白）你不要候，先去，我就来。（生白）就要来。（丑白）大哥果然好骗，我哪里是要拉屎，分明此地古庙判官小鬼没有生意做，叫他帮我抬轿，坐轿到南庄庙去。法师祖。（净上，白）呀呸！（下）（丑白）坏啦！轿又化不起，有个人弄把刀，先先〔险些〕我的头要撒下来。这个人还会来的，我变化烂树木躲避便了。法祖师。（净上，白）呀呸！法清看不见了。（内白）你眼不看，变作朽木在大路旁，化作黄蜂咬死他。（丑白）不好！咬死了！（又）（生白）畜生又在此古庙。（丑白）大哥，你哪里晓得！我看判官小鬼无生意做，我想化成轿帮我抬轿，又变化不起，有一个鬼，脸上黑斑斑，拿把刀在我头上一撒一撒，我怕起来了，化作朽木躲避。黄蜂尽多，先先〔险些〕被它咬死。（生白）何不咬死了你畜生！

（唱）不知南庄在何处？（丑白）南庄庙到了。（生白）南庄庙果然到来，待我问来。内面有人否？（丑白）内面可有死农家么？（生白）主人家！（丑白）主人家。（外上，白）门外有人叫，不知何人到？原来先生到来，请进。（生白）有进。（丑白）你就是死人家？（外白）主人家！（丑白）你的卵子比我的头还大。（生白）倒讲了。（外白）先生行李收藏。先生请来见礼。（生白）有礼。（外白）请用茶饭。（生白）你安排茶〔饭〕伺候，我发出兵马再来吃饭。兄弟一同护法。（唱）

【一字调】① 排起茅山三洞兵，迎接茅山师父到来临。弟子宣召非别事，宣召到来收妖魔。东方召来六重兵，南方召来百万将。西方召来三重将，北方召来五蹄马，中方召来武精兵。我今吹动九龙角，吹动龙角收妖魔。（作法科）

（丑白）拿到了，拿到了。（生白）看来是什么妖？（丑白）看来是蛇妖。（生白）雌雄如何？（丑白）雌雄我不晓得的，我要去摸摸看。（生白）你去摸来。（丑白）大哥，谁也不晓得的，有两个卵子比你的头还大。（生白）雄的。（吹角科）（丑白）又拿来了。（生白）看雌雄如何？（丑白）雌雄我不晓得的，要摸摸看。（生白）你去摸摸看。（丑白）大哥，雌雄不晓得，腿弄内面有个洞，像你的口一样。（生白）想是雌的。请出主人家。（丑白）死人家有请。（生白）主人家！（外

---

① 【一字调】原本无，此据校补本补入。

白）忽听先生请，出堂问原因。（生、丑白）收起观看。（外白）果然收一对妖魔。先生名传天下！（内白）苦呀！（生白）何人叫苦？（外白）我的小女押当在此的。（生白）收起妖怪，大体不妨，叫她回去得了。（外白）小女快来！二位先生收起妖怪，你多谢先生回去。（小旦白）多谢先生。（丑白）不要多谢，待我看看。（生白）不要做脚做手。（丑白）主人家，这女子哪里来的？（外白）我的小女。（丑白）怎么？是你女儿，生得好！嫁人家了没有？（外白）年小，没有许配人家。（丑白）我没有娶，敢〔给〕我当了老婆就是。（外白）年纪还小。（丑白）我拜拜你做岳丈。（下跪科）（生白）你做什么？（丑白）他的女儿，我当老婆。（生白）不要脸皮！他的小女肯该你当老婆？我来。老人家，我小弟痴呆，不过不要见怪。（外白）哪有见怪之理！请用酒饭。（生白）把蛇妖捆缚起来吃饭。兄弟。（丑白）大哥。（生白）蛇妖捆缚起来便了。（唱）

【前腔】忙把袖口来变化，变化间山大法坛。忙把净水来变化，变化有眼世间不光亮。忙把五色丝线来变化，变化麻绳铁索捆妖魔。忙把神帐来变化，变化天罗地网治妖魔。再把板凳来变化，变化西天大王一般貌。再把钵头来变化，变化黄斑五虎收妖魔。再将净水来变化来，变化江洋大海一般貌。再将身己来变化，变化茅山师父一般貌。再将兄弟来变化，变化七七四十九个陈法清。我今来变化，哪怕妖魔来作乱！

（白）兄弟，我有三道令符，你作三下烧化，坛界不可冷落，香烟接住。（丑白）你到哪里去？（生白）我去吃饭。（丑白）我也要吃饭了。（生白）我吃了饭，叫主人家担来给你吃。（丑白）担一点东西吃不饱。（生白）我叫他酒肉多担点来。（丑白）叫他多担点来。（生白）令符作三下烧，你要记到。（生下）（丑白）怎样？你是爹娘生，我不是爹娘生的？你晓得要做先生，我做脚子？此地是神坛，不晓得有东西吃没有，我来寻寻看。这杯是茶，倒倒了去。这杯是酒，都是香灰，吹吹了拿来吃。叫我三道令符作三下烧，我作一下烧就好了，香烟接住。我有事请间山，无事拉尿照神坛，我尿拉上去。有两个人来了。（丑下）

第十六出

外：浩天圣主

小生：法天圣主

夫：西天圣主
净：黑虎（蛇）
占：圣母（蛇）
生：法通
丑：法清

（外、小生、夫上）

【点绛唇】（同白）三十三天天重天，重重叠叠出神仙。神仙本是凡人做，只怕凡人心不传〔坚〕。（外白）我乃浩天圣主。（小生白）我乃法〔天〕圣主。（夫白）我乃西天圣主。（外白）请了。法通令符宣召，驾雾腾云。咳！法通，法通，我道化令符三道宣召为了何事，原来香烟不点，坛界冷落，岂不可恼！〔小生白〕启禀大哥，杭州火灾发动，小弟救火而去。（夫白）启禀大哥，扬州瘟疫发动，小弟救瘟而去。（净、占白）苦吔！（丑白）银子拿来买块糖来甜甜。（净、占白）眼睛看不见苦吔！（丑白）我不救你，我救你容易不过。（净、占白）救救我呀！（丑白）你讲得好，我就救救你，大哥净水还在此，拿来你眼睛摸一下就好了。（抹介）（净、占白）果然好了！西天大王惊吓人也！（丑白）不是西天大王。（占白）是什么？（丑白）是板凳变化起的。（净、占白）怎样破得了？（丑白）不要破的，拿起来就没有了。（占白）果然不见了。黄斑五虎惊吓人也！（丑白）不是黄斑五虎。（净白）是什么？（丑白）是大哥钵头化起来的。（净白）可以破得了吗？（丑白）不要破的，一脚跌跌了就没有了。（占白）果然不见了。天罗地网惊吓人也！（丑白）不是天罗地网，大哥神帐化起的。（净、占白）可以破得了么？（丑白）不要破的，〔挂挂〕（捎捎）上就没有了。（净白）汪洋大海惊吓人也！（丑白）不是江洋大海。（净白）是什么？（丑白）是大哥净水碗变化起来的。（净白）可以破得了吗？（丑白）不要破的，水倒了就没有了。（净白）果然不见了。身上麻绳铁索捆起难过。（丑白）大哥五色线化起来的。（净白）可以破得了么？（丑白）不要破，肚皮一挣就会断了。（净白）圣母，一同护法！（索断，二蛇逃下）（丑白）大哥，不好了！蛇妖逃去了！（生上，白）主人家，告退了。兄弟为何大惊小怪？（丑白）蛇妖逃去了。（生白）三道令符怎样烧去了？（丑白）作一下烧去了。（生白）呸！叫你三道令符作三下烧化，你作一下烧去，香烟不燃，坛界冷落。

（唱）分明三天星〔圣〕主有怪了。不好了兄弟吓！（白）兄弟，蛇妖紧紧追赶与我，我能晓十二生肖变化，你不可破我法了。

（唱）我今将身来变化，变化老鼠去逃生。（丑白）大哥，你变化去了，蛇妖来帮我拿去吃了，怎生是好？想到门首缺少一个狮子，待我变化狮子便了。

（唱）我今将身来变化，变化狮子守门庭。（净、占白）法清、法通看他不见了。先前门口没有狮子，如今有狮子，坐上去当马。（丑白）咳！妇人家坐不得，要秽的。（净、占白）原来是法清变化的，拿去吃了。（丑白）吃不得的，我的肉身上都是粪。（净白）去了皮再吃。（丑白）我的肉不好吃，我大哥的肉好吃。（净、占白）大哥哪里去了？（丑白）我不晓得的。（净白）你不晓得，把你拿去吃。（丑白）慢点，我看看起。大哥变化去了。（净白）变化什么东西？（丑白）变作个老鼠。（净白）老鼠什么东西拿他？（丑白）老鼠只要猫儿拿去吃。（净白）圣母，你守住法清，待我变化猫儿拿他吃。（唱）

【耍孩儿】我今将身来变化，变化猫儿捉拿他。（下）（生上，唱）

【一字调】我今将身来变化，变化水牛去逃生。（下）

（净上，白）法通哪里逃？法清，你大哥变化什么〔去〕了？（丑白）我大哥变化水牛去了。（净白）水牛什么东西拿他？（丑白）水牛变个小牧童拿他。

（净笑介，唱）我今将身来变化，变化牧童捉拿他。（下）

（生上，唱）我今将身来变化，变化猛虎去逃生。（下）（净上，白）法通哪里逃？法清，你大哥变化什么去了？（丑白）我大哥变化猛虎去了。（净白）猛虎什么东西拿他？（丑白）变个打铳人打死了他。

（净笑介，唱）我今将身来变化，变化打铳人打死他。（下）

（生上，唱）我今将身来变化，变化兔儿去逃生。（下）（净上，白）法通哪里逃？法清，你大哥变化什么去了？（丑白）我大哥变化兔儿去了。（净白）兔儿什么东西拿他？（丑白）变化打弹之人打死他。

（净笑介，唱）我今将身来变化，变化弹弓打死他。（下）

（生上，唱）我今将身来变化，变化青龙上九重。（下）

（净上，白）法通哪里逃？法清，你大哥变化什么东西去了？（丑白）我大哥变化青龙去了。（净白）青龙什么东西可拿他？（丑白）要变个麒麟烧死他。

（净笑介，唱）我今将身来变化，变化麒麟烧死他。（下）

（生上，唱）我今将身来变化，变化白蛇去逃生。（下）（净上，白）法通哪里逃？法清，你大哥变化什么去了？（丑白）我大哥变化一条白蛇去了。（净白）白蛇什么东西可拿他？（丑白）变个讨饭人去捉他。

（净笑介，唱）我今将身来变化，变化花郎捉拿他。（下）

（生上，唱）我今将身来变化，变化红鬃烈马去逃生。（下）（净上，白）法通哪里逃？法清，你大哥变化什么去了？（丑白）我大哥变化红鬃烈马去了。（净白）红鬃烈马什么东西可拿他？（丑白）可变马夫去拿他。

（净笑介，唱）我今将身来变化，变化马夫去拿他。（下）

（生上，唱）我今将身来变化，变化绵羊去逃生。（下）（净上，白）法通哪里逃？法清，你大哥变化什么去了？（丑白）我大哥变化绵羊去了。（净白）绵羊什么东西可拿他？（丑白）变个老人家捉拿他。

（净笑介，唱）我今将身来变化，变化老人去拿他。（下）

（生上，唱）我今将身来变化，变化小猴去逃生。（下）（净上，白）法通哪里逃？法清，你大哥变化什么东西去了？（丑白）变个小猴去了。（净白）小猴什么东西拿他？（丑白）变个打铳人打死他。

（净笑介，唱）我今将身来变化，变化打铳之人来打他。（下）

（生上，唱）我今将身来变化，变化公鸡去逃生。（下）

（净上，白）法通哪里逃？法清，你大哥变化什么东西去了？（丑白）我大哥变化公鸡去了。（净白）公鸡什么东西去拿他？（丑白）变化老鹰捉拿他。

（净笑介，唱）我今将身来变化，变化老鹰捉拿他。（下）

（生上，唱）我今将身来变化，变化黄狗去逃生。（下）（净上，白）法通哪里逃？法清，你大哥变化什么东西去了？（丑白）我大哥变化一只黄狗去了。（净白）黄狗什么东西去拿他？（丑白）变化和尚捉拿他。

（净笑介，唱）我今将身来变化，变化和尚捉拿他。（下）①（生上，白）兄弟不好了！先前对你说过，十二生肖变化不可破法，你苦苦前来破法则甚？

（唱）为兄若有差迟事，年老爹娘靠何人？（蛇叫科）（生白）不好了！蛇妖紧紧追赶与我，十二生肖变化只留一肖未变，你再也不可来破法了。（丑白）你变去，我不会破法了。

---

① 【一字调】至此原本作："十二生肖变化，鼠、牛、虎、兔、龙、蛇、马、羊、猴、鸡、狗、猪十二变，按上面老鼠对猫儿同样唱法和作法，第十二变接下。"此据校补本补。

（生唱）我今将身来变化，变化毛猪去逃生。（净白）法清，你大哥哪里去了？（丑白）变化去了。（净白）变化什么东西？（丑白）变化一只毛猪。（净白）毛猪什么索拿他？（丑白）毛猪么！杀猪老师拿他就是。

（净唱）晓得。我今将身来变化，变化宰猪老师去拿他。（下）

第十七出

外：浩天圣主

（外上，白）善哉善哉，苦事难熬〔挨〕。我今不救，待等谁来？蛇妖紧紧追赶法通，我不免使他全身而死。将你关在铜钟底下。（铜钟科）法通，法通，将你关在铜钟底下，等你妹子间山学法出洞而来，搭救与你。一阵仙风起，即刻上天庭①。（下）

第十八出

净：黑虎（蛇）

丑：法清

占：圣母（蛇）

（净上，白）法清，你大哥哪里去？（丑白）我大哥十二生肖都变完成了，锁在铜钟底下去了。（净、占白）拿起铜钟又拿不起，变化蝼蚁伤他的性命，法清拿来吃好了。（丑白）吃不得的，要饶我。（占白）法清不要吃，待我变化蜻蜓，去到他家打听消息，不知还有何人？（净白）圣母说得有理。圣母变化要小心，（占白）大王不必挂在心。反身一变，蜻蜓出现。（丑白）大哥，蛇妖不见了。我看哥兄锁到铜钟底下，不免将铜钟翻了，与大哥一同回去。（翻科）铜钟太重，呃呃！翻不了。不免叫出大哥。大哥，大哥。叫不来了。若让蛇妖听见，又把我拿去吃。

---

① 上述数句校补本作："法通，法通，我本该将你一鞭打死化为泥，念你是我炉下弟子，我赐你全身而死，等你妹子间山学法出洞回来，再来搭救与你。我且上天去矣！"

不免回去就是。两个人来收妖,只有一个人回家。嗐!大哥呀!(蜻蜓科)这个蜻蜓站到我雨伞顶上来,待我拿去玩耍。拿拿又拿不来的,想到了,哥兄被蛇妖吃了,阴魂要回去,是哥兄的阴魂未为可知。若还是哥兄阴魂,站到雨伞顶上来,我带你回去。咳!哥兄!(哭)(丑下)

第十九出

外:陈上元

夫:葛氏

正旦:陈正姑

丑:法清

（外、夫、正旦上,唱）乌鸦喜鹊叫,不知何事到我家。（正旦白）爹娘在上,女儿万福。（外、夫白）罢了。（丑上,白）大哥快来。果然是大哥的阴魂,一到就飞在大梁背上。我这等哭起来,连饭都弄不来吃,眼泪擦擦了走进去,饭骗来吃了再讲。咳呸!（正旦白）兄弟,你回来了。（丑白）回来了。（外、夫白）那边收了什么妖?（丑白）收了一对蛇妖。（外、夫、正旦白）名传天下。（丑白）名是大了。（外白）你大哥还不回来?（丑白）大哥吗?大哥吗?吓!想到前面有个地方请他做下法事了来,就回来的。（夫白）前去吃饭。（丑白）我去吃饭。饭是骗来吃了。（外白）安人,我在床上打睡,得见一梦,梦见门牙跌下两个。后来拿一本解梦书来看,看不出吉兆,不知有何吉难?叫出法清问个明白就是。（夫白）法清,法清。（丑上,白）法清,法清,要叫老子我就高兴。我不讲,若是讲起来,叫你三天三夜哭不完。来了。叫我何事?（外白）你哥兄还不回来?（丑白）哭,哭……（哭介）（外白）哭起来何事?（丑白）大哥没有人了。（外白）哪里去了?（丑白）南庄庙收妖被蛇妖吃了。（外、夫白）你道怎样?（丑白）大哥被妖怪吃了。（外、夫唱）

【驻云飞】①苍天吓!听说伤悲,怎不叫人珠泪垂。妖魔太无理,我儿遭残害,（又）怎不叫人珠泪垂!（又）苍天吓!

---

① 【驻云飞】原本无,此据校补本补入。

（正旦白）爹娘啼哭也是枉然。（外白）父心无计。（正旦白）女儿闻听得间山洞门开，女儿要往间山学法，出洞回来搭救哥兄，爹娘心意如何？（外白）好的，你去到间山学法，回来搭救哥兄就是。（正旦白）爹娘请上，女儿拜别。（唱）

【下山虎】① 拜别爹娘，（又）女儿说你知。今日一别家乡去，难舍难分爹娘情。去到间山去学法，学法回来救哥兄。

（白）爹娘请回。（下）（外、夫白）女儿慢去。法通我儿吓！（下）

第二十出

占：圣母（蛇）

净：黑虎（蛇）

（占上，白）打听陈家事，报与大王知。（净白）圣母回来了。他家还有何人？（占白）他家有妹子名叫陈正姑，要往间山学法，捉拿我和你二人。（净白）怎生是好？（占白）这也不妨，我变作陈正姑先前间山学法，回来与她作斗。（净白）圣母变化要小心，（占白）大王不必挂在心。大王请。（净下）（占白）反身一变，陈正姑出现。去到间山学法，慢慢趱行起步。（唱）

【一江风】② 别家乡，往前行。我今要往去学法，学法回来闹乾坤。不知间山在何处？（又）

（白）行到此地，失了路途不见，怎生是好？（内白）黄梁③二将，吹动九龙角，行条大路到凡间。（占白）霎时现出一条大路一走。

（唱）霎时现出光明路，想是间山洞门开。（又）（下）

第二十一出

生：间山九郎

二将：黄梁二将

---

① 【下山虎】原本无，此据校补本补入。

② 【一江风】原本无，此据校补本补入。

③ 梁：校补本作"良"。

占：假正姑（蛇）

夫：闾山九母

【点绛唇】（生上，白）身坐闾山大法堂，十万兵马九万藏。有人学得闾山法，捉拿妖魔鬼怪精。我乃闾山九郎。三年一度法门开，凡人学法，又好救度万民。黄梁二将，大开法门。（二将白）大开法门。（占上，白）来〔离〕了苏毛岗①，来到是闾山。门上哪一位？（二将白）到来何事？（占白）求见法主，与我传进。（二将白）启禀法主，外面小女子求见法主。（生白）命她自进。（二将白）小女子，法主命你自进。（占白）法主在上，小女子叩头。（生白）小女子起来，边旁坐下。（占白）谢法主座位。（生白）小女子家住哪里？什么名姓？细说一番。（占白）法主坐在一旁，容小女子一言禀上。（唱）

【一字调】② 告法主听诉启，容女子说你知。家住福建古田县，陈氏正姑是我名。哥兄名叫陈法通，南庄庙内收妖魔。却被妖魔来私害，学法回去救哥兄。（又）

（生白）退在后堂，教导你法文。暂时一别去，小刻又相逢。男传男，女传女，不免叫出妹子教导她法文。贤妹哪里？（夫白）来了。忽听哥兄叫，忙步就来到。哥兄见礼。（生白）有礼。（夫白）请坐。（生白）同坐。（夫白）叫小妹出来何事？（生白）非为别事，凡间古田县陈正姑，她要学法回家搭救哥兄。男要男教，女要女教。贤妹，你教导她法文就是。此事全望你。（夫白）哥兄，万事全宽心。今时一别去，小刻又相逢。（生下）（夫白）徒弟，坐上前来，为师教导你法文。（唱）

【风入松】③ 一言说来徒弟听，启〔且〕④ 听为师来教训。有人学得闾山法，捉拿妖魔鬼怪精。

（占唱）师娘听起说你知，且容徒弟说你知，感谢师娘教法文。（旁白）嗳吓！我在此学法，陈正姑若是到来，叫我怎生是好？不免拜别师娘出洞，岂不是好？（夫白）徒弟，缘何背后藏言？（占白）非是徒弟背地藏言，我的法文尽好，不免

---

① 苏毛岗：校补本作"南庄地"。
② 【一字调】原本无，此据校补本补入。
③ 【风入松】原本无，此据校补本补入。
④ 据校补本校订。下径改。

拜别师娘出洞而去，凡间搭救哥兄，师娘心意如何？（夫白）本该回转凡间搭救哥兄。（占白）师娘，你赠我什么法宝？（夫白）铁伞、铁马、铁鞭、铁龙角，还有破法书一本给你带去。（占白）就此一别。（唱）

【一字调】今日一别师娘去，去到凡间救哥兄。（又）（下）

第二十二出

正旦：陈正姑

（正旦上，唱）

【一江风】① 趱路别家乡，我今要往间山去，去学法，学法回来救哥兄。不知间山在何处？（又）

（白）此地失了路途不见。（内白）黄梁二将，吹动九龙角，通条大路到凡间。（正旦白）霎时现出一条大路，光明大路，想是间山洞门开，且往大路一走便了。（唱）

【园林好】② 霎时现出光明路，想是间山洞门开。（又）（下）

第二十三出

生：间山九郎

正旦：陈正姑

二将：黄梁二将

夫：间山九母

（生上，白）人间天地掌，佛法归人敬〔鬼神惊〕。阴阳分昼夜，八卦定乾坤。我乃间山九郎。三年一度法文〔门〕开。黄梁二将，大开法门。（正旦上，白）来了。离了千重山，不觉来到是间山。门上哪一位？（二将白）到来何事？（正旦白）

---

① 【一江风】原本无，此据校补本补入。
② 【园林好】原本无，此据校补本补入。

求见法主。(二将白)启禀法主,小女子要见。(生白)命她自进。(二将白)小女子,法主命你自进。(正旦白)报,小女子进。法主在上,小女子叩头。(生白)起来,一旁坐下。(正旦白)谢法主座位。(生白)小女子,你家住哪里?高姓尊名?细说一番。(正旦唱)

【一字调】① 告法主听诉启,容女子说你知。家住福建古田县,陈氏正姑是我名。哥兄名叫陈法通,南庄庙内收妖魔。却被妖魔来私害,学法回家救哥兄。

(生白)住口!(唱)

【前腔】三日〔年〕前有个陈正姑,学法回家救哥兄。你是妖魔来变化,学法回家害良民。

(白)二将,将她妖魔捆缚起,打在后洞,永不超生。(正旦白)苦吓!(下)(夫上,白)堂前闹声响,出堂问原因。哥兄见礼。(生白)有礼。(夫白)请坐。(生白)同坐。(夫白)哥兄为何心中大怒?(生白)非是为兄心中大怒,三年前来了一个陈正姑,学法出洞而去搭救哥兄。今日来的又说陈正姑,想是妖怪变化,为兄将她打在后洞,永不超生。(夫白)哥兄想错了。凡间妖魔打在后洞,千好万好;若是陈正姑将她打在后洞,岂不是误她的大事?(生白)依你贤妹的计呢?(夫白)依我想来,抬过月镜②一照,是妖是怪就见分明。(生白)贤妹说得有理,请回。(夫白)晓得。(下)(生白)二将,抬月镜照来就见分明。果然是陈正姑。松绑,起来。(正旦白)叩谢。(生白)陈正姑,为师不知,休得见怪了。退在后洞,小刻教导你法文。(正旦白)叩谢。(下)(生白)贤妹快来。(夫上,白)妖镜照来如何?(生白)今日来的是陈正姑,三年前的是妖,你叫她出来,为兄将她一鞭打死化成泥。(夫白)三年前的妖,放她出洞去了,怎生是好?(生白)这也不姑〔妨〕,我往年学了断〔遁〕法一道,苏毛岗化作闾山洞,闾山洞化作苏毛岗。黄梁二将,吹动九龙角,调转阴阳头,蛇妖不能出洞去了。贤妹,你教〔法〕文,第七本教起,到第十本为止。法文传你教,传授女裙钗。愚兄三月三玉帝圣前庆贺蟠桃。贤妹请。(下)(夫白)小女子快来,快来。(正旦白)来了。忽听师娘叫,忙步就来到。师娘在上,徒弟叩头。(夫白)免礼。你叫何名字?(正旦白)我叫陈正姑。(夫白)此名不好,与你改过。(正旦白)全望师

---

① 【一字调】原本无,此据校补本补入。
② 月镜:校补本作"照妖镜"。

娘与我改名。（夫白）改名陈娘。退在后洞，教导你法文就是。（正旦白）师娘请。（夫、正旦下）

第二十四出

生：间山九郎
丑：释迦佛祖
旦：观音
小生：玉帝
正旦：陈正姑

【点绛唇】（生、丑、旦上，白）三十三天天重天，重重叠叠出神仙。神仙本是凡人做，只怕凡〔人〕心不传〔坚〕。（丑白）我乃释迦佛祖。（旦白）我乃南海慈悲。（生白）我乃间〔山〕九郎。请了。今当三月三，玉帝圣前庆贺蟠桃大会。玉帝来也。

【点绛唇】（小生上，白）头戴琉璃瓦〔冠〕，脚踩八宝砖。两廊宫太监，庆贺太平年。我乃元始天尊玉帝是也。今当三月三庆贺蟠桃大会。护使们，摆开御筵。

（正旦上，唱）我今离来〔了〕间山洞，一步走到是后洞。我今吹动九龙角，吹动龙角使法文。（罡科）我今用上翻天诀，翻天覆地使法文。（小鬼科）（小生白）呃呃！不知哪里妖魔鬼怪作乱，打了玉杯，串〔倾〕了御酒？释迦佛祖查来看。（丑白）待看查来。启奏玉帝，凡间不是妖魔鬼怪作乱，间山九郎收了女子，名叫陈正姑，在后洞使法，用翻天诀，因此打了玉杯，串〔倾〕了御酒。（小生白）陈正姑打在酆都，永不超生。（丑白）释迦佛祖保她十年阳寿。（旦白）南海慈悲保她十年阳寿。（小生白）陈正姑本命七十二岁，打玉杯，串〔倾〕了御酒，减下阳寿一半。南海慈悲保她十年阳寿，释迦佛祖保她十年阳寿。从今以后，三十六年一命归阴。间山抄灭！（丑白）间山抄灭不得！留在凡间，让凡人学法救度良民。（小生白）间山九郎死罪免过，活罪难〔饶〕（熬）。罚他冷水三口，抄出天门，永不上天。〔可〕（苦）恼！〔可〕（苦）恼！（生白）罚我冷水三口还则可，从今以后不能上天庭。苦吓！（下）（众白）庆贺已毕。（众下）

第二十五出

夫：闾山九母
生：闾山九郎
正旦：陈正姑

（夫上，白）哥兄去庆贺，不见转回程。（生上，白）可恨正姑太无理，翻天覆地恼我心。（夫白）哥兄回来了，请见礼。（生白）有礼。（夫白）请坐。（生白）同坐。可恼！（夫白）哥兄庆贺回来，为何心中大怒？（生白）非为兄心中大怒。我问你，你教陈正姑哪本教起？（夫白）第一本。（生白）咳！陈正姑在后洞使法，用了翻天覆地法，翻了玉杯，打了御酒，恼得玉帝大怒，陈正姑打在酆都，永不超生。（夫白）后来？（生白）释迦佛祖保她十年阳寿，南海慈悲保她十年阳寿，陈正姑本命七十二岁，打了玉杯，翻了御酒，减下阳寿一半，三十六岁一命归阴。（夫白）徒弟命苦！（生白）徒弟法文学好未曾？（夫白）徒弟法文学好了。（生白）快快放他出洞搭救哥兄。（夫白）兄长请回。（生白）晓得。（下）（夫白）徒弟快来。（正旦上，白）来了。我听师娘叫，忙步就来到。师娘在上，徒弟万福。（夫白）罢了。（正旦白）叫我何事？（夫白）非为别事，你法文学好了吗？（正旦白）法文学好。徒弟第七本法书未读。（夫白）徒弟，第七本法书凡间女子生产之书，为何不读？（正旦白）徒弟转到凡间，永不出嫁，因此不读。（夫白）为师不信。（正旦白）师娘不信，我对天盟誓来。（夫白）你去誓来。（正旦白）天地神明、日月星三光在上，奴家陈正姑，师娘跟前学法，誓愿在心，转到凡间永不出嫁。若还出嫁，心愿深江大海而死。（夫白）好话不用多讲，为师饮杯酒再来，你先退后洞。（正旦白）谢师娘。（下）（夫白）徒弟法文学好，缺少五色腾〔祥〕① 云。不免将五色祥云筑在自己背上，化起无名肿毒，叫她收好带去便了。（唱）

【一字调】② 东方青云来筑起，南方赤云来筑起，西方白云来筑起，北方黑云来筑起，中方黄云来筑起。东南西北五色祥云一时筑，一时筑在背上面。

---

① 据校补本校订。
② 【一字调】原本无，此据校补本补。

（白）徒弟快来！（正旦上，白）来了！

（唱）忽听师娘叫徒弟，待我向前问原因。（夫白）徒弟，不好了！为师背上生了无名肿毒，不知何日得全安？（正旦白）无名肿毒可有人治得好么？（夫白）凡间女子未曾出娘门者可以治得好。（正旦白）徒弟凡间女子，未曾出娘门，心愿与师娘治好。（夫白）我教你，此毒要亲口吮吸，头一口脓血付在左手，二口脓血付在右手，三口脓血付在左脚，四口脓血付在右脚，五口脓血吞在腹内，你要记住。（正旦白）徒弟领命就是。（唱）

【一字调】忙把脓血吸一口，一口脓血付在左手上；忙把脓血吸二口，二口脓血付在右手上；忙把脓血吸三口，三口脓血付在左脚下；忙把脓血吸四口，四口脓血付在右脚下；忙把脓血吸五口，五口脓血吞在腹内藏。忙把令符封毒口，法水一口便全安。

（夫唱）多谢你，贺喜你，从今五色祥云你带去，带在凡间救良民。（正旦白）师娘，你什么东西赠徒弟带去？（夫白）闾山真宝已被蛇妖带去。我给你纸伞、纸马、纸鞭、纸龙角，去到苏毛岗换转法宝就是。（正旦白）黄梁二将给徒弟带去。（夫白）黄梁二将，闾山护国之将，赐你令赤〔旗〕一道，只准你召，不准你留。就此一别。（正旦白）徒弟从命。

（唱）① 今日离了闾山去，苏毛岗上换法宝，换转法宝救哥兄。（又）（白）师娘请回。（下）

第二十六出

占：圣母（蛇）

正旦：陈正姑

（占上，唱）我今离了闾山洞，移步来到苏毛岗。

（正旦上，唱）挂度长云〔驾雾腾云〕移步来到苏毛岗。（白）呀！蛇妖从那边过来了，我假意蒙眬相见。小娘子见礼。你是哪里来的？（占白）我是闾山出洞来。你是哪里来的？（正旦白）我也是闾山出洞来。（占白）原来如此。师娘与我

---

① 唱：原本作"白"，此据文意校订。

取名陈奶。师娘与你取个何名？（正旦白）师娘与我取名陈娘。小娘子，你几时出洞？（占白）我是三年前出洞来，行到此地，行来行去，行不出去。你是几时出洞？（正旦白）我是昨日出，今日行到此地。师娘赠你什么法宝？（占白）师娘赠我铁伞、铁马、铁鞭、铁龙角。（正旦白）好宝！（占白）正是。师娘赠什么法宝？（正旦白）师娘赠我纸伞、纸马、纸鞭、纸龙角。（占白）果然好宝！（正旦白）正是。你被师娘骗去了。（占白）怎样骗去？（正旦白）她赠你铁伞、铁马、铁鞭、铁龙角，那个是死宝，不能驾雾腾云，因此三年前出洞而来，行到此地，行来行去，行不出去。（占白）师娘赠你的呢？（正旦白）赠把我纸伞、纸马、纸鞭、纸龙角，我这个是活宝，能驾雾腾云，因此昨日出洞，今日行到此地。（占旁白）咳呀！师娘好生无理！我先到间山学法，你赠我死宝；陈正姑后到间山学法，你反而赠她活宝。苏毛岗上四下无人，不免与她换转法宝，岂不是好？咳呀！师妹，我想与你换宝，你心意如何？（正旦白）师姐此话道差了！师娘赠把你的，就是你的，师娘赠把我的，就是我的，有什么换宝的道理？（占白）你肯还是不肯？（正旦白）我不肯。（占白）我就——（正旦白）就什么？（占白）就要抢！（正旦白）起〔且〕慢！换宝倒是肯，你贴我什么？（占白）我没有东西，一本破法书贴贴你。（正旦白）破法书也好，拿来换转。（换宝介）（正旦白）我看你受〔就〕是蛇妖！（占白）不错。（正旦白）你三年前吃了我的哥兄，你今日插翅难飞。（占白）我吃了你的哥兄，你岂奈我何？各显神通。（杀科）（正旦白）走！杀败了，杀败了。哈！蛇妖果然来得厉害，不追来就罢了，若还追来，她是纸伞、纸马、纸鞭、纸龙角，不能下水，我骗她下水，岂不落在我手？（占上，白）走！（杀过场，二人皆取法宝出）（正旦白）蛇妖，斗法不见高低，你我一同下水。（占白）莫道下水，下火也不怕。（对打，下水科）（正旦唱）惹得陈娘心中恼，我刀剑斩你两段分。（斩科，下）（占白）嗳吓！（唱）

【山坡羊】① 不由人两泪流好伤悲，苏毛岗上斩两段。三尺蛇头飞在皇宫内，七尺蛇尾半天游。（又）（下）

第二十七出

正旦：陈正姑

---

① 【山坡羊】原本无，此据校补本补。

丑：火德星君

占：叶金莲

（正旦上，白）趱路。（唱）

【一字调】① 我今离了间山洞，不觉来到是凡间。

（白）此地火焰腾腾，只见棺木一口，不知里面是什么？不免宣召火德星君拆进观看。令牌宣召，火德星君速降来临。（丑上，白）头戴火轮盔，身穿火轮甲。脚盖〔踩〕火轮盆，手执火轮鞭。我乃火德星君。陈娘令牌宣召，不知有何太位〔差谕〕？陈娘在上，末将差宫〔打躬〕。宣召到来未〔知〕有何法旨？（正旦白）非为法旨〔别事〕，行到此地，棺木一口火焰腾腾，不知里面是什么？全望将军拆开棺木观看。（丑白）陈娘站过。（拆棺木科）启禀陈娘，棺木内面伙〔枯〕骨一对。（正旦白）你请回了。（丑白）谢陈娘。（下）（正旦白）果然是枯骨一对。师娘教导于我，能会排骨炼丹，不免使使〔试试〕真假如何？（唱）

【一字调】排起间山三洞兵，迎接间山师父到来临。弟子宣召无别事，宣召到来救良民。我今吹动九龙角，吹动龙角救良民。（吹角科）

（占上，白）苦呀！仙娘救命！（正旦白）我是陈娘，不是仙娘。（占白）陈娘救命！（正旦白）快快起来。你家住哪里？高姓尊名？（占白）陈娘容禀。（唱）

【孝顺歌】告陈娘听诉起，且容苦命说你知。家住江南下都村，叶氏金莲是我名。②

（正旦唱）带你夫妻共相会。（下）

第二十八出

生：张石魁

正旦：陈正姑

占：叶金莲

---

① 【一字调】原本无，此据校补本补。

② 此句后校补本作：（旦接唱）听你言来慰我心，使我心中多欢喜。我今带你回家见太爷。（重句）（占接唱）【园林好】多谢陈娘相搭救。（旦唱）搭救你命转还阳，我今带你见太爷。

手下门官

（生上，唱）

【引子】奉旨到广州。身坐法坛气呆呆〔昂昂〕，三班六房两边排。良民看我放笑脸，长途〔狂徒〕一见身带限〔心胆寒〕。

（白）下官张石魁。当初来到黄河渡口经过，失了叶氏夫人不见。我在此为官，闷闷不乐。今日乃三六九期，开衙为人审问。左右。（手下白）有。（生白）大开府门。（正旦、占同上）（正旦白）夫人快来。（占白）来了。（正旦白）来到府门，你站在此地候着，我见了太爷再来传你。门上哪一位？（手下白）何人到？（正旦白）小法师要见，为我传进。（手下白）启禀太爷，小法师要见。（生白）传他进衙。（手下白）小法师，太爷传你。（正旦白）报，小法师进。太爷在上，小法师叩头。（生白）法师有什么冤枉，诉上。（正旦白）太爷容诉。（唱）

【一字调】告太爷听诉起，（又）且容法师说分明。家住福建古田县，陈氏正姑是我名。去到闾山学法出洞来，（又）黄河渡口来经过，炼起叶氏夫人转还阳。

（生白）夫人哪里？（正旦白）在府门。（生白）带进。（正旦白）待我带进。夫人，老爷命你自进。（占白）老爷在哪里？（生白）叶氏在哪里？（唱）

【哭相思】妻呀！自从黄河渡口来经过，今日夫妻重相会。

（白）丫鬟，取衣衫将夫人改换。家院，取银子过来赏谢陈娘。（正旦白）路上搭救良民，不受银钱。（生白）后堂摆酒筵。化谢〔欢喜〕团圆。（下）

第 二 本

第一出

（野猪妖跳台）

第二出

正生：王志宗
花旦：葛氏
家院

（正生上，白）独坐书馆，万丈龙门作一跳。（念）坐在书馆内，日夜读圣言。有日龙门跳，褴衫换紫袍。（白）小生王志宗，家住浙江杭州钱塘县人氏。爹娘早丧亡故，娶妻葛氏爱莲。今日安排酒筵，夫人〔妻〕二人同宴。家院，酒筵可已〔齐〕备吗？（家院白）早已齐备。（正生白）请出娘子〔夫人〕。（家院白）夫人有请。（花旦白）忽听相公叫，忙步就来到。相公，请来见礼。（正生白）有礼奉还。（花旦白）叫我出来何事？（正生白）非为别事，春光明媚，安排酒筵，夫妻饮宴。（花旦白）酒筵可已齐备？（家院白）早已齐备。（正生白）在〔正〕好说话。将酒摆开。（牌子【风入松】）（正生白）酒好，收下酒筵。（同下）

第三出

大花：野猪妖
丑：陈兄
正生：王志宗

（牌子【点绛唇】）（四小妖引野猪出洞）（大花上，白）站在青山为妖精，五百年前变成精。后山野猪来变化，大闹乾坤不太平。咳！我乃后山野猪妖，在洞中修成数百余年，未曾出洞游玩。今日天气晴明，出洞游玩一番。众小妖，出洞游玩,飞沙走石。(众小妖白)得令。金牌挂名飘。(下台)(大花白)出洞而来,不知哪里好游玩,抓一风来听。巧呀!浙江杭州钱塘县王志宗堂上妻子葛氏爱莲命犯于我,我不免变化陈兄①,讨伴②他云南去贩卖罗缎,打动他的心事。反身一变,野猪妖不见,陈兄出现。(下)(丑上,白)变得高来变得妙,变作陈兄一般貌。我乃野猪妖变化,变化陈兄荣〔云〕南③贩卖罗缎。王志宗堂上妻子葛氏爱莲命犯于我,前去打动他的心事。一阵妖风起,只〔立〕即到王门。王兄在家里吗?(正生白)门外有人叫,不知何人到?原来书友到,请进来。(丑白)有进。(正生白)请来见礼。(丑白)有礼奉还。(正生白)请坐。(丑白)同坐。(正生白)书友,我看你有点面熟,一下认你不到了。(丑白)那年安蔡县不中就是弟。(正生白)原来是陈兄。到来何事?(丑白)非为别事,讨伴云南贩卖罗缎。(正生白)几时起程?(丑白)明日起程。(正生白)好,今日分别去,(丑白)来日不不不……(正生白)来日又相逢。陈兄慢去。(丑白)王兄请回。(下)

第四出

大花:野猪妖

花旦:葛氏

正生:王志宗

(大花上,白)巧啊!王志宗的心事被我打动,我还要变化猫儿站在他的梁上,看他分别时有什么为记。一变二变,金色猫儿出现。(花旦上,白)呀!(唱)
【不是路】我夫书馆读文章,是我时刻挂在心。
(正生上,唱)我今来〔离〕④了书馆地,不觉来到自家门。
(花旦白)官人回来,请来见礼。(正生白)有礼奉还。(花旦白)请坐。(正生白)同坐。(花旦白)官人,何客到来?(正生白)书馆书友到来,讨伴卑人云南贩卖罗缎。娘子意下如何?(花旦白)官人在家安乐,茶饭多少是好,为何要出

---

① 陈兄:校补本作"陈荣南"。
② 讨伴:松阳一带方言,即"相约"。
③ 应是地名"云南",即今云南省。校补本误作人名,谓"陈荣南"。下径改。
④ 据校补本校订。下径改。

外受苦？（正生白）娘子，我一定要前去，你不要阻挡。（花旦白）官人，你定要前去，坐在一旁，且听妻子一言道来。

（唱）又道是，败家容易守家难。（猫儿喵喵）

（花旦唱）只见猫儿梁上叫，吓得妻子心中怕。（正生白）娘子，往日猫儿叫，妻子不怕，今日猫儿叫，你为何这样怕？（花旦白）呀！

（唱）往日猫儿各样①叫，今日猫儿吓得妻子心中怕。（白）夫呀！目下大历王登基②，妖魔鬼怪甚多。

（唱）想是妖魔来变化，劝夫切莫往云南。（正生白）卑人一定要前去。（花旦白）既是要前去，妻子不敢阻挡于你，金钗一支打在包裹里面，那里相会作为古计③。（猫儿喵喵，下）（正生、花旦唱）

【园林好】④ 今日一别家乡去，去到云南卖罗缎（重句）。

（正生白）娘子请回。（花旦白）我夫慢去。（下）

第五出

大花：野猪妖

丑：和尚

正生：王志宗

小生：假王志宗

花旦：葛氏

（大花上，白）妙啊！王志宗云南卖罗缎，金钗一支打在包裹里面。我不免变化和尚，黑松岭上化起庙堂一座，将他金钗脱〔偷〕⑤换过来，岂不是好？反身一变，野猪精不见，和尚出现。（丑上，白）变得高来变得妙，变化和尚一般貌。我乃野猪精变化，黑松岭上化起庙堂一座。王志宗到来，叫他助缘，他打开包裹

---

① 各样：松阳方言，即"别样""不一样"。
② 大历王登基：大历王是指唐代宗李豫，其登基应在宝应元年（762）。
③ 古计：松阳方言，即"标记""信物"。
④ 【园林好】原本无，此据校补本补。
⑤ 据校补本校订。以下径改。

拿银子，将他金钗偷换过来。一阵妖风起，即刻到黑松岭来。来到黑松岭了，不免化座庙堂起来。（化科）庙堂变化起来，又是没有菩萨，前面那个朽木变化菩萨。菩萨被我变起来了，又是缺少香，前面那株青蛙草好。香被我变化起来，又是没有香炉，前面那个田螺壳好。香炉被我变化起来，又是没有缘簿，前面那芭蕉叶好。缘簿被我变化起来了，又是缺少小徒弟。叫小妖出来变化小和尚。徒弟快来。（小和尚上，白）师父何事？（丑白）非为别事，师父今日餐〔禅〕会，大家徒弟来帮唱唉！

（唱）只只〔急急〕修，急急修，南无佛。修条大路通杭州。杭州有个灵隐寺，三百和尚剃光头。南无佛。南无弥陀佛。男也修来女也修，南无佛。男人修来高官做，女人修来做夫人。南无佛。阿弥陀佛。男人若还不肯修，南无佛。来世阎王放你做耕牛。前面一副铁犁头，大叫三声不肯走，毛竹柴儿背上抽。南无佛。南无弥陀佛。女人若还不肯修，南无佛。下世阎王放你做丫头。三餐茶饭没座位，叫你堂前抱小官。小官抱不好，拔达跌下地，打你一套火柴头。南无佛。南无弥陀佛。一把茶壶圆又圆，来往官员吃一口。有缘千里来相会，无缘对面不相逢。南无佛。南无弥陀佛。（白）小徒弟，师父念了这样半天的经，王志宗还没有来，你们大家去烧茶，我这里念念小经。我坐到来念念小经，等候王志宗。明日，牛肉炒萝卜好吃的。（正生上，白）离了家乡地，来到黑松岭。庙堂一座，走进去看看。师父，这样用功念经？（丑白）相公到来，请进来。请来见礼。（正生白）有礼。（丑白）请坐。（正生白）同坐。（丑白）相公家住哪里？高姓尊名？（正生白）咳！我浙江钱塘县，姓王名志宗。（丑白）原来王相公，要往哪里而去？（正生白）闻听云南罗缎便宜，要往云南贩卖罗缎。（丑白）那末，我这新造的庙堂，新塑菩萨，全望相公帮我开开缘簿。（正生白）你去取笔砚过来。（丑白）我去拿笔砚过来。（正生白）待我来开缘簿。小生杭州钱塘县姓王名志宗，堂上妻子葛氏爱莲，写下花银二两四钱银子。（丑白）相公，你好大出手！（正生白）师父，我早路去，只怕水路回来，我打开包裹拿现银子给你。（丑白）你好大银包！（金钗偷来）（正生白）银包不可乱摸。（丑白）你那个银包和尚摸一摸，此处赚钱会无数！（正生白）师父，你道得好！今日分别去，（丑白）来日不不不……（正生白）来日再相逢。师父请回。（下）（丑白）相公慢去。咻咻！金钗被我偷换过来，这座庙堂如今要帮它变化青山。（变介）还要变化王志宗去到王门，将他妻赛〔戏〕乐一番。反身一变，和尚不见，志宗出现。（小生上，白）变得高来变得妙，变化王志宗一般貌。我乃野猪妖变化，堂上妻子葛氏爱莲命犯于我，前去嫖戏于她。一阵妖风起，即刻到王门。娘子开门。（花旦上，白）外面有人叫，不知何人到？外面何人到来？（小生白）卑人回来了，快快开门相见。（花旦白）我相公去到云南贩卖罗缎，你是胡涂〔狂徒〕①汉子，快走！（小生白）咳呀！卑人云南贩卖罗缎回来，怎说狂徒汉子？（花旦白）若还是我夫回来，当初哪里分别？说得对同，就开门相见。（小生白）娘子站在一旁，且听卑人一言道来。（唱）

【孝顺歌】告娘子听词〔诉〕启，且听卑人说你知。往日与你华堂分别后，只见猫儿梁上叫。有了金钗为记、为记，要往云南买〔罗〕缎，罗缎涨价，元因〔原样〕带回。望娘子快快开门共相见。（又）

（花旦唱）吓！见金钗心欢喜，想是我夫转回来。真缎〔整顿〕衣衫步出兰房，快快开门共相见。（又）喳！你是何方狂徒，来到我家嫖戏我。我夫本是读书辈，岂肯做无赖小人！劝狂徒要妻自己娶，要儿自己生，别人妻子莫思想。（又）

（小生白）爱莲，卑人回来，你为何不相认？（花旦白）你身上有股套〔臊〕气。（小生白）乃是行路的汗气。（花旦白）是汗气吗？呀！

（唱）往日华堂分别后，（小生唱）今日华堂又相逢。（又）（下）

第六出

正生：王志宗

老外：店家

（正生上，白）趱路。（唱）

【孝顺歌】忙移步往前行，去往云南买罗缎。忙移步往前行，不觉来到是云南，来到是云南。

（白）来到云南，天色将晚。此地有了宿舍在此，不免借宿了去。里面可有店家吗？（老外上，白）店门八字开，拿茶等客来。原来客官到来，请进。（正生白）有进。（老外白）请来见礼。请坐。（正生白）同坐。（老外白）且问相公家住哪里？高姓尊名？（正生白）念我家住浙江杭州钱塘县，姓王名志宗。（老外白）到

---

① 据校补本改。以下径改。

来何事？（正生白）到来贩卖罗缎。（老外白）相公，你来不凑巧，这两天罗缎涨价起来了，你在我小店耽搁几天再买。（正生白）全望店家看顾。（老外白）一日浮萍归大海，（正生白）人生何处不相逢。（老外白）请在里面用酒茶饭。（正生白）店家请。（同下）

第七出

花旦：李三妹

（猛虎上，跳虎，下）（花旦上，白）奴家一日出嫁一日辛，好比寒鸟宿山林。自恨奴家命运孤，思念娘家一片心。我乃李氏三妹，在家心中愁闷，不免娘家游玩一番便了。（唱）

【驻云飞】忙步前行，去往娘家好游玩。忙步向前行，娘家走一程。行来行去，来到是中途，来到是中途。

（猛虎啸）（花旦白）呀！（唱）

【前腔】猛虎无礼，怎不叫人珠泪流。猛虎心狠毒，叫我如何好？怎不叫人珠泪垂。（下）（猛虎上台）（花旦唱）

【前腔】猛虎不良，可要与我做怎的？猛虎心不良，将我来伤害。下别〔场〕好伤悲，下别〔场〕好伤悲。两泪交流，好呀伤悲。老虎歹意，叫我如何好？怎不叫人珠泪垂。

（白）呃呀！苍天！天呀！（猛虎把李三妹吃了，下）

第八出

正旦：陈正姑

副末：黄将

四花：梁将

花旦：李三妹

（正旦上，白）呀！（唱）

【一字调】我今离了漳州①府,不觉来到是中途。(白)呃呀!来到中途路上,只见骸骨满地。师娘教导我的法文,乃是排骨炼丹之书,不免将他炼起。

(唱)排起间山三洞兵,迎接间山师父到来临。今日宣召无别事,来到此地救良民。头上骨头还头上,脚下骨头还脚下,肋下骨头还肋下,两手骨头两边排,排起三十六骨无差疑。我今吹动是龙角,吹动龙角救良民。(炼罡科)(白)呀!

(唱)忙把令牌来宣召,宣召他的灵魂到来临。法水一口转还阳。(白)速醒,速醒。呃啊!此人怎么炼不还阳?不知哪里法度学不到来?是了,不免宣召黄梁二将到来,岂不是好?令牌宣召,黄梁二将速降来临。(副末、四花上,白)忽听陈娘令牌来宣召,驾雾长〔腾〕②云到。陈娘在上,末将参躬。(正旦白)免躬。(副末、四花白)宣召二将到来何事?(正旦白)非为别事,来到此地有一人炼不还阳,二将为我抓一风来看。(副末、四花白)等末将抓一风来看。(抓风听)启禀陈娘,此人名叫李三妹,要往娘家而去,来到中途路上,被猛虎所伤,肋下少了一块骨头,因此炼不还阳。(正旦白)啊!想到,不免自己骨头取下一块凑她炼起便了。

(唱)我今提起一把飞刀剑,飞刀剑儿处〔取〕骨头。(白)呃啊!(昏倒科)(副末、四花白)呀!凡间之人肋下疼痛,落在此间了吗陈娘?③

(唱)再将灵符封刀口,法水一口转还阳。(白)速醒,速醒!(正旦白)待我来誓过。凡间女子肋下疼痛,多则一时,少则一刻,〔即〕(只)便全安。

(唱)是我陈娘讲口誓,万古流传永千秋。忙把纸钱来奉送,奉送黄梁二将转间山。(二将下)再将骨头来凑起,法水一口转还阳。(白)速醒,速醒!(花旦白)仙娘救命!(正旦白)我是陈娘,不是仙娘。(花旦白)陈娘也要救命。(正旦白)你这女儿家住哪?高姓尊名?细说一番。(花旦唱)

【孝顺歌】告陈娘听诉启,且听奴家说你知。家住福建古田县,李氏三妹是我名。要往娘家去游玩④,来到中途路上来经过,却被猛虎来伤害。多蒙陈娘相搭救,搭救转还乡。

(正旦唱)与你结拜为姐妹,勤读法书护法文。有日要破南庄庙,令牌宣召到来临。(花旦唱)

---

① 漳州:校补本作"江州"。
② 据校补本校订。下径改。
③ "凡间……此间了吗陈娘?"原本此句误作唱。此句校补本作"莫非事出于此了"。
④ 游玩:校补本作"探亲"。

【尾声】① 多蒙陈娘相搭救，搭救我命转还阳。（又）（下）

第九出

正生：王志宗

老外：店家

（正生上，白）出外有数月，有如隔千秋。我乃王志宗。昨日龙床打睡，心中〔惊〕肉跳，不知家中有何吉凶？叫出店家算了饭钱，回去看守家眷，岂不是好？叫出店家。店家哪里？（老外上，白）忽听相公叫，忙步就来到。相公请来见礼。（正生白）有礼奉还。（老外白）相公，你在堂前自言自语，却是为何？（正生白）出外有数月，罗缎涨价。昨日龙床打睡，心中〔惊〕肉跳，不知家内有何吉凶？老板，算了饭钱，我要回家了。老板，你帮我算来看，多少饭钱？（老外白）我去算来看。厨下人听着，帮王相公算来多少饭钱？（内白）二两四钱银子。（老外白）相公，二两四钱银子。（正生白）待我打开包裹拿银子给你。呀！

（唱）失落金钗！（老外白）相公，银包原封没有动过的。（正生白）店家，你哪里晓得。我当初与妻子分别，有金钗一支打在包裹里面，金钗失落，我二两四钱银子交付老板，要回去了。（唱）

【同遇虎】辞别老板，即刻回家看分明。

（老外唱）这场古怪！罗缎又无买，缘何失了钗？收了招牌、招牌，明日早起挂招牌。

第十出

正生：王志宗

花旦：葛氏

小生：假王志宗

老生：王三老

---

① 【尾声】原本无，此据校补本补。

丑：张和郎

（正生上，唱）

【同遇虎】① 步走如云，罗缎又未买，缘何失了钗？

（白）呃啊！这个金钗哪里失落，一下想它不到了。啊！想到了！想是黑松岭上师父向我助缘，不知是哪里失落，赶到黑松岭上便了。

（唱）急忙赶到黑松岭。（又）（白）师父，和尚。呀！

（唱）师父和尚都不见，寺庙化青山。即忙回家看分明。（白）娘子开门。（花旦白）门外有人叫，不知何人到？外面哪个到来？（正生白）卑人云南贩卖罗缎回来。（花旦白）喳！我官人早早回来，你狂徒汉子快走！（正生白）卑人回来，怎说狂徒汉子？我要打进门来。恼得我一声冲斗牛，呀呸！哪怕千重铁木门。啊！妻呀！（花旦白）夫呀！（小生白）喳！蠢才！你还不退下！（花旦白）啊！不好了！（下）（正生白）狂徒！你哪里来的？（小生白）狂徒！你是哪里来的？（正生白）狂徒！你走出去罢了。（小生白）狂徒！你出去就罢。（正生白）你还若不走，我就——（小生白）你就什么？（正生白）就打！（小生白）打就打！（小生白）看打！（打科，吹妖风，正生跌下，小生下）（正生上，白）呀！（唱）

【不是路】可恨狂徒太无理，将我妻子来占去。

（白）帮我妻子占去，难道罢了不成？不免前去相请叔父到来与我做主便了。

（唱）我今离了自家门，不觉来到叔父家。（白）叔父在家吗？（老生上，白）门外有人叫，不知何人到？原来侄儿，请进来。（正生白）有进。叔父在上，侄儿拜揖。（老生白）罢了。（正生白）叔父，不好了！

（唱）告叔父听诉启。（白）侄儿往日云南贩卖罗缎去，不知哪里来的狂徒。

（唱）将我妻子来占去。（老生白）嘟！哪里妻子别个人占得去？我不信，带叔父去看了来。（正生白）果有此事。（老生白）侄儿，你在此伺候。你当初是婶婶洗〔接〕生的，有思〔记〕号没有？（正生白）侄儿左脚底有黑痣。（老生白）带叔父去看个明白。（正生白）随上我来。离了叔父家，来到自家门。（老生白）那个狂徒走出来！（小生白）忽听叔父叫，忙步就来到。叔父在上，侄儿拜揖。（老生白）罢了。（小生白）叔父，不好了！

---

① 【同遇虎】，校补本作【驻云飞】。

（唱）告叔父听诉启。（白）侄儿往日云南贩卖罗缎去，不知何方来的狂徒，（唱）将我妻子来占去。（老生白）嘟！到叔父家里来又讲老婆别人占去，到你家里来又讲老婆别人占去。老婆别人占去好听的？（正生白）叔父，侄儿在这里。（小生白）叔父，侄儿在这里。（老生白）呃啊！当今两个侄儿，共印板印下来的，两个一样生的①，认不到哪个是。（旁白）不错，侄儿左脚板底有暗号，有的是侄儿，没有的是狂徒，打出去！（正生白）叔父，我是你的侄儿。（小生白）叔父，我是你的侄儿。（老生白）不要慌，我侄儿左脚板底有暗号的。（正生、小生白）有的？（老生白）是侄儿。（正生、小生白）没有的？（老生白）没有的是狂徒，打出去！（正生白）狂徒！让你认起。（小生白）狂徒！让你认起。（正生白）我认起没有你的分！（小生白）我认起没有你的分！（老生白）你认起就是。（正生白）叔父请看。（小生偷看，变暗号）（老生白）是有的。你这个狂徒走出去！（小生白）且慢，我没有认过。（老生白）当真你没有认过？那么拿来认认看。（认科）两个都有的。不好了！（讲旁白）叫我怎么呢？走进去糊里糊涂认他一场走走掉好了。侄儿，叔父当真认你不到。认到的——（正生白）认到我是你的侄儿，侄儿在这里。（小生白）认到我是你的侄儿，侄儿在这里。（争科）（老生白）不好！认不到了。各人自扫门前雪，不管别〔人〕瓦上霜。哪里的妖怪弄来了，还讲狂徒，走走了算了。（下）（正生白）狂徒！你走出去罢了。（小生白）狂徒！你走出去罢了。（正生白）不去我就——（小生白）就什么？（正生白）打！（小生白）打就打！（合白）看打！（打科，吹妖风，下）（正生上，白）呀！（唱）

【山坡羊】恨狂徒太无理，呃咻！不由人两泪流。（白）叔父不能与我做主。不免前去相请先生到来与我做主便了。

（唱）扑簌簌珠泪垂，是〔不〕知不觉来到是书馆。（又）（白）先生在书馆吗？（丑白）王子去求仙，当请十九天。山中方七日，世上几万年。（正生白）几千年，先生。（丑白）我老人家多讲几年也无妨。（正生白）总是几千年，先生。（丑白）走进来。（正生白）有进。先生在上，学生拜揖。（丑白）罢了。（正生白）先生，不好了！

（唱）告先生听诉启。（白）学生往日云南贩卖罗缎去，不知何方来的狂徒，

（唱）将我妻子来占去。（丑白）嘟！你老婆别人占去好听的？哪里老婆别人

---

① 一样生的：松阳一带方言，即一模一样。

占得去的？我不信，带先生前去看了来。（正生白）随上我来。（丑白）向前带路。果〔古〕怪□子，西番鸭蛋。（正生白）到了，先生请进。（丑白）有进。那个狂徒走出来！（小生上，白）忽听先生叫，忙步就来到。先生在上，学生拜揖。先生，不好了！

（唱）告先生听诉启。（白）学生往日云南贩卖罗缎去，不知何方来的横〔狂〕徒，

（唱）将我妻子来占去。（丑白）嘟！到我书馆来又讲老婆别人占去，到你家里来又讲老婆别人占去，老婆别人占去好听的？（正生白）先生，我是你的学生，学生在这里，那个是狂徒。（小生白）先生，我是你的学生，学生在这里，那个是狂徒，把他打出去！（丑白）两个学生走出来，同印板印下来的，站起来一样长的，哪个是我学生，认不到了。不错，学生的书是我教的，叫他读书，读得来的是我的学生，读不来的是狂徒，将他打出去！呃哄！（正生白）先生，学生在这里，那个狂徒。（小生白）先生，学生在这里，那个是狂徒。（丑白）不要慌，我的学生书是我教的，来读书，读得来的是我的学生，读不来的是狂徒，打出去！（正生白）狂徒！让你读起，我读起，没有你的分！（小生白）狂徒！让你读起，我读起，没有你的分！（丑白）让你读起。（指正生）（正生白）先生听了。（唱）

【驻云飞】勤读诗书，三跳龙门作一跳。口读圣贤书，必达周公礼。但愿此处胜〔去姓〕名扬，但愿此处胜〔去姓〕名扬。（小生偷听）有一日功名得中，襕衫换紫袍，一举成名天下扬。（又）

（丑白）你读出来一点也不会错。那个狂徒打出去！（小生白）先生，学生没有读过。（丑白）当今〔真〕你没有读过？（小生白）先生听了。（唱）

【前腔】勤读诗书，三跳龙门作一跳。口读圣贤书，必达周公礼。但愿此去姓名扬，但愿此去姓名扬。有一日功名得中，襕衫换紫袍，一举成名天下扬。（又）

（丑旁白）两个人的书读来一字无错，叫我怎么样认法呢？走进去糊里糊涂认他一场走走掉算了。呃哄！（正生白）先生，我是你的学生，那个是狂徒。（小生白）先生，我是你的学生，那个是狂徒。（丑白）呃哄！你是我的学生，你是我学生。（拖介）呃哄！呃哄！还讲狂徒，那妖怪弄来了，这个一拖，那个一拖，头毛长起来了①！又道：闭门不管窗前月，一树梅香自主张。哪里来的妖怪，先生逃就

---

① 此句校补本作"我的汗毛都给他拖竖起来了"。

是了。(下)(正生白)狂徒！走出去就罢。(小生白)狂徒！走出去罢了。(正生白)你不去我就——(小生白)就什么？(正生白)打！(小生白)打就打！(合白)看打！(打科，吹妖风，正生跌倒，小生下)(正生白)呀！(唱)

【山坡羊】恨妖魔太无理，呃嗳！不由人两泪流。(白)呃唷！狂徒打他不过，总要相请叔父与我做主便了。

(唱)好伤悲，扑簌簌珠泪垂，相请叔父做主张。(又)(白)叔父在家吗？(老生上，白)门外有人叫，我心里拨拨跳。打开门来看，呃唷怕！(正生白)叔父你不必惊怕，侄儿到来。(老生白)侄儿到来，请进来。侄儿，你家里狂徒去了未曾？(正生白)还没有去，天天同侄儿〔相打〕，责打不过。(老生白)你不要同他打了，我看你面上黄瘦下去，我看是妖怪，不是狂徒。你在我家里戏耍几日，我叫人帮你请个先生收收妖。(正生白)叔父帮我做主就是了。(老生白)堂前别叔父，(正生白)后堂见婶娘。(下)(老生白)我也不晓得你是我侄儿不是，若还是妖怪要到我家里来弄起，连年过不成。老妈倌。(内白)何事？(老生白)侄儿家中狂徒还没有去。(内白)那末怎么样好？(老生白)请个先生把他收收妖看。(内白)本该的。(老生白)这个张和郎先生请来收妖，张和郎先生不晓得哪里居住？〔不免到隔壁弹棉老司家问问〕①。弹棉老司你还没有睡？(内白)老人家，你到来何事？(老生白)我到来问路的。(内白)你到哪里去？(老生白)我到张和郎先生家里去。(内白)张和郎先生家吗？这里过去一个百节桥，走过去一个起数亭，过去还有个石牌坊，牌坊后草茅屋里住着。(老生白)是有个茅草篷格，我来叫叫看。张和郎先生在家吗？(狗叫介)(丑上，白)啊啐！好睡吓！吃也吃不去，点心还不来；睡也睡不去，眼睛睁不开。(老生白)张和郎先生，你吃不去还要点心格？你睡不去还要把眼睛睁开？(丑白)王三老，我这个鲁班门紧不过②，你把我送③一把来。(老生白)送来啰！(送介，丑跌倒)(丑白)喔唷！叫你送来，连人把我送送倒格？(老生白)是你叫我送来格，先生快爬起来、爬起来。(扶脚)(丑白)你把我倒头拖起来了喂！王三老，你三十夜到我家来何事？(老生白)叫你去收妖。(丑白)大家都过年了，明天年初一了，还讲收妖？(老生白)莫道三十晚，年初一都要叫你去。(丑白)我又不吃你格饭，年初一要去？(老生白)唉！

---

① 据校补本补。
② 意为门关得很紧，打不开。
③ 送：方言，即"推"。

不是讲吃我的饭，你做格生意①，救命如救火，莫道三十晚，年初一都要叫你去。（丑白）那末勿要慌，我问问菩萨看，许我去就去，不许我去就不去。老人家，你把我香末香起来。（老生白）点起来喔！（丑白）是点起来。你把我蜡烛蜡起来。（老生白）点起来喔！（丑白）是点起来。我去洗洗手了来。我来问菩萨看。一心奉请，二程拜请，拜请间山师父，茅山山郎，左洞七千七万兵，右洞八千八万将，天兵天将，地兵地将，风火二将，去到杭州钱塘县，王三老命犯妖魔鬼怪。（老生白）哎！我这把年纪还会犯妖的啊？（丑白）你来请我，总是你犯妖。（老生白）我犯妖还会来请你格？（丑白）哪个犯妖你要同我讲的。（老生白）是我侄儿王志宗，他堂下妻子葛氏爱莲命犯妖。（丑白）哈！你不同我讲是不晓得格。一心奉请，二程拜请，拜请间山师父，茅山山郎，左洞七千七万兵，右洞八千八万将，天兵天将，地兵地将，风火二将，弟子去到杭州钱塘县，王阿王——（老生白）你王阿王，不要王到我头上来。（丑白）王志宗堂下妻子葛氏爱莲，命犯妖魔鬼怪，命我前去捉拿妖怪回来，红旗上洞，求下一个圣筊。（掷介）（老生白）是个阳筊。（丑白）喔唷！是个阳筊。阳筊拿妖怪拿不到，我是不去。（老生白）这阳筊是好的，打锣鼓要阳兵的。（丑白）什么？打锣鼓要阳兵的，你用得好。（老生白）本来好！（丑白）本来好的？不放心，我要再来求过。一心奉请，二程拜请，拜请间山师父，茅山山郎，左洞七千七万兵，右洞八千八万将，天兵天将，地兵地将，风火二将，弟子去到杭州钱塘县，王阿王——（老生白）你王阿王，勿要王到我头上来，是王志宗。（丑白）王志宗堂下妻子葛氏爱莲，命犯妖魔鬼怪，命我捉拿妖怪回来，红旗上洞，求下一个圣筊。（老生白）是个阴筊。（丑白）阴筊我不去。七阴八阳，拿妖怪拿不到格！（老生白）阴筊好格！间山兵马是属阴的。（丑白）不放心，大家都过年了，我总要求一个圣筊了去。一请〔心〕奉承〔请〕，二请〔程〕拜请，拜请间山师父，茅山山郎，左洞七千七万兵，右洞八千八万将，天兵天将，地兵地将，风火二将，还有张天师、李天师、叶天师、三洞大法天师，弟子去到杭州钱塘县捉拿妖怪回来，红旗上洞，求下一个圣筊。（老生白）是圣筊。（丑白）原来是三洞天师没有请到，好去了。（老生白）难怪是，这个天师没有请到。（丑白）你在这里侍候，我房间里去拿家伙。老妈倌。（内白）何事？（丑

---

① 此处的"生意"是指职业道士为人做法事以谋生。

白）我的红叉口①放哪里？（内白）放在床头底。（丑取介，白）你爬来房门关一下。（内白）冷巴巴懒得爬起，你自己带一下②。（老生白）先生，家伙我把你背去。（丑白）你走出去，我这个大门关起来。洽刚〔咯铛〕，大门关起。（老生白）张和郎先生，你看见吗？天都要亮了，你大门关起来何事？（丑白）你哪里晓得？我这个地方上那班后生家骨头轻不过格！我先生出门去收妖，他们要到我老婆那里打秋风的。（老生白）呼！你那个老婆我看见过，拿稻草牛都不吃的。（下）

第十一出③

丑：张和郎

老生：王三老

（丑上，白）王三老，我的老婆会烂稻草？你看见了都会相思病。（老生白）我的胡须白了，还会相思病？（丑白）我看你这个人人老心不老。（老生白）不会的。（丑白）王三老，我讲起讨老婆的时节，大大的一匹棉布。（老生白）大大的一段缘故。（丑白）缘故本来是缘故，比棉布还要长。（老生白）总是缘故。（丑白）我年轻时节，赚到铜钿银子，那些做媒言道，你都好讨老婆了。（老生白）老婆是自然要讨的。（丑白）讨老婆难讨不过的，脚跷不要，手坏不要，背驼不要，眼睛瞟起来的不要，要讨一个老婆精光精光、雪白雪白的。有些做媒的言道，前村有个妇人家，身材还生得好，就是脚大一点，我不要。那些做媒的言道，脚大一点没关系，我的鞋子她穿得，她的鞋子我也穿得，还是共享到老。（老生看丑的鞋）（老生白）张和郎先生，我看你共享到老，你的鞋子两样生④的啦！（丑白）鞋子总是一样生，哪有两样生的？（老生白）我看你恐怕把老婆的鞋子都穿来啰！（丑白）不会的咪！是我自己的。（老生白）你看看起。（丑白）看看就看看。（丑看自己的脚）喏！这一只是我自己的。（看另外一只脚）哎呀！王三老，给你害

---

① 红叉口：又叫"红叉口袋"，两头是布袋，中间是布带，骑放在肩上背，旧时道士用以装香火米等。

② 带一下：意为你走时顺手把门关上。

③ 此出校补本无。

④ 两样生：方言，即"不一样"。

死,我自己的鞋子还放床头底下,老婆的鞋子也放在床头底下,我把老婆的鞋子都穿来了。我回去换。(老生拉丑)(老生白)张和郎先生,我对你讲,你回家后妖怪是拿不到的,你到我侄儿家里去了,我就侄儿新的拿一双穿起来再收妖。(丑白)你要拿来的,不拿来我是要倒楣的。(老生白)张和郎先生,你腰边红彤彤的是什么东西?(丑白)我腰边红彤彤的是红叉口,请香火米①的。(老生白)我看是你老婆的剪水裤②的样啰!(丑白)不是的咪!(老生白)你看看。(丑白)看看就看看。(看状)哎啊!王三老,又给你害死了。我老婆的剪水裤放在那里,我的红叉口也放在那里,我拿错了,把老婆的剪水裤也拿来了。我回去换。(老生白)张和郎先生,回去换麻烦不过,你到我侄儿那边,我叫侄儿三线拿来缝,这个里头就能请香火米。香火米请回去了,这个三线一抽,又当得剪水裤,还是好货,一门两用。(丑白)我老婆的剪水裤还是个好货。这个三线缝个起来,这个里头请香火米,香火米请回去了,这个三线一抽,又当得剪水裤,自然是好货。王三老,我老婆的剪水裤六月六洗得干干净净,不相信你拿去闻闻看。(老生白)这样肮脏的。(丑白)有点香味的咪!(老生白)张和郎先生,有沟了。(丑白)哎哟!(丑跌倒,老生拉丑的脚)(丑白)王三老,倒头啰!(老生白)当真倒头了,起来,起来。(丑起来,白)阴沟就阴沟,有什么有狗有狗,我是怕狗的。王三老,到了没有?(老生白)到了,走进来。(丑白)有进了。(进门)(老生白)张和郎先生,吃吃饭再来。(丑白)饭都不要吃了,先画几张符贴贴了来。王三老,我来画符,你来贴符。(老生白)好的。(丑白)王三老,贴符。(老生白)贴哪里?(丑白)这张贴大门。(老生贴符)王三老,贴符。(老生白)贴哪里?(丑白)这一张贴后门。(老生贴符)王三老,贴符。(老生白)贴哪里?(丑白)贴饭甑。(老生白)怎么?饭甑里都要符贴起来的?(丑白)这个饭甑符贴起来,妖怪要吃饭,看见我先生的符贴那里,妖怪不敢吃饭,饿也要饿死了他。(老生白)饿也饿死了他。(老生贴符)(丑白)王三老,贴符,这张贴水缸。(老生白)水缸都要贴符的?(丑白)水缸符贴起以后,妖怪要吃水,干也干死他。(老生贴符到水缸)王三老,贴符,这张贴茅所。(老生白)茅所都要贴起来的?(丑白)茅所的符贴起来,妖怪要撒粪,看见先生的符贴在那里,妖怪不敢撒粪,胀也胀死他!(老生贴符到茅

---

① 香火米:指斋主送给道士的钱物。旧时农村贫困,道士做道场,斋主仅送些米,这米就称"香火米";如付钱,也很少,只能买些香火,故称"香火钱"。

② 剪水裤:松阳方言,指妇女的内裤。

所)王三老,贴符,这张符贴到贤侄妇的门上。(老生白)哎!先生,这个我怕的,你自己去贴。(丑白)你不要怕,我先生在这里,我壮你的胆。(老生贴符)王三老,你的符贴在哪?(老生白)贴到贤侄妇的门上。(丑白)你都还会贴贴的?贴到自己的脑门来的!(老生白)怎么?贴到自己的脑门来了?我怕,你先生自己去贴贴。(丑白)你再拿去贴。(老生白)我是怕的,你自己去。(丑白)自己去就自己去。(丑贴符,白)妖怪走开!先生的符来了!乒铃乓郎旭,什①死你的娘!还是我先生有点法,一下子就贴上去了,一点都不怕!(老生白)先生,你的符贴在哪里?(丑白)我的符贴在你贤侄妇的门上。(老生白)先生,你真有点法的,你也贴在自己的脑门上来的!(丑白)怎么?这个符都贴不牢的,赶快拿去火焚了去。哦!原来是我自己的心没藏〔噀〕②好,等我噀噀心再来。(丑捏诀,噀噀,白)王三老,你站在中间来,我也把你噀噀心。(老生白)怎么?我动用的人也要噀心的?(丑白)站站好。(丑捏诀,替老生噀心,一把符放在老生的头上)(老生白)哎哟!先生,我的头怎么这样重的?(丑白)这个叫作八角引兵帽,戴起来像个闾山师父样。(老生白)还有没有?(丑白)还有,站直了。呀!(丑捏诀,放在老生的背上)(老生白)先生,我的背怎么这样重的?(丑白)这个叫作铁背驼,妖怪如果来了,一背就把他〔背〕在前面的茅所里。(老生白)还有没有?(丑白)还有。呀!(丑捏诀,放在老生的脚下)(老生白)先生,我的脚怎么那么重?(丑白)这叫作铁道靴,妖怪如果来了,一脚就把他踢到大河上。(老生白)还有没有?(丑白)没有了。你拜菩萨拜过没有?(老生白)我年初一的菩萨是拜过的,收妖的菩萨是没有拜过。(丑白)你年初一的菩萨和收妖的菩萨是差不多的。我做的号头③,你就要拜一下;我脚跳一下,你跪一下。(老生白)这样是弄得来的。(丑白)好,开始拜菩萨。(老生听丑号头拜菩〔萨〕,越拜越快)(老生白)呔!先生你抽脚筋?不要是拜菩萨,我站都站不起来了。(丑白)王三老,你叫邻舍家来打锣鼓。(老生白)邻舍家,来帮我打锣鼓。(内白)怕妖怪的,不来。(老生白)先生,他们都说怕妖怪。(丑白)叫他们不要怕,站在屏风后,打打重一点。(老生白)邻舍家,叫你不要怕,站在屏风后,打打重一点。明天天早到我家来散〔送〕神吃点心。(丑白)一噀天开,二噀地裂,三噀六噀兵马。(收妖炼丹)(小

---

① 什:此处为污辱妇女的话。
② 据校补本校订。下径改。
③ 号头:此处指一、二、三、四的顺序数。

生出场,白)你在我家里跳童跳鬼?(丑白)是王三老叫我来的,说相公娘子犯妖,叫我来收妖的。(小生白)我老婆详好①的,你的娘犯妖,你的老婆犯妖。你好好地走将出去罢了,不走出去,我打你半死!(小生打丑,下场)(丑白)我会走出去,我会走出去。(老生白)先生,这里还躲得一个。(丑白)在哪里?(老生在台桌后面应)在这里。(丑白)你把我死去来!(老生白)先生,妖怪拿到了没有?(丑推老生二把,老生跌倒)(丑白)这个王志宗走出来,问我到他家里跳童跳鬼?我说,相公娘子犯妖,王三老叫我来收妖。(老生白)本来是我叫你来收妖的。(丑白)他说,我的老婆是详好的,你的娘犯妖,你的老婆犯妖,肩背还叭叭打来的。(老生白)那个就是妖怪来!(丑白)怎么?那个就是妖怪?我拿不到。(丑拿起龙角跑状,老生去拉住)(老生白)先生,不要去,不要去!去了妖怪拿不到的,我跪你两下。(丑白)我拜你两下。(老生白)你是有法的。(丑白)我的有法都弄了没有法了!(老生白)想想看。(丑白)没有了。(想了一下)哦!王三老,我还有一点小小的法术,名叫金钩钓。(老生白)金钩钓钓起来不怕了!(丑白)我要教导你,我说,王三老,吊起来了,你就眼睛闭起来打。(老生白)你要讲清楚。(丑白)怕是有点怕的,等我用一下金钩钓试试看。法祖师。(捏诀,小生显原形,追丑,猪妖把丑缚住)(丑白)王三老,吊起来了。(老生白)吊起来了,等眼睛闭起来打。(老生打丑)(丑白)先生吊起来了。(老生白)怎么?先生吊起来了?(放下,扶起丑)(丑白)今天该死了,我被你一顿打打去。(老生白)你说叫我吊起来就来打。先生,现在还有法术没有?(丑白)现在是没法术了,你叫侄儿头顶香盘,三步一拜,拜到天师府,求下灵符方可收妖。(老生白)先生,你的香火米拿去。(丑白)我还要你的香火米?你把我死开些!逃哦!(转一圈)我这龙角这么重,恐怕里头有妖怪,等我捏几把诀,里面有妖怪,也把他闭死里面。等我吹吹看,吹得响拿去,吹不响就不要,丢在前面的大河里去。(丑吹龙角)还好,吹得一点响。逃哦!(下台)

第十二出②

正旦:陈正姑

---

① 详好:亦写作"祥好",松阳一带土语,即"全好""好端端"。
② 此出校补本无。

丑：火德星君

副末：黄将

四花：梁将

花旦：引魂童子

（正旦上，唱）

【一字调】我今离了王家门，不觉来到是中途，一步来到是中途。

（白）此地有了棺木一口，火焰腾腾，我还要宣召火德星君到来查看棺木。令牌宣召，火德星君速降来临。（丑上，白）咳！

（唱）头戴火轮盔，身穿火轮甲。手提火轮鞭，脚踩火轮盘。（白）哎呀！我乃火德星君。陈娘令牌宣召，不知为了何事？待我向前问来看。陈娘在上，末将参躬。（正旦白）免躬。（丑白）宣召到来，有何法旨？（正旦白）非为法旨，此地有了棺木一口，火焰腾腾，全望火德星君与我查看棺木，观看明白。（丑白）好，陈娘站开。（正旦站开，丑开棺）（丑白）启禀陈娘，棺木里面原来是一副骨头在此。（正旦白）好，火德星君请回。（丑白）叩辞陈娘。（下）（正旦白）吓！棺木里面是一副骨头。师娘教导我的法文，能为排骨炼丹，我不免将他炼起便了。（唱）

【一字调】我今拜请闾山三洞兵，迎接闾山师父到来临。今日宣召无别事，宣召到来救良民。头上骨头还头上，脚下骨头还脚下，两手骨头分左右，排起三十六骨无差疑。我今吹动水〔九〕龙角，吹动龙角救良民。

（踏罡、排骨炼丹科）（正旦唱）

【一字调】呀！我今令牌来宣召，宣召三魂七魄到来临。再将法水来喷去，法水一口转还阳。

（白）速醒，速醒。喂呀！我不知哪来法文学不到，此人炼不还阳。我还要宣召黄梁二将到来问个明白就是。令牌宣召，黄梁二将速降来临！（副末、四花上，白）陈娘令牌来宣召，驾雾腾云到。陈娘在上，末将参躬。（正旦白）免躬。（副末、四花白）宣召到来，有何法旨？（正旦白）非为法旨，此地有了骨头一副，我不知哪里法文学不到，全望黄梁二将抓一风来看。（副末、四花白）好啊！待我抓一风来看。启禀陈娘。（正旦白）为何？（副末、四花白）此人名叫林九姑，在凡间做产，做产时候有了心血①下地，上厌②天曹，下厌五湖四海，千岁将她的阴魂打在酆都血湖之内，因此炼不还阳。（正旦白）原来如此。二将请回。（副末、四花白）领法旨。（下）（正旦白）我还要宣召引魂童子，前来将我的阴魂引到阴司就是。令牌宣召，引魂童子速降来临。（花旦上，白）陈娘令牌来宣召，腾云驾雾到。陈娘在上，童子参躬。（正旦白）免躬。（花旦白）宣召到来，有何法旨？（正旦白）非为法旨，你将我的阴魂引到阴司，不可误旨。（花旦白）领法旨。（正旦唱）

【落台尾】全望童子前引路，去到阴司取阴魂，去到阴司取阴魂。（下）

第十三出

正旦：陈正姑

花旦：引魂童子

大花：宋帝王

阴差

（正旦上，唱）叫声童子前引路，不觉来到阴司地。（白）童子哥，前面老妈妈手提什么？（花旦白）乃是懵懂汤。（正旦白）为何懵懂汤？（花旦白）凡间行善之〔人〕（事）不吃懵懂汤，行恶之人吃了懵懂汤则苦。（正旦白）原来如此。

（花旦唱）来到阴司要吃懵懂汤。

（正旦唱）劝你凡人需要行孝〔善〕事，阴司免吃懵懂汤。（白）童子哥，前面一张桥③为何中间断了一节？（花旦白）乃是断经桥。（正旦白）为何断经桥？（花旦白）凡人念经搭话则苦。

（唱）来到阴〔司〕要过断经桥。

（正旦唱）劝你凡人念经休搭话，阴司难免断经断〔桥〕。（白）童子哥，前面

---

① 心血：为"污血"之误。
② 厌：松阳一带方言，即"玷污"。
③ 一张桥：松阳一带方言，即"一座桥"，亦称"一板桥"。

一块〔座〕山破速速①,是什么山?(花旦白)乃是破钱山。(正旦白)为何破钱山?(花旦白)凡人好纸不烧,烧了破纸则苦。(正旦白)原来如此。

(花旦唱)来到阴司要过破钱山。

(正旦唱)劝你凡人需要烧好纸,来到阴司免过破钱山。驾雾腾云,不觉来到是阴司。(花旦白)陈娘,来到阴司来了。(正旦白)童子哥,你且回去。(花旦白)谢陈娘。(下)(正旦白)待我自己进去便了。千岁在上,陈正姑叩头。(大花白)罢了。陈正姑,你阳寿未满,来到阴司则甚?(正旦白)非是我阳寿未满,只为林九姑灵魂被千岁打内〔入〕血湖之内,讲个人情,放她出去。(大花白)咳!陈正姑,你说话差也。这个讲人情,那个讲方便,我阴司难道卖鬼放生不成?(正旦白)这个讲人情放她出去,下次不敢。(大花白)住口!我阴司难道卖鬼放生不成?判官,将她叉出阴司门。(阴差白)喔!(正旦白)咳!千岁好生无礼!你不放还阳如此罢了,还将我叉出阴司门。此情可恼!想到了师娘教导与我,头本法书是翻天覆地之书,不免将他血湖尽行翻了便了。

(唱)恼得陈娘心中恨,翻天覆地伤血湖②。喳!(吹角)(下)

第十四出

大花:宋帝王③

(阴差上,白)报。(大花白)报何事?(阴差白)陈娘血湖尽行翻尽④。(大花白)这里三百二十七口血湖,妙善观音翻了三百口,被陈正姑翻二十口,从今以后只留七口血湖在此,万古留传。林九姑阴魂不放她还阳,陈正姑在阴司作吵。小鬼使,林九姑的阴魂放她还阳去。(小鬼白)放她还阳去。(林九姑下)(阴差上,白)报。(大花白)报到何事?(阴差白)打爹骂娘的人解到。(小鬼白)打爹骂娘人解到。(大花白)带上来。有刑无刑?(阴差白)有刑。(大花白)去了刑。(小鬼白)去了刑。(大花白)这厉〔厮〕!我放你投胎而去,你要孝顺父母,你反

---

① 破速速:松阳方言,意为破破烂烂、不完整。
② 校补本作"吹动龙角翻血湖"。
③ 此出人物除"宋帝王"用"大花"标示外,其余直接标人物姓名。
④ 校补本作"陈娘翻了二十口血湖"。

来打爹骂娘。来到阴司，从头诉上。（打爹骂娘人白）千岁，我在凡间心性召熬〔焦躁〕，哪里打爹骂娘？千岁容诉。（牌子）（大花白）忤逆不孝之人，绑去断肋去腰。（小鬼白）绑去断肋去腰。（下台）（阴差上，白）报，宰牛杀马人到。（大花白）带上来。（阴差白）好，带上来。（大花白）有刑无刑？（阴差白）有刑。（大花白）将他去了刑。这力〔厮〕！我放你投胎去，你杀牲割命，宰牛杀马。来到阴〔司，从头〕诉上。（宰牛杀马人白）千岁，你放我投胎去，宰了几个猪买卖是实，哪里会宰牛杀马？（牌子）千岁容诉。（大花白）你在凡间宰牛杀马。小鬼使，将他打下刀山。（下台）（阴差上，白）报，搬斗是非人到。（小鬼白）报，搬斗是非人解到。（大花白）带上来。有刑无刑？（阴差白）有刑。（大花白）去了刑。（小鬼白）去了刑。（大花白）至列〔这厮〕！我放你投胎去，你要搬斗是非，害人家夫妻不和，破家荡产。来到阴司，〔从头〕诉上。（搬斗是非人白）我在凡间口快心直，哪会搬斗是非？千岁容诉。（牌子）（大花白）小鬼使，搬斗是〔非〕人拿出割了他的舌头。（小鬼白）割了舌头。（阴差上，白）报。（大花白）报何事？（阴司白）大秤小斗人解到。①（大花白）绑上来。我放你凡间投胎去，叫你公平交易，你用大秤小斗。诉上。（大秤小斗人白）千岁，你放我凡间投胎，大秤小斗没有介！称出去十四两，称进来十八两。千岁容诉。（大花白）小鬼使，大秤小斗人抄②下油锅。（阴差上，白）报。（大花白）报何事？（阴差白）吃斋保素人解到。（大花白）带上来。（小鬼白）吃斋保素人解到。（大花白）吃斋保素人，金灯一盏，三吹三欢，送过奈何桥。（吃斋保素人白）领旨。【小过场】（下）（鸡叫声）（阴差白）金鸡报晓啼。（大花白）金鸡报晓啼，阎王退殿庭。吩咐掩了阴司门。（全体下）

第十五出

正旦：陈正姑

作旦：林九姑

（正旦上，白）呀！（唱）

---

① "（阴差上，白）"至此三句，原本重复。
② 抄：松阳方言，意为推下。校补本作"打"。

【一字调】我今离了阴司府,不觉来到是中途。忙把灵魂来交付,法水一口转还阳。

(白)速醒,速醒。(作旦白)仙娘救命!(正旦白)我是陈娘,不是仙娘。(作旦白)陈娘也要救命!(正旦白)你这女子家住哪里?高姓尊名?细说一番。(作旦白)陈娘容诉。(唱)

【下山虎】陈娘听道,陈娘听道,苦妇说〔你〕知。家住福建古田县,林氏九姑是我名。(正旦唱)

【红纳袄】① 听你言来感我心,与你结拜为姐妹②。有本法书你勤读,勤读法书护法文。有日要破南庄庙,令牌宣召到来临。

(作旦唱)多蒙陈娘相搭救,搭救我命转还阳③。(又)

第十六出

正生:王志宗

正旦:陈正姑

(正生上,白)苦呀!(唱)

【江头金桂】苦事难挨,只为妻子犯妖魔。只为我妻犯妖魔,三步一拜天师府。

(正旦上,唱)驾雾腾云,不觉来到是中途。(正生白)苦呀!(正旦白)呀!

(唱)远听汉子叹苦两三声,等他到来问原因。(白)呃呀!只为汉子手拿香盆,三步一拜。待我法宝隐藏,等他到来问个明白便了。

(唱)忙把法宝来隐藏,等他到来问原因。

(正生唱)三步一拜,不觉来到是中途。(正旦白)这位汉子,你拿香盆三步一拜,家中有什么吉凶?(正生白)呃嘿!小娘子,我家中有了劫难,你不要丹〔耽误〕我的工夫。(正旦白)你与我说明,我不会耽搁你的工夫未可。(正生白)

---

① 【红纳袄】原本无,据校补本补。

② 以上两句校补本为:"听你言来好伤心,却原来是个难中人。正姑九姑如同胞,与你结拜为姐妹。"

③ 以上两句校补本无。

小娘子，一言难尽。（唱）

【解三酲】告娘子听诉启，且听我细端说你知。家住浙江杭州钱塘县，姓王志宗是我名。只为我妻犯妖魔，三步一拜天师府。

（正旦白）你为何不〔请〕先生来收妖？（正生白）已曾请过张和郎先生，不知哪里法度不到，收他不伏。苦呀！

（唱）不能收服此妖魔，三步一拜天师府。（正旦白）我听见一位陈娘，闾山学法出洞而来，法度高扬〔强〕，你何不请她收妖？（正生白）听是听见一位陈娘闾山学法出洞而来，此人只见其名，不见其人则苦！

（唱）不知陈娘在何处？不知陈娘在何处？（正旦白）我做个解梦〔哑谜〕你猜猜。（正生白）你做来看。（正旦白）此人在远，（正生白）远在千里之外不能相见。（正旦白）此人在近，（正生白）近，莫非在眼前？陈娘救命！（正旦白）你起来，我有三道灵符你带去，头一道中途路上烧化，二道贴在大门口，三道贴在浴盆底。我天师府受箓回来搭救你妻。（正生白）我回去不得。（正旦白）你站在中间，将你身体变化便了。（唱）

【一字调】（煞板）将你身影来变化，变化牧童小孩一般貌。（正生唱）

【园林好】多感陈娘相搭救。

（正旦唱）受箓回来救你妻。（又）（下）

第十七出

老外：叶天师

正旦：陈正姑

二将

（出牌子【点绛唇】）（四龙套引老外上）（老外念）人间天地坛，佛法鬼神惊。阴阳分经纬，八卦定乾坤。（白）我乃叶正成〔真人〕，凡间法师来到受箓，以好救度良民。二将大开法门。（正旦上，白）路上受了千般苦，不觉来到天师府。门上哪一位？（二将白）何人到来？（正旦白）小法师到来要见法主，与我通报。（二将白）候着。启禀法主，外面有了小法师到来，求见法主。（老外白）叫他自进。（二将白）法主叫你自进。（正旦白）报，小法师进。法主在上，小法师叩头。（老外白）小法师起来。（正旦白）叩谢法主。（老外白）边旁坐下。坐〔谢〕法主的座位了。（老外白）你家住哪里？高姓贵名？细说一番。（正旦白）法主容禀。（唱）

【解三酲】我告法主听诉起，容法师说你知。（老外白）家住？

（正旦唱）家住福建古田县，陈氏正姑是我名。哥兄名唤陈法通，去到南庄庙内收妖魔。却被妖魔来杀害，受箓回家救哥兄。伏望法主相教训，受箓回家救哥兄。

（老外白）前来，赠你六曹①兵马。（唱）

【一字调】我今〔东方〕赠你九万兵，南方赠你八万将。西方赠你六重军，北方赠你五蹄马。五〔中〕方②赠你三重军，天兵天将，地兵地将，风火二将，一时赠在法书内。

（正旦白）启禀法主，我一路而来，不受人家银钱，没有银钱相谢法主。（老外白）念我出家之人不受人家银钱，你去到府门外召兵。（正旦白）叩谢法主。咳！法主，你好生无礼，我言道没有〔银钱〕相谢法主，叫我府门外召兵。我偏要府门内召兵便了。（唱）

【一字调】我今东方召来九万兵，南方召来八万将。西方召来六重军，北方召来五蹄马。中方召来三重军，天兵天将，地兵地将，风火二将，一时收在龙角内。我今吹动九龙角，吹动龙角召兵马。（下）

（二将白）法主，兵马被陈娘召完了。（老外白）叫她转来。（二将白）陈娘，叫你转来。（内白）去远，不转来了。（二将白）启禀法主，陈娘去远了，不转来了。（老外白）咳！本该把她叫回来，一鞭打死化成泥，念她一路而来搭救良民有功，等南庄庙搭救哥兄再召转六曹兵马。从今以后，天师府只准受箓，不准召兵。掩了府门。（二将白）掩了府门。（下）

第十八出

正生：王志宗

---

① 六曹：校补本作"大重"，误。
② 中方：校补本亦作"五方"，误。以下径改。

（正生上，白）呀！（唱）

【风入松】忙把灵符来烧化，烧化灵符收妖魔。

【园林好】一道灵符贴在大门上，二道贴在浴盆底。（又）（下）

第十九出

小生：假王志宗

大花：野猪妖

正旦：陈正姑

丑：张和郎

正生：王志宗

甲乙木：木德星君

丙丁火：火德星君

庚辛金：金德星君

壬癸水：水德星君

【三不出】（甲乙木上，白）咳！手提金枪亮如雪，朝朝日日守天门。陈娘灵符来宣召，驾雾腾云到跟前。我乃东方甲乙木①。陈娘灵符宣召，东方伺候。（丙丁火上，白）咳！头戴火轮盔，身穿火轮袄。陈娘灵符来宣召，驾雾腾云到跟前。我乃南方丙丁火②。陈娘灵符宣召，南方伺候。（庚辛金上，白）咳！手提大刀亮如雪，朝朝日日守天门。陈娘灵符来宣召，驾雾腾云下凡间。我乃西方庚辛金③。陈娘灵符宣召，去到西方伺候。（壬癸水上，白）手提七星宝剑，每日披发在肩。陈娘灵符来宣召，驾雾腾云下凡间。哈！我乃北方壬癸水④。陈娘灵符宣召，去到北方伺候。（合白）请了。陈娘灵符宣召，黄门一走。

【风入松】来此黄门，各霸一方。（小生上，白）吓！（唱）

【驻云飞】忽听得堂前闹声响，月照纱窗珠帘一片，心中多寒战。欲道要洗

---

① 东方甲乙木：指木德星君，为道教五星（金木火水土）之一，又称岁星。
② 南方丙丁火：指火德星君，为道教五星之一，又称荧惑星。
③ 西方庚辛金：指金德星君，为道教五星之一，又称太白星。
④ 北方壬癸水：指水德星君，为道教五星之一，又称辰星。

澡,(白)童儿,取水过来。

(唱)与我脱下箭衣衫。(童儿脱过衣衫,下)心中燥〔焦〕燥,欲道要洗澡,料想一命难脱逃,一命难脱逃。(煞)(四将上,白)住了!(小生白)哈!王志宗三步一拜,拜到天师府,求下灵符,有了四将下凡,团团围困捉拿与我,〔如何是好〕?待我变出原身,杀条血路出去好逃生。翻身一变,原身出现。(小生下)(大花上,白)呃嘿!吓死我也!吓死我也!哈!王志宗三步一拜,拜到天师府,求下灵符,有了四大天将,团团围困捉拿与我。不晓得哪一方空间,杀条血路出去好逃生。待我抓一风来看。着啊!东方空间,东方杀条血路出去。(与甲乙木杀过场)呀!(唱)

【红纳袄】东方又是甲乙木,甲乙木哎哩!木德星君东方霸。你在东方来霸起,叫我如何脱逃去?(白)南方一走。呀!

(唱)你是南方丙丁火,丙丁火哎哩!火德星君南方霸。你在南方来霸起,叫我如何去逃生?(白)西方一走。呀!

(唱)西方庚辛金,庚辛金哎哩!金德星君西方霸。你在西方来霸起,叫我如何来脱逃?(白)北方一走。呀!

(唱)北方壬癸水,壬癸水哎哩!水德星君北方霸。你在北方来霸住,叫我如何来脱逃?(白)中方一走。呀!

(唱)中方又是戊己土①,戊己土哎哩!土德星君霸中方。你在中方来霸起,叫我如何来脱逃?(四将白)哎!看打!(大花白)王志宗三步一拜,求下灵符,有了四将团团围困捉拿与我。不晓得哪里空间躲避一下?哈!王志宗,米缸内空间,变化大蚜蛙米缸里面躲避。反身一变,野猪妖不见,大蚜蛙出现。(下)(正旦上,白)呀!(唱)

【一字调】我今离了天师府,不觉来到是王门。只见王门三叩谢,六位②元帅来扶力。左军粮右马料,军粮马料上〔像〕山场。再将纸钱奉送〔来烧化〕,奉送六位元帅上天曹。(四将下)再将王门来变化,变化间山大法坛。再将神帐来变化,变化天罗地网一般貌。再将板凳来变化,变化四大天王一般貌。再将钵斗来变化,变化黄斑虎来霸门庭。又将净水来变化,变化江洋大海阔茫茫。我今〔来〕

---

① 中方戊己土:指土德星君,为道教五星之一,又称镇星。
② 六位:校补本作"四位"。

变化,哪怕妖魔来作乱!① (丑上,白) 唵喔! 道士灵神,道士灵神,去到街坊上,酒三瓶,肉三斤,吃得我张和郎醉人人,人人〔醺醺,醺醺〕醉,走到街坊上一足跌一倒,四足好朝天。(正旦白) 那是四季平安。(丑白) 观音菩萨下凡来救命。(跪拜)(正旦白) 我是陈娘,不是观音菩萨。(丑白) 什么? 是陈娘? (正旦白) 是啊! 你叫何名字? (丑白) 我名字叫张和郎。(正旦白) 张和郎先生就是你啊? 起来。(丑白) 就是我。(正旦白) 王相公家里收了个什么妖魔? (丑白) 你不要讲起那个妖魔,讲起那个妖魔,我头上会出水。(正旦白) 那是头上出火。(丑白) 有个妖魔人样大的,我收他不倒。(正旦白) 人样大的? 徒我掐指算来看。呼呀! 张和郎先生,是野猪妖。(丑白) 什么? 是野猪妖? 我不晓得是野猪妖,我晓得是野猪妖,枪拿来把他一枪打死了他。(正旦白) 枪是打他不死的。张和郎先生,我法鞭交付你,你叫王相公拿米缸里面大蚜蛙放出来,陈娘把他打死。(丑白) 王相公,你那米缸开了去,有个大蚜蛙跳出来了。(大花上,白) 哇! (与正旦杀过场)

(正旦唱) 恼得奴家心中烦,一鞭打死化成泥。着! (丑白) 现在打死了。(正生上,白) 陈娘,我妻子绝气了。(正旦白) 背出来观看。(正生白) 我去背出来给陈娘看。(丑白) 不好了! 相公,娘子鼓胀病生起来了。(正旦白) 不是,那是野猪胎。张和郎先生,我法鞭交付与你,我起出来,你把它一个个打死。(丑白) 我老子打不死,打儿子总打得死的。(正旦白) 不要多话!

(唱) 我今提起一把飞刀剑,飞刀剑儿破怀胎。着! (小野猪跳出来,打死五个,逃走两个) (丑白) 多呀多! (正旦白) 有了多少? (丑白) 破出来七个,打死五个,逃去两个,一个雌一个雄。(正旦白) 逃到哪里去了? (丑白) 逃到那山上吃蕃薯,吃苞萝了。(正旦白) 啐! 张和郎先生,讲不得! 待我去誓〔咒〕过。野猪,野猪,你只可山上吃草,不可变男变女,大闹乾坤。(唱)

【一字调】将我陈娘金口誓〔咒〕,万古流传永千秋。再将灵符封刀口,法水一口转还阳。

(白) 速醒,速醒。(王志宗夫妻同下) (丑白) 陈娘法度果然来得高强。我张和郎的法鞭拿来,陈娘把我通一通。(正旦白) 那是封一封。(丑白) 陈娘把我封

---

① 此下校补本尚有一段文字:(陈正姑白) 不知妖魔何方去了? 待我请出黄志宗来。黄相公哪里? (黄志宗上,白) 陈娘何事? (陈正姑白) 可曾请过法师? (黄志宗白) 请过张和郎先生,但未拿到妖魔,反被妖魔戏弄。(陈正姑白) 待我召转张和郎先生。(作法宣召介)

一封。（正旦白）张和郎，你跪下来听封。（唱）

【解三酲】张和郎听封赠，封你破洞仙师大法师。我有法书交付你，勤读法书学法文。有日要破南庄庙，令牌宣召到来临。

（白）张和郎起来。（丑白）叩谢陈娘。吓呀！哈哈！陈娘拿了一本法书给我，叫我用心读法书。我拿回去，今天要读，明天要读，我连夜来读读熟，莫道野猪妖，山中精都拿得起。呀！不要三天的呢！（下）（正旦白）王志宗夫妻二人跪下来，听封赠。（唱）

【前腔】王志宗听封赠，封你百花桥头送子郎。①葛氏爱莲来听封，封你百花桥头送子娘。有人前来求儿女，求男送子显灵通。

（正生白）家院，取金帛过来。（正旦白）取金帛过来何事？（正生白）相谢陈娘搭救我妻。（正旦白）我一路而来，搭救良民，不受人家的银钱。（正生白）好！酒摆后堂，陈娘请。（牌子【风入松】）（三人同下）

第二十出

丑：陈法清

正旦：陈正姑

（丑上，白）天福奇才。啊哧！入绝你的娘，做事没有商量。有个班子到我这里来做戏，他讲，法清先生，我带你去学戏。这个戏倒有点难学，我学了半个月，学了四个字：天、福、奇、才。啊哧！学得喉咙糠挣的样②。学得出来是碗戏饭，学不出来是碗气饭。我大哥南庄庙收妖，给蛇妖吃了；我大姐闾山去学法，也不晓得死在闾山否？我老子背生一个毒，总要过了六月六。有人讲大背痛如要好，要过了重阳，我看这个毒烂起来快要死了。我家里连米都没有得吃，我把闾山兵马发出去，弄点香火米吃吃。我这把龙角不晓得放在哪里？我去问问嫂嫂看。嫂嫂，我这龙角放哪里？（内应）神案上。（丑白）我去拿来吹吹看。（吹介）吓喔！一点吹不响了，像妇人家吹火筒的样。我弄点水进去。扑通一下，来得慌来得忙，

---

① 以上两句为校补本所无。
② 校补本作"学得喉咙像糠胀一样"，意谓唱戏唱得喉咙哑了，像糠胀一样疼痛。

我的龙角放到分水缸①里去了。我再拿来吹吹看。哈！像那些孩子吃蕃薯吃下放屁的样。混混便是了。闾山兵马，我把你发出去，弄点香火米吃吃。（吹龙角）一声龙角发东方，东方地头兵马发出闹苍苍。非是头痛便要肚痛呀灵神。（吹龙角）一声龙角发南方，南方兵马发出闹苍苍。南方地头讨生意，不是出路头②便是请三台③呀灵神。（吹龙角）一声龙角发西方，西方地头兵马发出闹苍苍。西方地头讨生意，非是送船④就要打狂⑤呀灵神。（吹龙角）一声龙角发北方，北方兵马发出闹苍苍。北方地头讨生意，只好陈家儿孙受苦辛，不可铃刀鼓角上灰尘呀灵神。（吹龙角）一声龙角发中方，中方地头兵马发出闹苍苍。法清来到中方地头，保清吉保太平呀灵神。喂！闾山兵马，慢点去，慢点去，我把你分开来，分些温州、平阳等地去，分些衢州地头去。有得吃的人家，把他七八个弄倒来，我法清打狂送船都会来的。如今那些闾山兵马发出去了，总有生意做了。若有请先生的来到，我家里连茶叶都泡不出来吃。我坐到门首去照照太阳，请先生的若有到来，我龙角抡起一吹，连茶都不要泡的。你大家请先生的来，我法清先生在这里站着等。（正旦上，白）离了福建古田县，不觉来到自家门。吓唷！前面那些兵马不知何家法师发出去所〔损〕害良民的？不免将他收转便了。（唱）

【一字调】我今东方收了九万兵，南方收了八万将。西方收了六重兵，北方收了五重军。中方收来五蹄马，天兵天将，地兵地将，风火二将，一齐收在龙角内。我今吹动九龙角，吹动龙角收兵马。（下）

（丑上，白）嗳！请先生的来了，请先生的来了，我法清先生在这里站，走进

---

① 分水缸：松阳一带方言，即喂猪的饲料缸。

② 出路头：又称"米筛端"，夜间路头祭的俗称，为闾山教的一种驱鬼仪式。送鬼时用米筛一个，上放饭菜，点燃香烛，天黑后送往路头野外，将饭菜等倒在地上，吩咐恶鬼吃喝，以求人畜平安。绍兴人称"送夜羹饭"。

③ 请三台：闾山教一种请神仪式，即请上、中、下三界神灵。凡重病者即举行此仪式，师公在病家天井或广场用三张桌子叠成高台，手执龙角翻上高台为病人招魂，俗称"翻三台"。

④ 送船：闾山教为病人所作的一种驱除恶鬼仪式，即扎只稻草船，上立旗幡，中置羹饭，师公将恶鬼诱入船中，然后由师公及家中人将草船送往河、塘中，意为恶鬼随船而去，病可痊愈。

⑤ 打狂：又名"打甄"，闾山教为病人抢魂的一种仪式。内容包括请玉皇大帝、闾山祖师，调天兵天将，捉鬼抢魂，将妖怪除尽杀绝。

来，这里站着。呀！我听到有人来了的，又是没有人的，我走到家里看看起。呀！闾山兵马，你回来了，你哪里寻到生意了？还是有啊没有？入你娘的东西，这个黄泥块不会讲话的，我叫嫂嫂把卜个时辰看。嫂嫂。（内应）嗳！做什么？（丑白）你把我卜个时辰看。（内应）老虎时喔！（丑白）这个烂嫖妓〔婊子〕，多少时辰都好卜，怎卜个老虎时！这个老虎时，我来算算看，子、丑、寅，这个时辰也还好的，是个留连时，留留连连，请先生的人在眼前。我要路里去碰碰看，碰到有生意做便就歇①，若还没有生意做，我脱了裤子把他绝得进去②。（正旦上，白）离了中途路，来到自家门。兄弟，你在此骂人？（丑白）呀！是大姐回来了吗？我还讲绝得进来呢！（正旦白）啐！讲不得的。是回来了。兄弟，爹娘在家还好吗？（丑白）大姐，母亲是还好，老子是不好了。（正旦白）怎样不好？（丑白）老子背上生了一个毒，有些人讲，要好过了六月六，有些人讲是大背痛。不晓得我法清怎么样的好？若要好过重阳，这两天烂起来都快死了，大姐回来好送终的了！（正旦白）为姐回来收③得好的。（丑白）我有卵子的都弄不好，你没有蛋子的倒弄得好？（正旦白）不尽〔像〕话了！大姐回来收得好的。兄弟，前面那些兵马何人发出的？（丑白）兵马是我发出去的。（正旦白）愚姐帮你收转了。（丑白）出门不请神，碰到你这个五瘟神。家里连米都没有得吃了。（正旦白）大姐回来有得吃。（丑白）有得吃，那么我就不着急。（正旦白）一同进去。（唱）

【园林好】法宝放在神案上，去到后堂看父亲。（又）（同下）

第二十一出

外：陈上元

丑：陈法清

正旦：陈正姑

（外上，唱）奈何！此毒不知何日得全安？（丑上，打他两下）（白）你这个老狗！好死又不死，你早点死了，早点死了少个人吃饭，多个人保佑，你天天在家

---

① 就歇：浙南一带方言，即"就好""就算了"。
② 此句是松阳一带骂人的粗话，意谓不肯罢休。
③ 收：闾山教的术语，即"医治"。

里总是哭，我连生意都被你哭没有得做了。（外白）你这个畜生啊！（正旦上，白）爹爹，女儿回来了。（外白）你回来了，那么好，为父背上生了一个毒。（背毒）（正旦白）女儿回来收得好的。（外白）你回来收得好也好，把为父收好来。（正旦白）兄弟，拿洋瓶过来。（丑白）大姐，你不要弄，弄不好的，早点死了，少个人吃饭，多个人保佑。（正旦白）兄弟不要多语，洋瓶拿来。（丑白）那么我去拿来。嫂嫂。（内应）嗳！叫嫂嫂做什么？（丑白）大姐叫你洋瓶拿来。（内应）洋瓶当钱换来吃了，这个米筒拿去。（丑白）大姐，洋瓶当米吃了，这个米筒拿去。（正旦白）拿来，为姐变化就是。（唱）

【一字调】我今米筒来变化，变化洋瓶收毒气，忙把石板来盖起。

（白）兄弟，拿去埋葬了去。（丑白）这样臭的，死人烂起没有这样臭，我倒倒大河里去好了。

（正旦唱）忙把灵符来封毒口，法水一口便全安。（白）爹爹速醒，速醒。（外白）啊！女儿啊！（丑白）呶呶呶！抽筋了，要死了，我纸钱烧化给你，你时辰死死好点，给我法清弄点饭吃吃啊！呶！被大姐弄好了呶！多个人吃饭，少个人保佑了。（外白）女儿，你把父收好了，为父长久没有出厅堂坐过，要到厅堂去坐坐。（正旦白）兄弟，搀扶爹爹厅堂去坐。（丑白）大姐，爹爹被你弄好了，他要厅堂去坐坐，我搀扶与他。爹爹，你要厅堂来坐，我来搀扶你。（外白）是要厅堂去坐。（丑白）我来搀扶你啊！（外白）我儿贤孝，搀扶我。（丑白）爹爹，你小心，我来搀扶你。你这个老骨头，要死快点去死了去。（把其父按倒）（外白）啊唷！（半哭声）你这个畜生！为父一点力气都没有，你把为父拖倒来。（丑白）爹爹，快点起来，我来搀扶你。（外白）法清，你这个畜生！我把你打死了去！（丑白）什么？今天大姐回来，把你弄好了，你爬起来又会打了。（外白）那是收好了。（丑白）喔！收好了。你要打，我打两下给你看看。打、打。这是什么东西？这是李三娘枪杆。还有。呷哄！这是什么东西？这是狮子小开口，头套来把你的拿来吃了去。还有。呷哄！这是什么东西？是狮子大开口，你那个人套来，把你连人都吃下去。还有。打、打、打。这是什么东西？这是田鸡买屁股。（外白）你这个小畜生！你在这里跳鬼、做把戏。（正旦白）爹爹，女儿去到南庄庙搭救哥兄，爹爹心意如何？（外白）本该的。（丑白）大姐，南庄庙去啊！我也要去的。（外白）不要你去。（丑白）怎么不要我去？（外白）你那张口不好，大哥被你一命害死南庄庙。你会破法的，你不要去。（正旦白）我阗山法不怕人破的。（外白）

什么？女儿你不怕人破的。法清，你跟随大姐去。（丑白）你叫我去，我就不去。（外白）我不要你去。（丑白）你不要我去，我便要去。（正旦白）兄弟，一同前去。（丑白）大姐，我同你一起去。那么，天罗〔落瓜〕① 总要拿去的。（正旦白）那是龙角。

（唱）就此一别家乡去，去到南庄庙里救哥兄，南庄庙去救哥兄。（外白）女儿慢去。（正旦白）爹爹请回。（下）（丑白）你慢点去，我有两句说话吩咐你。我同你讲，你背上的毒，大姐回来把你弄好了。（外白）那是收好的。（丑白）嗳！是收好的，毒的东西吃不得。（外白）哪些东西吃不得？为父不晓得。（丑白）你不晓得，我同你讲，烂鱼、死牛肉、猪母肉，吃下去顶②发毒。（外白）那些东西我不吃的。（丑白）你不吃就好，你如若要吃，新鲜猪肉、猪肝汤，那些东西弄些吃吃。（外白）为父想点新鲜猪肉吃吃，没有钱买。（丑白）我外面做生意来了，铜钱拿回来，你买点吃吃。（外白）那便贤孝了。（丑白）你如还那些毒的东西要吃，吃下去背里毒发起来，你若还要死了，早点寄个信来，我法清回来送你的终。（外白）嘿！你这个畜生！从来都没有一句好话，实在气坏了老祖〔子〕。（同下）

第二十二出

正旦：陈正姑

丑：陈法清

作旦：林九姑

花旦：李三妹

小生：陈法通

正生：王志宗

花旦：葛氏

（正旦上，白）呀！

（唱）多蒙兄弟先行路，不知南庄在何处？驾雾腾云，不觉来到是南庄。（丑

---

① 天落瓜：松阳一带方言，即"丝瓜"，此处比喻龙角。
② 顶：浙南一带方言，即"最"。

白）大姐，走到了。（正旦白）走进去。（丑白）走进去？你不怕死？那里面有两条蛇。有一条蛇有根了子①，你的头样大，还有一条蛇，下面有个东西，同你的么样的。（正旦白）兄弟，不成话了！（丑白）这样，你胆小的走进去，我胆大的站外面起。（正旦白）兄弟，那是倒讲了，为姐胆大的先走进去，你胆小的站外面起。（丑白）你先走进去。哎哎哎！又死了一个，我大姐又被蛇妖吃掉了。（正旦白）兄弟，走进来。（丑白）呀！我大姐的法当真好啊！我讲蛇吃了，还没有吃过，叫我走进去。我是被蛇妖弄怕得真了的，我是不敢进去的，我拿个指头试试看。蛇妖，你要指头吃一个去。喂！指头是吃不得的，我做法师的人，靠指头吃饭，少了一个指头，那个诀都打不起的。嗳！我有两只足，足拿只蛇妖吃吃是不要紧的，他把我吃了一只我还有一只的，总是超〔瘸〕足是了。足超〔瘸〕起来饭是还弄到吃的。蛇妖，你吃足不吃？你要便足拿去吃。你不吃啊？你不吃我走进来了。（正旦白）兄弟，看什么东西？（丑白）大姐，今天你来了，这两条蛇妖都没有了。（正旦白）自然没有了。兄弟，我和你独木难成林，还要宣召众姐妹到来一同护法。（丑白）大姐召来看。（正旦白）令牌宣召，众姐妹速降来临。（作旦上，白）陈娘令牌来宣召，（花旦上，白）驾雾腾云到。（作旦、花旦白）陈娘在上，姐妹见礼。（正旦白）有礼。（丑白）大姐，这两个妇人家哪里来的？（正旦白）路上结拜的众姐妹。（丑白）哪个拿把我当老婆的？（正旦白）讲不得的，叫她是大姐。（丑白）不要紧的，浊水不过别人田，姐妹好相连〔商量〕，雪上加霜，无论约个弄弄。（正旦白）讲不得的。（丑白）见见礼见得吗？（正旦白）见礼是见得的。（丑白）你大家看，我法清大小老婆拜堂了。（作旦、花旦白）啐！见礼都不晓得的，叫我也是大姐。（丑白）你这样才行的，馒头都带来的。（作旦白）啐！这个是乳哩。（丑白）你更才行，你粽子都带来的。（花旦白）啐！乳都不晓得。（丑白）什么？又是乳！她两个的乳这样大的，我这个乳也不晓得大起了没有？我拿来看看起。啊呀！我这个乳是不大的，我这乳不大，生乳痈了。（哭起）（正旦白）兄弟，哭起来何事？（丑白）大姐，我这个乳不大的，想是生乳痈了。（正旦白）人小乳小，人大乳大，你这个呆人！（丑白）那么，我法清这两年了子都大起，有点想老婆了。（作旦、花旦白）大姐，宣召到来何事？（正旦白）到来一同护法，捆缚蛇妖便了。喳！（捏手诀）（青蛇上）（正旦白）呀！

---

① 了子：又写作"卵子"，此处指男子生殖器。

（唱）恼得陈娘心中烦，将你一鞭打死化成泥。喳！（青蛇打死）（丑白）吓呀！我法清娘肚皮的力气都用完，大姐当真有点法的，一部诀放去，那根蛇妖就射出来了，我来不及了，把大姐手上这个龙角拿来，这里又套不进去，那里又套不进去。我找到了，我这龙角套那蛇妖屁股洞里去，啵啵啵吹去，那蛇妖肚皮大起来熬不住了，卜当就吹死了。（作旦、花旦白）龙角吹不死的，是大姐打死的。（丑白）什么？是大姐打死的？是我吹死的。（作旦、花旦白）大姐打死的，你龙角吹不死的。（丑白）什么？我这龙角吹不死的？你两个人下面有个洞的，我这龙角套你这洞里吹吹看。（作旦、花旦白）让你吹死的。（丑白）让我吹死就歇，不然，把你两个人吹吹开。（作旦、花旦白）呀啐！让你吹死总好了。（正旦白）众姐妹，一同抬起蛇骨。（唱）

【一字调】忙把蛇骨来拾起，拾起蛇骨定太平。

（白）兄弟拿去，放到那边埋葬了去，你要记得。（丑白）记得喔！这个嫖妓〔婊子〕！好得没有嫁老公，嫁了老公，七八个老公都来不及。这样的红叉口还是新的，叫埋葬了去。呀！这个红叉口里面铁硬的，不晓得什么东西？我开出来看看起。吓呀！这样多的骨头啦！这些骨头我把你放到水里去看。这个不晓什么骨头？呶呶呶！放在水里变去了，变起鱼鳅、蟹、乌龟、鳖。放到水里会变去，放不得。放到山里去。呶呶呶！放在山里又变去了，蛇、蝴蝶、蜻蜓、蚊虫、蜈蚣。那里变出一个黄蜂了。（后台做黄蜂效果）你这个黄蜂格高兴，我把你拿掉去。啊唷呃！大姐呃！（哭介）（正旦白）兄弟，哭起来何事？（丑白）你这些骨头都是害人的，我放在水里会变去，放到山里又变去，有一个黄蜂屁股一翘一翘，我这个指头把他咬去了。大姐啊！（哭介）（正旦白）啊啐！（打法清巴掌介）

（唱）不好了么畜生哎！（白）讲了一句。

（唱）随口变化而去了么兄弟哎！（煞）（白）兄弟，大哥骨头落在哪里？（丑白）你打我，我不同你讲。（作旦、花旦白）兄弟，大哥骨头落在哪里了？（丑白）你们大家会打我，我不同你讲。（作旦、花旦白）我二人没有打你过的。（丑白）你二个没有打我过。落在庙里铜钟底下。（作旦、花旦白）大姐，大哥骨头落在庙里铜钟底下。（正旦白）我和你三人启起铜钟。（启介）（正旦、作旦、花旦白）啊唷喂！铜钟启不起。（丑白）你们妇人家拉尿都没有三尺高，哪里启得铜钟起？我法清一只手都把它拿边里去。（正旦、作旦、花旦白）兄弟，让你一双手启启看。（丑白）我来启启看。（启钟介）啊唷！大姐，不好！腰骨断了。（正旦打他背上一下)(白)好了。(丑白)啊啃!我被你害死了!害我这个腰骨折弄断了,讨饭都没有路了,我仍旧要把它扳转来。(作扳腰姿势)还好。那个铜钟我前去一启,腰骨断了,我大姐在我背上打了一下,好了,当真好了。你们大家做生意,做得腰骨痛,叫那些妇人家扳一下就勿会痛了。(正旦白)兄弟,你去到黄贵字伯伯家中去问问看,大哥当初到他家里收妖,有什么东西放他家里没有?(丑白)大姐,那个人家我是不去的。(正旦白)怎样不去?(丑白)讲话讲得不好会打人、会骂人格!我是不去的。(正旦白)讲得好,有酒肉饭把你吃的。(丑白)讲得好有酒肉饭吃?那么我前去问问看。黄贵字伯伯,你还在格?(内白)哎!不在难道死了?(丑白)不是,你听错了,我是问你这里住格怎么样?(内白)你这个孩子,打铁不会,转钳倒在行。(丑白)我同大哥二个人到你家收妖,有什么东西放你家里没有?(内白)没有东西,就是一本破法书。(丑白)你家里没有人做法师,你那本破法书拿拿还我。(内白)你拿去。(丑白)黄贵字伯伯,你家里多少人吃饭?(内白)我家里二十四个人吃饭。(丑白)喔啃!大人家呢!你这样多格人,有什么生意拿点我做做。(内白)我家里没有生意了。稻子割了,稻草也挑回来了,牛粪都挑出去了,连尿桶都挑了,我家里没有生意做了。(丑白)有道,人大不会讲话,牛大不会拖耙,这些生意我做法师格人都做得来格?你家里这样多人吃饭,总有些人头痛、肚痛,送瘟船、收妖弄点做做。(内白)我入娘格!打出去!(丑白)我入你格娘格!我讲过不去的。(正旦白)你酒吃醉了,发酒癫了。(丑白)还讲酒吃醉了,尿都没有拿把你吃。我讲:黄贵字伯伯,你还在格?他讲:哎!不在还死了?我讲:你听错了,我问你住在这里怎么样?他说:你这个孩子打铁不会,转钳倒在行。(正旦白)你讲得好!(丑白)我讲:我同大哥二个人到你家里收妖,有什么东西放在你家里没有?(正旦白)有什么东西?(丑白)他讲:没有东西放在我家里,就是一本破法书。(正旦白)拿转来。(丑白)我讲:你家里没有人做法师,拿拿还我。他讲:只管拿转去。(正旦白)拿转来没有?(丑白)拿转来了。我问他家里几个人吃饭。(正旦白)多少人?(丑白)他讲廿四个人吃饭。(正旦白)大家了呢!(丑白)我讲:你廿四个人吃饭,有什么生意弄点我做做。(正旦白)有没有?(丑白)还有生意?稻子也割了,稻草也挑了,连牛粪都挑出去了,连尿桶都挑出去了。(正旦白)那些生意做法师的人是做不来的。(丑白)我也讲做不来。我讲:你家里这样多格人,总有些人头痛、肚痛,送瘟船、收妖这些生意弄点做做。他就叮吟咙郎打来了。(正旦白)你讲得不好,该打的。(丑白)连你也讲该打，我还不给别人打打死？我讲过不去的啊！（正旦白）众姐妹，我同你们一同观看法书。（看书介）若要铜钟启，（作旦、花旦白）除非跳生〔神〕童①。（丑白）什么？要跳童啊？那末我尿都要笑出来了。这个男人跳童我是看见过，这个妇人家跳童我是没有看见过。衣服脱掉，她的身上雪白雪白格，还有二个奶，蛮大的，一晃一晃；还有一双脚，火钳一样，一钳一钳；上面还有一个东西，一夹一夹。喔唷！我今天好看喔！（正旦白）兄弟，没有人做童体②。（丑白）大姐，二姐做得。（正旦白）女人做不得童体，要兄弟来做童体。（丑白）我是不做，我今天要在这里看。（正旦白）兄弟，你做童体，你回去，我抓一个毛鸡给你一个人吃。（丑白）什么？你回去抓一个毛鸡把我吃？那末我法清跳死都着意③。（正旦白）众姐妹，一同护法。（丑坐地，正旦喷神水，作法，丑跳起，坐上台子）（正旦、作旦、花旦跪介，白）请了。（丑白）请了。（正旦、作旦、花旦白）何位灵神下降？（丑白）王十九大夫下降。（正旦白）既是王十九大夫下降，当初一位法师名叫陈法通，来到南庄庙收妖，却被妖魔所害，大夫与我细查明白。（丑白）好吓！拿纸马过来。（正旦递纸马）（丑白）哈吓！（捏纸，放在耳朵听听）哈呀！大胆的法师，来到殿庭收妖，香烟不点，坛界冷落，三天圣主有怪，将你故兄关在铜钟底下。要搭救你故兄，难了！难了！（正旦白）启禀大夫，既是三天圣主有怪，法通还有妹子名唤陈正姑，闾山学法出洞而来，一路上搭救良民，不受人家的银钱，全望大夫与我出下一力，与我启起铜钟，千里传名，万里传姓。（丑白）好吓！妹子闾山学法出洞而来，一路上搭救良民，不受人家的银钱。本帅与你出力，取火炼金枪过来，将你启出铜钟。（下台）（作旦白）火炼金枪在此。（交丑，丑用火炼金枪揿去铜钟，仍坐上台）（丑白）下马。（昏过去）（正旦白）兄弟！法清！速醒！速醒！灵神速退！（丑白）啊呀！大姐，不好了！这个房子都倒去了！（正旦白）头晕去了。（丑白）大姐，阿数④毛鸡拿把我吃。（正旦白）毛鸡回去吃。（丑白）我就要这里吃的，你没有，你的裤子、裙子拿去当了去。（正旦白）回去有得拿把你吃的。（丑白）那末我被你骗去了，我有了子格被你没有了子格骗

---

① 跳童：闾山教法事之一，旨在为病者驱魔除病。所用法器有铜铃、龙角、米斗、铃刀、净水碗、马鞭等。
② 童体：即神的附体。
③ 着意：松阳一带方言，即"值得""愿意"。
④ 阿数：又写作"毫燥"，松阳一带方言，即"赶快"。

去了。(正旦白)不会骗你的。(丑白)还讲不会骗我。(正旦白)兄弟,铜钟底下骨头甚多,不知哪些骨头是大哥格?(丑白)你指头咬破,血流点那里去,大哥的骨头会来,别人的骨头勿会来,这个名为亲骨血。(正旦白)兄弟,你说得有理。兄弟,你退下。(丑下)(正旦唱)

【一字调】忙把指头来咬破,咬破指头救故兄。(咬指介)啊唷!是我故兄骨头来走起,别人骨头莫相连。头上骨头还头上,脚下骨头还脚下。膝下骨头还膝下,二手骨头分左右。我今吹动九龙角,吹动龙角救故兄。(练功,再吹龙角)再将令牌来宣召,宣召灵魂到来临,法水一口转还阳。(煞)

(白)速醒,速醒。(法清上)(法通带小鬼上,白)苦吓!(丑白)你铜钱拿二个来,我买块糖把你甜一下。(小生唱)

【下山虎】苦楚难挨(又),可恨妖魔太无理。先前一命丧黄泉,可恨妖魔太无理。(煞)

(白)妹子,这二个是何人?(正旦白)是贤妹路上结拜的众姐妹。(小生白)好吓!

(唱)多谢众姐妹(重句),多谢姐妹相搭救,搭救为兄转还阳。(正旦、作旦、花旦白)大哥起来行走。(小生白)没有骨头的,不会走的。(作旦、花旦退下)(正旦白)兄弟,大哥不会行走,怎生是好?(丑白)不会行走,放在路上,狗拖去吃了来好了。(正旦白)兄弟,不成话了!我和你兄弟本是手足之情,应该搭救与他。(丑白)什么?要搭救与他?待我看看起。半天云头缺少一个改进先生①,大哥这个脚是不会走了,这个手是还会动动的,你五色祥云筑起来,筑到他身上去,坐到半天云头,做一个改进先师,他轮到碗饭吃吃。(正旦白)兄弟说得有理。(丑白)我哪句说话没有道理?(正旦唱)

【一字调】我今东方青云来筑起,南方赤云来筑起。西方白云来筑起,北方黑云来筑起。中方黄云来筑起,五色祥云筑在故兄身上。凡间文书是你手上过,多的与他减,少的与他加。(小生唱)

【落台尾】今日一别上天去,若要相逢在梦中。(又)

(白)贤妹吓!(下)(正旦白)苦呀!(丑白)吓!这个妇人家,你这样哭得好听吗?他讲鹁鸪呃,还是山鸡喔?大哥早早坐进去了。(正旦白)兄弟,南庄庙

────────

① 改进先生:阎山教修改疏、表等文书的人。

无人领受香烟。（丑白）我同你兄妹二个坐在这里受领香烟。（正旦白）我和你兄妹二人回去侍奉爹娘，待我宣召王志宗夫妻二人来到殿庭领受香烟。令牌宣召，王志宗夫妻二人速降来临。（正生、花旦上）（正生白）陈娘令牌来宣召，（花旦白）驾雾腾云到。（正生、花旦白）陈娘在上，夫妻二人参躬。（正旦白）免躬。（正生、花旦白）宣召我夫妻二人到来何事？（正旦白）非为别事，你夫妻二人来到殿庭显显圣，欢喜团圆。【风入松】（下）

第 三 本

第一出①

正生：林大郎
老外：林色②
老旦：李氏③
家院

（正生上，白）小小〔须〕(书)勤学，文章可〔立身〕(得成)。满朝〔朱紫贵〕(举子归)，〔尽〕(真)是读书人。小生林大郎，爹爹林色，母亲李氏。今日是我爹娘寿诞之日。家院，酒筵可曾齐备？（家院白）早已齐备。（正生白）待我请出爹娘。爹娘有请。（内应）来了。（老外、老旦上）（老外白）华堂寿筵开，（老旦白）蟠桃请寿来。（老外白）南山不老松，（老旦白）不老寿山桃。（正生白）爹娘在上，孩儿拜见。（老外、老旦白）罢了。请出爹娘何事？（正生白）今日爹娘六十寿诞，孩子安排酒筵与爹娘上寿。（老外、老旦白）我儿行孝。可有外客没有？（正生白）并无外客。孩儿把盏。（老外、老旦白）不用把盏，以礼拜上。（合白）将酒摆开。（唢呐过场）酒好，收下酒筵。（过场）（下）

第二出④

老外：林色
老旦：李氏
二丑：月老

---

① 此出为校补本无。
② 林色：校补本作"林百高"。
③ 李氏：校补本作"王氏"。
④ 此出为校补本无。

（老外上，白）安人，孩儿已将长大成人，应该娶亲了。（老旦白）正是。（老外白）不免叫出月老。月老哪里？（内应）来了。（二丑上，白）忽听老爷叫，迈步就来到。见过老爷、安人。（老外、老旦白）免礼。（二丑白）叫我出来为了何事？（老外白）非为别事，闻听得福建古田县陈上元家之女陈正姑已经长大，要许配人家，我命你前去说亲。（二丑白）好啊！（同下）

第三出①

二丑：月老
外：陈上元
老旦：葛氏

（二丑上，唱）
【行路调】别家乡，往前行，去往福建古田县走一程。迈大步，往前行，大步来到是古田，来到是古田。

（白）哎！这里有一高大门，待我前去问一问。里面可有人？（外上，白）门外有人叫，迈步就来到。哦！原来是月公子到来。请进来。（二丑白）有进。（外白）请来见礼。（二丑白）有礼。（外白）请坐。（二丑白）同坐。（外白）公子远道而来为了何事？（二丑白）非为别事，奉了老爷之命，前来问陈上元先生。（外白）陈上元就是我。（二丑白）小人不知，多有得罪，请莫见怪。（外白）哪有见怪之理！且问公子，哪里人氏？（二丑白）我是江南下渡林色老爷家的月老。（外白）哦！原来是月老。（丑白）我家老爷有位公子，在洛阳为官，闻听得你家小女年纪相当，特命我前来说媒。陈上元先生意下如何？（外白）这个事情么？让我与安人商量商量。有请安人。（内应）来了。（老旦上，白）听到老爷叫，迈步就来到。老爷叫安人出来何事？（外白）非为别事，林家月老前来叫小女许配他家的公子，安人意下如何？（老旦白）老爷做主就是。（下）（外白）我家安人依从了，就许配你家公子就是。（二丑白）我与老爷订下婚约。那么，罗绸要多少？（外白）罗绸二十匹。（二丑白）红烛要多少？（外白）红烛十

---

① 此出为校补本无。

对。（二丑白）腊腿①要多少？（外白）腊腿要两双。（二丑白）鸡鹅要多少？（外白）鸡鹅四对。另外，火炮多带一点来。（二丑白）姻缘本是天生定，再向蟠桃会上来。（同下）

第四出

丑：陈法清

正旦：陈正姑

外：陈上元

（丑上，白）大姐，快些来。（正旦上，白）来了。离了南庄庙，不觉来了自家门。兄弟，和你一同去到后堂看望双亲。（丑白）好啊！（同下）（外上，白）开花重结子，喜事到门庭。不免叫出小女，与她说个明白。小女哪里？（正旦上，白）忽听爹爹叫，忙步就来到。爹爹在上，女儿万福。（外白）免礼。（正旦白）爹爹叫女儿出来为了何事？（外白）非为别事，女儿到南庄庙救哥兄还没有回来，已将女儿终身许配给江南下渡林色之子林大郎，在洛阳为官，那是宦家之子。（正旦白）爹爹，女儿在闾山学法之时，在师娘跟前誓过，转到凡间永不出嫁，若然出嫁，情愿深江大海而死。（外白）小女，这样小小的事都不依从，就为不孝了。（正旦白）既然如此，女儿依从就是。（外白）依从就好。（正旦白）啊！师娘，你恕徒弟一切无罪，今日凡间从父出嫁则可。（下）（外白）闾山师娘，你恕小女一切无罪，今日凡间从父出嫁。（下）

第五出②

丑：陈法清

二丑：月老

正旦：陈正姑

---

① 腊腿：即"金华火腿"。

② 此出为校补本无。

外：陈上元

旦：王氏

（丑上，白）哎嗯！我叫法清，我爹爹把大姐嫁出去了。再过一下子，送担的①都要来了，我到去接接客了来。（过场）（内白）众伙计，快来。后堂摆起很排场，你们客人到后堂吃酒去。（众白）哦！（丑白）哎！你做媒的人是没得吃的，等我东西点看，齐全就算，不齐全，打你半死！罗缎二十匹。哎！今天是我嫁大姐，要送红布，你怎送些白布的？（二丑白）啊呀！都是红的。（丑白）烛六对。喏！叫你送红烛，你怎么白的烛送来的？白的是请三界用的喂！（二丑白）大舅，今天是你姐姐出嫁，要讲好话的。（丑白）腊腿二对。喏！我是要猪腿的，你怎么把狗腿送来了？（二丑白）啊呀！我送来了本来就是猪腿。（丑白）鸡鹅四对。喏！我是叫你鹅最大的送来，你怎把鸭子担来的？鸭子臭臭，我和你做亲眷都做臭了！哦！还有火炮。（抢火炮，拉住二丑）不要慌！里面有些豆腐汤你去吃一点，大姐就给你带走。（二丑下）（丑白）大姐快来。（正旦白）来了。听见兄弟叫，忙步就来到。兄弟，叫我出来何事？（丑白）老爷把你嫁出去了，好多财礼送来了。（正旦白）兄弟，叫出爹娘来拜辞。（丑白）爹爹，母亲，赶快爬出来。（外、老旦上）（外白）小女叫为父出来为了何事？（正旦白）爹娘在上，容女儿拜辞。（唱）

【下山虎】拜辞爹娘，拜辞爹娘，今日一别出嫁去，不能在家奉双亲。爹娘请回。

（白）兄弟，与我请出嫂嫂拜辞。（丑白）嫂嫂，走出来，爬出来呀！（旦上，白）忽听姑娘叫，忙步就来到。姑娘叫我出来为了何事？（正旦白）嫂嫂请上，容我一拜。（唱）

【前腔】拜辞嫂嫂，拜辞嫂嫂，今日一别出嫁去，不能在家奉双亲。嫂嫂请回。

（白）兄弟请上，容姐拜辞。（丑白）我是不能拜的，要把我拜死的。（正旦唱）

【前腔】拜辞兄弟，拜辞兄弟，今日一别出嫁去，不能在家奉双亲。

---

① 送担的：即"送财礼的"。

（内喊）轿到。（众伙计上）（正旦更衣）（丑白）大姐，轿门有两人拦阻。（正旦白）叫嫂嫂为我摆祭礼。

（唱）告二将听诉起，容陈娘说你听。凡间从父来出嫁，师娘跟前行方便。忙把纸钱来奉送，奉送二将上间山。（二将下）（正旦上轿）（丑哭介）（外上，白）法清，不要啼哭，姐姐出嫁是好事。今天叫你去送亲，这里有了红包拿去，有人讨赏，你给他，到那边要以它为大。（丑白）什么东西大？水牛大？（外白）进门为大。你去后堂换件衣服送亲去。（丑白）爹爹，我送亲去了。（下）

第六出①

老外：林色

丑：陈法清

二丑：月老

（老外上，白）开花重结子，喜事到门庭。（内叫）轿到。（丑上，白）大姐做新娘，我法清穿件红衣裳。爹爹叫我送送亲了来哦！（下）（丫鬟上，打扮洞房）（内喊）报，舅子到。（老外白）舅子到，大开中门迎接。（丑白）亲家公，我和你行行礼。哎！不对，亲家公，我们位置站错了，要调一下。（两人调位置，丑一看又觉得站错，两人又调位置）（丑白）哎！这个做衣裳的把我的布偷去了，我爹爹告诉我是做大襟的，怎么一根根都是小襟儿的？（二丑白）大舅，你怎么大小都分不出来了？（丑白）什么？水牛为大了啰！（二丑白）进门为大。（丑白）喏！前门就是大门。（二丑白）不是，衣服的襟门为大。（丑白）你这个主顾实在可恶！你早不说，晚不说，偏偏害我与亲家公两人牵牛过栏一样，拉过来，拉过去。（二丑白）那么，你打人都那样会！（丑白）今天是我做舅子，今是我大。（老外白）大舅，不要多说了，请到后堂看大姐。（丑白）亲家公，那我到后堂看大姐了。（下）（老外、二丑同下）

---

① 此出为校补本无。

第七出①

丑：陈法清

正旦：陈正姑

老外：林色

净：何老爷

（丑上，白）大姐快来。今天怎么了？弄得这样晚还没得吃？（正旦上，白）有得吃的，我将龙线②系到你身上，我拉动龙线，你就吃；龙线不动，你就不要吃。（丑白）假如龙线一天都不动，那么我不是要饿死了？（正旦白）不会的，你要守分一点。（丑白）吃相好一点我是知道的。大姐，那我去吃酒筵了。（同下）（老外上，白）画眉喜鹊叫，喜事重重到。（内白）报，何老爷到。（净与老外见礼）（老外白）请坐。（净）同坐。林大人，闻听得林公子结婚之喜，我备有薄礼一份恭贺于你。（老外白）人到就够了，还要办贺礼？（丑上，白）日头晒花窗，无人叫我起来吃天光；日头晒门户，无人叫我起来吃日午；日头晒板壁，我腹饥到背脊。（进门）哎哟！我不晓得为什么这样晚，原来是亲家公把了判官抬到那公堂上。（老外白）不是的，那个是何老爷。（丑白）什么？那个是何老爷？（老外白）是啊！（丑白）那么，亲家公与何老爷见礼见礼。（老外白）见礼是自然要见的。（丑白）何老爷，那么我们来见见礼。（净白）嗯——（丑白）去！去！你都要死了，有这种的黄肿牛的，你吃草要到山上去吃。我讲何老爷，我同你见见礼，你还"嗯——"这样叫起来做什么？（老外白）大舅，不要多话，请来一同吃酒。请上。（丑白）那么我坐在上横头吃酒了。（到上横头吃介）（老外白）上酒。（净白）林大人，我早上收到几张状子不明。（老外白）不知是哪个状子不明？（净白）上水船，下水排，排家向船家供斧头使用，斧头接手不着掉下水，金色鲤鱼听见水声响亮，前来探食，碰死了金色鲤鱼。金色鲤鱼阴魂不散，前来告状。（老外白）它不来告状就如此罢了。（净白）若是再来告状呢？（老外白）一包纸钱烧化

---

① 此出为校补本所无。
② 龙线：即"长线"。

就够了。(净白)林大人果然高才!(丑白)亲家公,你两个叽叽咕咕在说什么?(老外、净白)讲律条。(丑白)怎有两个做官人这么笨!这肋条①如果吃下去,肚子泻了,你裤子都来不及脱,这蟒袍都要被沾上。(老外、净白)不是,那是法律的律条。(丑白)亲家公,我爹爹问我吃饱了没有,我讲吃饱了。他说,你走到这里来,我教你两个诀。(捏诀)亲家公,我这个诀是打皇②用的,还有一个诀是防火用的。(老外白)大舅,要讲好话。(丑白)我做法师的人,这些都是好话。喏!亲家公,这些是什么东西?(老外白)这些是西瓜子。(丑白)这西瓜子是怎么吃的?(老外白)这西瓜子是一颗一颗吃的,好下酒的。(丑白)怎么?一口一口吃的?(吃介,满口塞进西瓜子,钻过桌下到台前吐掉)哦!两个做官人怎有这样恶的?这西瓜子本来是一颗一颗吃的,都告诉别人一口一口吃,胀得我半死。(又钻过桌下爬出坐在上横头)(丫鬟讨赏)(丑白)嗯!我爹爹有一个红包给我的,让我找找看。(找介)丫鬟呢?这里有了红包给你。喂!亲家公,这里碎末末的是什么东西?(老外白)那是鸡肉。(丑白)这鸡肉怎会这样碎末末的啦?我做法师是一个鸡拿回来,一块一块老大块切起,有酱油,那么酱油蘸蘸;无酱油,用盐汤蘸就弄起吃了。(老外白)这鸡是骨头的。(丑白)那么,这去骨头的鸡肉是很好吃的,我要多吃点。(吃介,发现有骨头)喏!亲家公,这个是什么?(把鸡骨扔在老外、净两人身上)(净白)告退。(两人下)(丑用力在吃)(正旦上,白)兄弟,大家都去了,你还一个人在此吃酒?(丑白)怎么?大家都下筵了?(正旦白)我筵前对你讲过的,叫你要吃得守分点。(丑白)你开始时都不抽龙线,现在龙线越抽越快,我法清不要说用手,就是用脚也来不及的。(正旦白)那是狗带动龙线。(丑白)什么?那是狗带动龙线?那条狗抵过我爹爹了,比我爹爹都还要敬重我。大姐,现在我也要回家了,你去把我的雨伞背还我。(正旦将雨伞给丑,白)兄弟,你回去了,爹娘若是有了急凶,你要前来通报为姐。(同下)

第八出

老生:黄伯

---

① 肋条:松阳一带方言,即"肥肉"。
② 打皇:闾山教科仪之一,旨在招魂。

小生：阿狗

（老生肩背锄头上，白）老汉为生计，看水多用心。我乃黄伯。今年年成不好，适逢大旱，我日里都好几天没去了，让我到田里去看看水。行行去去，去去行行，转弯抹角，来此已是田畈。我的田里还有一点水，阿狗这小鬼在家里好吃懒做，田里水都不来看，他的田里都已经开裂了。天气很热，我到茅草棚里凉快凉快。（下）（小生上，白）小人为生计，看水多用心。我乃阿狗。我田里好几天没有去过了，不免让我到田里看看水。行行去去，去去行行，转弯抹角，来此已是田畈。哦！我的田里都已晒裂了。上坵黄伯的田里还有水，待我爬上去看看。黄伯伯，黄伯伯。哦！黄伯不在。不要慌，待我用这根木棍充当黄鳝，钻到他田里盗他一点水来。（偷水介）（老生上，白）这个阿狗！怎么把我田里的水盗去了？我今天要打你半死！（小生白）黄伯伯，这是黄鳝钻出来的，不是我。我阿狗老老实实，不会偷水的。黄伯伯，我爹爹讲过了，叫你到我家中喝茶吃酒。（老生白）我是不去的。我去了，你会把我的水盗去的。（小生白）不会的，你把锄头放在这里，我替你看守牢。（老生白）那样？那样也好的，天气这么热，就到你家中喝茶吃酒。（下）（小生拿锄头挖田岸。老生冲上，和阿狗打架争水）（老生白）你这个小鬼头！你把我骗开，到我田里偷水。走！我们一起去见老爷。（小生白）见老爷就见老爷。（同下）

第九出①

老外：马中魁

老生：黄伯

小生：阿狗

副末：张标

（二龙套上。老外随上，白）奉旨出京城，律法管良民。下官马中魁。正当三六九期。左右，打开府门。（左右白）是，大开府门。（老生、小生同上）（老生

---

① 此出为校补本无。

白）你这小鬼不老实，你盗我的水，我与你一同去见老爷。（进门）老爷在上，小人叩头。（老外白）二位农夫到来为了何事？叫何名字？（老生白）我叫黄伯。只为年成逢旱，还是五月十三下了甘霖，秋季以来并无雨落下地。我是天天在田看守这一点点水，阿狗小鬼把我的水盗去，还要打我呢！老爷。（老外白）唉！阿狗，你将他的水盗去是何道理？（小生白）老爷，不是这样的。我的田在黄伯的下一坵，黄伯的田〔在〕我的上坵，那是黄鳝钻透田岸水流我田里，不是我盗的，他却埋怨于我。（老生白）明明是你盗去的。（小生白）那是黄鳝钻掉的。（老外白）两位农夫不要争了，退下，下官慢慢与你决断。（老生白）这一次把我们决断了，阿狗下回再也不可盗我的水了。（小生白）我都老老实实的，不会盗你的水的。（两人下）（老外白）喂呀！我道两位农夫来到公堂为了何事，原来只为年成逢旱，还是五月十三下的甘霖，秋季以来一直无雨落下。黎民百姓可怜！我不免写一张公告出去，哪个法师求得甘霖下地，赏他一铜盆金，一铜盆银。左右，与我传张标上来。（左右白）是。张标，老爷传你。（副末上，白）来了。忽听老爷传张标，张标到跟前。见过老爷。（老外白）罢了。（副末白）传我上堂为着何事？（老外白）非为别事，我这里有公告一张，去到十字街头张挂起来，守住公告，不可误之。（副末白）遵命。（老外白）退堂。（左右、老外下）（副末白）我道老爷传我为着何事，原来是公告一张。我不免去到十字街头张挂起来。（圆场，张挂）啊！天气很热，不免去到酒楼饮酒就是。（下）

第十出①

丑：陈法清

老生：杨老伯

副末：张标

（丑上，白）嗯哼！我乃法清。我爹爹把大姐嫁出去了，现在我家里倒灶②下去了。听讲杨老伯家里人多些，也不知有什么生意否？到他家里弄点做做。（转

---

① 此出为校补本无。
② 倒灶：方言，此处意为家境变得不好。

台）杨老伯，家里有人吗？（老生上，白）门外有人叫，不知何人到。哦！原来是法清先生。（丑白）哦！是呀！法清先生来了啊！（走上，把龙角放在堂桌上）（老生白）喂！法清先生，你龙角不要放在我的香火桌上。（丑白）我的龙角是天师府受箓的太平角，还不肯放你的香火桌呢！（老生白）怎么？你的龙角是天师府受箓的太平角，好的啊？（丑白）哦！好的。（老生白）法清先生，你到我家里为何来？（丑白）你家里有几人吃饭？（老生白）家里有三十二口人吃饭。（丑白）那是个大人家。（老生白）自然是大人家啰！（丑白）有生意否？弄得做做。（老生白）没生意。虽然说家里人多，个个都平平安安的。（丑白）人多了总有的，不是这个就是那个。（老生白）你不要乱道。啊呀！法清先生到家里来，不弄点生意给他，他是不肯出去的。不错，叫他请牛栏土地看。法清先生，你牛栏土地会请吗？（丑白）会请的。牛栏土地都请不来，还弄得来吃？带我到牛栏去。（老生白）随上我来。（丑白）到了没有？（老生白）到了。法清，帮我看看牛好吗？头头都养得胖胖的。（丑白）哦！不对！那里有一头牛眼睛都红起来了。（老生白）哎！你不要乱道。法清，酒摆好了。（丑白）筊杯落地，弄点酒尝尝嘴。（老生白）哎！法清，我的酒是供奉菩萨的。（丑白）哎呀！杨老伯，不弄点酒吃一下，我是唱不起来的。（念）伏以，一声奉请，一声拜请：东南西北土地、土地子孙，保佑杨老伯，上山吃草摇头摆脑，下山吃水摇头摆尾。（老生白）唓！你把我老人家比作牛羊上山去了。（丑白）哦！这样请起来是把你老人家比作牛羊去了。是你的酒摆得不好，看到酒，喉咙打滚斗①。这杯酒先弄来吃了来。（喝酒介）（老生白）法清先生，这酒是奉菩萨的，你请不来，我教导你。应念：保佑杨老伯家里的牛羊，上山吃草摇头摆脑，下山吃水摇头摆尾，拉犁如箭，拉耙如梭，步步财高。这样子请的喂！（丑白）再来喂！（念）伏以，一声奉请，一声拜请：东南西北方的土地、土地子孙，保佑杨老伯家里养牛，上山吃草摇头摆脑，下山吃水摇头摆尾，拉犁如箭，步步财高。这样有用吗？（老生白）这样还请得好。（丑白）请得好，这杯酒先弄来吃了来。（老生白）你这个人怎么专门吃酒的？（丑白）伏以，一声奉请：拜请东南西北方的土地、土地子孙，保佑杨老伯家里，养牛大如犬，养犬大如猫，养鸡大如鸟，养猪大如鼠。（老生白）唉！这个人还请不来神，还要我来教导你。应念：保佑杨老伯家里，养牛大如麒麟，养犬大如狮子，养鸡大如凤凰，养猪大

---

① 滚斗：松阳一带土语，即"筋斗"。

如象。(丑白)再来请。伏以,一声奉请:奉请东南西北方土地、土地子孙,保佑杨老伯家里,养牛大如麒麟,养犬大如狮子,养鸡大如凤凰,养猪大如白象。保佑杨老伯,一年杀的猪三十斤的头,七十二斤油,一年四季吃到头,不要半个铜钿买菜油。(老生白)这样子还请得好。(丑白)请得好,这杯酒先弄来吃了来。那么,现在到你家里吃午饭。(老生白)好,法清快来。(转场,关门)你给我死出去!(丑白)门开一下。(老生白)不开。(丑白)真的不开啊?喏!我的龙角放在你的香火桌上,一年生意有得摸①。(老生白)哦!法清的龙角还在香火桌上,我不免将它从狗洞推出去。(丑白)我的龙角给我从狗洞里弄出来就糟了啊!门开一下。(老生白)不开。(丑白)不开啊?不开,我在你门口造起白虎楼,到你家里一年生意做到头②。(老生白)等我放出黄狗咬死了他。(放狗,下)(丑白)哦呀!请了半天的神,连午饭也弄不到吃。我到十字街头转转圈再说。哦!这里有一张公告贴得这样好,让我看看。"哪家法师求得雨,赏一铜盆金,一铜盆银。"哦!我法清今天发财了。让我把它撕下来。这天气真热,是死人热!喏!这里有个破凉亭,走进去看看。走了一圈也吃力了,在这困一觉再说。(副末上,白)老爷命我守公告,我去看它一看。喂!这张公告不知哪位法师拿去了,中途路上赶上前去。喏!这里有一个破凉亭,天气这么炎热,走进去凉快凉快。(进凉亭)哪里来的小鬼坐在这里?(把丑推出凉亭外)(丑白)咦!我好好呢坐在内面,哪里来的旱天雷把我震出亭外?走进去看看。啊!原来是个天雷神!(副末白)什么天雷神!你这个小鬼,知道我是哪一个?(丑白)我知道你是谁?(副末白)我是知县派下来的张标。(丑白)什么张标不张标,我是不知道的。(副末白)看你这个小鬼,头戴红凉帽,身穿黄马褂,下穿红裤子。你会求雨啊?把公告拿出来啊!(丑白)我不会求雨?我是陈家有名的法清先生便是我。(副末白)哪里来的贼精!(丑白)喂!这个主顾坐在这里,看来我打是打他不过。不要慌,我把他骗出外面。这外面有一块石板平平的,后面石竹铺③过来,倒很凉快的,他若一坐下去,

---

① 此句意为:你不还我龙角,龙角拿在你家里,就意味着你家里有凶事,要请我来做道场。

② 白虎楼:诀名。此句意为:我在你门口捏起白虎楼诀,你家一年到头有凶事,要请我做道场。

③ 铺:方言,意为"遮盖"。

我一个千斤坠①个下去，他就坐在那里一动不动了。哎！张标。（副末白）现在认着张标先生了？（丑白）是啊！现在认着张标先生了。你说这天气有点热否？（副末白）这天气自然很热。（丑白）那么这个破凉亭就要倒了，这里让我坐坐。（副末白）那么我坐什么地方去？（丑白）这外面有一块青石板平平的，后面石竹铺个过来很凉快，你就坐那。（副末白）好，让我出去看看，若是真的就罢了，若是假的，打你半死！（丑白）真的呢！怎么会骗你哩！（两人走到凉亭外）这个地方好吗？（副末白）这个地方自然好！那么我就坐在这里。（丑捏诀，口念法祖师，用千斤坠掼在副末身上）（丑白）喏！现在你站起来。（副末将想站又站不起，挣扎了半天仍无效）（丑白）你刚才骂我头戴红凉帽，身穿黄马褂，下穿红水裤，不是剪绺就是贼精，今天是贼精到了。（把张标头上的帽子摘下）不要慌，我拿你的帽子去换壶酒吃吃。（向内喊）酒家，你酒赊我一壶行吗？（内应）酒钱呢？（丑白）酒钱，我这个帽当给你。（转向副末白）张标，我这壶酒黄黄的，好吃否？（副末白）你的酒好吃不好吃我怎么知道？法清。（丑白）什么事？（副末白）你这酒是我帽子换来的，拿把我吃吃。（丑白）哦！我这酒是你的帽子换来的，是要给你吃吃。那么，你把那几根毛撂开点。（副末白）不是毛，是胡须。（丑倒酒，端到副末嘴边，白）喂！喂！我自己都没得吞，还有酒请儿孙？（副末白）你这个小鬼！（丑白）现在我对你讲，这个石竹黑黝黝的，石竹要出石笋了，石笋出来以后，穿过石板，穿上你的屁股，从口嘴里出来，让你在这烂个死！我回去了。（副末白）法清先生，让我站起来。（丑白）什么？要让你站起？好的，我要叫你怎样，你就要怎样。（副末白）好的。（丑白）我陈家是你的太宗，我陈家是你的祖宗，我法清是你的爸爸。（副末白）那我是不叫的。（丑白）不叫？不叫就烂死在这里！我回家了。（副末白）那么我就叫。（丑白）叫？叫就叫叫看。我陈家是你的太宗。（副末白）陈家是我的太宗。（丑白）我陈家是你的祖宗。（副末白）陈家是我的祖宗。（丑白）我法清是你的爸爸。（副末白）法——那是我倒霉的，我不叫。（丑白）不叫？不叫我回家了，让你烂死在这里！（副末白）那么我就叫。（丑白）叫？那么再叫叫看。我陈家是你的太宗。（副末白）陈家是我的太宗。（丑白）我陈家是你的祖宗。（副末白）陈家是我的祖宗。（丑白）我法清是你的爸爸。（副末白）法清是我的老子。（丑白）那不算数，那我不是变成你的卵子了吗？我是回家去

---

① 千斤坠：诀名。此句意为：我捏一个"千斤坠"的诀放在他身上，他就动不了了。

了,让你烂死这里!(副末白)法清先生,我叫,我叫。(丑白)那么又再来。我陈家是你的太宗。(副末白)陈家是我的太宗。(丑白)我陈家是你的祖宗。(副末白)陈家是我的祖宗。(丑白)我法清是你的爸爸。(副末白)法清是我的爸爸。(丑白)哦!我小儿呢!你站起来。(扶副末起来)(副末白)噢!这小鬼当真有点法的。咳!法清,你把帽子拿还我。(丑白)帽子?我去拿拿看。酒家!我的酒壶连酒盏都交还你,你把帽子拿还我。(内白)酒钱呢?(丑白)酒钱我付现钞。(内白)好,拿去。(还帽)(丑白)喏!你把帽子拿去戴起来。(副末白)好啊!那么去啊!(丑白)哪里去?(副末白)带你去见老爷。(丑白)带我去见老爷?那么,你把我的家伙总要拿去的。(副末白)家伙你自己拿,我是不拿的。(丑白)这老滑头!让他站起来就又来装大了。张标,你好好把我的家伙拿去。(副末白)你自己拿,我不拿。(丑白)你敢连讲三句不拿否?(副末白)不拿,不拿,就不拿。(丑念)法祖师……(副末把法器拿起来就跑)(丑白)喏!这个人骨头真轻,我只是捏一下诀,他就把家伙拿起来跑了。现在,我在后头当当先生,到衙门走走去。(下)

第十一出

老外:马中魁

副末:张标

丑:陈法清

四红帽

书童

(四红帽站堂)(老外上,白)张标拿法师,不见转回来。下官马中魁,命张标前去捉拿五色〔红头〕法师求雨,未曾回来。左右,大开府门。(红帽白)大开府门。(副末上,白)法清先生快来。(丑上,白)来了。(副末白)不离三步远,来此是府门。法清先生,龙角你自己背去。(丑白)你背进去。(副末白)我见了太爷再来背,你站在这里不要逃去。(丑白)你放屁!我要逃?(副末白)报,张标进。大老爷在上,张标叩头。(老外白)张标,命你前去拿法师,有没有?(副末白)有,在头门。(老外白)你传他进来。(副末白)叩谢大老爷。(出门)法清先生,法清先生。你逃走了?(丑白)你放屁!我要逃走?我走到衙门去尿都不要放下去？走到你衙门，你喉咙又大起来了。那个凉亭上你还记到吗？（副末白）你讲来，我帮你叉叉死了去。（下）（丑白）我不讲出来，讲出来，你的头发出不起，衙门都要革掉去。报，法清进。大老爷在上，法清叩头。（左右①白）嘿！你那些东西不要放到案桌去。（丑白）我这个太平角天师府受箓了的。（书童白）太爷，它是受箓了的太平角，放得的。（老外白）请问法师，可知道法文？（丑白）从幼知法。（书童白）太爷，他从幼知法。（老外白）几天几夜有雨？（丑白）三天三夜有雨。（老外白）三天三夜若还没有雨呢？（丑白）法清有家〔由斋〕主抬到火上烧。（老外白）问他用得什么物件？（书童白）法清先生，太爷问你用什么物件？（丑白）用三牲福礼。（书童白）我回上去，你要逃起。（丑白）你帮我大胆回上去。（书童白）太爷，法清先生言道，求雨用的三牲福礼。（老外白）请龙求雨，城内城外吃斋保素，原何用得三牲物件？（丑白）城里城外吃斋保素，我的闾山兵马要吃荤的。（书童白）太爷大老爷，他的闾山兵马要吃荤的。（老外白）什么？他的闾山兵马要吃荤？许他三牲一副，带过雨台。（下）（手下把法清带过雨台）（丑白）叩谢大老爷。（红帽白）法清先生快来。三天三夜求得有雨就好。（丑白）三天三夜没有雨呢？（红帽白）没有雨，帮你法清抬到火里烧。（丑白）我同大老爷讲讲笑的，有雨没有雨我也不晓得的。（红帽白）老爷不同你讲笑。（丑白）老堂先生②，到雨台了没有？（红帽白）到雨台了。（丑白）到雨台了，三牲拿来摆起来。太阳来得大，这个龙角拿来看看起，不晓得吹得响吹不响。我来吹吹看。老堂先生，这个龙角吹不响了。（红帽白）前面有水，水弄点进去。（丑白）我这个龙角天师府受箓，用不得水的，要吃酒的，酒拿来。（红帽白）什么？你的龙角要吃酒的？你自己吃下去了。（丑白）不是我吃的，龙角吃的。（红帽白）你那个龙角都会吃酒？（丑白）我这个龙角不会吃酒？我这龙角还会讲话。（吹龙角作讲话）老堂先生，我这个龙角吹起说还要，还要。（红帽白）你的人还要。（丑白）是我的龙角讲还要还要，拿来拿来。（红帽白）呶！呶！又吃下去了。（丑吃酒介）（丑白）不是我，是我龙角吃下去。（红帽白）你的龙角那样会吃酒？（丑白）我这个龙角都会讲话，不会吃酒？再来吹吹看。喏！说还要点点添，还要点点添。（红帽白）是你还要点点添。（丑白）我的龙角还要滴滴添。（红帽白）是你还要滴滴

---

① 左右：下文作"红帽"。

② 老堂先生：即"红帽"，亦称"龙套"或"手下"等，因总是站在公堂的两旁，故称"老堂先生"。

添。(丑白)我再来吹吹看。老堂先生,它讲好了,好了。(红帽白)是你自己讲好了。(丑白)老堂先生,一个拿雨牒,一个拿筊杯。我龙角吹那一方,你烧一张雨牒,你掷一筊杯。(吹龙角)一声龙角发东方,东方拜请江利王。江利老龙来行雨,叩求圣筊灵神哎!(吹龙角)二声龙角发南方,南方拜请〔光应①老龙王〕。光应老龙来行雨,叩求圣筊灵神哎!(吹龙角)三声龙角发西方,西方拜请〔光德老龙王〕。光德老龙来行雨,叩求圣筊灵神哎!(吹龙角)四声龙角发北方,北方拜请光泽老龙王。光泽老龙来行雨,叩求圣筊灵神哎!(吹龙角)五声龙角发中方,中方拜〔请〕普济龙王。普济老龙来行雨,叩求圣筊灵神哎!老堂先生,这个雨牒烧过去,就要下雨了,你看!起前有太阳,如今雨牒烧去,连太阳都无有了,你回去拿雨伞,拿棕衣。(红帽白)求雨不用那些东西的。(丑白)这两个娘卖比②东西!比黄狗还刁一点。我打算骗他两个回去,这个鸡肉好偷来吃的。他讲不用的,这个鸡肉偷不来。两个人在这来看住我的,我总要想个主意帮它偷点吃吃。老堂先生,你两个看活龙的吗?(红帽白)活龙拿得来是要看。(丑白)我做先生的人,活龙拿不来还来求雨?(红帽白)拿得来我总要看。(丑白)那末,你两个躲在雨台底下。老堂先生,我同你讲,我这个活龙生人眼的,我这个活龙拿到雨台盘起来,我讲老堂先生,你走上来看活龙,你就看见了。(红帽白)你要讲清楚。(丑白)我不叫出来,你不要跑上来。法祖师拿活龙!(红帽白)你将鸡肉偷去吃,我把你叉叉死了去!(丑白)你把我叉叉死啊?(红帽白)我是请菩萨格!拿把你吃啊?(丑白)我偷点吃吃不要紧的喂!(红帽白)吃不得格!(丑白)好!你把我走开,我要行罡作法了。(作法,行罡介)(丑吹龙角,念)一声龙角响哄哄,急奏上界告玉皇。玉皇上帝来行雨,免得黎民百姓受苦灾。(吹龙角)二声龙角响普普,急奏中界中大夫。十九大夫来行雨,免得黎民百姓苦凄凉。(吹龙角)三声龙角响呤呤,急奏下界水龙神。下界龙神来行雨,免得黎民百姓口叫天。(吹龙角)四声龙角响弯弯,角头急奏借文官。上界文官掌灾情,中界文官掌簿书。下界文官主玉锁,借来金匙开金锁。借来银匙开银锁,借来玉匙开玉锁。借来铁匙开铁锁,借来铜匙开铜锁。开了一重天、二重天、三重天、四重天、五重天、六重天、六六三十六天,天都开了,且听弟子说苦连。(吹龙角)皇天!禾苗

---

① 光应:校补本作"观音"。
② 娘卖比:骂人的话,即"他妈的"。

晒死如铁钉,晒得鳖归岩洞,蟹归岩下,后生走到田头,看见禾苗晒死,软了脚手,丢了锄头,皇天随口。老人走到田头,看见禾苗晒死,痛哭回家,有朝无夕,惨死无疑。一朝无粮,夫妻拆散,欲道去到西天问佛,缺少盘缠路费,只落得三三五五商量了几天,去到马中魁台前递了旱状无数。马中魁出下牌照一张,命张标去到福建福州府捉拿陈法清来到雨台之上,但愿求得大雨甘〔亨〕通,小雨下地。众位神祇,来的锣鼓迎接,去是纸钱奉送。有宫回宫,有庙回庙。无宫无庙,脚踩半天云头,佛国游嬉,不可延居本坦①,若还延居本坦之内,陈法清纸钱奉送。法祖师,东方青云来筑起,南方赤云来筑起,西方白云来筑起,北方黑云来筑起,中方黄云一起筑,法清求雨救良民。(白蛇上,打掉雨路,下)(老外白)哧!哧!哧!爬下来喔!法清抬到火里烧死了去。(丑白)待我回一下。大老爷,我是没有法格!(老外白)你没有法不该花口大言,抬到火里去烧。(丑白)我叫大姐把你来求雨,我大姐是有法的,我大姐是闾山学来格真法,求得有雨格!(老外白)你叫大姐来求雨。滚啊!(下)(红帽白)法清去喔!(丑白)老堂先生,我大姐家你去不得。(红帽白)怎么样去不得?(丑白)我姐夫是做官的,去不得。(红帽白)做了个什么官?(丑白)我姐夫做了个栗米官。(红帽白)想是任监官,本府太爷管着的。(丑白)本府太爷管着,你两个总管不着。(红帽白)我两个是管不着。(下)(丑白)那末你两个不要去,我去叫得来。啊呀!这个天空这样可恶,我五色祥云筑起来,一个雷公打下来,一阵妖风吹来,这个雨就没有了,太阳就爬出来啦!本府太爷要把我抬到火里去烧,我好得回②得快,我回到大姐头上,叫大姐把我去求雨。去到大姐家里走哉!(下)

第十二出

正旦:陈正姑

丑:陈法清

大花:蛇妖

小旦:林门姑娘

---

① 坦:古时行政区单位,相当于今天的村。

② 回:此处意为"推"。全句意为:幸亏我推得快,把求雨的责任推到我大姐的头上。

（正旦上，白）啊！（唱）

【孝顺歌】早上画眉喜鹊叫，闷忧忧坐在画堂前（重句）。

（丑上，白）不离三步远，来到大姐家。我大姐这个人，总要我哭起来她就会去的，我假哭哭起来。假哭是没有眼泪的，口唾弄点上去当当眼泪。啊吓！大姐呃！（假哭介）（正旦白）兄弟，哭起来为着何事？想是爹娘有什么急难？（丑白）大姐吓！爹娘是没有难，我法清格苦难来到了。（正旦白）小小年纪有什么苦难？（丑白）你哪里晓得！我那一天路上，本府大爷把我拿去求雨，问我几天几夜有雨，我讲三天三夜有雨。（正旦白）若还三天三夜没有雨呢？（丑白）三天三夜没有雨，做法师格又有规矩的。（正旦白）什么规矩？（丑白）做法师格人，你柴火去挑来，烧起来法师抬到火里烧了去。（正旦白）畜生！花口大言讲不得的。（丑白）我是同太老爷讲讲笑格！（正旦白）太老爷难道同你讲笑的？（丑白）他后来带我上雨台，五色祥云被筑起来，就要下雨了，一阵妖风起上来，一阵雷公打下来，太阳就爬出来了。本府太爷把我抬到火里去烧，我回到大姐头上来。大姐，你把我去求雨了来。（正旦白）兄弟，为姐先前没有嫁姐夫好去求雨，如今嫁了姐夫，肚中有了十月怀胎在身，焉能上得雨台！为姐是不去。（丑白）大姐，你不去啊？（正旦白）是呃！不去。（丑白）你不去也好了，大哥南庄庙收妖，蛇妖吃掉。大姐嫁姐夫了不去，老子也老了，总是我法清一个人，我法清死是死得了，只怕老子老娘格香碗泼墙头①了。（哭介）（正旦白）呃！为姐破了怀胎，把你前去求雨就是。（唱）

【一字调】我今提起一把飞刀剑，飞刀剑儿剖怀胎。（破肚介）（白）喔唷！（丑白）呀！大姐，你受苦了。（正旦接唱）忙把灵符封刀口，封起刀口便痊愈。再将怀胎来变化，变化金丝鲤鱼，铜皮铁骨一般貌。再将净水来变化，变化江洋大海白茫茫。再将青帐来变化，变化天罗地网抓妖魔。再将板凳来变化，变化四大天王守门庭。再将钵斗来变化，变化黄斑五虎守门庭。再将林门来变化，变化间山大法坛。我今来变化，哪怕妖魔来作乱。

（白）兄弟，变化起来了，有人叫你开门，你们不要开门。（丑白）我不开门就是。（正旦白）守住外甥，就〔此〕（是）一别。（唱）

---

① 香碗泼墙头：意为香炉倒盖在墙头上。香碗即"香炉"，泼即"覆盖"。全句意为：父母死了之后没有人给他们烧香祭奠了。

【园林好】今日一别家乡去,去到雨台去求雨。

(丑白)大姐慢去,雨台搭在那江边,爬上去要小心点,跌下来是要淹死的。(正旦白)啐!畜生!说出不利之话!说出不利之话!(下)(丑白)咳!我法清这张口,实在不好,她去了常好①了,我又讲雨台上跌下来淹死她。大姐家里有蛇妖来的,待我大门关点起来,弄张板凳顶住这个门,我法清坐在这个门里把守起来,你总走不进来了。(大花上,白)一阵妖风起,即刻到林门。不知何人在此把门,还要听个分明。(丑白)帮我去求雨,总要求得雨下来就好,若还没有雨,我法清要抬到火里去烧死的。(大花白)啊吓!原来法清在此把门,他是一双神眼,认得我是蛇妖,这该怎办?咳!是了,变化林门姑娘就是。反身一变,林门姑娘出现。(变化介)(小旦上,白)法清开门。(丑白)门外哪个叫开门?(小旦白)是林门姑娘到来。(丑白)我大姐同我讲过,林门只有公羊,没有雌羊的。(小旦白)啐!林门姑娘到来,你开门。(丑白)待我来开门。嘿嘿!姑娘请进来。(小旦白)有进。(丑白)眼睛跌②到沙里去了。(小旦白)啐!沙跌眼睛去了,我〔帮〕(拜)你吹一下好了。(丑白)还是看不见,再帮我吹一下。(吹眼介)(小旦白)好了。(丑白)当今〔真〕好了,当真姑娘到来了。(小旦白)四大天王惊吓人也!(丑白)那个不是四大天王,是我大姐板凳化起来的。(小旦白)可以破得掉吗?(丑白)破得的。这张板凳帮它拿到边里去就没有了。(搬凳介)(小旦白)果然不见了。黄斑五虎惊吓人也!(丑白)不是黄斑,我大姐钵斗化起来的。(小旦白)可以破得了吗?(丑白)不用破的,我一足把他踢下去,就不见了。(小旦白)果然不见。法清,天罗地网惊吓人也!(丑白)那个不是天罗地网,我大〔姐〕(哥)神帐化起来的。(小旦白)可以破得了吗?(丑白)不用破的,这个神帐挂挂上去就没有了。(小旦白)法清,江洋大海惊吓人也!(丑白)不是江洋大海,是我大姐净水变起来的。(小旦白)可以破得了吗?(丑白)不用破的,这点水倒倒掉去就没有了。(小旦白)是没有了。法清,这里有个金色鲤鱼好看。(丑白)不是金色鲤,是我格外——(小旦白)法清,想是外甥。(丑白)不错!是我格外甥。(小旦白)法清,你走出去玩玩再来。(丑白)我是不去,蛇妖走进来把我外甥吃了,大姐回来要打我的。(小旦白)法清,蛇妖若还把你外甥吃掉,姑娘生一

---

① "常好":方言,即"全好""很好"。
② 跌:校补本作"掉"。此句意为:沙子掉到眼睛里睁不开。

个赔你。(丑白)姑娘,我去了,蛇妖若还把我外甥吃掉,你就要生个赔我的。(小旦白)自然生个赔你。(丑白)嘿!姑娘,姑娘,你讲〔蛇妖若还〕把我外甥吃掉,你生个赔我。我法清在这里坐牢个样,我巴不得要去了。姑娘,姑娘,我法清将有一比,好比鲤鱼脱了金钩钓,我摇头摆尾再都不来了。(下)(小旦白)喔呀!法清被我哄骗出去了,把他外甥吃掉去。(吃介)我还要到云头之上,牵动猛雷,打散她的雨路。一阵妖风吹,即刻上云头。(下)

第十三出

正旦:陈正姑

二雷公

(正旦上,白)呀!(唱)

【一字调】我今头上盖了一把清凉伞,放下凉伞到雨台。(煞)

(白)啊呀!来到雨台之上,发出六曹兵马。(唱)

【前腔】东方发出九万兵,南方发出八万将。西方发出六戒军,北方发出五蹄马。中方发出三洞兵,天兵天将,地兵地将,风火二将,一齐发在雨台上。我今吹动九龙角,吹动龙角求甘霖。

(走上雨台,白)来到雨台,待我筑起五色祥云便了。(唱)

【一字调】东方筑起青云路,南方筑起赤云路。西方筑起白云路,北方筑起黑云路。中方筑起黄云路①,五方青赤白黑黄。五色祥云一起筑,吹动龙角求甘霖。

(蛇母带雷公上,小台角上,从大台角下)(正旦白)啊呀!猛雷,你好生无理!我千辛万苦剖了怀胎,上了雨台,求下甘霖,你打散我的雨路,其情可恼!待我驾雾腾云,斩断猛雷便了。

(唱)恼得陈娘心中躁,驾雾腾云抓〔斩〕猛雷。(跳下雨台)(二雷公上,圆台,跪在陈正姑面前)(正旦白)斩!(斩断二雷中间连线)(【风入松】)(二雷白)启,猛雷见驾,玉帝圣寿。陈正姑私斩猛雷有本。(内白)当初有三十六雷,妙善观〔音〕斩了三十,陈正姑斩了一雷。从今后只有五雷,留在世上,万古留

---

① "中方筑起黄云路"为校补本无。

传。(二雷白)圣寿无疆。(【风入松】)(二雷分两边下)

第十四出

正旦：陈正姑

老生：王三老

小生：阿狗

副末：黄将

四花：梁将

(正旦上,唱)

【一字调】呀！可恨猛雷太无理,将我雨路来打散。

(白)呃呀！来此雨台之上,不免再筑起五色祥云便了。

(唱)东南西北中,青赤白黑黄,五色祥云一时筑,吹动龙角求甘霖。(吹龙角)(老生上,白)你那个水不要放这边来,我这边种荞麦的。(小生白)你那个水不要放我这边来,我这边要种黄豆的。这个天公不好,不下又不下,下起来这个雨又太多了。(老生白)你还讲这个雨太多了,你晓得这个雨哪里来的？(小生白)雨,天里下来的。(老生白)你晓得天里来的,陈娘剖了怀胎上雨台求下甘霖,我同你农夫无恩可报,跪下去拜个几拜。(小生白)这个天公实在不好,不下又不下,下起来这个雨又太多了。(老生白)你这坏小子,实在心字〔地〕不好,没有良心！(两人下)(正旦白)农夫,农夫,你好生无理,将法师抬到火上去烧。我陈正姑千辛万苦剖了怀胎,求下甘霖,如今又讲雨太多,我雨台上誓过,从今以后,六月下雨隔田情〔塍〕,半边下雨半边晴。

(唱)是我陈娘讲口誓,万古留传永千秋。(白)呃哧！求下甘霖,还要收转六曹兵马便了。

(唱)我今忙把东南西北六曹兵马一齐收。(吹龙角)(蛇妖上来把陈正姑阴□咬了一餐①)(正旦白)呃哧！(唱)

————

① 一餐：浙南方言,即"一口"。

【同遇虎】①妖魔无理,怎不叫人珠泪垂?身血下黄河,叫我如何好?怎不叫人珠泪垂!

(白)呃哧!呃哧!(殿前护使上,白)玉旨下。陈正姑上了雨台,有了身血下海,上厌天曹,下厌黄河,将她打下黄河。(打下黄河)(正旦白)呀!(唱)

【解三醒】恨妖魔太无理!(鸡啼)

(白)呃哧!公鸡,公鸡,陈正姑打在黄河,你不来搭救倒也罢了,反在边旁皮肉冷笑。我陈正姑没有出头日子罢了,若有出头日子——

(唱)就要吃你了么公鸡。陈娘打在黄河渡,不见师娘相搭救。(翻倒介)(副末、四花上,白)兄弟快来。陈娘打在黄河,我同你变化一对水鸭搭救与他。(救陈娘,同下)

第十五出

夫:闾山九母

正旦:陈正姑

(夫上,白)二将救徒弟,不见转回来。(副末、四花上,白)师娘,陈娘救到。(夫白)徒弟,徒弟。当初愚师跟前学法,誓愿在身,转到凡间永不出嫁,若还嫁了丈夫,心愿深江大海而死。

(唱)果然有了誓愿在身了么徒弟。忙把毒气来收起,收起毒气便全安,法水一口转还阳。(白)速醒,速醒。(正旦白)呃哧!来到闾山师娘跟前。师娘在上,徒弟叩头。(夫白)起来。徒弟,何人所害与你可知道吗?(正旦白)念我不知。(夫白)为师不说了你不知。当初沙〔苏〕毛岗斩了蛇妖,三尺蛇头飞到皇宫内面,七尺蛇尾半天游嬉,后来你落在蛇口。(正旦白)师娘快快搭救。(夫白)你起来,为师拿过神眼②与你戴起,你看见妖魔,妖魔看不见你。(唱)

【一字调】忙把神眼你戴起,戴起神眼收妖魔。上观三十三天,下观十八重

---

① 【同遇虎】校补本作【驻云飞】。
② 神眼:校补本作"神帽"。

地狱。

（正旦白）师娘在上，徒弟叩头。我欲回转到凡间凑成十月身意〔孕〕如何？（夫白）本该转到凡间凑成十月。（正旦白）好呀！就此一别。（唱）

【园林好】今日一别闾山去，转到凡间凑十月（重句）。

（白）师娘请。（众下）

第十六出

老外：林色

老旦：李氏

正旦：陈正姑

小生：走马

（老外上，白）开花重结子，喜事到门庭。（家院白）为了一句话，千金不敢言。太老爷在上，小人叩头。陈娘上雨台求下甘霖，本府太爷送了缎头一匹相谢陈娘。（老外白）好，退下。（家院下）媳妇有了六月怀孕在身，焉能上得雨台？还要叫出夫人问个明白。待我叫出夫人。夫人哪里？（老旦上，白）忽听老爷叫，出来问原因。老爷起〔请〕来见礼。请坐。（老外白）同坐。（老旦白）叫老身出来何事？（老外白）媳妇有了六月怀孕在身，焉能上得雨台？本府太爷送了缎头一匹，相谢媳妇。（老旦白）媳妇回来，我问个明白，老爷请回。堂前分别后，（老外白）小刻再相逢。（下）（老旦白）老爷请回。媳妇有了六月怀孕在身，焉能会上雨台求雨？我坐在厅堂侍候。（正旦上，白）不离三步路，来此自家门。婆婆在上，媳妇万福。（老旦白）罢了。媳妇儿，本府太爷送有缎头到来。（正旦白）倒也难得了。婆婆在上，媳妇有话跪禀，我转到绣房凑成十月。（老旦白）本该凑成十月。（正旦白）婆婆请回。兄弟，法清开门。啊唷不好了！吓呀！蛇妖将孩儿遭害了，不免将他炼成便了。（唱）

【一字调】我今拜请闾山三洞兵，迎接闾山师父到来临。弟子宣召无别事，宣召到来救我儿。我今吹动九龙角，吹动龙角救我儿。再将令牌来宣召，法水一口转还阳。

（小生上，白）爹爹。（正旦白）为娘千辛万苦将你炼起，还是思念爹爹。你爹爹洛阳县为正堂，为娘化一匹纸马骑你去洛阳县看父亲。天早出去，中午就要回来。

（唱）我今纸马来变化，变化纸马我儿骑。（白）儿来，为娘教导你一部天府〔火〕诀，中途路上好藏身。

（唱）为娘教导一部天府诀，中途路上好藏身。（小生唱）

【园林好】今日一别家乡去，洛阳县里看父亲。（又）（下）

第十七出

大花：平水王

丑：判官

小生：走马

（判官小鬼引平水王上）（大花白）初一十五庙门开，香烟霭霭透天庭。行善之人增福寿，行恶之人配酆都。我乃白曲庙平水大王。远远看见走马到来游庙，将他关在铜钟底下，不可误旨。（丑白）领法旨。（小生上，白）呀！

（唱）母亲严命怎敢违，洛阳县内看父亲。（马叫）（白）呃嗬！来到此地，纸马不行。待我下了纸马，观看白曲庙。人人言道白曲庙好游玩，不免进去游玩一番便了。

（唱）将身行过白曲庙，上面坐的平水王。平水王，平水王，判官小鬼立两旁。（白）人人言道平水大王来得灵验，我看泥塑木雕，有什么灵验。我母亲教导我一把天火诀，待我试试真假如何便了。

（唱）泥塑神，外面细粉粉，里内一把稻草筋。我今用下天火诀，用下天火诀。（丑白）喳！（把走马盖铜钟底）（下）

第十八出

正旦：陈正姑

副末：黄将

四花：梁将

小生：走马

老旦：李氏

小生：灵通

（正旦上，白）我儿洛阳县里看父亲，不见转回来。我还要宣召黄梁二将到来抓一风来看。令牌宣召，黄梁二将速降来临。（副末白）陈娘令牌来宣召，（四花白）驾雾腾云到跟前。（副末、四花白）陈娘在上，末将参躬。（正旦白）免躬。（副末、四花白）宣召到来有何法旨？（正旦白）非为法旨，公子去到洛阳县看父亲，命他天早出去，中午回来，至今不见回来，烦劳二将与我抓一风来看。（副末、四花白）待我抓一风来看。（抓介）启禀陈娘，公子去到白曲庙游庙，被平水大王关在铜钟底下。（正旦白）此事不好了！二将驾雾腾云。（圆台）二将与我拿起铜钟。（钟起）（小生上，白）呀！（唱）

【孝顺歌】可恨平水大王太无理，不该将我关在铜钟底。我今用下一把天火诀。（又）

（正旦白）畜生！还不回去！（牌子）（圆台）畜生！还不跪下！（小生白）跪下了。（正旦白）为娘单生一子，若还有二个，就是一刀！（副末、四花白）一刀！（杀死走马，下）（正旦白）儿呀！（老旦上，白）堂前闹声响，出堂看分明。媳妇为何大惊小怪？（正旦白）黄梁二将把你孙儿杀掉。（老旦白）你一定有言语得罪他们，将你孩儿杀掉。拖你前去见老爷。（正旦白）且慢！死了一个孙儿，炼二个赔你。（老旦白）如若不然，决不与你甘休！（正旦白）婆婆请回。（老旦下）（正旦白）二将，你们将我孩儿杀了，难道罢了不成？将他炼起便了。（唱）

【一字调】排起闾山三洞兵，迎接闾山师父到来临。弟子宣召无别事，宣召到来救我儿。忙把头上骨头还头上。（白）呃哧！缺少胡炉〔头颅〕骨，不免葫芦拿来变化便了。

（唱）两手骨头分左右，脚下骨头还脚下。（白）呃哧！脚下缺少火洞骨，厨下火筒拿来变化便了。

（唱）忙把火筒来变化，变化骨头救我儿。我今吹动九龙角，（做罡介）忙把令牌来宣召，法水一口转还阳。（白）速醒，速醒。（二小生上，白）母亲。（正旦白）来得乖巧。为娘与你取名走马、灵通。（二小生白）果然好美名！（正旦白）

婆婆有请。(老旦上,白)来了。媳妇儿何事?(正旦白)死去一个孙儿,炼二个还你。(老旦白)媳妇果然法度高强!取名未曾?(正旦白)我帮他取名走马、灵通。(老旦白)果然好美名!(正旦白)我欲送到众姐妹那边抱养,婆婆心意如何?(老旦白)但凭于你。(正旦白)令牌宣召黄梁二将速降来临。(副末上,白)陈娘令牌来宣召,(四花白)驾雾腾云到。(副末、四花白)陈娘在上,末将打躬。(正旦白)免躬。(副末、四花白)宣召到来有何法旨?(正旦白)二位公子送到众姐妹那边去抱养。(副末、四花白)公子随上我来。(下)

第十九出

作旦:林九姑

花旦:李三妹

副末:黄将

四花:梁将

(作旦上,白)众姐妹快来。开花重结子,(花旦上,白)喜事到门庭。(作旦白)请来见礼。请坐。(花旦白)同坐。(副末、四花上,白)不离三步远,来此众姐妹家。众姐妹在上,末将参躬。(作旦、花旦白)免躬。到来何事?(副末、四花白)陈娘二位公子送来抱养。(作旦、花旦白)二将请回。(众姐妹接子,谢过)(副末、四花下)(作旦、花旦唱)

【园林好】左手法起横梁树,右手法起断头松(又)。(下)

第二十出

正生:林大郎

红帽

(正生上,白)年小初登第,皇敕得意回。天风三级〔尺〕浪,平地一声雷。下官林大郎,入授一位正堂之职,任期已满,不免回家祭祖而去。左右。(红帽白)有。(正生白)起道回府。(下)

第二十一出

花旦：假正宫娘娘（蛇妖）

（花旦上，白）可恨陈姑太无理，朝朝日日被她欺。苏毛岗上斩两段，头在东〔来〕（西）尾在西。我乃蛇妖。当初闾山学法出洞而来，陈正姑在苏毛岗斩断于我，七尺蛇尾半天游嬉，三尺蛇头飞在皇宫内面。后宫出旨一道，假意生成一病，要陈正姑心肝剖来作药引，此病即便全安。陈正姑，陈正姑，我今用上牢笼计，料你插翅也难飞。（下）

第二十二出

副末：太使
老外：大历王
花旦：假正宫娘娘（蛇妖）

（副末引老外上）（副末白）嘿！（老外白）金殿本是一树花，太阳一出照朱沙。门前狮子千百树，万民头上第一家。我乃大历王。正宫娘娘有病在身。太使们。（副末白）有。（老外白）去到后宫看望娘娘病体。太使们，摆驾后宫。（花旦上，白）万岁。（老外白）梓童，你此病从何而起？说来寡人知道。（花旦白）万岁容奏。

（唱）昨夜龙床来打睡，梦见佛母来托梦。若要此病得全安，正姑心肝作药引。若无心肝作药引，万岁江山也难保。（老外白）宫女们，小心搀扶。（搀正宫，下）传太使们。（副末白）忽听万岁传，移步上金銮。万岁，有何国事议论？（老外白）非为国事议论，正宫娘娘有病在身，佛母娘娘托梦与她，若要病体全安，要剖陈正姑心肝作为药引。陈正姑死后，于午朝门外起造仙女龙宫，百官春秋而蔡〔两祭〕。赐你金盆金剑后宫受旨而去。（副末白）万岁请回宫。太使们，摆驾。（过场，下）

第二十三出

正旦：陈正姑

正生：林大郎

副末：大太监

丑：小太监

（正旦上，白）前面人马闹洋洋，想是老爷转回家。（正生上，白）回府。（正旦白）老爷，请来见礼。（正生白）有礼奉还。（正旦白）请坐。（正生白）同坐。（内白）圣旨到。（正生、正旦白）圣旨到，摆开香案接旨。（副末白）圣旨下。（正旦、正生白）万岁。（副末白）圣旨下。只为正宫娘娘有病在身，万岁出旨一道，要剖陈正姑心肝作为药引，于午朝门外建仙女龙宫一个，文武百官春秋二节〔祭〕。太使们，取金盆金剑过来。（丑白）领旨。（正旦白）且慢。启禀公爷，天气炎热，只怕心肝朽烂，容我来到金銮宝殿，看了娘娘病体，当君面剖。（丑白）奏旨有意①。（正旦白）怎敢失信与人？（副末白）太使们，摆驾。（下）（正生白）夫人，此事怎生是好？（正旦白）待我救脂〔掐指〕算来。呀！原来三年前我闯山出洞而来，在苏毛岗上斩断蛇妖，三尺蛇头飞在皇宫里面作乱。（正生白）这怎得了！（正旦白）老爷不必惊怕，我姐妹三人桥〔朝〕廊收服与他。（正生白）夫人须小心一二。（正旦白）老爷不必惊怕，我姐妹三人手拿法宝，朝廊收服与他。（下）

第二十四出

花旦：假正宫娘娘（蛇妖）

（花旦上，白）出旨剖正姑，不见转回来。待我〔掐指〕（敕旨）算来看。呃哧！不好了！陈正姑姐妹手拿法宝，朝廊收服与我，这待怎处？我还要出旨，明

---

① 奏旨有意：校补本作"此话当真"。

日午时三刻有了三个火殃来到金銮宝殿，不准她开口，若让她开口，火焚金銮宝殿。陈正姑呀陈正姑！我放下一把火，能烧万重山。（下）

第二十五出

老外：大历王

老生：郭相

正旦：陈正姑

副末：大太监

花旦：正宫娘娘

花旦：假正宫娘娘（蛇妖）

正生：林大郎

作旦：林九姑

花旦：李三妹

小生：走马、灵通

（老外、老生同上）（老外白）我乃大历王在位。正宫娘娘后宫出旨一道，明日①午时三刻，有了三个火殃来此金銮宝殿，不准开口，若一开口，火焚金銮宝殿。郭爱卿诸位保驾。（正旦上，白）报。（老生白）报何事？（正旦白）陈正姑姐妹三人来此朝廊，万岁无旨，不敢上殿。（老生白）候旨。启奏万岁，陈正姑姐妹三人来此朝廊，万岁无旨，不敢上殿。（老外白）金银牌宣召陈姑姐妹三人上殿。（老生白）圣旨已下，金银牌宣召正姑姐妹三人上殿。（正旦白）领旨。忽听万岁传，移步上金銮。臣，陈正姑姐妹三人，愿主万岁，万万岁。（老外白）爱卿进位。今当几时？（老生白）今当午时三刻。（老外白）这三个分明是火殃，打在天牢。（老生白）启奏万岁，陈正姑来此朝廊，连连叫了几句万岁，并无哪里火殃发动，万岁赦旨。（老外白）依你准奏。（老生白）谢万岁。这本被我奏得准，陈姑姐妹三人运通时。（下）（老外白）陈正姑，正宫娘娘有病在身，要剖你心肝吃，为何不剖？（正旦白）启奏万岁，要剖贱妾心肝作为药引，天气现热，只怕心肝朽

---

① 明日：校补本作"今日"。

烂，容我看了娘娘病体，当君面剖。（老外白）赐你姐妹三人后宫看望娘娘病体。（内臣白）报。（老外白）报到何事？（内臣白）陈姑姐妹三人哪里学了妖魔法，正宫娘娘化出大蟒蛇一条。（老外白）那还了得！铁牌召陈姑姐妹三人，绑上殿来。（内臣白）万岁旨下，铁牌召陈姑姐妹三人，绑上殿来。（正旦白）领旨。叩见皇上。（老外白）罢了。好大胆陈正姑！你姐妹三人哪里学来妖魔法，正宫娘娘化起大蟒蛇一条，该当何罪？（正旦白）启奏万岁，那个不是正宫娘娘。（老外白）不是正宫娘娘，何等样人？（正旦白）贱妾当初闾山学法出洞而来，苏毛岗斩断蛇妖，七尺蛇尾半天游嬉，三尺蛇头飞到皇宫内面，三十六宫、七十二院被蛇妖吃尽。（老外白）三十六宫、七十二院现在都还在那里，一派胡言！（正旦白）三十六宫、七十二院都是纸画的。（老外白）寡人不信。（正旦白）两廊宫太监看来。（老外白）两廊宫太监看个分明。（副末白）待我看个分明。果然纸画的。（老外白）什么？果然纸画的？太使们回了。（太监下）陈正姑，蛇妖在金殿作乱，如何是好？（正旦白）万岁赦我姐妹三人一切无罪，去收服蛇妖。（老外白）赦你姐妹三人一切无罪，去到后宫收服蛇妖就是。（正旦白）谢万岁。众姐妹，用出金弓弹法。喳！（老外白）惊吓人也！惊吓人也！（正旦白）万岁不必惊怕，贱妾保驾。（老外白）陈姑要保驾，缺少正宫娘娘，又恐江山难保。（正旦白）万岁问蛇妖，正宫娘娘骨头落在哪里，贱人能晓排骨炼丹，炼得正宫娘娘起死回生。（老外白）蛇妖，正宫娘娘骨头落在哪里？（花旦跪在金殿上，白）在龙床底下。（老外白）陈正姑，蛇妖言道，正宫娘娘骨头落在龙床底下。（正旦白）万岁，赐我天平戥，正宫娘娘骨头重三分，偏宫娘娘骨头轻三分。（老外白）内臣，赐她天平戥。（正旦白）众姐妹，朝廊伺候。（众姐妹下）（正旦白）呀！（唱）

【一字调】多蒙万岁赐我天平戥，皇宫内面秤骨骸。正宫骨头重三分，偏宫骨头轻三分。忙把头上骨头还头上，脚下骨头还脚下。两手骨头分左右，排起三十六骨无差移。我今吹动九龙角，吹动龙角求〔救〕娘娘。（吹角，炼罢）呀！忙把令牌来宣召，法水一口转还阳。

（白）速醒，速醒。（花旦上，白）万岁。（老外白）梓童起来，宫女小心搀扶。陈正姑果然法度高强，能晓得排骨炼丹，救得正宫娘娘起死回生。正宫娘娘与你结拜姐妹。（正旦白）启奏万岁，正宫娘娘是天，贱妾是地，怎敢高攀？（老外白）是我高攀你，不是你高攀我。内臣，陈正姑救了正宫娘娘有功，赐她玉茶止渴。（副末白）陈正姑，万岁赐你玉茶止渴。（正旦白）谢万岁。

（唱）多蒙万岁赐我玉茶，不免玉茶来止渴。（白）呃唏！杭州火灾发动，玉茶变作洪雨一朵，救得杭州火灾便了。

（唱）忙把玉茶来变化，变化洪雨救火灾。喳！（变介）（老外白）〔怎么〕（这立）？万岁赐你玉茶止渴，你倒洒了玉茶，犯下欺君之罪。（正旦白）启奏，杭州火灾发动，玉茶变化洪雨一朵，救了杭州火灾。（老外白）这到杭州数月路途，你讲的一派胡言！内臣，陈正姑打在天牢。（副末）打在天牢。（正旦白）冤枉啊！（老生上，白）启奏万岁，杭州火灾发动，火焚三千六百七十连〔烟〕灶，有了洪雨一朵，雨台上都是玉茶。（老外白）杭州百姓苦连，寡人一省田粮散与众百姓，安民平臣。（老生白）谢万岁。这本被我奏得准，陈姑姐妹三人运道来。（下）（老外白）内臣，天牢放出陈正姑。（正旦白）冤枉啊！（老外白）内臣，松绑。（副末白）松绑。（老外白）陈正姑果然法度高强，能晓得未来之事。差臣公官报道，杭州果然火灾发动。杭州百姓来得苦连，寡人一省田粮散把杭州众百姓安民。（正旦白）有道明君！（老外白）蛇妖拿来除灭。（正旦白）本该除灭。（花旦白）万岁，需念夫妇之情。（老外白）什么？需念夫妇之情？好，就免你一死，一年四季赐你掌管七天。春季？（正旦白）人忙。（老外白）夏季？（正旦白）分秧。（老外白）秋季？（正旦白）秋前秋后蛇妖掌管七天。（老外白）蛇妖，秋前秋〔后〕赐你掌管七天。（花旦白）谢万岁。（正旦白）万岁，请赐我铁柜。（老外白）赐你铁柜有何用处？（正旦白）将它关在铁柜内面，外面皇封盖起，永不超生。（老外白）内臣，赐她铁柜。（正旦白）喳！（蛇妖收在铁柜内面，蛇妖下）（老外白）陈正姑退在朝廊听旨。（正生、二小生上，白）报。（副末白）报到何事？（正生、二小生白）林大郎父子三人来到朝廊，万岁无旨，不敢上殿。（副末白）启奏万岁，林大郎父子三人来此朝廊，万岁无旨，不敢上殿。（老外白）金银牌宣召林大郎父子三人上殿。（正生、二小生白）忽听万岁传，移步上金銮。臣愿主万岁，万万岁。（老外白）林大郎封为大法先师，走马、灵通封为客臣之职。（正生、二小生白）谢万岁。（正旦白）报。（副末白）报何事？（正旦、作旦、花旦白）正姑姐妹三人来此朝廊，万岁无旨，不敢上殿。（副末白）启奏万岁，正姑姐妹三人来此朝廊，万岁无旨，不敢上殿。（老外白）金银牌宣召陈姑姐妹三人上殿。（副末白）万岁旨下。金银牌宣召陈姑姐妹三人上殿。（正旦、作旦、花旦白）忽听万岁传，移步上金銮。臣，正姑姐妹三人见驾。（老外白）正姑封为十四一品夫人，林、李二人封十五一品夫人。午朝门外，起造临水大殿，杀牛杀马，庆贺团圆。（众白）谢万

岁。(唱)

【玉芙蓉】为人天地间,喜得三重圆。大丈夫官封大法先师,夫人官戴在身,荣贵得来非易。当当〔攘攘〕男女朱门里,喜闹得个有情有义喜成双。(团圆)

九殤

逝女殇

又名《遇花记》《赵国清》。

剧情提要：北宋年间定远县八都一带天花横行，贫民毛吉卵之妻苏爱卿于避难娘家途中染病身亡，葬于南山。其阴魂化为逝女，引诱上京赴考路过这里的徐州太守之子赵国清，两人结为夫妇回归赵府。毛吉卵发现后，诉状衙门，反被徇情枉法的杨知县毒打六十大板告结。毛不服，告到开封府，包拯凭借轩辕镜照出逝女幽魂的原形，使真相大白，从而使赵国清醒悟，重新挑灯夜读，终于金榜题名。苏爱卿的阴魂则因张天师超度而还阳，与毛吉卵重续前缘。

人物说明：正生：赵国清。老外：赵贤。老旦：张氏。外：院公。旦：苏爱卿。末：家院。占旦：妆婆。丑：毛吉卵。二丑：杨知县。刘春。净：包拯。

（正生上，引）宦族衣冠如门领，秋难旁，孝道且尽，彩衣劝颜□。（坐白）自幼苦读在寒窗，磨出铁砚写文章。一心只想皇榜中，未知何日把名扬。小生，赵国清，家住定远县八都一带人氏。爹爹赵贤，母亲张氏。这也不必细表。昨日吩咐院公，摆得酒筵与双亲祝寿。院公。（外白）有。（正生白）酒筵可曾齐备？（外白）齐备已久。（正生白）待我请出爹娘。爹娘有请。（老外、老旦上，白）老寿星中堂高挂，我夫妻庆赏蟠桃。儿吓！请出爹娘有何商议？（正生）今乃春光明媚，请爹娘一同庆贺。（老外白）哪个摆盏？（正生白）孩儿摆盏，（老外白）酒筵摆〔下缺〕①（旦上，引）奴本是良家女，一到阴司难转阳。（白）奴家，苏爱卿。〔下缺〕② 嫁毛吉卵为妻。我看赵国清，害我思想一回便了。（唱）

【望妆台】看书生，欲问奴家本意。东风偶动奴春心，意如麻。春色好，思忆家人，共乐萱花。（又）今朝想汝天和地，鸳鸯枕上共枕眠。（又）

（老外引）我儿长大未有期，是我心中实忧疑。（白）夫人，今乃大比之年，我儿未曾训教与他。我儿哪里？（正生上，白）忽听堂上叫声喧，未知有何因。双亲在上，孩儿拜揖。（老外白）罢了，那旁坐下。儿吓！长大未曾训教与你，听为父训教。（唱）

---

① 此处所缺文字为赵国清劝爹娘多饮寿酒的内容。

② 此处所缺文字为卖花女苏爱卿的幽魂感叹自己的不幸身世。生前她嫁给毛吉卵不久，遇天花横行，染病身亡。死后阴魂不散，化为逝女，路遇上京赴考的书生赵国清，即前去引诱他。

【江头金桂】我儿听起,且听为父说因系。我儿年方三七,未曾教诲与你。堂上爹娘年已迈,(又)白发高堂,我儿须要勤苦读,不可外边去游嬉。有朝有日皇榜中,办炷名香谢苍天。大比之年莫把功名误,思量起,(又)广开贤路,读书人不〔必〕可进步。(又)(老旦唱同上)(正生接唱同上)

(正生唱)拜别匆匆离家去,未知何日转家庭,流泪湘江水滩。(下)

(旦上,唱)苦吓!前生只恨此命运蹇,嫁一个丈夫身残脚又拐,(又)这祸胎。只因赵秀才,看他们英雄貌地台〔道〕,害得我相思猜。看来,来者定是这秀才。这的因缘不仅戒。(又)

(正生上,唱)爹娘严命来赴说〔试〕,为子怎敢停迟。酒筵散不容宴,看看来到书馆上。(又)(白)老天,老天,我国清此去求取功名,全望你老天保佑。

(唱)天灵验,天灵验,我国清鳌头独占。不负了爹娘训子功,为子的须当勤苦博取功名,不枉寒窗苦十年。(又)(旦白)苦吓!(正生白)呵唷!我说出门甚早,尚有早行人。我国清上京求取功名,大路不走,行小路便了。〔下缺〕①(正生白)我劝你回去,乃是好意。(旦白)请问君子读什么书?(正生白)小生只读孔圣之书。(旦白)既读孔圣之书,不达周公之礼。(正生白)你晓得读书之人反面无情否?(旦白)你为何不从?

(正生唱)咋!站开起,此乃大路旁,小巷口,旁人走来不思想。我这里望娘行,(又)急早回归。(又)

(旦唱)奴家因无还乡地。

(正生唱)休痴量,你是学文君意,猖狂怀恨。若要与我为夫妇,除非西山日转东。这里望娘行,(又)急早回归,急早回归。

(旦唱)只告君知,念奴家衣,(又)出园花果,覆水如何,叫奴家怎受得起?君若见弃,苦叠男儿。李下进茄,赚□□别。

(正生唱)听你说着,(又)急得我心中焦躁,咽□□喷,胜如病火烧。本是鲁男子,怎肯柳下□□□。劝娘行须要急早归,休要说唠叨。若还□□告,怎开交?要你上天无路,入地无门。官告如何□告。(又)

(旦唱)君子听道,(又)做一对鸾凤谐倒,我和你如鱼如水,比目到老。你

---

① 此处所缺文字为赵国清上京赴考,大清早一出门就遇到一位叫苦的妇人,他觉得不吉利,就往小路走,不料那位妇人也往小路走,并死缠住他不放。她就是逝女苏爱卿。

青春,我年少,今日在此结鸾交,是凤凰比着一鸟。我和你,做做一对鸳鸯白头到老。(又)不如心抱,(又)在此难逃。今日里,做个假推倒。你自招,何能逃。若还不去当官告,怎开交?要你上天无路,入地难逃。要你罪名怎好?(正生白)唔!小娘子,你把小生这把伞子拿去是何道理?(旦白)这把伞子拿去还是小事。(正生白)还有什么大事?(旦白)请问君子,还是愿官休,愿私休?(正生白)官休怎样?私休怎讲?(旦白)若还私休,快快成了亲事。(正生白)官休的?(旦白)若愿官休,叫起地方保正,嫖嬉良民之妻,这把伞子拿去送官,听问何罪。(正生白)我去商量。(旦白)你与哪一个商量?(正生白)我口与肚商量。(旦白)你想脱身之计,料你飞也不高,逃也不远。(正生白)呼唷!遇着此女子,非是吉兆。是了,我想当初董永行孝,天赐仙女为婚,未可见得。待我认了晦气便了。(旦白)有什么晦气?(正生白)小娘子,从你不难,倒有三件大事。(旦白)哪三件大事?(正生白)一来无媒。(旦白)天地为媒。(正生白)二来莫聘。(旦白)结拜为聘。(正生白)三来还有双亲在家,难好相见。(旦白)君子书房成亲,后来再见公婆,这也不妨。君子受奴家一礼。(正生白)小生也有一礼。

　　(〔同〕唱)感谢娘行厚意,(又)偕老百岁夫妻。平生相逢非容易,前生注定今朝会。父□往京求名取印,山林相会心下喜忻,配合之后心相应。(正生白)这种事情有什么要紧。(旦白)妙吓!(同下)(丑上,白)走吓!

　　(唱)买卖生涯,走尽云南并西川。手拿三□□,天下都走遍。大头环耳小头簪,(又)胭脂花粉,杂货□面,散散碎碎,一点都不欠。不卖小钱与花边。(白)自家非别,姓毛名吉卵,家住八都一带人氏。自幼走入苏杭,带了几枝草花买卖度日。一走二走,不觉来到此地。有一个大门首在此,不免高叫一声。卖花呼喔!(内白)咪!我这里和尚寺,莫有人买的。(丑白)和尚寺,那边妮姑姐姐买了几枝插插。(内白)莫有妮姑姐姐的。(丑白)毛吉卵卖花,本该挑到大街之上去卖,挑到这个和尚寺,哪一个替你买?前边有一个高杆大门首。嗳!蒲柳。(内白)朋友。(丑白)朋友,前边高杆大门首,什么所在?(内白)他赵府新娶一房妻子回来,爱花得紧。(丑白)此去若还生意好,后来与你作了一个东。(内白)什么东西作东?(丑白)三两豆腐四两酒,一个铜钱落花生。吃我个,用你个。(内白)大家抖①二个。(丑白)请吓!(唱)

---

　　① 抖:浙南一带方言,即互相凑合钱物。

【原板】买卖家难,走过前街并后街。手拿摇头鼓,落得叫娘来,买卖脱货好求财。(又)家贫无奈,只为钱财,二脚如梭快。忙忙碌碌走天涯。(又)(下)(旦、正生同上,唱)

【风入松】成婚睡久夜不长,日醒来到画前堂。夫妻总得同鸳帐,喜遇良红〔辰〕,匹有孟光。配合之后如天高,凭着地广,这姻缘果无双。(又)

(正生白)野草黄花遍地开,(旦白)池中鱼水共支梅。(正生白)百年夫妇今朝会,(旦白)好似姻缘天上来。(末上,白)奉了相公命,特地到此门。门上哪一位?(正生白)哪个到来?(末白)你的家父转升徐州太守,叫你去接行。(正生白)你前去,我收集书馆就来。(旦白)相公,哪一个到□?(正生白)原是家父转升徐州太守,家院到来迎接卑人前去接行。(旦白)是皆洪福叨天。(正生白)叨赖娘子福庇。(旦白)相公几时起程?(正生白)就要起程。(旦白)贱妾孤身在此,好不烦恼人也。(正生白)娘子不必烦恼,叫妆婆前去伏侍与你。暂时离别去,(旦白)一去转回家。(正生白)娘子房里坐,(旦白)不可外人叫。(正生白)好个不可外人叫。(下)(旦白)妆婆哪里?(占旦上,白)来了。(唱)

【驻云飞】步出门前,忽听小姐叫梅香。忙把珠帘挂在金钩上,忽听小姐叫梅香。(又)似小梅香,整整衣装,小姐眼前临光降,忙步前来映海棠。

(白)妆婆万福。(旦白)罢了。(占旦白)叫妆婆出来有何吩咐?(旦白)非为别事,有好花拿了几枝过来。(占旦白)晓得。

(丑上,唱)走吓!思量自从我的妻房,(又)小小年纪走苏杭。出外受苦真难当,思量起,泪汪汪。(又)(白)呼!出门里户,想着自家老婆。老婆当不得粥,当不得饭,想他何用?我自己要做生意去。待我高叫一声。卖花呼呼!(占旦白)唪!做什么的?(丑白)梅香姐,多年不相见,胡子出满面。(占旦白)好说。(丑白)快快前来见了一个礼。(占旦白)不少。(丑白)常常托信。(占旦白)嗯。(丑白)多多问安。(占旦白)唪!礼数太多了。(丑白)个养长起来。(占旦白)长大起来。(丑白)你哪个人家吃过酒?(占旦白)妇人家哪里去吃酒?(丑白)未曾吃过酒,为何胸前二个大馒首?(占旦白)妇人家奶都不晓得。(丑白)你来做什么?(占旦白)你来做什么?(丑白)我来卖花。(占旦白)我来买的。有好花拿几枝出看看。(丑白)你站远些。这一枝好。(占旦白)这一枝叫作什么花?(丑白)这是娘毪花。(占旦白)唪!蔷薇花。拿枝来凑对。(丑白)这一枝好。(占旦白)这是什么花?(丑白)这枝叫作弄弄弄。(占旦白)凤。卖花人,我拿去小姐看。我家小姐爱，与你买；我家小姐不爱，拿来还你。（丑白）我客不离货，货不离客，拿来还我。（占旦白）这等小气。小姐，花拿来了。（旦白）这枝什么花？（占旦白）这枝蔷薇花，这枝凤。（占旦白）可曾断过价钱？（占旦白）未曾断过。晓得。卖花人，我家小姐问几个钱一枝？（丑白）别家人买三分一对，你家小姐体面些。（占旦白）有什么体面？（丑白）分半一枝。（占旦白）不可取笑我。启上小姐，卖花人说道：别家买，三分钱一对，小姐买，分半一枝。（旦白）死丫头！三分钱一对，分半一枝，岂不是一样。你去问他，有好花就挑到中堂去卖。（占旦白）卖花人，我家小姐叫你挑到中堂去卖。（丑白）带路前去。（科）（占旦白）做什么的？（丑白）我看房子。（科）（占旦白）做什么的？（丑白）我看对联。（占旦白）小姐，卖花人挑到了。（旦白）待我出来看花。

（唱）看此花，将身向前看短长。将身出庭步，来此自阶前。众花都不爱，（又）心中慌张，意中忙忙，不觉来到自间房，恼恨狂人心不良。（又）（占旦白）啐！卖花人，你为何将我小姐手上扯了一把？（丑白）我难道将你小姐手上扯了一把？你讲我小姐手上扯了一把，我对天发咒。（占旦白）你来发咒就罢了。（丑科）（占旦白）什么咒？（丑白）阴咒。（占旦白）要明咒。（丑白）明咒就明咒。日月三光在上，我毛吉卵在下，我若还将小姐手上扯了一把，雷公去打，天火去烧烟。我毛吉卵方年八十岁，再加六十岁，共算百四十岁，早早短命鬼死。（占旦白）啐！叫你发嘴〔咒〕，你在此保寿。（丑白）且法雷霆之冤，骂法虎狼之罪。（唱）

【驻云飞】梅香姐且听起，你家小姐哪家娶来的？（占旦接唱）我家小姐苏家娶，与你狗才何说起？（丑唱）

【原板】可道，你家小姐苏家娶，原来是我妻。（又）好好叫他出来，同家一同回去。行走苏杭买的东西来送你，一生一世不忘你。（又）（打科）

（占旦唱）小畜无知，将嘴喳喳讲怎的？我家小姐苏家娶，与你狗才何说起？小畜太无理。（又）打是打，骂是骂，要你狗命尽分离，打死小畜不饶你。（又）（打科）

（丑唱）你这烂梅香，眼大眉粗脚又长。双奶葫芦样，挂在胸膛上。牙齿像金镶。（又）妆婆爬痒，头发乱苍苍，好比灯笼样。唷唷！二腿无毛屁股光。（又）（打科）

（正生上，唱）府里回还，急急忙忙到书馆。（鸦叫）（白）□□乌鸦头乱叫。有道鸦叫非为喜，鸦鸣岂〔则〕是凶。人间吉凶事，尽在乌云中。

（唱）听得乌鸦叫，使我心内燥。它在树上叫，（又）叫得我心惊跳。忙回书馆到，免得小儿心下焦。（又）（白）娘子见礼。（旦白）苦吓！（正生白）唔！娘子每日见卑人欢天喜地，今日见卑人为何眉头不展？（旦白）妆婆与卖花人在斗嘴了。（正生白）妆婆，卖花人叫他出去，说道相公回来了。（占旦白）卖花人，我相公回来了，叫你挑出去。（丑白）伤风我有药，葱头两个，灯草两根，滚水一碗，吃落肚里，莫说伤风，黄浮鼓胀都会好去了。（占旦白）赵相公哩。（丑白）老赵，叫他出来迎接与我。（占旦白）相公叫你出去回他。（丑白）老赵，老赵，你来亦好，不来亦妙。你来的这边开拳，这边起脚，丢在北阁。（科）赵相公，得罪与你。（正生白）如今好挑出去得了。（丑白）小人挑在这里卖花，这两枝草花拿去，未曾拿还我。（正生白）妆婆，你的草花未曾拿还他？（占旦白）拿还了。（丑白）还未，还未。（正生白）不用慌，你数数看。（丑白）拿还我了。（正生白）好挑出去。（丑白）还要看花钱未曾拿来。（正生白）我这里从来莫有这的旧规。（丑白）那里有这样旧规。小人卖花，花看浥①了，本钱卖完了，如别〔随便〕老相公讨几个〔钱〕买买烟。（正生白）说得有理。妆婆，这里三分银子，作为看花钱。（占旦白）这里三分银子，送你买膏药。（丑白）做状又不多。（占旦白）什么？（丑白）买点心有了。叫相公出来，谢谢看花钱。（占旦白）相公，叫你出去，谢谢看花钱。（正生白）叫他不用谢得。（占旦白）他一定要谢。（正生白）穷人多礼数，（丑白）富贵在眼前。多谢老相公看花钱。（正生白）轻微得很。（丑白）相公，我当初有一个老嫖。（正生白）老婆。（丑白）别人嫖去了就是老嫖。（正生白）亦是老婆。（丑白）我老婆一十六岁，未曾出痘，去到娘母家避痘，无人送，一走二走，你个都上来了。（正生白）哪一个台门？（丑白）就是这个台门。（正生白）妆婆过来。这个是不是？（丑白）不是，我老婆好得紧。（正生白）哪个出来拣花？（丑白）小姐出来拣花。（正生白）哇！

（唱）狗才无知，言三语四来乱道。初娶苏氏为妻少，狗才为何来乱道。将你送到官衙告，一撒一挟，要你狗命也难保。放在天牢如火烧。（又）

（丑唱）秀才无理，明明白白是我妻。你做黉门无道理，不该强占我们妻。好好还我妻，（又）你若不肯还我妻，我要去到官衙告，你跪东廊我跪西。（又）

（正生唱）恼恨狂人心太痴，（丑唱）明明白白是我妻。（正生唱）我今送你官

---

① 浥：浙江方言，不新鲜的意思。此处指花被你们看了，变得不新鲜了，必须付给看花钱。

衙去。(丑唱)你跪东来我跪西。(正生白)妆婆,吊到马房打。(占吊科,白)要叫。(丑白)叫什么?(占旦白)叫我梅香太婆。(丑白)梅香偷鹅。(打科)(占旦白)还要叫。(丑白)叫什么?(占旦白)叫我梅香阿娘。(丑白)我来做阿伯。(占旦打科,白)这根绳索拿去做什么的?(丑白)我要系死你门首。(占旦白)你来吊。(丑吊科)(占旦白)前边系的死,后边系的死。(丑吊科)(占旦白)相公,卖花人当真系死了。(正生白)将衣衫帽子剥下来,打他几下,把干柴二十挑,卖花人拿来焚了。(丑白)呵唷!卖花人拿来焚了。

(唱)秀才无理,不该将我乱棍打,衣衫帽子都剥下。不该将我乱棍打,你这死冤家。(又)剥去衣衫,打我几下,一生一世恨你了。(白)梅香姐,你与相公说,县里不相见,府里一定要相逢。

(唱)我要破命去告他。(又)(下,回头)

(正生白)他们怎样说道?(旦白)相公,你是黉门,不好要连累与你的。(正生白)唔!娘子,自从到我家里来,不少你穿,不少你插,坏我黉门二字。(旦白)改个名字是好了。(正生白)改过却也迟了。(旦白)这是关门房里坐,(正生白)正是祸从天上来。(下)(出刘先生)(二丑课子)小老原姓刘,常常起状头。不管准不准,只要三钱头。(又)(坐白)清清官儿少,纷纷捱土豪。他有玉宝剑,我有笔如刀。小老刘春,读得几行书,写得几行字。只因这里县前开张状铺,今乃三六九期,这两天有人来做〔状〕未可。(丑上,白)我听见刘先生做状有准。一走二走,不觉来到他门首。待我高叫一声。刘先生,(又)老刘,老刘。(二丑白)刘你娘!刘你祖宗!老子不叫。(丑白)我先前叫你刘先生。(二丑白)你来做什么?(丑白)我来叫你帮我做一张状子。(二丑白)你踮着,我来开□。咦!做状是长久的,我去吃碗点心来。(走科,下)(二丑上,白)做状人走进来。(又开科)明明听见有人叫。恐怕在此想银子,做春梦,我要关转,不来开了。(丑上,白)刘先生。(又)(二丑白)我三起二倒开门,你死到哪里去?(丑白)我说做状长久,我到寿星馆去吃子一碗面转来。(二丑白)不错,你踮着,我来开。(丑白)听!去吃子一碗面,一把扇子放在馆里,我去拿把扇子转来。(二丑白)做状人走进来。(又)恐怕见鬼。后生见鬼,三年老来见鬼眼前。我再亦不来开了。(丑上,白)刘先生。(又)(二丑白)我开几回门,你死去哪里去?做状人走进来。(又)(科)打鬼。(丑白)是人。(二丑)你来做什么的?(丑白)我叫你帮我做一张状。(二丑白)你哪里?(丑白)家住八都一图,姓毛名吉卯。(二丑白）告哪一个？（丑白）告老婆。（二丑）还是打你，还是骂你？（丑白）打我骂我还好。我告赵国清把我〔老婆〕拐去。（二丑白）待我来写。（唱）

【一封书】告状人毛吉卵，（丑白）不要你写，自己告自己，告魂。（二丑白）我来问你，你告赵国清，赵国清告你？（丑白）我告赵国清，难道告我？（二丑白）可道，先要你的狗名写上去，后来子模模样样。动不动老勿死，我不帮你做，你去叫别个做。（丑白）看我银子分上，帮我做做。（二丑白）我看你个人不帮你做，看你银子分上我来写。

（唱）家住八都一图人。多蒙父母托媒人，聘娶苏三女为婚妻。我妻年长十六岁，黑夜来往无异心。以为做媒张王扎，密起夫头以变心。可恨岳丈亏心动，欺贫爱富改了亲。以改富豪官宦子，遇凑生员赵国清。（丑白）着吓！着吓！赵国清名字帮我多写两个上去。（二丑白）一个就有了。当初老大爷还有一个播头①，赵国清祖宗三代为官，难道莫有金银聘定，岂肯强占庶民之妻。还要回话转去，富贵生淫欲，贫穷起盗心，天子犯法，庶民同罪。爷爷。（唱）

【原板】一路追妻妻不见，小人卖花见妻身。他们不该将我乱棍打，衣衫帽子一光巾〔尽〕。此冤难受，恶气难消，特来具状告公卿。伏望爷爷灵验准，爷爷万代做公卿。

（白）□□却是国清作恶，连恩上告爷爷。（丑白）好，好，好，我拿去告。（二丑白）拿转来，□□□□。（丑白）拿来我。（二丑白）银子拿来。（丑白）叫小厮拿银剪过来。（二丑白）小厮拿银剪过来。（内白）莫有人在家。（丑白）你去拿来。（二丑白）我不去。你要逃走了。（丑白）你门儿扣去。（二丑白）你倒老实的。（丑科，白）我就是爬墙头而去。（念）小子原姓毛，常常骗得高。做状莫有银，今朝落得逃。（下）（二丑白）毛吉卵，毛吉卵，你写〔状〕莫有银，还要骗我一〔条〕（屯）金，尔老婆若还判得转来，生个儿莫若春②。唉！老刘（又），好似一比，好比老鼠脱在糠箩里，一场快活一场空。（下）（出满堂手下空场）

（包文正下，又上，唱）受皇恩出京城，判善恶水样清。（众白）拦马头有人告状。（净白）告状人锁在桥后。（唱）有事犯着案台前，官法如炉却是炉。（大过场）（坐高台里位）铁面龙图不徇情，乾坤镜内鬼神惊。朝中若我包文正，那怕山

---

① 播头：永康方言，即"想法"。
② 以上几句是替人写状的先生刘春自嘲的话。"生个儿莫若春"是说，你生儿子不要像我刘春这样倒霉。

河不太平。（白）俺，包文正，陈州结粜而回，拦马头收了几张状子。左右，告状人一门一门走进来。（跳龙门）告状人，正身告状？替人告状？（丑白）正身告状，怎敢替人告状。（净白）从头诉上。（丑诉状【一封书】，不写）（净白）本府本县〔为何〕不去告？（丑白）本县老爷与赵家有来往。〔（净白）〕左右，带去收监，批与定远县讯明，掩门。（下）（出二丑上，课子）好笑好笑真好笑，一挑稻草买一个乌纱帽。骑不得马，坐不得轿；开不得锣，放不得炮。祖宗坟前来祭扫，放了三个狗头炮，吓得祖宗满山跳。（又）（坐白）我做官来清到底，只要铜钱不要米。铜钱拿来好使用，白米拿来挑不起。下官杨知县，家住陕西银安县人氏。爹爹杨文化，母亲张氏。下官上无兄下无弟，自幼苦读寒窗，蒙圣恩得中二榜进士，出任洛阳县为知县。吏吓！老爷上任而来，那房该收，那房该补，前去看来。这一房史房。（手下白）吏房。（二丑白）这房该收多少银子？（众白）三十两。（二丑白）除下来。这一房娘房。（众白）粮房。（二丑白）这一房丘八房。（众白）兵房。（二丑白）吏吓！晓得老爷做苦□。你大家跕着。（唱）

【耍孩儿】自从到此为知县（又），判得清来判得明。判了一场有一场，那一场是我老爷有主张。判了一个妇人抱和尚，那婆娘送我银子五百两。判了一场有一场，那一场是我老爷莫主张。判了一个公公媳妇房中去扒灰，我老爷胡涂审上。（又）（白）吏吓！你们相见，道我老爷官清正，不可胡言乱道。

（唱）千万不可对与旁人说，道我老爷大大有主持，去到后衙打了三下退堂鼓，我老爷明明奉上。（又）（众白）赵家送礼到。（送者白）金华火腿，绍兴老酒，白银五十两。（众白）解犯人到哩！（科）毛吉卵。（手下白）毛吉卵。（二丑白）待我叫叫看。毛吉卵。（丑白）有。（二丑白）你两个退下。毛吉卵，来来来。（丑白）什么东西？（二丑白）眉毛苏①，常规矩，银子拿来。稻草，白米，莫有黄牯牛。思想起状头，三班六房一齐到。毛吉卵，有状无状？（丑白）有。（二丑白）从头诉上。（丑唱）

【驻云飞】跪在京街，且听小人诉因系。我妻美貌，国清上因条，他门富家豪（又）。我妻美貌，国清富豪，他们不该将我乱棍打，爷爷万代照律条。

（二丑白）打，打，打，捆打四十。（丑白）看情。（二丑白）看哪一个情？（丑白）看包老爷的情。（二丑白）不说起包爷倒也罢了，说起包爷，再加二十。

---

① 眉毛苏：永康土语，暗指"银子"。

（打科）（丑下）（二丑白）吏吓！这个该打不该打？（众白）先前四十该打，后来二十不该打。有事无事，看包爷分上。为官不为民做主，枉受朝廷俸禄高官。（下）（出包文正，不写）（正生二，大过场上，拜科，白）生员来迟，休得见怪。叫生员出来有何商议？云云①将银子五百两就不来告了。云云这狗不走了想死狗。云云大人为何指到生员身上来？云云论律条该充军。死罪易免，活罪难逃。云云生员不可有状。云云呵唷！毛吉卵，（又）你到我家卖花，我不可打你一下，你就前来告我。大人，这状可有准去了？云云大人，这张状恐怕大人准错了。云云有人告状，无人作对，恐怕做不得这样大对头。云云做不来。云云做不来。云云在。云云生员只读孔圣书。云云黉门廪生。云云父训规矩。云云

（唱）老大人且听起，且听生员诉因系。生员本是官宦子，岂肯强占庶民妻。（白）老大人，生员家父转升徐州太守，生员亦是黉门廪生，难道莫有金银聘定？岂肯强占庶民之妻？呵！

（唱）有事犯着案台前，官法如炉却是炉。（白）在。云云大人，哪里见得？云云未知真假。

（唱）老大人且听起，念寒儒读圣经。圣上命你安百姓，不念同朝祖父们。有事犯着案台前，如非高台明镜悬。（白）大人，生员真言实语你不听，你苦苦与我做一个对头。亦罢。

（唱）莫非上京去奏本。（白）哪个要你来请我？云云莫非你大人眼前行来摆去，我到京殿上边摆个样子你看看。云云你这贱性谁不知。云云呵唷！当真上京去奏本了。待我赎罪了罢！云云如今知罪了。云云容诉。（唱）

【耍孩儿】大人息怒容哀告，（又）都是时蹇命运乖。山林偶遇人来到，（又）书房结拜友鸾交。伏望大人判得清判得明，判得夫妇转家庭，真是感恩不浅。（又）

云云（白）甲子年三月十五子时生。（又上）妻子判去，要他衣巾何用？云云山林相会，书堂成亲，后来见过爹娘。云云今朝全靠月镜台。云云此去便把书来读。（下）（又上。《考试》不写。拜堂，团圆，下）。

---

① "云云"表示省略，省略生脚大段唱词、科白中，凡生脚以外脚色的台词。下同。

狐　狸　殇

又名《斩狐狸》。俞岩法抄于民国三十五年（1946）。

松阳夫人戏·永康醒感戏

剧情提要：秀才龚文达早年丧父，其母敬神至笃，许愿以祈其子早遂功名。龚文达却不信鬼神，以至捣毁神像。城隍怒告玉皇，玉皇因其乃文曲星下凡，只能误其功名，遂命某殇女之幽魂化为狐狸精去迷惑龚生，使他误了考期。后经张天师点破，龚生醒悟，重新攻书博取功名。殇女幽魂则经超度和修炼而登仙。

人物说明：小生：龚文达。丑：家童。老旦：王氏。净：城隍。旦：狐狸。二花面（二丑）：问卜先生。外：张道陵。生：龚来得。生：关平。二丑：周仓。净：关羽。二手下。鬼判。魁星。土地。

（〔小生上〕，坐白）黄卷青灯十载功，金章紫绶一对荣。功名窗下十年苦，未知何日得成龙。小生，龚文达，家住定〔远〕县。爹爹龚仲贤，母亲王氏。爹爹早亡，母亲节守兵相〔冰霜〕。这也不必话下。今乃母亲寿日之期，早日①吩咐家〔童〕摆下酒筵。家童。（丑白）有。（小生白）酒筵可齐备？（丑白）齐备已久。（小生白）母亲有请。（老旦上，白）天上蟠桃会，地下足手筵②。（小生白）母亲在上，孩儿拜揖。（老旦白）请为娘何事？（小生白）母亲寿日之期，拜寿。（老旦白）我儿孝敬，酒筵摆开。（拜寿）（【锦堂月】）（小生白）母亲宽〔饮〕（容）几杯。（老旦白）酒候。（小生白）酒筵收下。（【尾声】）（下）（大过场）（上手下两个）（净上，坐里位，四句）自幼苦读在寒窗，蒙恩得中状元郎。玉帝道俺人忠直，定远县内为城隍。（白）俺，城隍是也。只因定远县有一龚仲贤之妻名唤王氏，节守冰霜，生下一子，文曲星投胎，名唤龚文达。他母必定前来许下心愿。话儿未尽，远远看见王氏来也。（老旦上，白）小童，向前带路。

（唱）步出门前，急忙向前往。特地到庙堂，我儿登金榜。（又）心中意慌，二脚忙忙，不觉来到是庙堂，只为神人一炷香。（小过场）（拜介，白）城隍在上，老人王氏，配夫龚仲贤，所生一子名唤龚文达。自幼夫君早亡，老人扶养成人，长大入学，上堂攻书，十载寒窗，久占鳌头之苦。只因〔定〕远县男男女女道城隍菩萨显应显灵，老人备办三牲福礼，许下心愿，保佑我儿早中状元，后来重修

---

① 早日：永康方言，即"昨日"。
② 足手筵：永康方言，指子女为父母做寿而设的酒筵。

庙宇得可。

（唱）哀告神人〔灵〕，城隍菩萨听详情。俺排愿①来定，重修是庙廷。伏望众灵神，（又）我儿得中魁名，重修庙，换飞禽，母子双双谢灵神。（小生上，白）离了书房，来到庙堂。母亲拜揖。母亲不在上房，来到庙堂则甚？（老旦白）我儿有所未知。定远城隍老爷显灵显应，为娘备起三牲福礼，特地前来保……（小生白）母亲，保什么（又）？（老旦白）保佑我儿早中状元。（小生白）母亲，这个言〔泥〕人土块，哪里保佑得来？（老旦白）呸！小畜生！城隍爷显应显灵，休要乱言。（小生白）母亲，城隍有灵，待孩儿三牲福礼打下，要我怎样？（老旦白）吓！吓！吓！小畜生（又）！我儿不肯敬灵神，枉来是个读书人。老人莫趣。（又）（下）（丑白）相公不肯敬灵神，枉来是个读书人。相公有日得了病，后来定要拜灵神。（小生白）唉！狗才！正是，我一心靠天天为主，那怕泥人一肚金。（下）（净白）呵唷！大大龚文达小畜生！你母前来许下心愿，保佑早中状元。敬不敬随便与你，不该打下三牲福礼，其诚可恼，害他一死。看王氏分上，念他祖上三代单传，死食〔罪〕易免，活食〔罪〕难容。这便怎处？有了，只得后花园柳阴树下，狐狸唤他出来商议。鬼判。（鬼判白）有。（净白）后花园狐狸走动。（旦上，唱）

【点绛唇】城隍敕命唤妖精，那怕地方不太平。将身变化出海东，桃花浪里去无容〔踪〕。一心思想翻身转，思想翻身化成龙。

（白）我乃狐狸是也。只见城隍唤我，向前一走。（半个【四边静】）城隍在上，妖精叩首。（净白）罢了。（旦白）有何法旨？（净白）非为别事，只因定远县龚仲贤之子名唤龚文达，他母前来许下心愿，那小畜生三牲福礼打下，气里〔天理〕难容。他乃是文曲星投胎，命你前去误了功名，淫欲与他，不可有误。听我道来。（排子【风入松】）（旦白）领法旨。（排子【风入松】）（净白）可恨畜生理不通，（旦白）淫欲他门在梦中。（净白）若还害得龚郎死，（旦白）方显神威不饶容。（净白）鬼判，掩了神光。妖精后送。（排子锣）（旦白）去无踪，来无踪，一时三刻化成龙。俺，九尾狐狸是也。城隍命我去到他门淫欲文心，化为阳间娇女一番。（长锣）先欲，（唱）

【江头金桂】起化变，将身化作出海东。桃花浪里赛芙蓉，一身思想化成龙。

---

① 排愿：永康方言，即"许愿"。

城隍命我到他门，（又）淫欲文达在梦中。一时三刻来变化，化为娇女赛芙蓉。（下）

（旦唱）将身化变女娘身，三五元宵好看灯。今朝此去好安歇，匆匆步入潜藏隐，好似春天云里行。（白）离却远莱地，变化一江基。一般青意味，料道小人知。我乃后花园柳阴树下狐狸是也。城隍分付下来，命我淫欲龚郎。三年之载化作凡间女子，行走一番，有何不可？（唱）

【下山虎】人间天上，（又）快乐无双，我爱风流况。想分将，若得成女会才郎，就是灵魂飘荡。画眉思唱，（又）席欲温凉。唤我犹恐金鸡唱。蟋蟀一支春有〔意〕早，倒作花破过了东窗。有只见，狂风作对，（又）粉蝶成双，不有成人一样。到此是书房，正好将身来隐藏。（又）

（小生台后唱）诗书里面黄金屋，文章里面状元郎。

（旦唱）忽听书声响唳，（又）君子读文章。我与龚郎结鸳鸯，就是灵魂飘荡。画眉思唱，（又）善〔席〕欲温凉。化〔唤〕我犹恐金鸡唱。蟋蟀一支春意早，倒作花〔破〕过了东窗。有只见，狂风作对，粉蝶成双，移步纷纷过了墙。（又）

【尾声】今朝好似从天降，可笑书生太不良。正好将身来隐藏。（又）（下）

（小生上，白）苦读文章，未知何日见君王。（坐白）我在窗下读诗经，只为功名守苦身。未知何日攀丹桂，一举名扬天下闻。小生龚文达，奉了母亲严命，书堂攻书一番。（唱，里位）

【驻云飞】学而第一，为学书堂时日〔习〕之。日月如梭，此去风云会，努力莫稽迟。（又）休闲嬉，□□学受文才。此去要得龙为美，一举成名天下知。

（白）一霎时身中困倦，书房打睡一番。正是：一脚放开心未隐，梦魂飞去到阳台。好睡。（又）（土地上）（魁星上）（小生白）我是文曲，你是武曲，赐你一点红，报我头名状元去了。（魁星下）（小生白）咃！（唱）

【山坡羊】梦见武曲，踏斗魁星来保我，助我成人，养我豪强酸缦①，相本魁星来助我，书中自有黄金屋，么地酸缦，（又）神仙点化传与我。

（白）呵哼！今晚为何泉声儿响，待我拿灯观看。原来一轮明〔月〕。正是，待我望月一番。（圆门，椅外，坐白）一轮明月儿明明，今晚一照共书生。一心思想摘丹桂，只恨足下不腾云。（又）（唱）

---

① 酸缦：永康方言，犹"浪漫"。

【风入松】想起明月有团圆。(白)呵吔!上好一轮明〔月〕,只有白云遮了。(唱)你在广寒宫里无人伴,何不降下凡间,匹配一对姻缘。我乃读书人,只恨凄思望,凄思望,凄心何必团圆。老天若得向〔显〕灵灵,早赐功名莫怨天。若得母子团圆日,办炷名香谢苍天。(又)两耳不闻窗外事,一心思想读书经。(里位坐)(旦上,唱)

【风入松】轻移莲步到书房,看窗前灯火有红光。窈窕淑女娇妆扮,我与书生也结鸳鸯。淫欲与他同鸾帐,早为去谢吾主王。(又)

(小生诗白)关关雎鸠,在河之洲。窈窕淑女,君子好逑。(旦白)吔!来此龚郎书堂门首,不免高叫一声。开门。(小生白)门外哪一个?(旦白)是我。(生白)一个人难道没有名字?什么你我?(旦白)梅香送茶到此。(生白)夜静了,不用茶。(旦白)送来在此,快快来开。(小生白)站着,待我来开。(旦一扇白)君子有情奴有义,奴家特来奉杯茶。(小生白)看来成晓不说话,何用娘行奉杯茶。(旦白)落花有意随流水,流水无情立〔恋〕落花。(小生白)关门不出空为手,何用娘行浪里沙。小娘子,茶杯小生收下,娘子请回。(旦白)一言难尽。君子请上,奴家一礼。(小生白)有礼奉还。(旦白)听奴家道来。(小生白)听道。(旦唱)

【驻马听】上告郎君,不必忧心战战兢,此乃姻缘分定。如此痴心,做个青春,青春,外人无知,几时等得飘明星〔名声〕。不必青春〔清冷〕,(又)青春一个当三省。(又)

(小生唱)听你言情,说出话儿不尽〔堪〕闻。有道关门不出,私自前行,败坏人伦。伤情,倘有人知闻,这场事情难好认。有道孔子成成〔门人〕,娶而不告难从命。(又)

(旦唱)再告郎君,曾记当年不交情,此是姻缘来定。官法〔越发〕动情,错过青春,前程,万里在青春,几时等得飘明星〔名声〕。不必清冷,(又)青春一个当三省。(又)

(小生唱)一点牡丹心,好像桂花身一样。有道当年秦氏,一对双亲,一文莫行。伤情,败坏人无伦,至今千年飘明星〔名声〕。我乃孔子人〔门〕人。(白)小娘子,请小生一礼。(旦白)有礼奉还。

(小生唱)娶而不告难从命。(旦唱)娶而不告难从命。(扇来,走介,走马小锣,旦里位坐□□)(小生白)小娘子,把小生功位坐去是何道理?(旦白)君子,奴家坐坐有得何妨。君子,这个什么东西?(小生白)《诗经》。(旦白)无有二两重,不是四斤。(小生白)书本里面是金。(旦白)君子,奴家把你点起来。(小生白)不要点,要点错的。(旦白)奴家不会点错。(小生白)请点。(旦白)关关雎鸠,在河之洲,窈窕淑女,君子好,逑。(小生白)小娘子,本该点在逑字,为何点在好字?(旦白)君子,书中里面好求,奴家求君子难什什求。(小生白)你求我小生难求,求别个而去。(旦白)君子,这张床哪个睡的?(小生白)小生睡的。(旦白)为何一个枕头?(小生白)一个人睡,只要一个枕头。(旦白)今夜要两个。(小生白)要两个何用?(旦白)君子有一个,奴家也要一个,难道与你共枕不成?(小生白)小娘子休得取笑。(旦白)君子,外面有人叫。(小生白)外面有人叫,待我看个明白。(两边看)书兄请进这边,书兄请进书房打坐。(又)咳!被小娘子取笑去了。咳!岂有此理。东西外面没有人,请小娘子出。(旦白)奴家与你断断开,叫奴家出去,不要叫奴转来。(小生白)小娘子若出去,小生买一个猪头谢谢天地。(旦走)有道姻缘不成空为守,不是姻缘莫强求。快快出去。(旦白)君子,羊到虎口,不无也错过。(走科)(小生白)吓吧!天下有这等女子,难道□无有丈夫个的么?是了,由他的。吓!我书本为何不见的?是了,小娘子点过书本,恐怕带去。待我叫她转来。我书本上面有名姓,书兄看见不好,一定要她转来。小娘子转来。(旦白)不转来的。(小生白)小生有话。(旦白)君子有话,奴家就转来了。(小生白)小娘子这样快。(旦白)君子叫奴成了亲事这样快。(小生白)休得取笑。小娘子,桌上点过书本,你带去?(旦白)你地下可结①过未曾结过?(小生白)未曾结过。(旦白)寻寻看。(科介)(小生白)飞了,小娘子,结飞了,请回。(旦白)君子叫奴家来,就来道奴作罪,成什么国句〔规矩〕?姻缘不能成,是成什么道理?(小生白)呵唷!呵唷!呵唷!小生一不担帖子来请你,二不抬轿来接你,半夜三更走到小生书堂,成什么道理?(又)(旦白)君子,奴家是恶心的。(小生白)有什么恶心?(旦白)叫奴家出去,偏偏不出去。(小生白)你要我怎样?(旦白)君子,功位坐坐,奴家出去。(小生白)你要坐就坐,坐这里过年。(旦白)君子,奴家讨坐了。(小生白)哼!上好出去。只好叫她转来,还在此,我看天明来了,书兄到来看见不好,待我叫她出去。小娘子,天大明来了,快快出。(旦白)君子,年边未过。(小生白)小生讲笑话的。(旦白)君

---

① "结",疑为"捡"的谐音,寻找的意思,浙江方言。

子,这的什么东西?(小生白)罗带。(旦白)不是罗带,是奴家本钱。(小生白)莫有一二两重,什么本钱。(旦白)君子,姻缘不成就,奴家我死害你了。(小生白)小娘子死在我门首,小生不怕。(旦白)个勺〔该吊〕你了。(小生白)不怕。

(老旦唱)我藏却来到书堂。(白)我儿开门。(小生唱)

【尾声】忽听门外高声叫,想不冤家又来到。

(老旦白)为娘到此,有什么冤家二字?(小生白)母亲,母亲,快快请进来。

(唱)母亲听我言语,孩儿言来母听知。孩儿是个读书君子,莫非城隍有意怪。咳!亲娘,还望母亲来做主。此病神仙亦难医,病特崎岖,(又)受此仙亦难医。

(老旦唱)一见我儿容貌改,披头散发不像人。我儿本是读君子,莫非城隍有意怪。咳!娇儿,为娘望你掌中珠,此病神仙也难治。病特崎岖,(又)神仙有药也难医。

(丑唱)安人相公且听起,且听小童诉知音。相公本是读书君子,不信灵神,莫非城隍有意怪。咳!相公,安人相公思想起,此病神仙也难治。病特崎岖,(又)神仙有药也难医。(白)安人不必惊慌,待小童去到街坊上请了个先生扒扒八字算算命。(老旦白)言之有理,早去早回。(小生下)

(老旦、丑同唱)问卜先生居住他①。(又)(两人下)

(二花面上,唱)瞎眼多年,全凭手中三卦钱。日走天下路,夜来十字铺,天天走街前。(又)八卦有准,起课有灵,算命不奉情。卦若不灵不要钱。(白)算命起课,街坊经过。有钱拿来说破,无钱使个命不算,不法胡招不言不算。大家都来算,算算秽气去一半。(丑上,白)算命起课,街坊经过。妇八字一算,生儿子不会生儿子都晓得个。安人,先生接到。(老旦白)命他自进。(丑白)安人叫你。命他自进。(二丑白)有进。安人在上,见礼。(老旦白)双眼不明,休要见礼。小童看坐。(二丑白)老安人叫学生到何事?(老旦白)老奴生下一子,取名袭文达,有恙在身,不能痊愈,接先生到来卜下一卦。(二丑白)报上年庚八字。(老旦白)甲子年三月十五子时生。(二丑白)犯了一个白虎。白虎,白虎,声声叫苦,上半年一破知母,下半年破达知母。犯了一个金,天由亦不好定,该排起香案。(老旦白)小童,排起香案。(小过场)天地神明,三光在上,所生一子,

---

① "居住他",即"留住他"。

名唤龚文达，有病在床，不能痊愈，望日月〔三〕光保佑，求上一卦。请先生焚香。（二丑上香，白）七、八、当、同。咳！不用慌张，老安人，听学生一言道来。

（唱）安人且听起，且听学生诉因依。八卦是有准，六爻是灵验。天师府内走一程。（又）召起灵神，召起天兵，杀他妖魔鬼怪精。神仙打救有功名。（又）（白）老安人，本该做了状子一张，去到天师府告他一状。（老旦）小童，这里三分银子送先生买买茶。（丑白）晓得。先生，安人言道，三分银子送先生买茶。（二丑白）多谢安人。（老旦白）送先生出路。（丑白）安人，先生去了。（老旦白）小童，油墨侍候。

（唱）告状人龚来得，家住定远县四乡村，告为除妖灭怪事。家主文达读书人，安人年老无人靠，特来具状告公卿。伏望爷爷威灵验，除妖灭怪救良民。（白）小童。（丑白）有。（老旦白）状子藏在身边，一路之上要小心。（丑白）安人不必挂在心。（老旦白）我今分付你，（丑白）怎敢莫去行。奉主严命。

（唱）奉主严命龙虎山，忙步前来过小桥。前村金鸡叫，歇店人喧闹乎乎。（白）呵嗱！前面锣声儿响，想必天师坐大堂未可。待我放开大步一走。

（唱）好叫我，路有小，山有高，龙虎山前未必到。（下）

（过场锣）（外上，坐高台里位，白）身坐龙虎山，龙虎二将排。手拿雌雄剑，杀妖杀鬼怪。俺，张道陵是也。早夜龙床打睡一梦，梦见定远县龚文达被妖所害，今日必定前〔来〕告状。道童。（道童白）有。（外白）有人告状，不可拦阻。（丑白）走。太阳上山红如火，后来伤去就是我。我看太师府到了，进去告状。（手下白）有人告状。（外白）走进来。（丑白）爷爷在上，叩头。（外白）有状无状？（丑白）有状。（外白）呈上，诉上。

（丑唱）容诉。告状人龚来得，家住定远县四乡村。告为除妖灭怪事，家〔主〕文达读书人。安人年老无人靠，特来具状告公卿。伏望爷爷威灵验，除妖灭怪救〔良民〕。（外白）龚来得，你回去，明日排开香案，那时妖头下地。（丑白）多谢大老爷。我今未来他先知，排开香案不可迟。莫道灵验，急报与安人自得知。（小过场）排开香案。（〔外〕拜介，白）天地神明，三光在上，今有龚文达被妖所害，天不覆地不载。（大过场）（长锣）

（行罡，换符，唱）我做真人张道陵，（又）要召西天周将、关平、关将军。一道灵符相接你，（又）斩妖灭怪救良民。（白）太上老君急急如律令。（在后面高椅上）（关平上，三不出，四句）头戴双飞凤，身披铁爪龙。摆回大将〔口〕，踢破锦屏风。俺，关平。父王未曾登大〔殿〕，在此侍候。（周仓上，三不出）头戴龙虎盔，身披狮子甲。手持紫金刀，斩妖不见血。俺，周将。吾王未曾〔登〕殿，在此侍候。（三不出）（卯字锣）（净上，唱）

【点绛唇】小小年纪在寒窗，武将内面我为强。青龙大刀拿在手，要杀妖怪不容情。

（白）俺，姓关名羽字云长。今乃天师府有公文到来，不知为着何事？关、周二将可在？（二将白）在。（净白）人马往法台一走。（圆台，过门）真人在上，某家打参。（外白）请了。（净白）相邀来何事？（外白）非为别事，今有龚文达被妖所害，命你前去搭救与他。听天师一言道来。（排子）斩妖本丁，（排子）青山不何，用多祚福。（净白）思想都是为忠人。（外下）真人请。（净坐里位，白）头戴金盔趋后飘，身披铁甲响铃腰。青龙大刀我为首，管叫妖怪命难逃。俺，姓关名羽字云长。只因定远县出了妖魔，真人命我前去急斩鬼怪妖魔，怎敢有误。关、周二将可在？（二将白）在。（净白）带马去到定远县一走。（锣鼓）（【六么令】）（三角阵）

（唱）云路迢迢终须到，共走何时了。论英雄，谁敢恼，这〔口〕义，斩妖灭鬼何时了。（又）（火炮锣）（三角阵）（过门）（白）周将，前面什么东西响亮？（二丑白）前面城隍迎接。（净白）马上加鞭。

（唱）这边城隍土，那边鬼怪妖精，斩妖灭怪何时了（又）。（火炮锣）（三角阵）（白）周将，前面什么？（二丑白）前面龚家。（净白）马上加鞭。（阵鼓锣与前一样）看看红日西山落，山中百鸟去投巢。看他农人散去了，斩妖灭怪何时了。（又）（火炮锣）（三角阵）（白）周将，来在哪里？（二丑白）龚家到了。（净白）关平我儿听令。（生白）在。（净白）敕〔立〕即回转天曹。（生白）得令。（下）（净白）周将可在？（二丑白）在。（净白）带马侍候。（卯字锣）将身上了胭脂马，解玉带，脱龙袍，要你鬼怪无处逃。（火炮锣）（下）

（旦上）（一字锣）（净上）（盖头）（出水）（盖头）（出水）（白）天兵来了。（阵鼓）（流水锣）你是何方鬼怪？你是哪里妖精？你若向前来归顺，汉关某万事休销。你若向前来辩白，斩妖灭怪何时了。（又）（盖头）哪怕你是个山妖、水妖、妖精、鬼怪。你若好好离我去，万事开销。你若向前来乱道，青龙大刀斩他妖。（火炮锣）（带圆台，杀）（旦下）

（白）周将。（二丑白）在。（净白）回转天曹，带马驾起祥云。(【新水令】)（下）

（老旦上）《训子》《出考》《训女》《成亲》《拜堂》《团圆》①（下）

---

① 上述《训子》至《团圆》凡六出均省略。

撼　城　殇

又名《长城记》《孟姜女》。全本已佚，此为残本。《长城记》为丑脚单篇，所存六出分别为小丑景云、圣旨官、解差、难民、景云的单篇，由醒感戏老艺人俞惠传抄于民国元年（1912）。《孟姜女》为旦脚单篇，现存为醒感戏老艺人俞梦兰民国十八年（1929）抄本，为俞溪头醒感班的看家戏。

长城记（丑脚单篇）

人物说明：小丑：景云。小丑：圣旨官。小丑：解差。小丑：难民。

第一出 游 园

（小丑上，白）小姐。云云晓得。妹妹①，锁匙是你带。云云是你带，是你带。云云同你算算看。云云前天是我。云云早天②是你。云云今天是我。云云妹妹，当真是我腰边上。云云我去开。（科介）云云小姐，花园门开了。云云晓得。云云小姐好去寻老公。云云我春光处处同。云云这边牡丹芍药。云云那边金菊芙蓉。云云中间娘毬花。云云蔷薇花。云云晓得。

（唱）采莲花，插在小姐乌云发。云云呸！小姐不爱。花心待妹插起石风松。巧妆扮色，几时得配与老公（又）。游遍柳堤，花锦乱纷纷，红紫争春，三月桃花飞不尽。免荡春心，朱门紧闭闲愁门。（又）（下）

第二出 抓 丁

（小丑上，白）奉圣旨吓！不许考天下秀才，科场烧了，听旨发落。（排子）（下，又上，□□）圣旨下。云云圣旨宣读。诏曰：天下不考秀才，科场烧了，考试官榜部进京听旨发落。云云（下，又上，唱）

【果子】好笑好笑真好笑，一挑稻草买个乌纱帽。骑不得马，坐不得轿，有人问我做甚官，连我自己不知道来不知道。

（白）白马紫金鞍，其出万人看。若问谁家子，读书人做官。左右，前去问来，这里什么地界？云云传当年里长走动。云云里长请坐。云云非为别事。云云只因

---

① 此处的"妹妹"指孟姜女的另一个丫鬟春英。
② 早天：永康方言，即"昨天"。

圣上要造万里长城，天下都要开开丁口。云云开上去，（又）改不得的。云云你的儿子也要拿去的。云云带马。云云（唱）

【果子】一块木头二头空，羊皮鼓儿景逢逢。老爷出堂打三下，不同不同真不同。（下）

第三出　起　解

（小丑上，白）范杞良走上。云云

（唱）不必多言，看看来到小荒村。（又）（打）云云（唱）

【山坡羊】叫你出门不要啼啼哭哭，你要啼啼哭哭，天色暗了，到哪里安身？云云（白）伙计，你去看来。云云一同去看。云云呼吔！前面乃是一座古庙，怎说是小荒村？我同你二人难道吃屁的么？云云出路。云云说得有理。云云伙计，你去上锁，我去拿稻草。伙计，我同你断开①守夜。云云头更是你。云云二更是我。云云三更是你。云云四更是我。云云五更是相共。云云伙计，天大明了，起来好赶路。云云你去开锁，我拿草就转去。云云你这狗才！锁匙在你身边。得钱买啥东西奖我吓？云云有福同享。云云同你用心追上。云云急走如飞，急走如飞，向前不可迟。若还拿得着，拿去剥了皮。（又）（下）

第四出　逃　难

（小丑上，白）苦吓！云云我不是〔男〕儿，是十七八岁闺女吓！云云有人背我奴奴过山去，待奴家解下罗裙报报你的恩的。云云和尚好睡。云云和尚哥，听奴道来。

（唱）走路走得慌，逃难逃得忙，只有头发未理梳，飘在你的头脑上。和尚我的夫。（又）云云（白）和尚哥，听奴道来。

（唱）走路走得慌，逃难逃得忙，爹爹草靴穿在脚儿上。和尚我的夫。（又）云云（白）这样做不来。听奴道来。

---

　①　断开：永康方言，即"分开"，此处作"轮流"解。

（唱）走路走得慌，逃难逃得忙，爹爹银色藏在我身上。和尚我的夫。（又）云云（白）还未的。云云还要拜轿。云云随口拜来。云云还未。云云还要打新郎官，生个儿子中状元。云云（打科）还未。云云还要挑方巾，好成亲。云云小和尚来成亲吓！云云

（唱）不要慌来不要忙，我原是大大的男子汉。早前当过兵，今日要杀人。拿刀同你来成亲，抽你老扒筋，老扒筋。云云（科）杀死后讲，（又）和尚要成亲，抽你老扒筋。云云（白）你起来。云云走这里拜。云云你不来拜？云云杀你死。云云拜一拜，拜我师主做阿伯。云云还要拜。云云杀你死。云云拜二拜，拜我师主做太太。云云做不得太太？云云杀你死。云云还要拜。云云拜我师主老爷。云云师主做不得老爷？云云杀你死。云云还要拜。云云拜我师主做皇帝。云云做不得皇帝？云云拿来杀。云云还要叫。云云叫我天上皇。云云做不得天上皇？云云不叫，杀。云云还要叫我天上皇。云云不叫？云云杀。云云天上皇。云云地上皇。云云起来。云云跪下来。云云你下次不可。云云去。云云拿茶来老人家吃。云云去不去？云云杀。云云怕你不去。云云做和尚本该慈悲为本，动不动思想老婆，真真岂有此理。（叫）小和尚，拿茶来。云云没有茶？云云当真有没有？云云杀。云云吓吔！云云吓吔哩！云云（杀科）杀了后讲。云云讲了后杀。云云饶饶我。云云用不着的。云云饶我起来就好。云云要我拜。云云拜折寿。云云呵！我拜。云云和尚做得阿伯？云云做不得。云云呵！阿伯。（又）云云和尚做得老爷。云云做不得。云云呵！老爷。（又）云云叫什么？云云和尚做得皇帝。云云做不得皇帝。云云呵！皇帝。（又）云云皇帝都不得，做天上皇。云云做不得。云云呵！天上皇。（又）云云天上皇不好，做地下皇。云云做不得。云云呵！地下皇。云云饶我起来。云云跪下来。云云起来。云云咳！我老了。云云我会背你过山而去。云云我学了一个飞山法来，你在此石块上面，我符咒念来，你会飞去的。云云手抬起来。云云口开起来。云云眼睛闭起来。云云和尚哥，叫你三声就要来。云云和尚哥来。（又）吓！（下）

第五出　花　园　会

（小丑上，白）小姐。云云天气实在炎热，连景云的奶头也痒起来了。池塘有水，不免前去洗浴一番。云云晓得。云云妹妹，同你两个去看。云云那边有人么？有人？有人死远些，我小姐要来洗浴呢！云云没有人，到那边去看看。

有人么？有人？有人死出来，我小姐要洗浴呢！（科）云云两边没有人，我同你报小姐知道。云云小姐，两边没有人呢！云云晓得。（科）云云小姐为何这等慌张？云云看端正的。云云未曾看过。云云晓得。妹妹，同你两个看来。云云吓吔哩！你盗花的？云云你是偷我小姐的么？云云做什么的？云云怎么？挑饼的？恐怕金华来的，报小姐知道。云云启上小姐，东边柳树上有个人说道挑饼的。云云晓得。妹妹，去骂他。（又）挑饼人听着，我小〔姐〕说道，花园里没有人买，叫你挑到大乡村去卖。云云做甚的？云云讨饭的？云云报小姐知道。云云小姐，是个讨饭人。云云晓得。妹妹，同二个去回。云云呸！讨饭人听着，我小姐说道，这里花园没有饭讨，叫你到厨下去讨。云云做什么的？云云皮烂的。上好一个人，为什么皮烂？恐怕一身梅花疮。回报小姐。启上小姐，这个人不是讨饭的。云云是皮烂的。好一个人为什么皮烂？云云皮烂、避难，差也差不多。云云晓得。妹妹，去，去。云云呸！皮烂人听着，我小姐有病。云云有令，叫你下来插插花。云云讲讲话。云云你下来不下来？云云当真不下来？云云我把石块打你死。云云怕你不下来。云云晓得，妹妹，回报小姐。启上小姐，皮烂人到。云云唔！云云小姐。云云晓得。妹妹，同你去问来。请问君子，家住哪里？高姓尊名？云云晓得。云云小姐叫你进前来，有话相问。云云唔！云云（科）小姐。云云晓得。君子。云云小姐问你年方多少？婚娶未曾？云云是个光棍。云云启上小姐，年方三七，未曾婚配。云云这里是花园，不是庙吓！云云唔！（科）小姐。云云晓得。云云我去。君子。云云我小姐叫你到书堂打坐。云云去吓！云云当真不去？云云我一扯也要扯你去。（下）

第六出　拜　堂

（小丑上，白）报。（又）有事忙来报，无事不敢传。启上员外，小姐同春英、景云去到花园行赏，带一个外乡人回来。云云呵！小姐快来，员外发气了。云云员外跟前须要小心。云云气哄哄，（又）出门捧着三火筒。云云（科）启上员外，三叔公到。云云呵！员外今日有心事，叫你明日再来。云云小姐同春英、景云去到花园行赏，带一个外乡人回来，死也不同你讲。云云讲出了。云云有。云云晓得，汉子，三叔公要见。云云有。云云晓得。厨下听着，宰猪杀羊。小姐梳妆，汉子换了大衣。传傧相走动。云云伏以。（又）（小姐拜堂）。妹妹，叫傧相来赞礼。云云转去吃。云云我两个提灯。云云赞礼赞在东。云云这花为何又不红？云云流郎次窗，流郎次窗①，（又）郎次窗。云云赞在南。云云（同前）这载为何不圆团？云云流郎次窗，流郎次窗，（又）郎次窗。云云赞在西。云云这鸡为何又不啼？云云流郎次窗。（又）赞在北。云云吹黑做什么？云云流郎次窗。（又）赞在中。云云伤风会好。云云（同前）赞在上。云云（同前）赞在屋。云云（同前）赞在相公头。云云走路辛苦。云云听我两个也赞赞。云云美少年。云云配我没有公老的。云云咳吓！妹妹，送相公起，送小姐起。云云同你把相公、小姐衣服脱下。（脱介）来这里。

（唱）新新一个妇，新新一个郎，新新造起一张大花床。小姐今夜遇新郎，总是五百年前相见会林老老的林②。同你送相公。（科，白）妹妹，相公你看见看不见？云云我是看见的。云云我同你送小姐、相公在这里的。云云他这样走进去的。云云相公、小姐送去了。我同你把相公、小姐衣服穿起来，也好拜堂。云云我做相公。（又）什么东西？云云拜堂。相公请起。云云相公请坐。云云（科）妹妹，我同你坐在这里过年，没有人送的。云云吹他一吹，乐他一乐。

（唱）花对花，柳对柳，雄鸡婆对你瞎眼狗。你也不要嫌我生得老，我也不来嫌你生得丑，总是五百年前相见会的林老的林。（下）

第七出　做寒衣

（小丑白）小姐。云云什么东西花斑斑下在地上？云云三尺五有了小姐。云云晓得。云云（下）

〔下缺〕

---

① "流郎次窗"等，为傧相唱赞礼歌时的衬句，动听而无义。
② 林老老的林：衬句，无义。

孟姜女（旦脚单篇）

剧情提要：孟姜女年方二八，未曾婚配。其父许下诺言：贵者不嫁，富者不配，观见孟姜女浴身者配为夫妇。一日，孟姜女在景云、春英陪同下进花园玩赏，正值天气炎热，视四周无人，便脱衣下池洗澡。不料，被逃难躲进花园池塘边柳树上的范杞良看个正着，于是两人喜结良缘。未有半月，范杞良被官军捉拿去筑长城。杞良于饥寒交迫中托乌鸦送回家书。待孟姜女随神鸟将寒衣送到长城时，范杞良已被埋入长城中。尸骨满地，不知何人是杞良，于是孟姜女咬破中指，以滴血相接认出丈夫。她无物为念，只好撮土携魂还乡，超度其夫升天。

人物说明：旦：孟姜女。

（旦上，引）新经罗帏，轻移莲步出堂前。闷似长江水，涓涓不断流。几番情欲诉，怎奈自呻嗟。

（白）奴家孟氏姜女，年方二八，未曾婚配。爹爹言道：贵者不嫁，富者不配，观见奴家浴身者配为夫妇。今日天气晴明，不免去到花园玩赏一番。景云，春英，前去开了花园门伺候。云云忙步出堂前。云云好花年年在。云云春风处处同。云云前面什么花？报上。云云该是眼前〔蔷薇〕花。云云两人站着，听小姐一言道来。（唱）

【耍三台】满园花开香先行，色意加，笑起来，频频东风过，动奴青春意如麻。春色好，色意佳，几时等得老萱花。（又）

（白）景云、春英采花呾！此花不爱。云云丫鬟，花园门锁了。云云游遍柳树，花影乱纷纷。红蓝紫黄满园香，三月桃花飞不尽。蝶蜂撩乱，引人动情。紧忙回去，免荡春心，朱门紧闭乱愁门。（又）

（下，上，引）轻移莲步出花园，三寸金莲步向前。

（坐白）景云，春英，天色这等炎热，怎生是好？云云恐怕有人看见。云云两人前去看来。云云待我脱衣洗之便了。（唱）

【懒画眉】轻轻解脱衣衫,走到池边,身下宽池中。忽见一影在水边,快把衣衫来穿起。

云云(白)非小姐大惊小怪。云云你两人看人为何看不端正①?云云水中内面有人影。云云东边柳树上看过未曾?云云做什么的?云云景云,挑瓶的?云云叫他挑到大乡村去卖。云云做什么的?云云怎么?讨饭的?云云叫他去到厨房去讨。云云做什么的?云云怎讲?皮烂的?云云皮烂,避难,想必是避难的。云云该道小姐有令,叫他下来讲讲话。云云君子见礼。云云请问君子,花园何故?云云请道。云云家住哪里?云云高姓尊名?云云私逃回家,大路在前,小路在后。云云奴家也有一礼。(唱)

【江头金桂】劝君家不须愁见,且把愁眉大放开。(白)景云,春英。云云问他君子年方多少?婚娶未曾?云云妙吓!云云

(唱)且喜他姻缘未娶,观他美貌魁奇,意欲与他连连理。今日有期,(又)正是相逢未解文君意,窃玉偷香各自知。我和你做夫妻,我和你配为夫妇。待奴前去禀告爹娘知,好似刘郎采药天台遇,万古留传把话提。(又)云云(白)请君移步见家尊,家尊不定救你们②。景云,君子请到西厢打坐。云云忽听爹娘叫声喧,忙步到堂前。爹娘在上,女儿万福。云云(唱)

【锁南枝】告爹娘,儿拜揖,女儿待他前来问事因。爹爹暂息雷霆怒,他们还未见双亲。望爹娘为奴声声问。(又)(打介,工)

(内白)报上。(又)云云(旦上,唱)

【驻云飞】休惊唬,(又)为什么慌张何事来?

云云(白)相公,不好了。云云京差来拿你了。云云吓!夫吓!(唱)

【山坡羊】夫君听我言和语,行到君前来说利害。此去若还君提手,莫忘糟糠孟氏妻。伤情泪双流满目,哀哉闷闷占占走四海。(又)(哭介)

【尾声】割断同心二处飞。(又)(哭介)吓!相公。

(唱)不见夫君,(又)怎不叫人(又)二泪淋。夫往京都去,叫我如何去?恼恨朝中无情义,(又)拆散夫妻。今日分离,未知何日还乡地。罢罢罢,冷冷清清独自归。(又)吓!夫吓!

(下,上,引)夫君去京城,并无音信转家庭。

---

① 不端正:永康方言,即"不仔细"。
② 你们:永康方言,又可作"你"以下"他们"同。

（坐白）那里落叶正飘零，思想丈夫泪淋淋。紫烟冷落随宁漏，叶落无夫泪自生。奴家孟氏姜女，配与范杞良为妻。未有半月夫妻，又被官军拿去造城。三年杳无音信回，好不忧闷人也。云云拿来观看。华州范杞良，竹州孟氏姜娘开拆。吧！原来相公家书到来，谢天谢地。景云，拆开观看。云云（唱）

【一封书】提笔启，心忆妻。一到京城，见将军恼恨，蒙恬心狠毒，一心只要杀我死。多蒙李爷来得救，免得杀伤刀下魂。将我解到长城去，千难万难受苦辛。日间挑土多劳倦，夜来巡查忙不尽。伏望贤妻，冷暖念念我，冬无裌衣，如何御寒？谁人知晓？泰山岳母多拜伏。（又）

（白）原来问奴讨寒衣的。景云，拿布过来。云云多少布？云云三尺五。云云相帮做衣。（唱）

【江头金桂】独自穿棉，辗转思量痛断肠。同结鸳鸯作对，却被始皇弹打离飞。（白）呼吧！夫吓！当初配合之时，情甜如蜜意，花连枝。今日又被官军拿去造城，三年杳无音信回来。可怜我的夫吓！

（唱）拆散在天南地北，（又）海角天涯到如今。不能够谓鸳鸯同枝，鸾凤同栖。欲要相逢，除非南柯一梦。只落得空流泪，（又）衣衫寄情只自知。若有夫妇团圆日，管叫今生百岁期。（又）（白）景云，衣衫做完了，收入进去，打睡便了。云云

（唱）二脚放开心头思，梦魂飞过到阳台。（白）好睡吓！且住，分明丈夫在眼前说话，一霎时为何不知而去了？吓！夫吓！（唱）

【北驻云】梦见夫君，（又）哭哭啼啼痛伤情。只见夫君，想要见，无踪影，啼起流泪如水倾。（又）当初花园相会，交结同心，谁想分鸾镜。也罢，改换衣衫往京城。（又）（下）

（白）有。云云有罪不敢抬头。云云大王容诉。（唱）

【耍孩儿】大王息怒容哀告，（又）多是时乖命运糟。花园遇见人到来，（又）一对配合凤鸾交。云云我丈夫姓范名杞良，（又）家住华州江夏人。少年温读诗及文，（又）多交良友广大恩。

云云（白）原来是叔叔①。云云见礼。云云好说。奴家不说，叔叔不知。奴家

---

① 叔叔：指上文的广大恩。《撼城殇》原剧称范杞良与广大恩交往甚深，结拜为兄弟。在官军的追捕中范杞良出逃，广大恩被迫上山为寇。孟姜女在送寒衣途中巧遇广大恩，广大恩不仅送她银子，且派兵护她过山。上述情节疑取自《幽闺记》蒋世隆与陀满兴福结拜兄弟的故事。

说来,叔叔知道。只因哥哥好苦,拿去造城,拿到半路之中私逃回来。后有追兵来紧,举步难行,躲在奴家爹爹花园。梅香带回家来,爹爹将奴许配与他。未得半月,夫妻〔君〕又被官军拿去造城,三年杳无音信回来。前日有一乌鸦带封家书回来,问讨寒衣①。奴为夫妻之情,做起寒衣,亲送京城。今日遇着叔叔,望叔叔恕罪。云云 哑!苦吓!云云 多谢叔叔救奴身。云云 此去若得夫君面。云云 黄沙盖面不忘恩。云云 多谢叔叔。(唱)

【双双叠】② 一路行来哀哀哉,(又)恩叔说道前来。(又)差人马送过山,送过山后保平安。云云(白)列位胞郎伞子拿来还我。云云 银子是大王送我的,与你禀告大王。云云 列位,你回去多多拜谢大王。云云

(唱)差人马送过山,送过山后保平安。(下,上,唱)

【山坡羊】割同心龙凤分锦,孤人送衣到京城,因此上步难行。一夜夫妻百夜恩,百夜夫妻海样深。他是个黉门秀才,奴本是闺门之女。他是读书君子,怎能挑泥运土筑长城。伤情,一路思夫不见君。看看来到是路旁,看看来到长亭。

(白)有一座凉亭在此,待我小坐一番。(四句)奴愁水路转山林,远望家乡不是锦。行水一身脱雨路,奔波万里走风云。(白)奴家孟氏姜女,只因夫妇之情,做起寒衣,亲送京城。今日天气晴和,不免待我趱行几步便了。(唱)

【下山虎】崎岖险道,(又)更显同心。(白)奴家闺门之女,走这等险要之道,是为了寻找丈夫。

(唱)在家千日好,出外半朝难。好叫我欲进之行,止不住衣〔野〕马烟云。(白)奴家身上穿这多衣服〔还〕寒冷,我想丈夫在城边之苦。

(唱)无衣无袄可衣,遇合〔寒〕了么我的夫。这么山有高,水有深,山高水深,脚弓鞋小步难行。要往长城路,(又)趱步宿行。若见夫君心惊喜,不见夫君愁煞人。过了洋庄进岭上,(又)黑虎黑松林。(白)来在黑松林上虎头经过,遇着一班强人,将我抢上山林。大王问奴那里人氏?我道杞良之妻。大王与奴夫结拜金兰,他送我银子五十两,小兵数十名,将令、旗令相送我过山。

(唱)若不是金兰结拜,(又)孟氏姜女一命倾。这么山有高,水有深,山高水深,脚弓鞋小步难行。要往长城路,(又)趱步宿行。若见夫君心惊喜,不见夫

---

① 此处范杞良死前托乌鸦送家书向孟姜女讨寒衣的情节,为各本所无。其他各本均为杞良死后灵魂托梦孟姜女,诉以长城服役之饥寒。

② 本曲牌为永康醒感戏所特有。

君愁煞人。过了洋庄进岭上，（又）黑虎黑松林。（白）且住，来在三条大路，不知哪条可通京城？呼吔！

（唱）我乃中原妇人，（又）程途来问。只见漫漫无路碑，卷卷祭祭〔静静寂寂〕无人影。难管〔哪里〕得了路问君？（又）（白）吓！且住。有一乌鸦哥飞在奴家眼前，待我赶去就是。吔啐！吔啐！来日乌鸦见人就飞，今日为何赶也赶不去？是吓！想不是孟姜氏走错路途，天放下来指引奴的去路未可知。乌鸦哥，（又）你若指引奴的路途，大叫三声。云云是了，今日无物相赠与你，只有汗巾一条挂你颈上。

（唱）一念领路之恩了么乌鸦、乌鸦、乌鸦。乌鸦哥，林中途上望你指引，不顾风吹，（又）早伴同行，多多感谢得他乌鸦哥！望你插叶〔翼〕飞腾，驾雾腾云。有恐寒到早，衣到迟，冻死我的夫。衣未到，身先故，我百〔半〕步难行。（白）且住，奴家昨夜得其一梦，梦见天决壹番〔各一方〕，日出重阳之上，后来夫妻相会、母子团圆的哭。

（唱）这乃是死别之梦，（又）不祥之兆。驾雾腾云，又恐怕寒到早，衣到迟，冻死我的夫。衣未到，身先故，百〔半〕步难行。（哭，白）且住，来此一条河，上无桥，下无渡。乌鸦哥河到飞过去，叫我孟姜怎样了得过去此河？

（唱）只落得湿衣过水，（又）不然怎能？（白）吓！夫吓夫！孟姜女送到此，你拿去穿就好，拿去接过人欲哭。

（唱）双双共君结同心，我的夫。两厢分离，叫我哭哭啼啼靠何人？定要哀哀哭哭到万里长城，敢回黄泉做鬼魂。此去若得夫君会，及早回去奉双亲。（白）吓！夫吓！（唱）

【驻云飞】村店出门，日上东方天正明。四下无人影，唯听鸡鸣声。（又）举步难行，不觉来到此长城边，不觉来到此长城。

云云（白）呵唷！有两位将官在此昏昏打睡，待我唤他醒来借问一声。列位将官速醒。（又）哎！不是鬼，敢是人？云云敢是人？云云千里寻夫到此。云云列位将官，奴夫名叫范杞良，早三年前到此，他身居住哪里？云云好吓！谢天谢地，他好夫人？云云你待怎讲？云云哎！不好了。（唱）

【北驻云】心惊胆战，（又）听得奴夫听得奴夫丧长城。心凄凄，泪淋淋，千山万水寻夫。（又）实可怜。（白）哎！夫吓！

（唱）奴到此也是枉然。（白）哎！夫吓！（唱）

【驻云飞】自作灵牌，无夫思想目前行。你看乌云滚滚雾满天，翻了我的范杞良夫。你在阳间之时，叫一声应一声，今日妻子来在城边，叫了千声万声不应了么杞良夫。叫夫不应真伤心，（又）哎！夫吓！奴到此也是枉然。（白）来此城边，你看，满地都是尸骨在此，不知哪个是奴丈夫？是了，奴将中指咬破，滴血相接是奴丈夫。吓唷！吓唷！

（唱）我将中指血滴向他，（又）相接的。（白）这个是了。

（唱）哭得我流红泪，（又）死在黄泉路上心如愿。（又）（白）这里碑牌在此，待奴看来。华州范杞良之墓。（又）哎！夫吓！

（唱）忽见见高城碑一面，奴丈夫在安息何能周全。为表奴一片真情，死在黄泉心如愿。（又）（白）千里寻夫到此，无物为念，不免撮土还乡，宣了天地一番。（排子）

（唱）丧门魂魄重离命，千里寻夫到此来。（下）（上，白）叩见万岁。云云容诉。（唱）

【一江风】奏因依，奴本是浙国东林人氏，竹管竹高孟氏姜女。云云千里送寒衣，不料奴夫丧高城。云云范杞良到此筑城墙，不料丈夫丧高城。千死万死何足死。（又）

云云（白）奴家好恨。云云怎敢恨着万岁。云云恨着自己丈夫，早三十年前老，不致如此。云云迟三十年后少，不致如此。骨肉相逢，像似登天去。哎！夫吓！谢主龙恩。（下）

溺 水 殇（生脚单篇）

又名《张天师卫国征番》，剧末演张天师施法术驱水淹没番兵并超度溺水者幽魂，主人公也不叫周德钦，而叫裘德卿。本剧不出张天师，而出观音，可见此剧至少有两个不同的版本。本剧为俞惠传抄本，属单篇。

"单篇"为旧时民间剧团演出脚本的俗称，又名"单片"，即仅载某一脚色唱词、科白的戏曲脚本，大都是演员供自己演出依据之用。如脚色齐全，载有各种脚色唱词和科白的，则称"总纲"。本剧为生脚单篇，即全是小生周德钦的唱念表演。

松阳夫人戏·永康醒感戏

剧情提要：浙江湖州府德清县秀才周德钦上京赴考得中文状元。相爷王觉见其才貌双全，强行招赘。周已有婚配，拒不从命，王怀恨在心。时值西羌番邦入侵，王乘机奏本，命周挂帅出征，企图置之于死地。周被困大洋江，危在旦夕，幸亏观音命柳树精化一小舟搭救才得以脱险。其他落水而亡的冤魂亦获得超生。周德钦因平番有功，全家受封并团圆。

人物说明：小生：周德钦。老外：周袍。老旦：张氏。旦：陈氏。末：周德完。净：相爷王觉。外：唐后。正旦：观音。净：柳树精。二花：鬼王。表兄。小童。探子。赴考人。小鬼。左右。

（小生上，引）苦读寒窗，未知何日把名扬。（坐白）少年才子掌中珠，立学灯窗仕有余。百年夫君皇榜志，府官万卷圣贤书。小生，家住湖州府德清县，姓名周德钦。爹爹周袍，母亲张氏，妻子陈氏，二弟周德完。今乃端阳佳节，早日吩咐家童安摆酒筵，与爹娘庆赏端阳。小童，昨日吩咐与你安摆酒筵，可曾〔齐〕备？云云 请出大娘。云云 见礼。云云 今日端阳佳节，安摆酒筵与爹娘庆赏。云云 记齐〔既然〕如此，待我叫出弟弟。弟弟哪里？云云 今乃端阳佳节，叫贤弟出来一同庆赏。云云 一同请出爹娘。爹娘有请。云云 今乃端阳佳节，孩儿备有酒筵与双亲庆赏。云云 家童看酒。云云（唱【锦堂月】，不写）（白）爹娘多饮几杯。（【尾声】）（下）（出皇帝）

（小生又上，约友上，引）上苑桂花开放，赴春意，速心忙。

（坐白四句不写）小生周德钦。今乃大试之期临近，早日爹爹命我相约表兄上京求〔取功〕名，讨借盘费。今科考试误了，枉费三年寒窗之苦。不免往他家一走。（唱）

【懒画眉】试期佳景郁葱花，远望青山图眉中。表兄庭院在求东，一溪流水好似弓，试期将近彻夜总①。

（白）来此就是表兄门首，不免高叫一声。表兄可在家否？云云 表兄有礼。

---

① 民间艺人大多文化水平不高，所写唱词往往只求押韵，难以顾及通顺、达意和合律，本曲所写即是如此。

云云请坐。云云小弟到来非为别事。云云今乃试期将近，小弟特来相约表兄求取功名。今科还是去而不去？云云倒是小弟去不成了。云云小弟家穷，缺少衣巾、路费，怎望去得？云云〔下缺〕表兄，请出与小弟拜为亲兄。云云〔下缺〕（唱）

【皂罗袍】同拜金兰，意笑论文，情意无限。与兄同拜玉交枝，他年不定朝天子。关途相会，人海共池。死生相替，患难无池，感破连连认当记。

（白）特地前来拜大哥。云云此去若得功名就。云云好一个改换门闾笑呼呼。（又）（拜别，又上，引）少年有志未遇时，幸喜表兄相扶持。（白）娘子见礼。云云卑人倒也去得，凑巧表兄今科要去。云云怎说卑人？娘子不必着恼，衣巾、路费表兄一应默代①而去。云云卑人倒也牢牢紧记。娘子，余外言语不要说了，只有一双爹娘在家，放心不下。云云娘子请上，受卑人一礼。双亲年老无人奉，全望娘子好看待。（唱）

【懒画眉】我为功名往帝京，双亲年老无人奉，全望娘子当奉承。此去若得功名就，急匆匆赶回来报你恩。

（白）既如此，一同请出爹娘。爹娘有请。云云孩儿拜揖。云云表兄今科要去。云云怎生孩儿去不成？云云衣巾、路费，俱以表兄一人默代而去。云云孩儿牢牢记得。少刻有人送衣巾到来未可知。云云（送衣巾上）门外哪个到来？云云你回去多多拜上相公，明日下码头相等。云云启上爹娘，表兄叫人送衣巾到来。云云爹娘尊坐，容孩儿拜别。（唱）

【园林好】拜别爹娘，孩儿远行。想家中，儿怎放心。但只愿，老天相庇，名早遂，便回家。（又）

【五供养】匆匆别去，年老爹娘，望妻扶持。饥时进与食，容〔寒〕时便加衣。早晚宿更要好看承。一旦分离，肝肺裂碎。云云

【川拨棹】程途里早投宿，莫赴迟。但只愿，金榜题名，（又）速整归来返故里，一举成名天下知。（又）

【尾声】此去若得〔乐得〕从亲命，快把行囊赴帝京。荣耀回来返故里，讲学科子白趱米②。前行又前行，慌忙到路亭。今科去赴考，不定占魁名。（又）

云云（白）列位见礼。云云十里凉亭。云云土吹路还在。云云一去二三里。云云

---

① 默代：永康一带方言，即"代办"。
② 此句费解，疑称自己一旦中举还乡，行路一定十分快捷的意思。

八九十枝花。云云这也一座凉亭果造好。云云兄长请坐。云云凉亭上哪里来小厮？云云凉亭上哪里来梅香？云云这也难怪。云云呼朋唤友。云云小弟姓周名德钦。云云见笑。云云也该是令。云云也该东道。云云小弟有占了。云云天上飞禽是凤凰，地下走兽是麒麟。眼前看的是书经，家里用的是黄金。云云见笑。云云小弟讲过了。云云如今你收令。云云三钱头拿赤。云云人有多少大。云云且看你恼出来。云云讲得去总是不下颁①。云云列位，日短路长，请行便了。云云（唱【新水令】，不写）（又上）（考试）（出皇帝）②，（又上）（参相）（内白）左右开道。云云（小生上，白）十年窗下勤苦读，一举成名天下知。左右退下，通报状元到。（行礼，上）晚生参拜来迟，望乞恕罪。云云头二三名。云云叨赖大人福庇。云云不敢。云云大人有何金言？云云曾记宋弘之言，有道贫贱之交不可忘，糟糠之妻不下堂。非〔下缺〕，晚生家有前妻，不敢从命。云云只恐违律。云云学生家有前妻，不敢奉命。若还依从亲事，是依生违律，学生不依亲事，太师爷威逼者，违命。云云（唱）

【驻马听】学生颇读书几行，岂可坏乱三纲并五常。云云（唱）

【前腔】大人龙腹朝中相，我是乌鸦怎敢配凤凰。云云

（白）我不擎受，怕他怎样？云云受那个灾殃？云云唔！唐后先生此言道差矣，我这状元二字一非将钱买来，二不是大人所赐，乃是圣上御笔亲点呵！

（唱）除官不做奉高堂，写起表章，奏上君皇。除官不做，岂受灾殃。（白）左右开道。（下，又上，游街）

（唱）得中魁名，一举成名天下闻。（坐白）二朵宫花长〔撑〕日月，一双宝手捧乾坤。天下本是吾皇管，半由天子半由臣。下官周德钦，到京中状元，圣上命我游街三日。今乃黄道吉日。院子。云云夫马可曾齐备？云云吩咐外厢起道。马来。（排子）（圆台）（内喊）圣旨到。（小生白）万岁，万岁，万万岁。云云呵！云云天吓！我是文官，怎晓武将之事？哦！是了。云云受了朝廷福禄，难道有不去之理？云云左右。云云摆开衣架。云云（下，换衣下，科，上，白）大小三军。云云人马转往校场。（唱）

【点绛唇】可恨奸臣太不正，文官反做武将行。只晓三编文字义，那晓武力动

---

① 以上四句为酒令，其意无解。
② "考试""出皇帝"，可见这是一次殿试，皇上亲自坐镇，故剧中周德钦面对相爷强行招赘时才有"我这状元二字……乃是圣上御笔亲点呵！"之语。

刀兵。

（白）本帅周德钦，只因等以〔单于〕国王造反而来，我国无将退送。奸臣奏上本〔章〕，圣上旨意命下官前去退送蛮贼。众将，去到战场。（下）（小生上，唱）

【点绛唇】朝鼓咚咚月转西，两旁文武整朝衣。忽听金钟三下响，扬尘舞蹈拜丹墀。

（白）本帅周德钦，收马得胜。流落京城三载，家下爹娘不知生死存亡。来此早朝，奏上一本养亲表章。云云容奏。（排子）（介）周德钦见驾，愿吾主万岁。云云收马得胜，一本奏上。云云容奏。（排子）（介）万万岁。左右。云云转过朝房。云云摆开香案。云云看文房四宝。（排子）（介）传邮差。云云我有万金家书一封，命你去到湖州府德清县报信而去。云云人去书也去。云云打道回府。（排子）（下，又上）回家团圆。（唱）

【风入松】朝廷敕命转回归，今日里荣耀回来。前呼后拥人钦仰，竟看着封侯会齐。下马拜祖先恩德灵，一来祖上争气，二来周门争光。接双亲，拜高堂。（又）

（白）孩儿有人搭救，封王而回。云云爹娘尊坐，孩儿容禀。（唱）

【江头金桂】爹娘在上诉因系，且听孩儿说分明。孩儿一到科场，得中开榜状元。前去参拜王阁〔觉〕①，那王阁〔觉〕将女来逼强。（白）启上爹爹，孩儿既读孔圣之贤书，必达周公之礼义，岂肯从他。后来不必而行对可。

（唱）不想西尖〔羌〕作乱，（又）无人退送胡蛮。那王觉达上一本，着孩儿带兵征讨。孩儿圣旨难回，带兵前去退胡蛮，战得三天三夜无输赢。那羌贼生性好斗，要到大洋江上水里战。忽然狂风浪起，（又）那贼兵一个个俱以成下了水孩□□。感天灵验，有一只渔船在儿身边，搭救孩儿回朝覆命，上了一本养亲表章。因孩儿收马有功，封孩儿平职王位。加封赏，爹爹封为岁位老太师，（又）母亲封为一品老夫人，妻子封为全忠全孝人，二弟封为三品总督，赠赐上马管军下马管民，一家大小俱封赏。今喜骨肉团圆日，办炷明香谢苍天。

（白）报来何事？云云礼物不当收下。云云启禀爹娘，孩儿当初家道贫穷，无人照看，孩儿今日荣耀回来，要他作甚。云云哪三家？云云余者。云云家童。云云收了三家。云云张家、李家、外婆家收下。云云余者。云云明日叩府拜谢。云云爹爹，

---

① 据下文校订。

家童前来讨封。云云封你点使,回家敬祖去罢!云云启上爹爹,骨肉团圆,叩谢皇恩。(排子)(下)(完)

附一　招　赘（净、外脚单篇）

(净上,引)职掌三江,四海名扬。

(坐白四句)老夫坐大堂,思想乱忙忙。家中有女儿长大,只与我儿挑才郎。吾乃王觉是也。今乃大比之年,思想我儿挑起才郎。唐后先生过来。状元前来参拜,早来通报。〔下缺〕

(净唱)周德钦且听起。我有小女相许你,有何大事害你门。此事本该来从命,我在朝廷管你们。(小生唱【原板】)(净白)唐后先生过来。劝状元为〔完〕婚,重重有赏。①(外白)状元见礼。云云相爷有女相许,本该从他。听唐后一言相劝。

(唱)叫声状元且听起,听起唐后说你知。相爷有女相许你,有何大事害你门。此事本该来从命,推三推四可却何如?(白)状元本该依从与他。云云只怕后来有难。(探子上,白)西域作乱。云云赏他金牌,再去打听。(探子下)云云相爷上朝奏上一本,上该命周德钦作为先行,岂不是美?云云②(净白)起道上朝。(排子)启奏万岁,先行平乱则可。(排子)云云(内白)命哪一先行?云云周德钦先行。云云(内白)唔!周德钦文状元,怎生做得先行?云云他有文武全才,做得先行。云云(排子)唐后先生,圣〔旨〕一道,命周德钦作为先行而去。云云起道。(排子)(下)命他做先行,先行活不成。(下)云云(唐后上)(排子)(下)

附二　观　音

(正旦观音上,白)善哉,善哉,可是难也。我若不救他,谁救他也。吾乃妙善是也。今日湖州府周德钦,大洋江上大战一场,失水而亡。叫柳树精搭救与他。童儿,叫柳树精打上。云云(净上,白)头戴金冠高又高,身上蟒袍自然□。奉了

---

① 以下为外脚唐后先生的唱词和科白。

② 以下为净脚王觉的唱词和科白。

慈悲一道旨，慈悲跟前走一遭。吾乃柳树精是也。慈悲有旨到来，不免一走。慈悲在上，叩头。叫我出来有何吩咐？云云（正旦白）叫你出来非为别事，周德钦有难，前去搭救。且听一言。（排子）（净白）青山〔再三〕何用多嘱咐。云云（正旦白）想起都是会中人。（下）（净白）我乃柳树精是也。向前一变二变，船家出现。（下）

附三　超　生

（二花上，白）小将生来不可当，阴曹地府我为王。大洋江上来征战，放出冤鬼我为王。我乃鬼王是也。今日周德钦大洋江上大战一场，失水而亡。放出冤鬼，前去超生。小鬼，门闸开了。云云（排子）大洋江上大战一场，命你超生去罢！鬼们，回鸾。（下）

断　缘　殇

又名《目连救母》。全本已佚，仅存《拷打益利》《观音戏连》两出。其中《拷打益利》为童大喜抄于民国三十八年（1949）。全本据明郑之珍《目连救母劝善戏文》（下简称"郑本"）校订。

剧情提要：目连之父傅相信佛甚笃，平生斋戒吃素，博施济众，却于端午节被大鹏鸟啄去眼珠后身亡。其母刘青提愤于此，在胞弟刘贾的唆使下破戒开荤，大吃烤山羊肉等，因而犯下滔天罪孽，受到神灵的惩罚而被打入十层地狱。目连甚孝，为救母出家，在金山寺修行。后功德盖世，得佛祖锡杖、神灯相赐，终于破狱救母，并超度其升天，一家于天上团圆。

拷 打 益 利①

人物说明：老生：益利。正旦：刘氏。小生：目连。小旦：金奴。

（老生上，引子）② 香烟飘渺满华堂，人间〔困人〕天气日初长。彩凤蛟龙一样新③，阴阳和合似鸣琴。不想凤去凰心易，容〔鸣〕出雌鸡报晓声。

（白）吾乃益利是也。为何道此二句？当初老员外在世，老安人与他同心立誓，吃斋把素。不料老员外丧后，老安人违誓开荤，打僧骂道，拆毁桥梁。此事不是〔提〕。当初老员外在〔日〕，造得一所好三官堂，多时无人打扫。今日闲下无事，不免往三官堂打扫一番，有何不可。（唱）

【江头金桂】俺只见堂空人静，燕成堂上彩云飞④。我把三官仪音扫拂尘〔金容拂拭〕，再将地扫尘埃。

（白）你看，灰尘大重，还要取水过来，洒扫一番，多少是好。

（唱）再将水洒尘埃，把这蓬尘多扫净。（白）你看，琉璃不亮，想是无油，不免待我添油则可。

（唱）碧琉璃四壁光辉，真个是清水佛镜灯〔清虚佛境〕。（白）常闻古人云，为人须要灭却心头火，时常剔起佛前灯。可怪老安人可！

（唱）他是凭那火生性，灭却了誓词不省。（白）又遣小官人外出的呵！

---

① 郑本作《花园捉魂》。
② 郑本作【夜航船】。
③ 郑本作"彩凤文凰一样心"。
④ 郑本作"爇沉檀散彩云"。

（唱）他那里背子开荤，杀生害命，（又）你的心何忍？（白）三官菩萨的呵！

（唱）若不是益利扫灰尘，琉璃依旧无光彩，夜夜雕梁月自明。（又）（白）这些事情，小官人虽然不言，外人尽皆谈论，又道老安人，正是，好事不出门——（旦白）哎哈！你这老奴才，有什么好事不出门，恶事传千里？金奴，将这老奴才带过法堂，又请小官人上堂。（小旦白）小官人有请。（小生上，白）隔墙须有耳，窗外岂无人。母亲在上，孩儿拜揖。（旦白）罢了。（小生白）老娘为着何事将益利罚跪在此？（旦白）哎！这老奴才真可恶！（唱）

【前腔】他背地里妄生议论。

（小生白）老娘，他道什么？

（旦唱）他道我心火生性①，又道我背子开荤，杀生害命，（又）却没有个尊卑之分。（白）哎！你这老奴才！老畜生！人家养猫以捕鼠，不可以娱鼠，不捕犹可也，不捕鼠而捕鸡则甚矣？养犬以防贼，不可以娱贼，不吠犹可也，不吠贼而吠主则甚矣？皆是僧道一类之人，圣人比着为禽兽，你且自故之改自比〔不知攻彼之非〕，你反道我之过么？

（唱）真是捕鸡的猫儿，吠主的犬。奴才呵！岂不是辜负东人养育恩，养你则甚矣？（又）我儿休听细人离间，把我母子天恩，反作区区抱〔陌〕路人。（白）金奴，取家法过来。（小旦白）晓得。

（旦唱）我儿，你把恶奴戒惩。（小生白）孩儿不敢。

（旦唱）嗳！知〔使〕他自今〔戒警〕，遵守家法，是非内外无人规〔言无紊〕，贵贱尊卑分自明。（又）（小生白）儿顿首。（唱）

【孝顺歌】告慈亲，息怒心，念益利老奴言语昏，干冒罪犯当惩，儿哀求望娘容忍。（又）（白）老娘，自古道：尺雾遮天，不亏为天〔大〕；寸云遮日，何损为明？

（唱）娘便是个日，娘便是个天。益利胡言，正是尺雾寸云，如奈天日，何损则〔吾〕娘？（旦〔小生〕白）又道是：〔小人之言〕，善不足喜，恶不足怒。

（唱）娘且宽解，你的愁怀，（又）不须忧虑。（又）（旦白）我容他不过。

（小生唱）容他改过前非，（又）再图忠荩。（又）（老生唱）

【前腔】老奴婢，年老迈，（又）干冒罪犯天威。

---

① 郑本作"他说我唯凭火性行"。

（旦白）哎！你这奴才！你可知罪么？（老生白）小人知罪了。

（唱）安人沧海量，宽宏恩，天〔乞〕赐怜悯，怜悯我老奴愚蠢。（又）我今叩首，叩首在阶前，望安人宏消愿〔请消忿〕。（旦白）我容你不过。

（老生唱）容奴改过前非，（又）再图忠荩。（又）（旦白）我儿起来。（小生白）老娘，你不放益利起来，孩儿怎敢起来？（旦白）看小官人分上，赦容你起来。（老生白）谢安人。（小生白）益利，方才讲些什么？（老生白）没有讲什么。（小生白）方才道些什么？（老生白）并没有道什么。（旦白）嗳哈！你二人背后闲言道〔我非〕，我何曾做〔事〕有差池。此事只有天知道，竟往花园罚誓盟。益利狗才，快来。（老生白）老安人，等我，不要去。哎！是非只为多开口，烦恼皆因强出头。（即花园罚誓）（正旦唱）

【红衲袄】走到花园，一一从头听我言。为只为，背后闲言，骂我杀狗开荤。（又）我刘氏，要有开荤明破斋，天不容来地不载，葵花树下难见面。（又）鬼呵呵！（白）益利，来到此地，鬼怪甚多，不免我和二人转去么！（老生白）老安人，倘是转去，来得去不得了。（旦白）怎么？来得就去不得？（老生白）你要转去，小官人与外人知道，此事就是当真的了。（旦白）还是老奴说得有理，不免去到花园，拜告员外，望你阴中保佑，暗里扶持。

（唱）又来到，来到此地，有口难分辩，葵花树下说原因。（又）鬼呵呵！（白）益利，哎！来到此地，鬼怪甚多，你还要救救老安人性命罢！（老生白）老安人，（又）来到此地，老奴自己性命难保，我也不能相救于你了。（旦白）我还要去到花园拜过员外。我刘氏命该如此。我和你夫妻本是同林鸟，大限来时各自飞。（完）

观 音 戏 连①

人物说明：老旦：观音。生：目连僧。旦：小娘子。

（老旦上，白）善哉善哉，苦事难挨，我今不救等谁来？吾乃观音是也。今有孝子傅萝卜往西天参天救母，来此黑松林中，前后又无宿店，这便〔怎〕处？我

---

① 郑本作《过黑松林》，绍剧本作《试节》。

今不免设出茅房一所，化变凡间之女，等他来住宿之时，我把酒色之言调戏他一番，试他真心假意，然后度他升天。正是：麒麟产下麒麟子，皇天不负孝心人。话也未了，傅萝卜孝子来也。（生上，唱）

【江头金桂】① 远迢迢难寻去的途路，急煎煎难宽解的愁闷。痛伤伤我的娘，老娘，儿为你，悲寻西天境。娘在地狱门中受孤凄，涕流流泪满襟，涕流流泪满襟。

（白）我，傅萝卜，往西天参佛救母，来此途路上，前后又无宿店，这便怎处？天色将晚，不免趱行。（唱）

【金钱花】担头挑母挑经、挑经，慌忙走步前行、前行。看看红日坠西沉，忙投宿，问前村，寻宿店，且安身。明日里又登程，明日里又登程。

（白）来此一所茅房，不免前去借宿一宵，明日再走。府上有人否？（旦上，唱）

【前腔】忽听犬吠连声、连声，何人叩我柴门、柴门。开门一看是何人？（插白）原来是一位君子啊！

（接唱）前山是黑松林，行人少，虎逞横，茅舍里，且安身，且安身。

（白）君子请进。（生白）小生到此，进退两难，小娘子请来见礼。（旦白）君子少礼，请坐。（生白）同坐。（旦白）请问君子，家住哪里？姓甚名谁？到此何干？（生白）小娘子听道。（唱）

【驻云飞】② 听说原因，傅萝卜家住南阳王舍城。

（旦插白）你可有父啊？

（生唱）我父孝顺登仙境。（旦插白）你可有母啊？

（生唱）我母不把神来敬，一旦丧幽冥，一旦丧幽冥，苦难禁。因此上，挑母挑经往西天，要把活佛来问。凡事皆应遇太平，等待迟年，我自介出家人。（白）敢问小娘子，夫君哪里去了？（旦白）君子听道。（唱）

【前腔】若问夫君，抛别离家四五春。

（生插白）可有音讯啊？

（旦唱）一去无音讯。（生插白）家有何人啊？

（旦唱）只有相随影，提起好孤凄，提起好孤凄。辜负奴美貌青春，奴有花姿，纱窗月里〔冷〕却有谁看〔问〕？（生插白）我看君子不远千里而来。

---

① 郑本作【山坡羊】。
② 郑本作【半天飞】。

（旦唱）想不是无缘对面人，却不道浣纱项羽文〔巫山云雨乎〕。（生白）浣纱项羽〔巫山云雨〕，莫非是楚王的故事？（旦白）然也。（生唱）

【前腔】操守诚心，火不燃来水不浸。五蕴都修净，六根皆除尽。你是个妇人，你是个妇人值千金，休得要胡言玷辱夫君，休得要胡言玷辱夫君。

（旦白）黑夜昏昏，无人知证。（生白）小娘子，你道是黑夜昏昏，无人知证么？

（旦接唱）岂不闻，天知地知，你知我知，黑夜昏昏，无人知证。（生插白）我看小娘子起了这念头，量是不能相容了。

（唱）愿立阶前到五更，决不做违条犯法人。

（旦唱）堪笑痴僧。（生插白）阿弥陀佛。

（旦接唱）看他口口声声念佛经。（旦白）请问佛在哪里？（生白）佛在西天。（旦白）可知道。

（接唱）佛在西天境，渺渺无踪影。似这等夜半与三更，似这等夜半与三更，不须惊。何不同入兰房住宿一宵，倒凤颠鸾，此乐谁堪比。一夜夫妻百夜恩，休做痴呆懵懂人。（生白）你看小娘子起了此心，这便怎处呀？是了，不免对天立下誓来：皇天后土，日月星三光，我傅萝卜往西天参佛救母，若有此心，前途被虎所伤。（旦白）呀！今说虎，我不免遣出猛虎来惊他一惊。天灵灵，地灵灵，林中虎豹，急速来临。（虎出叫声伏）（生心惊）（火炮）（生白）呀！

（唱）忽听猛虎惊，莫把雄威逞。山公若有灵验，念我行孝念佛人。山公〔若〕〔欲〕无灵，我今自丧残生命。（旦白）呀！

（唱）阶前猛虎惊，我今开门等。何不入门来，脱离虎口配鸳枕。君子若肯听，一夜夫妻同欢庆。君子不肯听，你今自丧残生命。（生白）我宁肯死虎口，决不偕于鸾枕了。（旦白）虎退。（生白）且喜虎退去，想是天神应验，不免拜谢天地。

（唱）天开眼，神有灵，神有灵，虎豹犹如化作神。（白）小娘子，你在此拜什么？（旦白）我同拜天地。（生白）阿弥陀佛。我拜天地，且喜虎退去。（旦白）我拜天地，如我你的心愿。（生白）阿弥陀佛。（旦白）君子呀！奴这里有肉馒首一对，酒一瓶，拿来与你充饥。

（生唱）我不饮酒来不食荤，不食荤，吃斋保素〔甘清〕（家洁）净。（旦白）你既不饮酒又不食荤，且入兰房住宿罢了。（生白）阿弥陀佛。（旦白）你难道站到天明不成?

（生唱）岂不闻，关云长秉烛到天明。娘子休学卓文君，莫把相如牵引，相如牵引。（旦白）我看他心如铁石，不免假装一病，试他一试如何？啊唷！啊唷！

（唱）陡然一病腹中疼，翻来覆去痛在心。（生白）小娘子为何一时叫疼？

（旦接唱）忽然一病腹中疼。（生白）你还是新病旧病？（旦白）我乃是旧病哟！（生白）你往日怎样医法？

（旦唱）我往日，除非我丈夫在家庭，他把手摩摩方可宁，摩摩可宁。（生白）你何不急急自摩？（旦白）有道病手软如绵，焉能自摩？

（接唱）你是个出家人，慈悲为本，方便为名，你今把我腹来摩，一只手来救得一人之命，一人之命。（生插白）有道是，男女授受不亲，乃是礼也，救人一命，乃是义也。

（旦接唱）岂不闻，柳下惠，身体好〔曾抱女子〕到天明。君子，这便是磨而不磷，磨而不磷。（生白）你既晓得柳下惠，可晓得鲁男子否？

（唱）鲁男子，到夜深，到夜深，闭门不容女子进。随他冻死在阶前，决不把那清名污损，清名污损。我今将你腹来摩，满天河水难洗净。有道是，瓜田不纳履，李下不整冠。娘子，须要避嫌疑，难依娘子、娘子之命。（旦插白）嗳哟！嗳哟！

（唱）天将晓，鸡又鸣，鸡又鸣，翻来覆去痛在身。（生白）小娘子，摩腹一事万万不能了。（旦白）有道是：救人一命，胜造七级浮屠。

（唱）君子，我今哀告不回心，想是你来心无恻隐，心无恻隐。（生白）小娘子，人无恻隐之心，非为人也。我担头上有纸，取来隔纸一摩如何？（旦白）如此快快取来。（生白）小娘子，我来也。（旦白）呀啐！（变现观音）（生唱）

【闪闪】（显显）毫光一点明，一件奇事世间人。茅房女子俱不见，只见纸上现观音。

（白）我看张张纸上都是观音佛像，想是观音菩萨点化在此。不免挂在担头之上，望空拜谢。（老旦上，白）傅萝卜，抬头听我吩咐。（生白）阿弥陀佛。（老旦唱）

【驻马听】① 观世音，观世音，我今观见世间人。世间哪个无父母，哪个男女

---

① 郑本作【一枝花】。

念双亲，哪个男女哎念双亲。南无观世音，观世音。我今见一行孝子，只因母死丧幽冥。灵魂落在阴间里，渺渺茫茫没处寻，茫茫没处寻。南无观世音，观世音。萝卜本是行孝子，抛家弃业去修行，一声娘，一声佛，一头母，一头经，母亲来一头经。南无观世音，观世音。行一里来当十里，行一程来当十程。你今去到阴司里，救你娘亲刘氏青提，娘亲刘氏青提。南无观世音，观世音。横挑担头忙一步，堪堪来到黑松林。黑松林中多虎豹，我今度你过关门，度你哎过关门。南〔无〕观世音，观世音。路途苦逢遭磨难，高叫南无观世音。

（生接唱）看看红日走西沉，只见东方一点明。依旧挑经往前行，阿弥陀佛。

忤 逆 殇（老生单篇）

又名《桑孟一》《雷公殇》。全本佚，仅存老生桑孟一单篇，为俞惠传抄于民国元年（1912）。

剧情提要：浙江处州府丽水县秀才桑孟二上京赴考，得中状元而忘了父母。其父桑孟一千里寻儿到京都，被拒门外而不认，还活活被他打死。桑孟二终因天理不容，被天雷击毙；桑孟一经超度而还阳。剧作宣传天道无私、因果报应。

人物说明：老生：桑孟一。

（老生上，唱）老子打扮往前行，寻来不孝儿子及早回。若得儿子重相会，谁知去了不回归。

（白）老子姓桑名孟一，家住处州府丽水县。生下一子名叫孟二，逃出在外，老子思想寻归不孝儿子。家中还有个妈妈，叫他出来，别他一别。妈妈哪里？云云还礼。云云请坐。云云

（唱）妈妈有〔话〕未知，有话未晓。（白）妈妈，我和你八十有余，生下不孝儿子，逃出在外金华八县。老汉今日打扮起来，寻儿子回来，终身有靠了，妈妈。云云八十有余。云云好比什么。云云风前烛，草上霜。进解。云云老汉要去，不必阻留。云云妈妈做得什么东西在家？云云妈妈。

（唱）说起酒来话起酒，是我老汉旧朋友。（白）快去拿来。云云吃在肚里饱起来。云云有劳妈妈。云云快快说来。云云妈妈，你也吃了几杯吧！云云少小吃了一点。

（唱）吃了酒来还你杯，多谢妈妈来饯行。有道在家休要哭，出外免求人。此去若得儿子重相会，及早回归莫待迟。（又）云云（白）又道行路不吃酒。妈妈，你好回去。云云妈妈为何去而复转？云云怎么？要送我一程？快快锁下房门起来。云云夫妻两泪淋。（哭）云云妈妈，你在家中，初一十五上香点烛，保佑路途，保佑得来。云云妈妈说得有理。

（同唱）天灵灵，灵验，妈妈心康健。云云（白）早又不讲，老汉挑到街上去卖。云云怎么？守空房之空？快快讲来。云云思量起来哪一件？妈妈此言差矣，你在家中，初一十五上香换水，保佑我路途，是保佑得来的。云云讲得有道理。云云

（唱）天灵，灵验灵验，妈妈身康健。云云（白）你有空，本〔该〕挑到行上去卖。云云怎讲？是守空房之空？快快讲来。云云

（唱）云云妈妈，思量起来哪一件？云云妈妈此言道〔差〕了，老汉现在难道

搞死不成？云云妈妈，你有空，连我也不知路在哪里，还怎生是好呢？云云是没奈何之何。云云妈妈听道。

（唱）今朝别去是何处？没奈何，听我说起没奈何。走到东来没奈何，走到南来没奈何。走到西来没奈何，走到北来没奈何。天地上下你我思量起。云云思量起来讨个好老婆。云云（白）我出门带不你去，赛如么有老婆一样。云云快快讲来老汉知道。云云

（唱）今日分别去不归，不靠朋友还靠谁？路上好〔花〕偏要采，不采家里牛粪堆。云云（白）妈妈，难道怕你不成？你骨老乞婆。

（唱）别人老婆像老婆，我的老婆是腊鹅。（又）云云（白）妈妈，你今年多少年纪？云云可道，老都老了，那个要你？云云怎讲？心中还是爱我的？云云送君千里，总有一别。云云

（唱）匆匆拜别离家去，为寻儿子及早回。若得我儿重相会，及早回归莫待迟。夫妻好比长江水，日夜滔滔不断流。（又）（下）

毛 头 殇

又名《毛头花姐》。

剧情提要：永康县钱婆塘村姑娘钱花姐因家道贫穷，自幼卖给毛火龚家做童养媳。20岁时被迫与7岁的毛头成亲，精神极度痛苦。后与表兄货郎罗三培私通，被毛头瞧见并告诉父母，遂被赶出。花姐姑姑王氏唆使花姐假上吊，不料竟然失手吊死，阴魂不散，连声叫屈，惊动阎王。阎王亲自审案，放花姐还阳与罗三培成亲。

人物说明：小花：李毛头。花旦：钱花姐。小生：罗三培（表舅）。扎旦：王氏（姑妈）。二花：毛头爹。老旦：毛头娘。末：阎君。城隍。阴公阳公。老太公（无常）。判官。小鬼若干。

（报台）（幕外白）李毛头年方七岁，娶钱氏二十青春。欺嫌丈夫年纪小，罗郎三培结私情。堂上公婆尽打骂，王氏姑妈害他命。俩人去到阎罗殿，阎君台前判分明。钱氏判他还阳转，王氏千刀万剐凌。

（花旦唱山歌）林啦林啦哩林林啦，啦哩林啦哩林啦。奴奴手把珠帘开，轻轻移步出房来。火烧眉毛救眼下，几时等得牡丹开。奴奴好比天上星，日间昏沉夜间明。日间藏在青云里，夜间透出照私情。日头上山云里黄，贞节娘子出厅堂。棉纱勿纺麻不捴，丢了功夫等情郎。（关门，坐介）

（小生唱）你姐前去郎后跟，不知你姐爱何人？画龙画虎难画骨，知人知面不知心。（白）花姐开门。（花旦唱）听得郎音奴起身，特特起身来开门。（开门）（小生白）花姐，你还未睡？（花旦白）奴等你长久，你还刚到。（小生白）这时很早，还慢吗？（花旦白）这时还早吗？

（唱）私情言语慢慢说，请进房中吃点心。（小生白）点心勿要食得，这点事体随便点。（花旦笑）（双双进门，俩人同关门，同坐做介）

（花旦唱）你郎唱歌响铃铃，奴奴房中启私情。剪刀落地无心拾，诸般百事做勿成。

（小生唱）我郎唱歌响铃铃，厨中娘子有名人。依你说出私情话，不知你姐容情不容情？

（花旦唱）奴奴住在高楼头，有花之时不来偷。看你是个探花手，做个后生真呆头。

（小生唱）我郎住在隔厢楼，有花之时会来偷。祖宗三代探花手，腰边无钱做呆头。

（花旦唱）奴奴住在树蓬前，桃红柳白正少年。我奴黄蜂九里道，哪个后生敢向前？

（小生唱）我郎住在树蓬东，祖宗历代养黄蜂。手执三尺蓬蒿帚，哪怕黄蜂不归笼。

（花旦唱）你郎生好妙堂堂，生得不短又不长。昨日走到门前过，赛比新科状元郎。

（小生唱）你姐生好妙堂堂，与我情郎一样长。昨日走到花园过，赛比观音出庙堂。

（花旦唱）做郎不如做姐强，高楼大屋好乘凉。三餐粥饭奴手出，百般好菜奴先尝。

（小生唱）做姐不如做郎强，长柄雨伞好乘凉。脚踏多少好州府，眼观多少好娇娘。

（花旦唱）溪边杨柳抽嫩条，贞节娘子实难聊。你郎向前奴退后，赛比急水滩头捞红萍。

（小生唱）溪边杨柳抽嫩尖，海水煮菜不用盐。好石磨刀不要水，好郎调姐不要钱。

（花旦唱）奴奴园里打青梅，你郎园外走几回。若要青梅伸长手，若要私情夜间来。

（小生唱）你姐归园打葡萄，我郎园外看稻苗。你姐说句私情话，害我一身麻木堂不牢。

（花旦唱）你郎许我昨夜来，昨夜为何你不来。会来不来回话我，省得房门一夜开。

（小生唱）你姐叫我昨夜来，三叔有客叫我陪。陪客饮酒三更夜，三更半夜不敢来。

（花旦唱）你郎许我月下来，月下之时又不来。麻梗闩门扫帚该，油浇门铃风飘归。

（小生唱）你姐叫我月下来，我来之时门不开。不是孔明诸葛亮，三请四召不出来。

（花旦唱）当开之时你不来，隔壁人醒门难开。捏只雄鸡高声响，猫狸背鸡赶出来。

（小生唱）风吹竹叶响飕飕，雄鸡关在阶沿头。你姐有此好妙计，明夜之时再来偷。

（花旦唱）奴奴园里栽绿葱，绿葱花开闹丛丛。你郎有钱该讨妇，省得长脚短手候别侬。

（小生唱）你姐园里栽绿葱，绿葱花开自然红。上年要讨天注旱，今年要讨手头空。

（花旦唱）你郎要去奴难留，奴奴难留去了休。前朝古人说得好，半路夫妻不到头。

（小生唱）有啥到头不到头，你姐好比一盆油。灯草无油灯不亮，眼睛无珠去了休。

（花旦唱）奴奴溪边洗包头，眼泪含含乘溪流。你郎问我因何事，嫁个老公冇出头。

（小生唱）自小唱歌与姐□，我郎唱歌姐拢头。姐过三年人长大，纱线穿针难做头。

（花旦唱）奴奴生好像观音，衣衫领上镶花襟。清水养鱼鱼露眼，风吹灯草动郎心。

（小生唱）有何说话动郎心，好比江中失掉针。姐做鲤鱼郎做獭，今夜之时来伤人①。

（花旦唱）你郎说话莫野蛮，奴有公婆在房间。只说奴奴多主意，黄藤绕树脱身难。

（小生唱）我郎说话不野蛮，千山万水来太难。只有你姐行方便，早些云雨啥为难。

（花旦唱）你郎说话未老到，听你言语一片高。奴奴明白方便你，莫说自己本事高。

（小生唱）有心骑马带马鞭，有心嫖姐便带钱。马若不走加三鞭，人若不肯加铜钱。

---

① "伤人"，疑为"相寻"。

（花旦唱）奴奴生好自然爱，千头万绪等郎来。心做刀套无刀插，铜皮铁锁等郎开。

（小生唱）高山砍竹竹连柴，饭甑无底气冲天。好花落在草蓬里，你姐无郎空少年。

（花旦唱）奴奴门前栽木香，你郎归去莫思量。若是思量相思病，思想病压太难当。

（小生唱）你姐门前栽木香，我郎归去便思量。若是思量相思病，你姐腰边讨药方。

（花旦唱）奴奴房中织绫罗，你郎门外唱山歌。听得郎音来说话，腰酸手软难穿梭。

（小生唱）你姐房中织白绫，我郎背后打苍蝇。只顾前面穿梭去，不顾后面有私情。

（花旦唱）奴奴与郎好相知，私情正好难分离。鸳鸯交结同林鸟，恐怕情郎露天机。

（小生唱）我郎与姐好相知，私情正好难分离。我郎若把天机露，晴天白日雷公诛。

（花旦唱）郎有言来奴有音，句句言语动奴心。堂前叔伯眼目紧，房中说话难应声。

（小生唱）有何说话难应声，早吹红灯便闩门。骑马过桥无踪迹，钢刀破水水不开。

（花旦唱）你郎要来斗胆来，不可门外待一待。隔壁邻舍有冷眼，口中不说肚中猜。

（小生唱）昨夜来到姐门前，可恨黄犬赶出田。隔丘田头失一脚，误了一春不种田。

（花旦唱）有啥种田不种田，到奴家中过荒年。夏天还你绸绢衫，冬天还你有棉鞋。

（小生唱）不要推四又推三，你说公婆在房间。只有你姐心有意，做双花鞋啥何难。

（花旦唱）上年许我银耳环，今年许我裙布衫。耳环裙衫若送我，方便之时啥何难。

214

（小生唱）春天雾露连山来，劝你姐姐莫爱财。鸟若贪食枪头死，姐若爱财郎不来。

（花旦唱）有何说话来不来，有也来时无也来。苏糖配茶回味好，鸡子无黄白也来。

（小生唱）谢姐恩来谢姐言，谢你姐姐好姻缘。冬天寒鸡望娘领，小郎全望姐包恋。

（花旦唱）劝你情郎莫聊洋①，恐怕邻舍备刀枪。你郎若为枪头死，丢了妻子痛心肠。

（小生唱）自人做事自人当，长柄木勺不怕汤。新打路铁不怕石，有情不怕雪风霜。

（花旦唱）百花园里百花香，今夜遇着好情郎。亲夫不如野夫好，真花不如野花香。

（小生唱）温州草席四角方，杭州锦被绣鸳鸯。锦被盖郎郎盖姐，草席垫姐姐垫郎。

（花旦唱）奴奴门前一丘田，连荒是荒十八年。中央出了太湖石，两边油草出满田。

（小生唱）新铸犁头郁郁光，你姐腰边来耕荒。中央耕着太湖石，两边油草耕得糊浆浆。

（花旦唱）你郎到我家里嬉，无钱买肉杀雄鸡。别人问我鸡不啼，猫狸拖去我不知。

（小生唱）你姐到我家里行，无柴烧锅拆薄蓬。别人问我薄蓬拆，秋天薄儿满地生。

（花旦唱）昨天糖客来卖糖，意欲买糖倩情郎。奴奴手长衫袖短，有钱也会买风光。

（小生唱）昨天油客来卖油，意欲换油姐搽头。我郎手长衫袖短，有钱也会买风流。

（花旦唱）郎穿衣衫浪节齐，后来必定会偷鸡。别人看着脚打断，方岩大路讨铜钱。

---

① 聊洋：永康方言，即"随便"。

（小生唱）劝你姐姐莫风流，少年风流老来愁。皮黄骨瘦无人要，双手捏棒靠门头。

（花旦唱）你郎好比是雄鸡，满地姻缘做夫妻。十回廿回无次数，翅膀撑开又会啼。

（小生唱）你姐好比皆狗娘，看着雄狗便是郎。两只三只无次数，拖来拖去害爹娘。

（花旦哭，唱）奴奴想起真凄凉，一夜便有两夜长。别人风流有交易，奴奴风流守空房。

（小生唱）你姐喜好守空房，交易自然也本当。不嫌我郎才貌丑，锦鸡也要配凤凰。

（花旦唱）一更一点归奴房，点起红灯起毫光。凳头彭彭叫郎坐，欢天喜地去上床。

（小生唱）二更二点郎吹灯，吩咐你姐莫作声。隔壁邻前若晓得，做出丑事得依惩。

（花旦唱）三更三点郎共头，出身白汗满床流。吩咐你郎少用力，还有好事五更头。

（小生唱）四更四点郎声叫，十指尖尖抱郎腰。口含情郎三寸舌，冰糖含口自然娇。

（花旦唱）五更五点听鸡鸣，吩咐你郎好行程。郎行几步回望姐，半路分别眼泪流。

（小生唱）只有五更无六更，你姐做事不要乖。你姐有事撑郎胆，私情里面乘后生。

（花旦唱）今夜有郎夜亦短，昨夜无郎夜亦长。难道皇天有两样，一夜短来一夜长。

（小生唱）郎有心来姐有意，相约姐姐后山嬉。你姐归园去打菜，小郎背后赛画眉。

（花旦唱）情郎说话不成依，未曾受你三分铜。陪粥陪饭陪郎坐，陪针陪线陪郎缝。

（小花上，数板）嘿七嘿七真嘿七，老婆长又长，老公短又短。老婆家里纺棉纱，老公十字街头做好客。（白）赫赫莲花喔呼呼，抬头挤瓜瓜，差点一跌跌去仰八旦。天色冷嬉嬉，弄什么娘什尿。我毛头太公东嬉西嬉，嬉到杭州转头。我家里有个老婆，没同有人相好便便。我便要走进去看一看。啊！啊呀！招绝哇！绝哇！我阿娘的岩头门槛，长衫衣角擦来揩去，已磨去了寸把多了，像我家担栏肥，拖进拖出。不知有人无人，我便要听见吗起啊！（偷听）

（花旦唱）日头上山一点红。（小花白）动了，动了。

（小生唱）你夫出门打包工。（小花白）两个，两个，脚要①，我上好②出门看牛工。

（花旦唱）六月日头双个驮。（小花白）喔！还有点良心，还两个驮，三个驮也不止呢！我肩胛头都晒脱皮了。

（小生唱）晒死毛头嫁我侬。（小花白）别慌，慢起，如想我花姐嫁你，铜钱担它百十念车。我毛头太公亲笔……哔！卖半个你，和你讲清楚，上半个卖你，下半个是不卖你的，我自毛头太公冷时要捂捂脚咯！

（花旦唱）奴奴归园打好花。（小花白）正是哪！你花起来，好有人中意你。我要同阿爹阿妈讲出来咯！

（小生唱）可恨你堂前老大家③。（小花白）连我的娘都骂到了。

（花旦唱）千死万死，死勿我大家着。（小花白）你不要咒得，日咒夜咒，咒得韧凋凋。

（小生唱）害我十次私情六次差。（小花白）慢起，我便要算见码起④。（扳手算）这四夜是扎扎实实被你偷去了啊！我还要再听一下。

（花旦唱）奴奴归园摘绿葱。（小花白）喔！摘绿葱总是烧半夜餐了，我要和妈讲出来咯！

（小生唱）可恨你堂前老子公。（小花白）连我阿伯都被你骂着了。古话讲，日咒夜咒，咒得韧凋凋。咒不死的，我便要出双眼睛看看你。

（花旦唱）千死万死，死勿我子公着。

（小生唱）十次私情四夜空。（小花白）慢起，我便要算见码起。（扳手算）这六夜是扎扎实实被你偷去了。三脚拉，一半掰，大半个被你拿去了。你要紧，你

---

① 脚要：永康方言，即"没错"。
② 上好：永康方言，即"正好"。
③ 老大家：永康方言，即"婆婆"。
④ 算见码起：永康土语，即"算算看"。"码起"，无义，为永康方言的语气词。

一个月，我一个月；再要紧点，你一夜，我一夜；再要紧点，你前半夜，我后半夜；再要紧点，你上我落，我上你落，好像我爹妈阿麻〔埠〕头踏水一般了。唉！真难过咯！真怨心，我要叫进去。（叫门）花姐开门，花姐开门。开门，开门……（花旦做介）（小生下）喔！原来里面是和打人命一样了。花姐开门。（花旦白）哪个叫门？（小花白）毛头太公归来了，我到杭州一领草席买来了。开门呀！花姐。（花旦白）安睡了，不开了。（小花白）什么？睡了？我刚才还听到你们俩人讲话咯！（花旦白）当真不开了。（小花白）那么，叫我今夜到哪里宿呢？（花旦白）到母亲家中去宿。（小花白）什么？叫我到母亲家中去宿啊？（数板）哎！真真天不平地不足，牛耕田马食谷。毛头太公有内家，干啥要到母亲家里去借宿？（白）花姐，开不开啦？（花旦白）当真不开。（小花白）真的不开呀！我爬狗洞也要爬归咯！当真开不开？（花旦白）当真不开，你爬进来啊！（小花白）我小时是爬进爬出咯！我爬爬看。（小花爬状，刚好被挡住，退回，白）这两年，不印长不印驮，印个屁股像麦磨。让我放在阶沿石上磨掉八十廿斤再说。（磨状）呜呼呼！这下子磨得屁轻了，肯定钻得进去了。（钻状，同上）古话讲，聪明一世，糊涂一时，磨屁股咯要磨两边，怎么只磨一边？轻重边是要打翻迁咯！这边也磨它百十廿斤起。（磨状，又钻）（花旦做介，用纸扇扇沙石在小花眼中）你这狗瘟！早不摇尾巴，迟不摇尾巴，刚刚我毛头太公钻狗洞来你摇尾巴了，害得我的眼睛掉到黄沙里了。喔！我想到了，母亲小时教我一个符咒的。老鸦，老鸦，替我毛头太公撮粒沙，红头绳接尾巴，用点刷帚拍刷拉刷拉刷黄沙。（吹口气状）喔！这符咒有点灵咯！（做介，花旦用纸扇打在小花屁股上）（骂白）你这猫混账！早不扒瓦，迟不扒瓦，等我毛头太公钻狗洞末，你来扒瓦了。一片瓦片落在我屁股上，屁股都掉两片了。这下子我要双脚伸进先试一下，如果先用头钻进去，那是要被他们一个按头，被打死咯！（一试）还好，平安吉庆。（做介）花姐，你讲睡了的，怎么还坐在这里咯？（花旦白）我正起来的。（小花白）那是还有点良心咯！（看状）花姐，我看你面上怎么一点红一点青，坐在这里会抖哪？（花旦白）我衣服穿得少。（小花白）如衣裳穿得少，可开箱把衣裳穿起来咯！花姐，你知道我到哪里归来？（花旦白）不晓得。（小花白）我和你讲喔！我是从杭丢归来。（花旦白）是杭州。（小花白）吓！我是走脚丢脚的，才说杭丢咯！我从杭州一走走到金华苦。（花旦白）是金华府。（小花白）金华府我还不晓得，金华人是很苦的，肩膀头皮担反过来了。（花旦白）那是披肩。（小花白）什么？那是披肩啊！怎似哭？我看他们一点也不痛。

那末，金华府一走，走到小娘肚皮桥。（花旦白）是浮桥。（小花白）踏去尿头挤见挤见①咯！（花旦白）烂桥板。（小花白）浮桥一走，走到岭上朱。（花旦白）是岭下朱。（小花白）我岭下朱还勿晓得岭下朱？这下子是我到家些了。我相从上头走落是岭下朱，下头走上是岭上朱。（花旦白）地名唤作岭下朱，勿好改咯！（小花白）岭下朱一走，走到交麦道。（花旦白）是交道。（小花白）我交道还勿晓得交道？今年刚的确碰着大晒②，稻末晒去，种田脚③讲，今年稻交勿出，下年种点麦交交，这叫作交麦、交麦。（花旦白）地名唤作交道，勿好改咯！（小花白）交道一走，走到花颠。（花旦白）是花街。（小花白）花街还勿晓得花街？价时节是走得颠去了呢！（花旦白）地名唤作花街，勿好改咯！（小花白）花街一走，走到跳桥。（花旦白）是立桥。（小花白）立桥我还勿晓得？刚好碰着打驮水④，走不过去，一桶桥被吹掉，我就跳过来了。这就是跳桥了。（花旦白）便是立桥。（小花白）立桥一走，走到四岭头。（花旦白）是三岭头。（小花白）三岭头我也晓得，古时候，老何作法，兵马多麦，一里路踏长出来了。（花旦白）长勿出咯也是三岭头。（小花白）三岭头一走，走到驮锅孔⑤门口。（花旦白）是城门。（小花白）城门我还勿晓得？我看稻秆、麦秆柴都塞那归的。（花旦白）是挑进去卖的。（小花白）啥咯？挑进去卖咯！我讲那锅孔那么驮。城门一走，走到永康府前。（花旦白）永康县前。（小花白）花姐，我和你讲啊！比府前还〔热〕闹些。县前一走，就走到县底哇！（花旦白）县里。（小花白）花姐，我和你讲喔！一个弓塘侬⑥是卖鱼花的，一个永祥侬是卖笋的，两个侬都卖掉了，都买冷酒翻倒粪⑦咯！鱼花笼、笋篓都勿要了。一个弓塘侬一根扁担举起来，呼！按⑧在这一边；一个永祥侬一根扁担举起来，呼！按在那一边。又一个做烟老师走出来了，头上一个烟帽戴起来，身上衣裳，前头一块后头一块补起来，钻出来一见看，讲，好天气，好

---

① 挤见挤见：象声词，即脚踩在烂桥板上发出的声音。
② 大晒：永康方言，即"大旱"。
③ 种田脚：永康方言，即"种田人""农夫"。
④ 驮水：浙江方言，即"大水"。"驮"，即"大"。
⑤ 驮锅孔：永康方言，即"大锅圈"。比喻城门。
⑥ 弓塘侬：永康方言，即"弓塘人"。"弓塘"，地名。"侬"，即"人"。
⑦ 此句意为喝冷酒喝醉了，永康方言。
⑧ 按：永康方言，即"醉"。

天气。啊哟！（退后坐）花姐，你怎咯乱装过①？你的纸扇替我屁股孔这么多堵进去，不像火烧，不像油浇，不焦不烂，难过得很。（花旦白）挨着。（小花白）啥咯？的确挨到我这里来，为啥不挨着你那个地方？（指下身处）那末，一个标青的来了，拿一张白纸喊：标青喔！（跪下）（花旦白）起来。（小花白）啥咯？你以为我跪你啊？我是做点样你看见，叫作古话讲：老公如跪老婆，天雷勿打无奈何。天雷不打，地雷公也要串上来咯！那末个驮老爷呢！唉！你这个标青人拿来捉虱。那弓塘侬、永祥侬扁担放了，替他脱掉裤子捉虱。花姐，那虱是很多很多的，双手捉不及，用扁担捉咯！一、二、三、四、五。（花旦白）那是大老爷打屁股。（小花白）啥价？那个就是大老爷啊！大老爷那么穷末，帽都没戴，戴个推刨壳②。（花旦白）那是纱帽。（小花白）啥个？是个纱帽？和推刨壳很相似咯！为啥衣裳也没好穿？前一块后一块补起来。（花旦白）是朝衣，前胸后背。（小花白）花姐，大老爷老婆也没个，鞋也没那穿，一双锄头套套起来。（花旦白）这是朝靴。（小花白）花姐，呼！全靠我逃得快，如逃不快，那屁股就要打得像蜡烛油来。县前一走，走到三三坛。（花旦白）是三川坛。（小花白）花姐，这下子你不要来了，你妇人家是我晓得些。（写字状）一个是直站着的三，一个是横着的三。（花旦白）那横是三字，直的是川字。（小花白）这么说，是你比我到家点。三川坛一班戏伯伯在那里做戏。（花旦白）是戏子弟。（小花白）啥咯？戏伯伯是我称他小点，我若讲来是戏太公都好称呢！我走到戏房去，坐在戏箱上，一个戏子弟捧着茶过来了。我接过来问他做啥脚色咯？做大花脸。你今年几岁了？一百廿八岁。我走下来，走到那一面，一个戏子弟来递烟。我说我烟是不食的。我问你做什么脚色咯？做花旦。今年几岁了？九十六岁。一个一百廿八岁，一个九十六岁，称他戏伯伯还小点，照讲，我称他戏太公、戏阿爷都可以了。接着，一本戏单拿来了，叫我挑戏，我挑了两本戏，一本是《关老爷归股潭》（花旦白）是《关公归古城》。（小花白）啥咯？归古城啊！我讲呢！关老爷丈几长，这点股潭啥走得归？一本是《关头索》。（花旦白）是《送皇嫂》。（小花白）我走出来，三川坛一走，走到肚饥山头。（花旦白）是土山头。（小花白）花姐，我那时走得很肚饥了呢！刚刚碰着落雷婆雨。（花旦白）是雷公雨。（小花白）雷公难道没老婆咯？（花旦

---

① 乱装过：永康方言，即"乱来"。
② 推刨壳：永康方言，即当地制作番薯丝的铁刨。

白)也便是雷公雨。(小花白)雨过之后,那兄弟三个,白照①生咯出来了。(花旦白)哪兄弟三个?(小花白)一个蜿蝶,一个蜈蚣,一个蟑虫。蜿蝶是坐洞虎,蜈蚣爬到蜿蝶门前过一过,蜈蚣一百廿只脚被蜿蝶都食掉。蜈蚣勿肯了,要来寻脚了。(花旦白)到哪里寻?(小花白)到花姐家里寻。(花旦白)勿要寻。(小花白)要寻,要寻啊!(数板)蟀蟀索,蟀蟀索,今夜蜈蚣来寻脚。你花姐,一个头,哪里会有两双脚?(做介)(花旦白)这是谁?这是谁?(小花白)你猜猜看。(花旦白)这是表舅,不要慌,你先陪陪表舅,我到厨房化两个鸡蛋给你吃。(下)(小花白)鸡子我倒勿吃得,你自己搞点给那个吃力的人食食。(花旦、小生做介,被小花发现,拍手叫)阿呀呀!大家看,别人留客是说:慢点去,再来嬉。我家留客是用口嘴、眼睛留咯。(小生白)毛头。(小花白)什么?你叫我帽头啊!我今年七岁,你叫我帽头,如小点,叫我衣裳头;再小点,被头;再小点,鞋头;再小点,尿屎布头……都要叫来了。(小生白)小小年纪,叫叫何妨?(小花白)那是不依你讲的,你如是我的表舅,应叫我表妹夫。(小生、小花白)那末,咱们来叫叫看。(两人张口欲叫不出)(小花白)假货总是假货,喉咙骨硬掉叫不出的,拍掌胸脯头,啊!表……啊!这真是假货,表字叫出来,这个舅字喉咙骨又硬掉了。硬着头皮叫。表舅。(小生白)表妹夫。(两人互叫数声)(小花白)脚舅,乱舅,虾皮搭柳②,你真价表舅,哪里要躲在花姐布帐后咯咯咯抖?(笑)这是假货,假货。被我讲几句,他响不来了③。表舅,你让我认见码起④。(左右认)喔!表舅,你贴过年对贴过吗?(小生白)贴过的。(小花白)哈!别人贴过年对,红纸整张买来,剪出来写七言、五言。我表舅贴的是四言到脚,他是年初一、三十日不出去的,年初二出门,背只衩马袋,春袋装进去,走到灰堂⑤,芋粽拿来,草鞋脚穿来,蹬蹬蹬去了。看到一户人家有点样子,芋粽一揸,就贴上去了。别人贴春联没有话,我表舅贴定后还有几句文谈:大吉大利,买田置地;大吉到门头,养猪大如牛;大吉到门顶,买田千千升;大吉到门槛,买田千千万。亲娘、表嫂讨新年咯!(到小生面前)这便是你,表舅。(小生白)这是讨饭人。(小花

---

① 白照:永康方言,即"白日"。
② 虾皮搭柳:永康方言,意谓人轻飘、不端。此处讽刺表舅罗三培嫖戏花姐。
③ 此句讽刺罗三培无话可答。
④ 此句意为"我要认识认识"。
⑤ 灰堂:永康方言,即"灶堂"。

白）这便很相似很相似。让我再认一认，啊！认到了，认到了，这下子就逃不去了。表舅，你方岩店开过勿？（小生白）开过的。（小花白）对了，对了，这下子逃也逃不去了。别人开方岩店，屋也好，什么方岩货、头梳……样样都有。我啦表舅和别人是不同的。屋是三根柱到地，货也摆得多，有筐头、篮头……别人说：客，买点去呀！我啦表舅卖东西是讲：奴！酒糟、猪油板、蜡烛油敲①起来，张贴在脚上，看见一班人过去，就把双脚抖起来，口里叫：相公、太太，上岩烧香，下岩修福，给我这烂脚人，拿点布施布施。一班人过去，一个也不出手，那他的脚也不痛了，站起来，门里骂：你们这些人，上岩不烧香，落岩装精光。上岩烧香不修福，落岩要火烧屋；上岩不分铜钱，落岩要烂肚脐。表舅，这个就是你。（小生白）这个是讨饭人。（小花白）我便讲很相似，很相似了。表舅那就糊里糊涂认认好了。表舅，你知道我到哪里回来？（小生白）勿晓得。（小花白）我到杭丢回来了。（小生白）是杭州。（小花白）我有些东西学来，表舅。（小生白）啥东西？（小花白）我有些谜学来。（小生白）你做个我猜猜。（小花白）啥咯？你会猜谜的？我做来你要猜出来。（念）约②你的娘，倒你的娘，捣你的娘，彭你的娘。（小生白）不是谜，不是谜，你是骂人。（小花白）谜啦！（小生白）你的谜，你讲出来。（小花白）难为你表舅了。先和你讲个出来起。那就是鸟枪。约你的娘，就是把枪约来；倒你的娘，就是把枪硝倒进去；捣你的娘，就是把硝捣塞紧；彭你的娘，就是枪打出去。我再做个你猜猜。（念）三头六耳朵，八脚四手臂。我两个高兴，便你一个人要淘气。（小生白）又是骂人。（小花白）我怎会骂你，表舅，是真的谜。（小生白）真的谜，你谜底再讲一个。（小花白）管他娘。我再同你讲一个。表舅，就是劫猪③是，猪一个头，按猪脚一个头，劫猪一个头……（小生白）再做个谜我猜猜。（小花白）好。你，（念）轻脚轻手，候在门口；不怪别人看着，只怪你自打嚏咳嗽。（小生白）不是谜，是骂人，如果真是谜，你同我讲出来。（小花白）这是吃炒面粉。（念）（小生白）再做个猜猜。（小花念）擦擦股潭插根筷，我娘灯勿点着恁你自，我娘灯点着，要你逃不及。（指向小生）（小生白）不是谜，是骂人。（小花白）这是老鼠。（念）背脊一根筋，肚下一大瓶。和尚归

---

① 敲：即"拌"。全句意为：把酒糟、猪油饭、蜡烛油拌起来，敷在脚背，装作烂脚的样子。

② 约：永康方言，即"捏""拿""提""背"。下同。

③ 劫猪：永康方言，意为给雌猪做结扎手术。

洞口，里面钟鼓叮当声。（白）和你讲出来吗？表舅，表舅，尿壶。（指小生）做谜不做，换掉。（小生白）换掉干啥？（小花白）唱四歌。（小生白）山歌。（小花白）我若唱起来是四个也无数的。（小生白）也是山歌。

（小花唱）唱山歌啊！表舅穿衣节节齐，后来必定会偷鸡。别人看着脚打断，别人看着你在方岩大路讨铜钱。（小生白）勿要唱。（小花白）要唱，还要唱个天啊！

（唱）表舅生好真英雄，好比前山狗头熊。身上出毛还可得，面上出毛难见侬。表舅生好白肚兜，一年三次到杭州。上上下下望你慢慢走，做个后生这样无出头。啊！（小生欲打）（小生白）勿要唱。（小花白）我偏要再唱一个啊！

（唱）表舅生好真风流，少年风流老来愁。三十年前平平过，三十年后看你提箩靠门头。（同上）表舅生好像斑鸠，站在三百田头候泥鳅。三十年前讲讲过，三十年后看你仰八四翘死在大路头。表舅生好妙堂堂。（白）不唱，不唱。（小生白）这个唱得好，再唱一个。（小花白）我和你说好，表舅，我唱得好，你不要表彰，唱不好，你不要打我。

（接唱）好比前山黄鼠狼。（小生打）黄鼠狼，黄鼠狼，三寸毫毛作文章，牌坊树在县前巷。（白）表舅，你到底有几步功名？（小生白）一步也没有。（小花白）可道，黄鼠狼的毛我一根也拔不出来。口嘴乌墨墨，己身没有几点重，啥有力气拖鹅娘？换掉，换掉，和你唱料子①。（小生白）唱曲。（小花白）唱曲也是要料踏的。（唱）

【北驻云】表舅无理，张嘴喳喳，强唇为一。老婆是我的，被你来占去，可恨强人太无理。我做孩童，你做强人，姐做红娘，我和你三人共相连，你若风流剥你皮。

（小生唱）小畜无理，张嘴喳喳，强唇为第一。这是我的亲表妹，到来嬉嬉何妨的？小子太无理，小子太无理。打是打来骂是骂，打死小畜有口难分辩。（做介）（小生打小花）（小花白）花姐，表舅打我。（花旦上，同小生一起哭）（花旦、小生唱）

【不是路】一对鸳鸯朝紧水，双双飞过碧莲池。可恨黄鸟来拆散，郎在东来姐在西。（小生逃下）（做介，吊小生，吊个花旦）

---

① 料子：永康方言，即"曲子"，指南北曲。

（小花白）明明一个雄的吊起来了，却吊个雌的。花姐，个表舅啥这样的？叫我做谜，他猜不出，要打我；我唱山歌，他要打我；我唱料子，他又要打我，这表舅怎么是这样的。花姐，我到杭州有很多谜学来。（花旦白）做个我猜猜得咯！（小花白）呼呼！这下子好了，老公会做谜，内家会猜谜，真是拳师碰着对手了。我两句头做个你猜猜。（念）日间熬又熬，夜里毛对毛。（花旦白）不是谜，如若谜讲出来。（小花白）是谜。还说会猜谜，原来是结心火筒①。难为内家，男子我和你讲便了。这是眼睛，奴！白天像你用眼睛熬又熬看后生，晚上眼睛闭着，上毛对着下毛。（花旦白）像的。（小花念）花姐家伙仰下面，表舅家伙约得健。横边一个假衬短②，吱点清水挤满面。（花旦白）不是谜。（小花白）正是谜。（花旦白）正是谜，讲出来。（小花白）这是春馍糍。你好比春，表舅好比斩起头③，假衬短是我娘。（花旦白）像的，再做一个。（小花念）我么仆，你么仰，小婶和驮妈讲，驮妈咙喉咯咯响，横竖被他听着了，和你两个为稍爽。小婶是小锣，驮妈是大锣，仆和仰是钹，就是敲锣鼓。肉锤对肉孔，提起三把送，送点水出来；肉锤如不动，肉孔也不动，这就是小孩吃奶。头髻抓来，横腰抱来，皮裙若掰开，点水便流来。这就是雨伞了花姐。天上一个驮月亮，刷，掉在花姐老×上，药船是，就是药店的药船。两手掰，两脚站，肚脐对肚脐，横边一个假衬短，约点东西出，相似鼻头涕，磨豆腐是。头驮胫细，塞进孔底，我么堵见堵见，你么眼睛介见介见，刷耳朵粪。一点东西不上三寸长，一头有毛一头光，塞进去吱吱响，拔出来一勃白白浆，这是刷牙。毛么缝啦过，缝么毛啦过，你自勿晓得，你的阿娘总有过，头梳。一把抓来，布裤带解下来，两脚掰开，我么只只约来，种田。两手掰开，夹毛塞进，塞进为热，拉出为扁，穿袜。两个对面弄，当中弄条缝，上头讲腰酸，下面讲屁股弄痛，拉木锯。十个将军扛根桁，一扛扛到五公坑，桁头弄坑口，十个将军刷溜走。（小花钻花旦耳朵轻讲）这就是你和表舅做的那件事是了。（花旦欲打介）换掉，换掉，唱四歌。（花旦白）唱山歌。

（小花唱）花姐生好面皮青，驮结麻丝靠门桢。日间驮麻千斤重，夜间驮郎披荡轻。（花旦白）勿要唱。（小花白）便要唱。

---

① 结心火筒：永康方言，即"实心火筒"，比喻没有用的意思。"火筒"，农村灶堂吹火用的工具。

② 假衬短：永康方言，即"帮手"。

③ 斩起头：永康方言，即"捣杵"，农村春年糕、春米的工具。

（唱）花姐生好白赫赫，好比画眉相打脱落坑。雄的脱落还可得，雌的脱落么仰筝筝。花姐生好像狗娘，看看雄狗便是郎。两只三只无个数，拖来拖去害爹娘。花姐生好妙堂堂……（白）喔！勿唱，勿唱。（花旦白）这个唱得好，唱落去，唱整个。唱得好么，约点你食食。（小花白）我和你约定，唱得好勿要你约我食，唱勿好，勿要打我。我唱见码起啊！

（接唱）一夜招来十个好情郎。（花旦白）你还来。（小花白）我还你，一个两个。（花旦白）打你死。（小花白）三个四个。（花旦白）打你死。（小花白）五个六个。（花旦白）要打你。（小花白）九个十个。（花旦白）要……（小花白）原来妇人家是老公不嫌多咯！一个两个要打我……十个九个平平稳稳勿打我了。我还你啊！

（扳指头科，唱）一个杭州去做客，一个骑马走苏杭。一个桥上买烧饼，一个桥下买沙糖。一个前园种韭菜，一个后园铲生姜。一个买花你姐插，一个买粉你姐搽。（花旦打小花扳的指头）（白）阿呀！被你装落完。哎！这老八咯！

（接唱）一个床中做好事，（扳指）一个门外唔啦哈啦等先王。（数板）便请隔壁邻舍算一算，连我毛头太公算算十一个。十个情郎一齐来，好比饿鬼来分赃。（白）换掉，换掉，唱料子。（花旦白）唱曲。（小花唱）

【北驻云】懒滩婆娘，（花旦白）你骂人，勿要唱。（小花白）花姐，你真是耳朵不驮听，股潭来答应。我是讲，我和你两人养鹅娘哈哎！

（接唱）眼大眉粗脚又长。双奶葫芦样，挂在胸膛上。牙齿像金镶，头发黄苍苍。八副罗裙结起好像灯笼样。喔呼呼！两腿无毛屁股光。（做打介）

（花旦唱）小畜无理，我今言来你听知。昨日来了亲表兄，与你小畜何干涉。小畜太无理，小畜太无理，我有二十青春，岂肯配你七岁郎君？被你小畜误了佳期，打死小畜不饶你。（打介，打小花）（小花喊）阿娘，阿伯，快来呀！打死了哎！（小花被打昏死过去）（老旦白）老骨，老骨。（二花白）我骨内家前半夜还在骨了，后半夜被那些后生欺去了，你们勿好这样的，你们应该做做好人了。（老旦白）价干什么？像颠依一般干什么？（二花白）哈哈！你什么时候走出来咯？（老旦白）我双脚递来一下勾的时候。（二花白）喔！双脚递来一勾时候呵！我认为叫我那个事情。这几天做得吃力，我以为没有依了，我么到处摸，连尿壶里都摸过。（老旦白）尿壶是进得去咯？（二花白）连小依放尿都荡进荡出。鞋错换，连布裤也错换了。（老旦白）就这样得了，反正晚上别人看不见。（做介）（蜡烛被二花碰掉）你别给我搞掉，我是清明、冬至，通岁都要用的。你知道这根蜡烛是哪里来咯？（二花白）我啥晓得呢？（老旦白）八月十三上方岩拜胡公，和尚的回头烛。（二花白）我啥没？（老旦白）这是你自不向他讨。（二花白）喔！这是你和和尚相好的。（老旦白）好张老×嘴！（二花白）你半夜三更走出干什么？（老旦白）毛头啦涨①去了。（二花白）勿慌，你站一站。（老旦白）你走哪里？（二花白）我走回去斧头、锯、锄头、畚箕拿来起。（老旦白）这些东西拿来做啥？（二花白）你不是讲涨去了吗？（老旦白）不是水涨去，是毛头伲家衡杂杂②。（二花白）装花，夫妻俩人还用这些死语。你准备怎么办？（老旦白）和你走去。（二花白）好走。（老旦白）蜡烛灯被你吹灭了，黑乎乎怎么走？（二花白）我走前面，我的眼睛看得五里乌路。（老旦白）看得五里乌路，又不是去做贼。（二花白）那天夜里和你偷菜，不是这样乌的？（老旦白）偷还说出来，绳要拿来吊了。（二花白）老安人，你别去好些，半夜三更有凶气咯！（老旦白）没事咯！去吧！（走介）（二花白）老安人，到坟了。（老旦白）到门。（二花白）老安人，你站在这里，我先去听一听。（听介）还好，我去一听，刚好他们两个在那里做好事，三根床档，两根半挤断了。（老旦白）这点年纪的人，哪有那么大的力气？勿要啰！把门叫进去。（二花叫门，白）毛头……（老旦白）刚才还说有凶气，现在拍天拍地在这里挣扎了。要不轻不重。（二花白）勿轻勿重。（一边走一边叫）（老旦白）勿轻勿重，要平平去。（二花白）（全靠拐）这样平没？（老旦白）平了，平了，随口叫去。（二花喊）随口，随口。（老旦白）不是这样。（打介）（二花白）装花，这样难弄个，你自己去。（老旦叫）毛头，毛头。（花旦下）（小花白）干什么？娘，有难。（老旦笑，白）老骨，毛头生个囝了。（二花白）装花，生儿女不和老子商量。（老旦白）生儿女好商量个啊？（二花白）古话讲：三十六行，行行出富贵。有传授咯！当时咱们生毛头时……（老旦白）好张嘴，你自去问问看。（二花白）毛头。（小花白）干什么？爹。（二花白）半夜三更你干什么？（小花白）遭难了。（二花边走边笑，白）老安人，毛头真价好，知道我阿伯会食点酒，找个囝我配酒。（老旦白）囝好配酒咯？你食你囝都会食价？（打二花）（二花白）糟鱼配酒再好。（老旦白）你总记着食，生个囝了，囝么应该洗来。（二花白）勿慌，我走去拿点家伙来起。（老

---

① 涨：永康方言，指被洪水冲走。
② 此句是说毛头家两口子吵架的意思。

旦白）拿来什么？（二花白）我拿只篮来起。（老旦白）洗囡价洗价？（二花白）我洗萝卜都价洗咯！（老旦白）价洗咯？（二花白）怎样洗咯？（老旦白）要温温汤。（二花白）馄饨汤。（喊）馄饨汤背这里来。馄饨给我食，馄饨汤么洗囡。（老旦白）你总记着食。（打二花）（二花白）你再去看一看。（老旦走去看，白）毛头。（小花白）干什么？娘。（老旦白）你怎么这一句、那一句弄不清楚？（小花白）娘，爹来勿来？（老旦白）阿爹勿在这里。（小花白）阿爹爬虎仗。（老旦白）你个老勿死。（打二花）（二花白）你打我干啥？（老旦白）叫作古话讲：媳妇房间，不是公嬉荡。害毛头爬虎仗了。（二花白）什么？讲我爬虎仗啊？我便要去看一看。毛头，你讲阿伯爬虎仗啊！阿伯今年八十二，并无会爬虎仗，我若退落年年纪，这样高的伙墙，一下子跳得上，装你个娘了头。（老旦打介，白）你装死，毛头的娘是谁？（二花白）这样冤枉我的事情，我发火起来是什么都要骂的。（老旦白）不要嘴多，走去叫进去。（二花白）毛头，把门打开。（小花白）爹，门闩开勿着，构不到开。（二花白）锅灶前凳端来，毛头。（做介）（二花开门时，刚好按在小花上面，小花被压昏死）（老旦摸小花，叫不应，在哭，气愤地在二花身上咬）（二花白）为什么咬我背脊。（老旦白）毛头被你压死了。（二花白）什么？毛头压死了？阿呀啦！毛头压死了，大家上下街头、隔壁邻舍都替我来哭啊！（老旦哭）别慌哭，老安人，让我来扶下子脉起。（拉起脚跟扶脉）（老旦白）老骨，脉线如何？（二花白）啊！冰铁块了。阿呀啦！毛头冰铁块了，脚下底都铁硬了啦！（老旦哭，白）谁的脚下底不铁块咯？谁的脚下底软软骨？（二花白）别哭，让我再扶一次脉。（拉起小花辫尾巴捉脉）（老旦白）老骨，脉线如何？（二花白）啊！（越应越轻越伤）啊呀啦！老安人啊！毛头的辫尾巴都冰铁块了。（老旦哭，白）谁的辫尾巴是会暖咯啊！老勿死啊！（二花白）老安人，你慢起哭，毛头生下来时，我知道不会驮的，我走去摸过的，我递口嘴一见摸，牙齿都没有咯啦！（老旦哭，白）谁的小孩生下来有牙齿的啊！你骨老勿死啊！（二花哭，白）啊呀啦！天啦地啦！小猪生下来都有牙齿骨啦！呜呼呼！（老旦哭介）（二花白）别慌哭，老安人，我想节有节①，毛头生下时递下巴一摸，啊呀啦！胡子都没有啦！怎么会驮？（老旦哭介）（二花哭，白）啊呀啦！天啊地啊！羊儿生下来都有胡须骨啦！呜呼呼！（老旦哭介）（二花白）老安人，别慌哭，我想节有节，毛头生下时我递去摸过的，那

---

① 此句意为：我想了一段又一段，终于想起来了。

老吊没毛的啦！啥会大？（老旦哭介）半夜三更有凶气，快把那只白鸡娘拿来退凶。（老旦哭，白）白鸡娘被毛狸拖去了。（二花白）老安人，勿要哭，哭得昏天地乱，花姐弄得价体面，一切后事我们又开销勿起，还是抬去葬了吧！（老旦白）抬哪里去葬？（二花白）扛驮锅孔。（老旦白）扛驮锅孔葬得下价？（二花白）这是外头的山名啊！来呀！来扛去。（做介）（扛起时小花醒过来）（小花白）阿妈，我娘。（老旦白）什么？骂我鹅娘啊？（二花拦住，白）我用几水桶眼泪把毛头哭回来，你要打啊？（老旦白）他骂我鹅娘。（二花白）什么？骂你鹅娘啊？我就要去问一问。毛头，你怎骂妈是鹅娘？（小花白）我是说：阿妈，我的娘。（二花白）我说呢！我的毛头是不会这样咯！如果娘是鹅娘，那我勿是做老公鹅了吗？（小花白）那我就是鹅老令了。（二花白）老安人，你耳朵不听，用股潭做答应。毛头讲的勿错咯！儿要亲生，田要深耕。（小花白）阿爹，刚才娘说白鸡娘被毛狸拖去？（二花白）是，被毛狸拖去。（小花白）哪里？这白鸡娘我是知道的，那天王某叔公来我们家嬉，白鸡娘杀掉，煮得烂熟，两人酒配，吱咕吱咕都吃得光光了。（二花白）毛头，这不是和王某叔公相好了吧？这事情了不得，我要打他。（小花白）相好勿相好的事情是我勿晓得。爹，别慌，你打勿阿娘过，我替你帮。（二花白）老安人，你说只白鸡娘被毛狸拖去？（老旦白）是，还勿拖去吗？（二花白）还勿，你杀掉吃了，还说被毛狸拖去，我要打你。（打介，二花打老旦，小花反而背二花的后脚）（二花起来后打小花，踢两脚头，边骂边打）你还说帮我，我被你的娘像打花麦般。（小花白）我是认阿娘的鞋咯！一点也不错的。（二花白）阿呀！毛头，吃亏你咯！还该向你讨饶。（二花跪后，小花马上跪介，白）阿伯，我到杭州转来。（二花白）你到杭州转来，有什么东西带转来？（小花白）谜。（二花白）呼！谜带转来啊！毛头，做个阿伯猜。（小花念）东一娘，西一娘，田后坎打桩；板桩打那里，窝隆背归来。（二花白）打板桩……猜不着。毛头，好食勿啦？毛头，肉麦饼。（小花白）便是放屁。（二花白）你咯七侬儿，放屁都做阿伯猜。（小花跑到老旦跟前，白）阿妈，你晓得我到哪里转来？（老旦白）勿晓得。（小花白）我到杭州转来。有些谜学来，我做个你猜猜看，妈。（念）四四方方一个台，一个子弟走上来。手拿一本黄曲簿，五子硬子唱勿来。（老旦白）做戏是吗？唱小调。（小花白）不是，不是，我和你讲出来，也就是放屁，妈。（小花、二花、老旦白）两块屁了。（老旦白）毛头，我也投个你猜猜。一阵风，一阵雨，一根黄瓜，蓬，脱落水。（二花白）啊呀！快些捞回来给我食。（老旦白）也是放屁。（二花呕吐状）

（小花拍背，说）爹，少吃点。（二花、老旦、小花白）好，好，侬家三块屎，臭不臭死，薰也要薰死。（二花白）毛头，你这东一下，西一下，算干什么哪？（小花脸白）阿伯，阿妈，昨天花姐家里来了个陌生人，他问我从哪里来？我说从杭州归来，做谜给他猜，猜不着还要骂我打我，我问花姐，他说是表舅。（二花、老旦白）毛头，你从头至尾讲来。（小花白）待孩儿容诉。（唱）

【虹豆筋】爹娘且听孩儿诉情。昨日至今日，有个谁家才郎，左手拿块肉，右手拿着一只鸡娘。一走走到我老婆门前，彭一响，我老婆开了门，双双迎接入绣房。我老婆，叫孩儿，吹起灯，烧起汤，即杀鸡娘。他二人，吃鸡肉，孩儿吃了几盏汤。他二人，吃鸡腿，孩儿吃了几寸肠。他二人，床上睡，孩儿只好睡踏床。他二人，同头睡，有什么言语讲三说四讲到天明亮。我老婆，爬起床，梳头料发送情郎。送郎送去不还乡，你孩儿，慌慌忙忙，赶出厅堂，一把扯住衣衫，问他哪里刁民百姓，谁家才郎？我老婆，将孩儿，一把拖转绣房。关上门，手拿门闩，高高举起，一下一下打儿郎。打得孩儿痛难当，打得孩儿，三魂渺渺归阴府，七魄茫茫上九霄。打得孩儿，打得孩儿，魂飞魄散，打得孩儿，魂飞魄散。

（二花、老旦唱）听你说着，听你说着，说得爹娘心焦躁，不打贱人定不饶。

（小花接唱）今日请出爹，请出娘，请出爹娘作主张。我老婆，赶出去，打出去，不要他，再娶一个做人家。（二花白）毛头，照你这样讲是扎扎实实咯！（小花白）伯，扎扎实实是天罗茹①。（二花白）空空虚虚咯！（小花白）空空虚虚铁秤锤。阿爹，阿妈，我内家教得起么教，教勿转么，替我放在阶沿石。啧！摔倒倒，讨讨②阿爹阿妈。（下）（老旦白）毛头，阿妈还有一双鸡子放在界厨，你拿去食。（二花白）老安人，叫作古话讲，养妇要大家教，你替我教得起教，教不起么，放阶沿石，一跌摔倒倒。我勿穿衣帽来，拜托你了。（下）（老旦）一不做，二不休，不做冤家不到头。媳妇儿在哪儿？（花旦上，白）来了。听见婆婆叫，忙步到跟前。叩见婆婆。（老旦白）罢了。（花旦白）婆婆，你与何人生气？（老旦白）与你生气。（花旦白）生气何来？（老旦白）我来问你。（花旦白）问我何来？（老旦白）昨日来的是何等样人？你对我婆婆讲清楚，不说个明白，要处你一死。（花旦白）婆婆在上，媳妇儿一言容诉。（唱）

---

① 天罗茹：永康方言，即"丝瓜"，又称"天落瓜"，空心的。
② 讨讨：永康方言，即"求求你"。

【虹豆筋】婆婆婆婆，且听媳妇儿诉因情。我有二十青春美貌，岂肯与你配七岁郎君。有恐旁人来取笑，堂上公婆年又老，奴家丈夫年幼小。屋上奇楼来耽搁，限制铺床不到老。配夫耽搁，误了佳期多少。奴是青春误了。

（老旦唱）听你说着，听你说着，说得我心中焦躁。若还有人来取笑，本该说与我知晓。我越想越心躁，打你贱人心中跳。（打介）

（花旦唱）婆婆再听起，且听媳妇诉因由。婆婆恩情如天驮，媳妇怎敢来埋怨。好比哑口吃黄连，有口难言。好似堂上木鱼拷打，声喧无断声。无声喧，我自命运生得实可怜，不怨婆来只怨天。

（老旦唱）听你说着，听你说着，说得我心中焦躁。真言实事勿讲起，胡言乱语来胡闹。不打贱人不饶你。

（花旦唱）婆婆再听起，道我公婆敬，反说我不正，奴有日月三光作凭证。啊呀！夫啊！夫啊！你好没良心，叫婆婆赶我出门。自古道，死在婆家鬼，活在婆家人，打死奴家勿出门。（老旦白）媳妇儿，为婆不打你了。（花旦白）不打不骂就尚好。（老旦白）尚好，尚好，还有大好在后。（花旦白）有什么大好？（老旦白）给你三条大路。（花旦白）哪三条大路？请问婆婆头一条？（老旦白）头一条大路，你自动回转娘家。自古道：好马不吃回头草。（花旦白）二条大路呢？（老旦白）盐卤一碗，服毒一亡也好。（花旦白）三条大路呢？（老旦白）三条大路，麻绳悬梁一死也好。（花旦白）啊呼呼！婆婆呀！三条大路都是没有出头日子的。（老旦白）你这贱人！还想出头日子吗？（花旦白）我还想出头日子的。（老旦白）着。（打介）（花旦唱）

【不是路】婆婆发起雷霆怒，三条大路无有出头日。

（老旦白）你还想出头日？（打介，丢出门外）（花旦白）婆婆开门。（老旦白）不开了。（花旦白）婆婆开门。（老旦白）不开了。（花旦白）婆婆当真不开了？（老旦白）当真勿开了。（花旦白）啊呼呼！婆婆啊！媳妇儿叫你开门你不开，你就将门开在这里，媳妇也不进来了。（唱）

【不是路】婆婆关门门不开，媳妇死后不转来。

（白）婆婆，你好狠心，你好毒的！哎！苦哎！（下）（老旦白）这贱人当真去了，当真去了。真真好气啊！（下）（扎旦念）（数板）我做丑妇生得娇，走路有妖娆。有人若问我，我便和他好来和他好。（白）夜长摸枕意心歪，月落三更门半开。短命到今无口信，肝肠望断无人来。奴家王氏，配与李夫为妻。奴家丈夫年老,叫他上山怕老虎,种田怕辛苦,挑担勿会挑,生意勿会做。吃苦无奈,只得纺纺棉纱度日。待我摆出纺车出来,纺纱一纺。(做介)纺车整好了,纺纱一纺。(唱)

【棉花纺】我做丑妇真咯苦,别人嫁过老公同床共枕真快乐,单有我做丑妇嫁个老公七八十岁,跷脚独脚勾。我做丑妇心凄凉,别人穿的都是绫罗好绸匹,单有我穿的都是千补万补破衣裳。我做丑妇心中怅,别人吃的都是好菜好饭好茶汤,那有我做丑妇食的冷菜冷饭冷菜汤。

(白)待我休息一番。(坐椅子介)我嫂嫂天天要到我家来的,今天到如今还不来,待我等候与他。(花旦唱)

【北驻云】命薄低落、低落,今日回转娘家、娘家。今日回转娘家去,再嫁聪明秀才郎。可恨婆婆太无理,拷打奴家赶奴出门。不巧来到姑娘门,不知姑娘在家否?不知姑娘在家否?

(白)待奴高叫一声。姑娘开门。(扎旦白)哪个叫门?(花旦白)嫂嫂到来。(扎旦白)待我来开。嫂嫂请进。(花旦白)有进。(扎旦白)嫂嫂请坐。(花旦白)同坐。唉!苦啊!(扎旦白)嫂嫂,我看你昨日欢天喜地,今日如何愁眉不展?(花旦白)姑娘哪里知道,婆婆打骂于我,因此愁眉不展。(扎旦白)婆婆打骂与你,我昨日传你的巧计你可行过否?(花旦白)行倒行过,总总不从。(扎旦白)今日再传你巧计。你备盐卤一碗,茶卤一碗,将盐卤放在桌上,将茶卤吃下,口叫起来:婆婆打我,我要吃盐卤死了。婆婆若听见就不会打你的。(花旦白)再若不从呢?(扎旦白)我还有妙计在此。你将麻绳一条,挂在上面,麻绳做起圈套,人钻进圈套里面,脚踏实地上,口叫起来:婆婆打我,我要悬梁一死。婆婆听见就不会打你。(花旦白)此计甚好。(唱)

【北驻云】谢姑娘指教,谢姑娘指教,传我圈套。若有出头,终身有靠。

(扎旦唱)劝嫂嫂莫见笑、莫见笑,传你圈套。若有出头,终身有靠。(白)我把巧计教与你,(花旦白)就把巧计拿去行。(扎旦白)此去若有出头日,(花旦白)黄沙盖面不忘恩。(下)(扎旦白)好一个黄沙盖面不忘恩。嫂嫂慢去。(下)(花旦台下吊死)(大过场)(城隍老爷、判官、小鬼、老太公上)

(城隍唱)鸡叫三更鬼士忙,西风吹来满田黄。鬼士打起升堂鼓,吾隍打坐蒙魂堂。(白)吾,本县城隍是也。白票两张,一张钱氏,一张王氏。传阴阳二公上。(阴公白)自幼生来称英豪,(阳公白)肩背铁索手拿刀。(阴公白)三更时候把魂吊,(阳公白)城隍台前称英豪。(阴公白)阴公。(阳公白)阳公。(阴、阳公白）城隍宣召，向前一走。（走台）城隍在上，我等叩首。宣召我等何事？（城隍白）白票两张，一张钱氏，一张王氏，令你俩前去拿来。听我道来。（排子上半个）（阴、阳公白）城隍爷啊！（排子下半个）（城隍白）我今昐咐你，（阴、阳公白）怎敢慢去行。（下）（城隍白）灭了神光。（同下）（吹【三不出】）

（老太公上，白）头戴方巾三尺，身穿麻布七尺。手拿芭蕉扇一把，脚穿草鞋一只。吾，无常是也。有人问我住哪？药铺对门，棺材店两隔壁。判官我的娘舅，小鬼我的阿侄。有一婆娘坐在盆中生产，将他一索锁起，两脚笔直。他子孙啼啼哭哭，哭得可怜，放他还阳三刻。可恨小鬼多头是非，到在城隍跟前道我得钱受贿。城隍发起雷霆大怒，将我绑出辕门处斩。我那时候对天发誓，我受他别样东西没有，只受草鞋一只。城隍道我忠良善德，赦我无罪。此亦不必细表。今夜眼下无事，待我过山去吧！（唱）

【十八板】转【虹豆筋】天又空，地又空，人又空，花又空。天空只怕乌云盖，地空只怕水来冲。人空只怕城隍请，花空只怕起狂风。人空少不得见城隍。

（白）那边阴、阳二公来了。（阴、阳公白）走！你为何在此？（老太公白）你到来何事？（阴、阳公白）有白票两张，捉拿钱氏、王氏。（老太公白）随着我来。（同下）（花旦唱）

【北驻云】命薄低落、低落，今日回转娘家去，再嫁聪明秀才郎。叫声天，天又空，叫声地，地而糟。奴死不能还阳了，罢，罢，罢，（三角阵）鬼门关上走一遭。（老太公、阴阳二公上，捉介）（扎旦唱）

【北驻云】命薄低落、低落，空住阳间，做人做不通。叫声天，天又空，叫声地，地而糟。奴死不能还阳了，罢，罢，罢，鬼门关上走一遭。

（过外婆桥）（城隍、判官、小鬼、刽子手、刀斧等上，捉介）（城隍白）黑黑城隍殿，明明生死堂。打开城隍簿，判官小鬼排两旁。左右，王氏、钱氏有勿拿到？（左右白）有。钱、王氏拿到。（城隍白）捉拿上来。（扎旦、花旦上）钱氏。（花旦白）有。（城隍白）王氏。（扎旦白）有。（城隍白）钱氏、王氏诉上。（花旦白）容诉。（排子）（城隍白）钱氏吃三家斋有功，阳寿未满，放你还阳。（花旦白）多谢城隍爷。（城隍白）王氏多头是非，千刀万剐。（杀介）灭了神光。（完）

草　集　殇

　　此为小戏集，包括《掘藏》《代考》《白虎》《龙船》《神桥》等。其中《白虎》较著名，演一老叟年轻时能腾云驾雾，法力无穷，曾身佩赤金宝刀上山擒虎。晚年虽鹤发童颜，然气力已衰。当地有白虎出没伤人，老叟仍以宝刀镇之，终因法力失灵而丧身虎口。情节近似汉代百戏《东海黄公》。现存《掘藏》《代考》及剧诗七首。

掘　藏

人物说明：正生：五路财神。二丑、付：黉家兄弟。小生：姑爷。老旦：母亲。

（正生上，唱）

【点绛唇】四大洲天，惯察人间，天庭显。报应当先，赐福降良善。

（白）头戴金盔耀日明，身穿五色绣花纹。手捧钦赐金元宝，送与黉家后代根。（大锣二记）吾乃五路财神是也。今有黉家累代积善，九祖有功。吾奉玉帝敕旨，特赐五藏金银、兵书宝剑。不免驾起祥云，往黉家花园一走。（摇令）来此已是花园，不免进入。（大锣边）吾神去也。（大锣真落）（二丑白）丹扫新福地，（付白）来此祭神明。（二丑白）兄弟请了。（付白）哥哥请了。（二丑白）姑爷命你建造房子，可曾端正？（付白）端正好了。命你准备三牲福礼，可曾齐备？（二丑白）齐备已久。（付白）哥哥，这三间房子可来幽雅？（二丑白）倒来得幽雅洁净。（同白）如此一同请出姑爷。有请。（过场）兄弟。（付白）哥哥。（二丑白）你我去到花园游玩一番。（付白）哥哥请。（游介）（二丑、付白）启禀姑爷，我兄弟二人去到花园游玩，远看一道火光，近看毫无影踪。（小生白）有道：火焚必有财路。你兄弟二人拿了锄头，前去看个明白。（付、二丑白）兄弟，你我拿了锄头，前去看个明白。（付白）大家来吓！【风入松】（掘介）（付、二丑白）启禀姑爷，兄弟二人掘将下去，有五藏金银、兵书宝剑，呈上。（小生白）兵书宝剑〔拿〕下，五藏金银拿去入库。你兄弟二人随后领赏。（付、二丑白）多谢姑爷。（二丑白）兄弟。（付白）哥哥。（二丑白）如今你我发财了呢！（付白）大家发财了。（二丑笑，白）好吓！好一个列位大家发财了。（笑介）（老旦白）儿吓！天赐黄金，一同拜谢天地。（小生白）孩儿晓得。（下）

代　考

人物说明：小生：史孟学。小旦：单娇容。净：苗金榜。正生：文昌梓潼帝君。

老外：吉天祥。旦：生员。丑：生员。魁星。

第一出　改　妆

（小生上，引）万物生成苦用功，兴风投烈雨回宫。（白）磨穿铁砚费心劳，桃花浪里钓金鳌。读书正〔如〕（端）擎天手，那怕龙门万丈高。小生史孟学，乃徽州府吴源县人氏。双亲早故，娶妻单氏。这也不在话下。今乃大比之年，意欲上京求取功名，怎奈娘子只身在家，无依无靠，如此奈何。道言未了，娘子出房来也。

（小旦上，引）啼残春鸟，燕莺语告。（白）官人见礼，万福。（小生白）娘子见礼，请坐。（小旦白）请坐。吓！官人，你闷坐书斋，自言自语，讲些什么？（小生白）娘子，今乃大比之年，意欲上京求取功名，怎奈娘子只身在家，叫卑人如何放心得下。（小旦白）官人，功名大事，岂可迟误。倒不如奴家与官人同伴上京，倘得名标金榜，岂不是好？（小生白）娘子，你是女流之辈，况且山高路远，怎生去得？（小旦白）官人，你且自放心，奴家有你衣巾在此，待奴家改妆男子，我行也会行，走也会走，你可放心就是了。（小生白）既如此，娘子进房去改妆去来，即便同行。（小旦白）晓得。

（小生唱）为功名，受尽灯前苦，磨穿铁砚费心勤。带妻同去奔帝京，手攀丹桂跳龙门。天怜念，金榜题名姓，光宗耀祖换门庭。

（小旦唱）我浑身衣衫都改换，扮作书生一样行。（白）吓！官人，奴家打扮起来，倒可像一个男子么？（小生白）这等穿戴起来，倒像一个男子了。（小旦白）如此去罢！（小生白）且慢，不是这等走法，要学一个男子行走。待卑人教道与你。（小旦白）我也晓得了。

（小生唱）学一个宽袍大袖男儿汉，切莫要扭，不可行俏妇妖形行走。须要儒家体，摇摇摆摆往前行。（小旦白）晓得。

（唱）学一个宽袍大袖男儿汉，切莫要扭，不可行俏妇妖形行走。须要儒家体，摇摇摆摆往前行。（小生白）娘子，倘若路上有人问你尊姓大名？（小旦白）奴家单娇容。（小生白）吓！娘子，这是女名，怎生叫得？（小旦白）我这也没有名字的了。（小生白）哑！是了，卑人史孟学，娘子改名史孟义。（小旦白）多谢赠名。如此出门去罢！

（小生、小旦唱）才道秋轮举子分，愿儿夫此去得荣身。（同唱）禹门三级桃

花浪，月缺九成丹桂香。(【半落山】，下)

第二出 起 兵

（净上，唱）

【点绛唇】山寒逍遥，威风镇摇。金盔罩势压蓬岛，一阵比红毛。

（白）巍巍浩气镇吾邦，聚下雄兵自逞强。出了雁门关一座，夺取江山灭朱皇。孤驾苗金榜是也，驾坐红洋黑水国。可恨大明为上，俺邦为下，要孤驾年年进贡，岁岁去朝。为此心中不服，聚下雄兵十万，战将千员，杀过他邦，那一则搅乱科场，二则夺取他花花世界，岂不为美？众儿郎。（众白）有。（净白）今乃黄道吉日，就比发炮起马。（众白）有。(【泣颜回】，下)

第三出 冲 散

（小旦白）官人，走吓！（小生白）娘子，走吓！

（小旦唱）夫妻同往奔帝京，愿儿夫此去得荣身。行走移到商阳道，说与官人得知情。（小生白）吓！娘子，你为何暂停了？（小旦白）官人，奴家昨晚在旅店中连得数梦，甚是不祥。（小生白）娘子，你且说来，卑人与你详解详解。（小旦白）如此，官人听了。

（唱）昨夜晚，梦见跌破菱花镜，又梦见棒打鸳鸯两处分。此梦得来真奇异，烦望官人解分明。（小生白）呀！

（唱）暗地里，只得祝天地，保佑我夫妻无事到帝京。此去若得功名就，万炷名香谢苍穹。（白）娘子，此梦逢凶化吉之兆，你我上京必有好处。（小旦白）如此去罢！

（同唱）才道秋轮举子分，愿儿夫此去得荣身。水流千江归大海，人往高攀中状元。夫妻双双入深山。（众白）有。（小旦唱）

【扫板】忽听得呐喊心胆寒。

（白）啊呀！官人吓！那旁呐喊之声，想必有了强人，如何是好？（小生白）吓！娘子，你我钻草逃命便了。

（唱）夫妻钻草逃了命，逃过此山活命还。(【水底鱼】)（众白）吼！启大王，前面有个举子钻草而逃。(净白)用心追上。【水底鱼】(小旦白)啊！官人吓！前面有了强人，如何是好？(小生白)娘子。(众白)有启大王，拿了一个汉子。(净白)绑过来。(众白)咳！启大王，汉子当面。(小生白)大王饶命吓！(净白)某。(众白)吼！(净白)你莫非前来细作，听孤驾军情？番儿。(内白)有。(净白)绑去砍了。(小生白)吓！大王，我并非细作，我是上京举子，名叫史孟学。(净白)你是上京举子，可晓得孤驾两榜旗号？(小生白)待我看来。满汉二字尽知。(净白)啊唷！妙吓！孤驾兴兵以来，缺少谋士。吓！是了，史孟学。(小生白)大王。(净白)孤驾苗金榜，怨恨中原，夺取大明天下，留你在营做一个参谋，同取江山，你意下如何？(小生白)大王若肯收留，愿做犬马。(净白)这就好了。番儿。(内白)有。(净白)与史二爷带马，就此回营哉。【尾声】，下

第四出　寻　夫

(小旦白)唬死我也，唬死我也。我看贼子上山去了，叫官人出来趱路。吓！官人，贼寇上山去了，你好出来趱路。哈唷！这边没有，想是那边。吓！官人，贼寇上山去了，你好出来趱路。吓！官人，史孟学。我那夫呵呀！(唱)

【浪板】好一似，雨打花心一般样，呵呀！官人吓！天知地煞降灾殃。只望夫妻同一处，谁知中途两分张。

(白)且住，官人不知被强人伤害，也不知逃往别处去了？待我往山前山后寻觅一番便了。(唱)

【慢二凡】可恨贼子拦路勇，拆散我夫妻各西东。那前山寻不见我儿夫，后山不见我夫身。山前山后都寻访，(哭介)不见我夫在那旁。深山内只有你妻子，我心中思想好惊人。无奈只得下山去，跪在尘埃告神麻。但愿儿夫有落处，(哭介)满炉焚香谢神圣。望不〔着〕妻来寻不着夫，好一似钢刀刺在心。有朝一日重相会，拜酬神圣谢苍穹。(哭介)(白)吓！官人，史孟学。呵呀！官人吓！(下)

第五出　落　庙

(正生唱)

【点绛唇】四大洲天，遍重南汇，神麻鉴。报应当先，福禄赐良缘。

（白）道通三教庄文亨，净气冲开地原心。积德连念镇单氏，管教荣运达圣命。（众白）噫！（正生白）吾神非别，九天开化文昌梓潼帝君是也。今科状元出在徽州府吴源县人氏，姓史〔名〕孟学。他夫妻恩爱，同伴上京，不忍分离，被苗金榜阻隔，岂非误了科场大事？因此，等单氏到来，指引他一番便了。（内喊）苦吓！（正生白）你看，道言未了，单氏来也。（小旦白）好苦吓！

（唱）连访数位夫难见，只得恼恨怨苍天。前不见村后无店进，又见孤庙拜神圣。（白）来此文昌殿，不免进去参拜神圣。（【二板】）文昌帝君在上，弟子单氏娇容，夫妻恩爱，同伴上京，路遇被强人冲散，望神圣保佑我夫妻相会，黄蜡宝烛答谢神庥。

（唱）夫妻苦楚告神前，逃难那知奴孤伶。保佑我夫妻重相会，满炉焚香谢神圣。呀！忙抬头，只见天色晚，且向供桌暂且眠。（【半落山】）（白）且住，看天色已晚，不免把庙门闭上，就在桌旁暂息片时。正是：蝴蝶梦中家万里，杜鹃枝上月三更。（起更）（正生白）魁星。（内应）呵！（正生白）单氏睡梦劫去，赐他文星哉。（内白）呵！（拷介）（正生白）各赴本位。（内白）呵！（落场）（正生白）单氏，抬起头来，听吾神言吩咐。今科状元是你丈夫得中，被苗金榜阻隔，岂非误了科场大事？因此等你到来，赐你满腹经纶，你可顶夫名字，混入科场，得中状元，后夫荣妻贵，往黑府相会。还有奇异多端，醒来牢牢记着。吾神去也。今朝得遇文星照，管取今科把名表。（众白）噫！（下）

（小旦唱）梦儿里梦见神圣指引。呀！眼睁睁细看，冷清清，静悄悄，并无人行走。却原来，神圣指引。（白）且住，我朦胧睡去，神圣指引与我，叫我冒了丈夫名字，混入科场，得中状元，后来夫妻相会。你看，天色将明，不免拜谢神圣，出庙去罢！

（唱）望神圣保佑多灵验，夫妻特地谢神圣。重修庙宇塑金身，夫荣妻贵转家门。（下）

第六出　考　试

（老外上，引）奉旨考奇才，举子纷纷争斗来。（白）簇簇桃花放，纷纷举子忙。三丈文共策，争看状元郎。（众白）喂！（老外白）老夫翰林院吉天祥是也，奉旨考试天下奇才。今坐贡院。左右。（众白）有。（老外白）举子进场，须要搜检明白。吩咐开门。（过场）众举子。（旦白）老夫人。（丑白）唅！老大人。（众白）老大人。（老外白）今科考试不比前科，不用三篇文字、七篇锦绣，只要当场一对，高者就取。各归号房。（小旦白）生员天字号。（丑白）生员八字号。（众白）地字号。（丑白）天九地八，凑成一桌。（老外白）天字号举子上来。（小旦白）生员在。（老外白）领老夫一对。（小旦白）愿闻。（老外白）雪压梅花照粉墙，三般俱白。（小旦白）生员对就。（老外白）对来。（小旦白）日映桂花登金榜，一样正红。（老外白）好奇才！龙虎日看榜。（小旦白）多谢老大人。（老外白）吩咐开门。（过场）地字号举子上来。（丑白）一塌。（老外白）唔！你这举子，你为何跳下一足？（丑白）老大人，我在来带跳龙门。（老外白）只怕你跳不过。（丑白）跳不过，爬也爬伊过来。（老外白）领老夫一对。（丑白）南门。（众白）愿闻。（丑白）我进的是南门。（老外白）塔顶葫芦光，捏拳头打白日。（丑白）生员对就。（众白）对就。（丑白）对得着对就，对勿着变得对头者介加。（老外白）对来。（丑白）城头堵子倒，生牙啮龈青天。（老外白）好奇才！还有一对。（丑白）请老大人出屁头。（内白）出课头。（老外白）白鸭如鹅，毛羽一般声各别。（丑白）生员对就。（老外白）对来。（丑白）乌龟共鳖，形容相像壳勿同。（老外白）好奇才！老夫还有长对在此。（丑白）请老大人拔萝卜。（内白）出题目。（老外白）飞飞来，飞飞去，飞来飞去是山峦。（丑白）生员对就。钻钻进，钻钻出，钻进钻出在田缺。（老外白）你这举子，钻的什么东西？（丑白）老大人飞的什么东西？（老外白）飞的天上斑鸠。（丑白）老大人，钻个地下泥鳅。（老外白）我要拆。（丑白）就拆。（老外白）飞飞来。（丑白）钻钻进。（老外白）飞飞去。（丑白）钻钻出。（老外白）飞来飞去。（丑白）钻进钻出。（老外白）飞来飞去是山峦。（丑白）钻进钻出在田缺。（老外白）嘟！飞过山头变鸿雁。（丑白）吱！钻过田块变黄鳝。（老外白）唔！你这举子忒粗了。（丑白）老大人，头大尾巴小，粗中带细咯！（老外白）好！（丑白）妙！（老外白）巧！（丑白）老大人，纱帽拖来套。（老外白）明日贡院来领。（丑白）多谢老大人。明日早饭吃之来恭候。（老外白）吩咐。（众白）开门。（过场）（老外白）掩门。（众白）掩门。（老外白）轻轻黄凉盖，步步催金阶。（众白）喂！（下）

第七出　游　街

（小旦上，引）中状元名扬天下，琼林宴帽插宫花。（白）王殿金门两扇开，马前喝道状元来。皇后须要睁眼看，十年窗下假秀才。奴家，单娇容。夫妻同伴上京，路过虎头山，被苗王冲散。我夜宿文昌殿，多蒙神圣指点，叫我冒了丈夫名字，混入科场，得中状元。今日奉旨游街。（众白）嘎哟！（小旦白）状元老爷吩咐下来，叫你们一个个全身披褂打道，奉旨游街。（众白）嘎！请状元老爷上马。（小旦白）就此启道。（众白）吼道。（小旦唱）

【梅花三五七】金榜上姓名史孟学，怎知状元是女人。三年海角为牛郎，点点桃花浪宝龙。（又）妇人独坐金飘风，独占鳌头一丈红。（又）满朝文武宰相府，两朵金花喜冲冲。（又）三杯御酒君皇赐，四顶彩旗闹哄哄。

（众白）喝道。（下）

精 忠 殇

本剧为民国元年（1912）俞惠传的抄本。

剧情提要：《精忠殇》分《顺精忠》《倒精忠》上下本。《顺精忠》演岳飞屡折金兵之后扎营朱仙镇，策划救回被金兵俘押的徽、钦二帝。番邦金兀术为夺我中原，派军师哈米嗤潜入宋室，勾结奸相秦桧陷害岳飞。卖国求荣的秦桧接到金兀术的蜡丸密旨后，竟假传圣旨，连发十二道金牌召岳飞返京。岳飞就范，关押在大理寺，秦桧以克扣军粮、私通金邦、按兵不动三条罪状加害岳飞，并骗岳云、张宪进宫，父子三人就义于风波亭。《倒精忠》演岳飞妻女闻凶讯投河而死。地藏王菩萨化身疯僧，乘秦桧夫妇进香杭州灵隐寺之机，以疯言疯语揭露其阴谋及种种罪恶，劝其改邪归正。秦桧自愧成疾而亡，其幽魂被押赴阴司游地府，受到应有的惩罚。秦妻王氏不思悔改，阎王乃出票，命无常及牛头马面等捉拿归案，割去舌头，并命雷公、电母打入十八层地狱。剧终以张天师超度岳飞等众冤魂升天而谢幕。

上本 顺 精 忠

人物说明： 正生：岳飞。小生：张宪。武旦：岳云。二花：张保（部将）。正旦：岳夫人。小生：周三畏。老外：太白金星。小生：何立。小生：金山寺和尚。花旦：门房。四花：门子。扎旦：下书人。小花：圣旨官。小花：地藏王（幽冥教主）。乍旦：岳飞女。付末：老院。大花：探子。大花：金兀术。小花：哈米嗤。四花：金兀鲁。花旦：秦桧妻王氏。大花：秦桧。小花：木其雪、万俟卨。右谏议大夫。四龙套。父老四人（大花、小花、小生、武旦）。

第一出 朱 仙 镇

（正生登场上，白）忠良上将，天下名扬。（坐外位讲四句）明月一出照山江，却被黑云盖无光。有朝一日风吹散，退开云雾见天阳。本帅岳飞，字鹏举，家住河南湘州府汤阴县人氏。爹爹岳和，母亲姚氏。当初爹娘所生下来，洪水爆发，母亲抱我坐在花缸内面，爹爹失水身亡。母子坐在花缸内面，漂到王院，多蒙王员外收留得救于我，抱养长大成人。后来拜周童先生并令看待，学习武艺。上京求名，多蒙宗泽恩公提拔与我，在宋皇驾前为臣，官拜通京大元帅之职。此言不必细表。今乃春光美景，闲下无事，不免叫我儿出来，摆酒同饮。张保，有请二位少爷出来。（二花白）二位少爷有请。（小生、武旦上，白）听见爹爹叫，忙步出堂前。拜见爹爹。（正生白）少礼，一旁坐下。（小生、武旦白）叫孩儿出来何事？（正生白）今乃春光美景，叫孩儿出来摆酒同饮。（小生、武旦白）一同请出母亲。母亲有请。（正旦上，白）我儿一声请，出堂看分明。（正生白）夫人请来有礼。（正旦白）还礼。（小生、武旦白）爹娘在上，孩儿拜揖。（正生、正旦白）少礼。（正旦白）叫我出来何事？（正生白）摆酒与夫人同饮。（正旦白）哪个把盏？（小生、武旦白）孩儿把盏。将酒摆开。（大过场）（正生、正旦坐里位）（小生、武旦坐两边）（正生白）一同上饮。（排子）（小生、武旦白）爹娘，酒多饮几杯。（正生、正旦白）酒有了，将宴收下。（排子）（同下）（三不出）（小花开霸，白）小将出来心不清，手拿钢刀要杀人。问我杀死哪一个，金华八县义乌人。（四花开霸，白）某不某来番不番，金毛狮子滚冬瓜。俺，金兀鲁，哈米嗤。狼主未曾升帐，在此辕门伺候。（同下）（三不出）（大花开霸，讲四句）我本金国一条龙，未知何日上九重。今日兴动人和马，要夺中原一江山。（四手下同小花、四花上）孤家，四太子金兀术。可恨大朝无理，年年要我好宝进贡。我今兴动人马反过大朝花花世界。金兀鲁、哈米嗤可在？（小花、四花白）在。（大花白）人马可曾齐备？（小花、四花白）早已齐备。（大花白）小番儿，人马渡海而过，去到大朝。（排子）（四手下落）（大花、小花、四花三角阵）（四花先下）（小花、大花做介，下）（正生上，白）吾主困番邦，日夜闷胸膛。（坐外位）本帅，岳飞。吾主困番邦，时刻在心。没有圣上下落，若有圣上下落，思想去到金国救主回朝。闲下无事，叫我儿出来训教与他。有请二位少爷出来。（二花白）二位少爷有请。（小生、武旦上，白）听见爹爹叫，忙步出堂前。爹爹在上，孩儿拜揖。（正生白）少礼，一旁坐下。（小生、武旦白）谢爹爹座位。叫孩儿出有何吩咐？（正生白）非为别事，只因吾主被番邦所擒，无圣上下落，若有下落，思想去到金国救主回朝。（小生、武旦白）吾主有道明君。（正生白）吾主本是有道明君。（唱）

【三五七大头】吾儿坐在二堂上，细听为父说端详。父子本是忠良将，那怕番邦一虎狼。

（小生、武旦唱）爹爹不必多嘱咐，孩儿句句记胸膛。

（正旦唱）父子本是英雄将，哪怕金邦草头王。（小花台后白）圣旨到。（四龙套弯门上)(小花上，白)圣旨下，听开读。诏曰：只因御主被金国所擒，圣上有旨，命岳飞挂帅，岳云、张宪作为马前先行，带十万雄兵，前往金国救主回朝，领功再赏。旨罢三呼。(正生白)万岁，万万岁。(大过场)(圣旨官、手下下)(小生白)爹爹，圣旨到来怎样开读？(正生白)只因御主被番邦所擒，命为父挂帅，命吾儿作为马前先行，救主回朝，另加封赠。(小生、武旦白)堂前遵父命，后堂换衣襟。(正生白)张保可在？(二花白)在。(正生白)本帅有大令一支，叫众将官全身披甲，辕门听令。(下)(二花白)得令出。元帅有令下来，叫众将官全身披甲，辕门听令。(下)(三不出)(小生开霸，四句)头戴银盔紫金亮，身穿盔甲响叮当。今日兴动人和马，要打金国小番邦。俺，张宪。元帅未曾升帐，在此辕门伺候。(三不出)(武旦开霸，四句)头戴紫金冠，手拿八令锤。俺，岳云。请了。元帅未曾升帐，在此伺候。呔！传点开门。(大过场)(满堂手下上)(二花上)(卯字头)(正生上)(【点绛唇】)(坐外位念四句)左先锋，右先锋，将军挂帅满堂雄。左有旗，右有旗，旗开得胜，马到成功。本帅，岳飞。奉旨征战番邦，来在校场祭旗。岳云、张宪可在？(小生、武旦白)在。(正生白)人马可曾齐备？(小生、武旦白)齐备已久。(正生白)叫众将官去到校场祭旗一番。(小生、武旦白)众将，人马去到校场。(排子)(一字下台后转场弯门归，正生坐里位)(小花大台角上，白)金钟三响，卸〔法〕鼓三通，元帅离位。(小过场)(正生出位)(小花白)撩袍玉带。一叩首，二叩首，三、六、九叩首。跪。一叩首，二叩首，三、六、九叩首。上香。一支香，二支香，三支香。一敬酒，二敬酒，三敬酒。礼毕。听开读旗号：一星旗，二星旗，三角旗，四方旗，五色旗，六色旗，七星旗，八卦旗，九弓旗，十令旗，三十六称头功旗，七十二称长安旗。旗内也是旗，旗外也是旗，旗开得胜，马到成功。(下)(正生白)天地神明、日月三光在上，本帅岳飞，来在校场祭旗，奉旨去到金国救主回朝，若还旗开得胜，马到成功。(转紧过场)(满堂手下二面下)(正生、小生、武旦、二花同下)(三不出)(满堂手下二面下)(正生、小生、武旦、二花同下)(三不出)(正生上，开霸，白)手拿龙泉枪，带兵出朝廊。今日兴动人和马，要灭金国草头王。本帅，岳飞。奉旨征战番邦，命我挂帅，命岳云、张宪作为马前先行。二位先行可在？(小生、武旦白)在。(正生白)叫众将官站在两厢，听本帅号令。(小生、武旦白)众将，站在两厢，听元帅号令。(正生白)众将，站在两厢，听本帅号令。上前者，赏银牌一面；退后者，立斩马前。一路上只可平买平卖，不可马踩禾苗。(手下白)若还马踩禾苗？(正生白)委令急斩。岳云、张宪可在？(小生、武旦白）在。（正生白）叫众将发炮起马。（小生、武旦白）众将官，发炮起马。（排子）（同下，转场，弄堂阵，倒脱靴）（正生发笑介，下）（手下同下）（大花上，白）马来。（圆台，白）将马，四太子兴动人马反过大朝，报与元帅知道。马上加鞭。（四手下、小花解粮牌子上）（小花白）奉了圣上旨意，命我解粮。一路上风雨阻隔，耽搁几天，心中害怕。人来，起道。（牌子）（下）（四龙套、小生、武旦、正生牌子上，圆台，弯门归，站椅子上）（四红帽、小花上，弯门归）（小花下马，白）叩见元帅。（正生白）下跪何人？（小花白）木其雪。（正生白）木其雪，你来了。（小花白）来了。（正生白）圣上命你解粮，你为何耽搁本帅日期？（小花白）一路上风雪阻隔，耽搁几天，望元帅恕罪。（正生）呸！为官之人难道怕风怕雨。你这无用官将，绑出辕门斩了。（小生、武旦）今日出兵，亦是好事，斩人不利。（正生白）依你怎样？（武旦白）捆打四十。（正生白）起来。吾儿托保与你，死罪易免，活罪难销。绑出辕门捆打四十。搀下。（手下打介，白）一十，二十，三十，四十。（小花白）谢元帅不斩之恩。本该看秦太师分上。（正生白）呸！你不提起秦桧奸臣倒还罢了，提起秦桧奸臣，重加二十。（打介）（手下白）一十，二十。打满。（正生白）搀下。（小花下）（大花上，白）流星不下地，快马走如飞。报，探子进。叩见元帅。（正生白）探子所报何事？（大花白）四太子金兀术兴兵反界，只可……（牌子）（正生白）报事明白，赏你银牌，命你再去打听。（大花影罗照面下）（正生白）呵唷！那贼子兴兵反界，岂肯容他。岳云、张宪可在？叫众将官用心杀上。（同下）（小花上，念课子）一、二、三、四、五、六、七、八、九、十，进。十、九、八、七、六、五、四、三、二、一，退。（小花念完站大台角）（四花上，念课子）上水船，下水排，排排排排排一个排。（小花、四花白）阿哥、阿弟，同你捶捶儿。（四花白）你今天哪里回来？（小花白）我同张宪打仗回来。（四花白）哪个胜哪个败呢？（小花白）哪个胜哪个败，我也不晓得。他的枪头花一花，我么骨碌碌滚冬瓜。我是连枪头都拔去的。（四花白）哈么！总你败阵。（小花白）阿弟，你哪里回来？（四花白）我是溜溜回来。（小花白）敢是你败阵？（四花白）谁胜谁败，我也勿晓得咯。（小生、四花白）我和你两个人武艺不知哪个好？在草铺之上比个高低。（杀介，做介）（大花上，白）你们哪里回来？（小花、四花白）打仗回来。（大花白）哪个胜？（小花、四花白）哪个胜哪个败，我也不晓得咯。（大花白）敢是你们败阵。众将，人马用心杀上。（下）（正生上）（小生、武旦从弯门归）（正生讲白句）慢道当年在科场，一枪挑死小梁王。众将，人马用心杀上。（下）（四龙套、小花、四花、大花大台角上）（小台角，四龙套、小生、武旦、正生上，冲阵交枪）（正生白）那旁敢是四太子？（大花白）正是。那旁敢是岳元帅？（正生白）正是。（正生、大花白）不能下马，马上一躬。（手下呼）（正生白）大胆四太子！我国并无亏负与你，为何将吾主所擒？该当何罪？（大花白）大胆岳飞！你今本该归顺我国，我奏上狼主，封你王位。（正生白）呸！你是何等样人？我是何等样人？你是小小番邦，我是大朝忠良上将，岂肯投你番邦。（大花白）哈哈！你主被我主所擒，打在天牢坐井观天。你道忠，你忠在哪里？良在何方？（正生白）啊呸！你这毛贼！好好送还御主倒还罢了，如若不然，要你做枪头之鬼。（大花白）一派胡言！放马过来。（打介，交枪）（手下冲出，下）（杀过场）（大花败，正生追下）（小生、小花杀介，小花败，小生追下）（武旦、四花杀介，四花败，武旦追下）（手下杀介，番邦手下败，正生手下胜）（大花上，正生盖头，比枪，大花败）（小生、小花杀介，小花败）（武旦、四花杀介，四花败）（手下打盾牌）（大花上，正生盖头上，比刀，大花败）（小花磨刀，照台）（小生上，照台，打介，做介）（四花磨刀，武旦上，二面照台，打介，做介，四花败下，武追下）（大花上，正生上盖头，杀介，净败下，正生追下）（转场，手下一字逃下，大花下）（正生追上，盖大花头，大花败下，正生追下）（老外上，白）善哉，善哉，苦事难挨。吾乃太白金星是也。看四太子有难，待吾化出金桥，保救与他。（四小卒弯门归）（大花、小花、四花同上）（大花白）前面哪里？（手下、小花、四花白）北海挡道。（大花白）后顾？（小花、四花白）父子追兵。（大花白）啊吔！想我四太子天寿满了，岂肯失于岳飞父子之手，一齐投河而死。（放火介）（手下白）前面金桥出现。（大花白）呵呀！一霎时金桥出现，想我四太子天寿未满，待我下马望空一拜。（上马）众将，人马逃过金桥。（净椅上发笑，下）（手下、岳飞父子追上，弯门归）（正生白）那贼子哪里而去？（手下白）逃过金桥。（正生白）人马追过金桥。（放火介）（小生、武旦白）人马追过金桥。爹吓！一霎时金桥浮水而去。（正生白）怎讲？一霎时金桥浮水而去？那贼子天寿未满。自古道，败兵不可追尽。岳云、张宪可在？人马收转。（牌子）（下）

第二出　风　波　亭

（大花上，弯门归）（火炮锣）（手下弯门归）（大花白）杀败了，杀败了。（小花白）启禀狼主，难道罢了不成？（大花白）依你之见怎样？（小花白）本该修书去到秦太师投落。（大花白）哈米嗤下去改换衣衫。（丑下）此地可有邮亭？（四花白）是有邮亭。（大花白）转过邮亭。金兀鲁，油墨伺候。（唱）

【二凡倒板】四太子在中原打败阵，回转途中将书修。顿首顿首三顿首，顿首太师看分明。当初一别在金邦，中原大事你承担。狼主兴动人和马，反过大朝夺江山。（转唱）

【流水】岳飞父子赛虎狼，大败一阵转金邦。今日修书非别事，太师设计害忠良。

（小花上）（四花白）你这样装扮起来，好像中原人一样。（小花白）像是有点像。叩见狼主千岁。（大花白）有书信一封，秦太师投落。书去人又去，（小花白）龙来虎又来。（下）（大花白）金兀鲁，人马回营。（牌子）（一字下）（小花上，送书，唱）

【二凡】我今奉了狼主命，去到大朝下书信。催马来在杭州地，不觉来到秦府门。

（白）卖蜡丸，卖蜡丸。（小生何立上，白）哪里来的？（小花白）通报秦太师，常常来往。（小生白）相爷有请。（大花上，白）啊呸！自负辕皇，独霸朝纲。老夫，秦桧。何立何事？（小生白）有个卖蜡人要见。（大花白）叫何名字？（小生白）常常来往。（大花白）好一个常常来往。命他自己进来。（小生白）相爷命你进去。（小花白）叩见相爷。（大花站起，白）呵唷！此人哪里会到过呢？……你是哈米嗤是不是？（小花白）正是。（大花白）你不在狼主跟前，来此作甚？（小花白）奉了狼主命，送蜡丸到来。蜡丸有妙方。（大花白）命你下去饱餐。（小花白）本国有事忙，一马要起程。（下）（大花白）呵唷！狼主有蜡丸到来，差人还说蜡丸内面有妙方。待我请出夫人商议。何立，请出夫人。（小生白）夫人有请。（占上）（花旦白）老爷一声请，出来问原因。老爷请来有礼。（大花白）还礼。（花旦白）叫妻子出来何事？（大花白）非为别事，四太子差人送蜡丸到来，还说蜡丸内面有妙方，本该夫人拆开观看。（花旦白）且慢，此地不是谈话之地。（大花白）哪里去好？（花旦白）去到西湖内面。（大花白）何立，叫船家打跳〔棹〕伺候。（小生白）船家，打跳〔棹〕伺候。（武旦撑船）（大花白）船家开船。何立，将酒摆开。（唱）

【三五七】叫何立，将酒来摆上，夫妻双双把酒饮。

（花旦白）老爷，你为何停杯不饮？（大花白）非是老夫停杯不饮，只因四太子送来蜡丸，蜡丸内面有妙方。（花旦白）本该拆出蜡丸观看。（大花白）打开观看。（拆开）呵唷！原来书信一封。夫人观看。（花旦白）老爷观看。（大花白）一同观看。呵唷！原来暗害忠良。夫人可有妙计？（花旦白）这个吗！……妻身自有妙计。去到后宫盗出金牌一十二道，去到朱仙镇召岳飞进京，再作道理。（大花白）夫人果有妙计。何立，叫船家打跳〔棹〕回府。（下，一同下）（正生上，白）奉旨征战番邦，天下都名扬。（坐外位）本帅，岳飞。奉旨征战番邦，那贼子杀他大败而逃。只因圣上有旨到来，命我朱仙镇上屯兵养马，来年兵精粮足，再好征战番邦。今日闲下无事，叫我儿出来训教与他。张保，有请二位少爷。（二花白）二位少爷有请。（小生、武旦白）听见爹爹叫，忙步出堂前。孩儿拜见爹爹。（正生白）少礼，一旁坐下。（小生、武旦白）谢爹爹座位。叫孩儿出何事？（正生白）非为别事，父子三人征战番邦，那贼杀个大败而逃，圣上有旨到来，命我父子在朱仙镇上屯兵养马，来年兵精粮足再战番邦。（小生、武旦白）吾主有道明君。（正生白）吾主本是有道明君。（唱）

【三五七】吾主洪福天来降，哪怕金邦草寇王。

（小生、武旦唱）父子本是忠良将，杀败贼子转金邦。

（正生唱）父子本是忠良将，忠心耿耿保宋皇。（内白）圣旨到。（正生白）吾儿退下。（小过场）（圣旨官上，白）圣旨下。圣上道你征战番邦有功，万岁龙心大喜，发金牌三道，召岳飞公进京加官受禄。旨罢三呼。（正生白）万岁，万岁，万万岁。（小过场）（圣旨官下）（小生、武旦上，白）爹爹，圣旨到来怎样开读？（正生白）圣上道为父征战番邦有功，发金牌三道，召为父进京加官受禄。（小生、武旦白）吾主有道明君。（正生白）本是有道明君。（唱）

【三五七】父子三人战番邦，加官受禄天下扬。

（内白）圣旨到。（小过场）（圣旨〔官〕上，白）圣旨下。圣上道你征战番邦有功，万岁龙心大喜，连发金牌六道，召岳飞公进京加官受禄。旨罢三呼。（小生、武旦上，白）圣旨到来怎样开读？（正生白）圣上道为父征战番邦有功，发金牌六道，召为父进京加官受禄。（小生、武旦白）吾主有道明君。（正生白）吾主本是有道明君。（内白）圣旨到。（正生白）吓！（四龙套、小花上）（紧过场）（圣旨官上，白）圣旨下，听开读。诏曰：岳飞公征战金国有功，万岁龙心大喜，连发金牌一十二道，召岳飞即刻进京加官受禄。旨罢三呼。（龙套、小花下）（小生、武旦上）（正生白）啊！（蹲回椅子）（小生、武旦白）圣旨到来怎样开读？（正生白）圣上有旨到来，道为父征战有功，连发金牌十二道，召为父进京加官受禄。这三道圣旨来得尽紧，万岁恐怕被奸臣所害了，因此召为父即刻进京。（小生、武旦白）爹吓！我看这三道圣旨来得甚紧，恐怕进京要被奸臣所害，依孩儿不去。（正生白）唔！为父忠良上将，那怕奸臣弄朝，哪有不去之理。快快回转汤阴县侍奉母亲。（小生、武旦白）堂前奉父命，回家奉娘亲。（下）（正生白）张保，本帅进京加官受禄，必有贵客临门。若有贵客到来，早来通报。听本帅一言。（唱）

【三五七】本帅此番去进京，必有贵客到来临。

（白）张保，命你府中侍候。（二花白）晓得。（大花、小生、武旦、小花上）（大花白）国正天心顺，（小生白）官清民自安。（武旦）妻贤夫和好，（小花白）着着着，父孝子心宽。（众白）哼！子孝父心宽。（小花白）咛！不错，子孝父心宽。你们到哪里去？（众白）闻听岳元帅进京加官受禄。岳元帅为官清正，爱民如子，朱仙镇众黎民百姓，叫众父老前去哀留元帅。（小花白）我也为此而来。（众白）一同前去，请。（念）一去二三里，行此四五家。楼台六七所，（小花念）马乱踩冬瓜。（众念）咛！八九十枝花。（众白）哪个熟问？（小花白）我熟问。门上哪一位？（二花白）哪里来的？（小花白）通报元帅，朱仙镇上众父老到来要见。（二花白）启禀元帅，朱仙镇上众父老到来要见。（正生白）元帅不出府迎接，命他自进。（二花白）我元帅不出府迎接，命你自进。（众白）众书兄一同进去。（弯门归）元帅在上，众父老拜拜。（正生白）免首长礼，一旁坐下。（众白）元帅跟前哪有座位。（正生白）贵客临门，哪有不坐之理。（众白）谢元帅座位。（正生白）众父老到来，本帅不出府迎接，多有得罪。（众白）拜望来迟，元帅恕罪。（正生白）好说。众父老到来，本帅就要动问。（众白）动问何来？（正生白）众父老到来有何贵干？（众白）闻听元帅进京加官受禄，朱仙镇上众黎民百姓，头顶香盘，跪在路旁，特来哀留元帅。有手本一个，元帅收下。（正生白）张保收下。众父老请坐。（众白）谢元帅座位。（正生白）众父老，众黎民爱本帅，我难道不爱黎民？本帅此去进京，一来加官受禄，二来问主君安，三来不去哪好逆旨？本帅哪有不去之理？众父老，你帮本帅转话出去，此去转来，自会照看黎民。（众白）但不知元帅几时起程？（正生白）即刻就要起程。（众白）众父老送元帅一程。（正生白）有劳众父老。人来，起道上朝。（正生、手下同下）（小花白）哈哈！元帅此去好一比。（众白）好比何来？（小花白）馒头打犬。（众白）此话怎讲？（小花白）有去而无回。（众白）闲话休讲。（众同下）（正生、四红帽弯门归）（小生上，接介）（正生白）张保，问和尚哪里清静？（二花白）和尚，我元帅问你哪里清静？（小生白）客堂清静。（端茶）元帅请用茶。（正生白）呵咄！茶中内面一桃一枣，枣桃，枣桃，也是逃不成么？……其中必有缘故。来，传和尚。（二花白）传和尚。（小生白）叩见元帅。（正生白）和尚，我来问你。（小生白）问我何来？（正生白）茶中内面一桃一枣，却是为何？（小生白）茶中内面一桃一枣，有了诗句。（正生白）什么诗句？（小生念）天岁未满，谨防天哭。奉下二点，将人害毒。且记且记，谨防风波。（正生白）本帅不信。（小生白）不信，还有诗句在此。（正生白）还有什么诗句？（小生念）元帅此去莫心焦，一见金牌如火烧。风波滚滚须仔细，一到朝中坐监牢。（正生白）噙！（放油火，和尚不见）人来，起道。（牌子）（下）（四花蟒蛇精上，开霸，诗句）两眼如雷电，开口吐毫光。奉了玉帝旨，收回沥泉枪。（白）待我驾起祥云。那旁岳飞来也。（正生、手下、二花同上，小圆台，倒脱靴）（二花白）启禀元帅，前面黑云当道。（正生白）住轿。呵咄！我看前面黑云当道，必定是妖怪。王横，看沥泉枪过来，交枪。（油火、沥泉枪被蟒蛇收去）不好了！（牌子）（下）（小花圣旨官上，白）人来，起道。奉了秦太师之命，命我捉拿岳飞。人来，起道。（圆台大台角）（正生白）人来，起道。（小圆台）（二花白）启禀元帅，前面有圣旨拦道。（正生白）住轿。（小花白）圣旨下。（正生白）万岁，万万岁。（小花白）岳飞，部下王俊告你三件罪名。去了官带，绑上金殿。（做介）（四红帽出，小生周三畏上，白）头戴乌纱来利民，身穿兰冠奉明君。万事只有青天判，只有青天判得清。下官，周三畏。我看头门无风大摆，必有贵客临门。（花旦门房上，白）奉了相爷命，送书到此来。叩见大老爷。（小生白）少礼，边旁伺候。待我拆书观看。呵呀！元帅坐在我监牢，命我审问。门房。（手下白）有。（小生白）去到监牢有请岳元帅。（花旦白）岳元帅有请。（小生出外位，白）元帅在哪里？元帅在哪里？啊！元帅。（唱）

【紧皮】一见元帅容貌改，披头散发不像人。

（正生接唱）当初赠宝龙泉剑，今日相逢在监牢。（小生白）元帅，圣上有旨到来，叫我审问岳元帅，还是审而不审？（正生白）奉了圣上之旨意，那有不审之理，你大胆审来。（小生白）得罪元帅了。门房，去到龙庭取过皇上圣旨。圣旨下。（正生白）万岁，万岁，万万岁。（小生白）岳飞，王俊告你三件罪名，从头诉上。（正生唱）

【三五七】我本堂堂忠良将，岂肯卖国做奸党。

（小生接唱）听他言来问起声，天大冤枉分不清。（白）元帅请起，监牢宽住几天，下官自有道理。上锁。（念）做善无人晓，（正生接念）暗中有天知。（小生白）元帅，请进监牢。（正生下）（小生白）呵唷！我看元帅为官清正，爱民如金，披锁带枷，尚且如此，何况我周三畏也要如此。是了，将衣改换。（小过场）门房过来，印信一个、乌纱一顶，命你去到相爷跟前投落。（花旦白）遵命。（下）（小生念四句）秦丞相不文不武，周三畏修行学道。鳌鱼脱下金钩吊，再不为君皇做事差。（唱）

【三五七】鳌鱼脱下金钩吊，再不回头奉君皇。（下）

（大花上，白）只为西湖事，时刻记在心。老夫，秦桧。我命周三畏审问岳飞，未见回报。（扎旦上，白）报，启禀相爷，周三畏弃官不做了。（大花白）呵唷！岳飞命周三畏审问，不审问倒还罢了，还弃官不做，这这这便怎处？有了，木其雪诡计甚多，叫他出来商议。有请木其雪出来。（扎旦白）木其雪有请。（小花上，白）听见相爷叫，慌忙就来到。丞相在上，卑职大礼相参。（大花白）一旁坐下。（小花白）相爷跟前哪有座位。（大花白）朝廷宾客，哪有不坐之理。（小花白）谢相爷座位。启禀相爷，叫卑职到来有何贵干？（大花白）岳飞拿到，命周三畏审问，不审问倒还罢了，反而弃官逃走。（小花白）哈哈哈！（大花白）哼！你难道笑老夫无能？（小花白）怎敢笑相爷无能。（大花白）笑谁？（小花白）这场事情乃是周三畏审问，若还卑职审问，哪怕他不招？（大花白）怎样审问？（小花白）将岳飞身上刺破，用起麻皮牛膏贴上，贴在岳飞身上，过了三天带出审问，他再若不招，连皮剥下，哪怕他不招。（大花白）此事交与你，（小花白）一去就成功。（净、丑下）（四红帽门子、四花站门出）（火炮锣）（小花上，白）只为解判事，一本一利算某成。（进里位，讲白句）大大白虎堂，小小一虎狼。我今来审问，哪怕似虎狼。俺，木其雪。奉了秦太师之命，命我审问岳飞。左右。（手下白）有。（小花白）岳飞可还拿到？（手下白）拿到。（小花白）叫他报门而进。（四花白）要你报门而进。（正生上，白）呵唷！哪部官员审问，要我报门而进？是而不是，报门而进。（四花白）报，犯官进。（正生白）嗻！哪个是犯官？（四花白）你是犯官。（正生白）好不没规矩。（四花白）早不讲没规矩。报，没规矩进。（正生白）嗻！哪个没规矩？站开。（四花白）就站开。（正生白）不用。（四花白）就不用。（正生白）报，岳飞进，报。（小花插白）只为解粮事，冤仇报得成。（正生白）呵呔！我道哪部审问官员，原来小小木其雪狗官。当初解粮，被我捆打四十，今日难道审着本帅不成。上面老其请了，请了。（小花白）听！大胆岳飞！见了下官还不下跪？（正生白）呸！见了你这狗官要我下跪，若见了皇上圣旨，难道要地上打滚不成？（小花白）岳飞，你要见皇上圣旨倒也不难。左右，去到龙庭取过皇上圣旨。圣旨下。（岳飞白）万岁，万万岁。（小花白）岳飞，你讲不跪，为何跪下？（正生白）我跪是跪圣旨，岂肯跪你狗官。（小花白）圣旨收下。（正生白）我就起来。（小花白）嗳！我又圣旨下。（正生又跪下，白）万岁，万万岁。（小花白）岳飞，部下王俊告你三件罪名，从头诉上。（正生白）哪三件罪名？（小花白）头一件，克扣军粮。（正生白）第二件？（小花白）私通金国。（正生白）第三件？（小花白）攻打柘皋镇，按兵不发。（正生白）这三件罪名，还我对证。（小花白）王俊告你。（正生白）叫王俊来见我。（小花白）王俊死了。（正生白）吓！你做个死无对证陷害与我。（小花白）你还是招而不招？（正生白）你招我招，岂不是一起同罪？（小花白）左右，捆打四十。（手下打介）（正生做介）招而不招？（正生白）你招我招，岂不是一起同罪？（小花白）小禁子。（四花白）有。（小花白）用起新刑罚。（脱衣做介管刑）（四花白）昏迷去了。（小花白）放下来。（正生唱）

【二凡导板】有岳飞在大堂昏迷一阵。（转唱）

【紧皮】昏昏沉沉不知情。

（白）木其雪，你将本帅用了这等刑罚，倘若我二位少爷知道，你怎样承罪得起啊！（小花白）快快放下。（小花做介）（四花白）木老爷，你为何这等惊慌？（小花白）非是下官这等惊慌，如今将元帅用了这等刑罚，如若二位少爷知道，我怎样承罪得起啊！（做介）（四花白）木老爷不必惊慌，我有一计。（小花白）小禁子，你有什么计？（四花白）叫岳元帅修书一封，去到河南汤阴县岳府投落，叫二位少爷前来对证辩本，好开放你的罪名，得救与你出牢而去。（小花白）小禁子，你果然来得中用。（四花白）木老爷，我若不中用，你还听我昐咐？（小花白）唔！听老爷昐咐。（四花白）听！不错，听老爷昐咐。（小花白）岳元帅在上，卑职跪下。卑职那是一时之错，奉了圣上旨意，不得不如此。元帅本该修书一封，去到河南湘州府汤阴县，叫二位少爷进京而来，与奸臣辩本，好得救你的罪名，好好出监而去。（正生白）听！木其雪，你难道有了本帅的心来了吗？（小花白）元帅，没有你的心，我不同你说了。（正生白）搀扶。（小花白）搀扶，搀扶。（阵头锣）（正生唱）

【二凡】我好比深山一只虎,虎落平阳被犬欺。将身前来托个坐,啊呀!两腿疼痛实难挡。用手接过羊毫笔,字字行行写分明。上写李氏夫人来观看,我的言语看短长。我今与你来离别,进京受苦实难言。为夫苦楚写不尽,打发我儿进京城。(转)

【流水】心中的话儿道不完,书信上面看分明。

(白)写好了,拿去观看。(小花白)卑职观看。小禁子,岳元帅这字眼,一行对一行,一字对一字,当真写得好。(四花白)写是写得好,缺少二字。(小花白)缺少哪二字?(四花白)缺少平安二字。(小花白)小禁子,要平安二字何用?(四花白)木老爷,有平安二字算得家书。(小花白)没有呢?(四花白)没有平安二字算不得家书。(小花白)小禁子,你实在来得中用。(四花白)木老爷,我若不中用,你还听我吩咐?(小花白)哇!听老爷吩咐。(四花白)哦!不错,听老爷吩咐。(小花白)启禀岳元帅,书信写得好,缺少平安二字。(正生白)要平安何用?(小花白)有平安二字算得家书,没有平安二字算不得家书。(正生白)木其雪,你可还做得牢当。(小花白)做得牢当。(正生白)做得牢靠。(小花白)做得牢靠。(正生白)写把与你。

(接唱)平安二字来写上。(小花白)上锁。小禁子,将元帅搀扶下去。(正生白)哼!谁要你搀扶。(下)(小花白)传下书人。(手下上,白)听见老爷叫,慌忙就来到。叩见木老爷,叫我出来哪厢使用?(小花白)这里有书信一封,去到河南汤阴岳府投落。我今吩咐你,(手下白)怎敢慢去行。(小花白)掩门。(手下下)呜呼呼!岳云、张宪啊!你来也好,不来也妙。你来此地,下官将你好一比,毛虫见火,吓呸!有命也无毛。(下)(正旦上,白)想起丈夫事,时刻挂在心。奴家,李氏。只因丈夫十二道金牌召进京而去,未知凶吉如何?奴家日夜挂在心头。不免叫吾儿出来训教一番。家院。(老外上)请出二位少爷。(老外白)二位少爷出来。(小生、武旦上,白)听见母亲叫,忙步出堂前。母亲在上,孩儿拜〔见〕(拜)。(正旦白)少礼,一旁坐下。(小生、武旦)母亲叫孩儿出来有何吩咐?(正旦白)儿啊!坐在一旁,听为母一言。(唱)

【三五七】只因你父进京城,未知音信转家门。

(小生接唱)母亲休要来挂念,孩儿要去看分明。(武旦唱)但愿我父得安宁,孩儿堂前奉娘亲。(正旦接唱)但愿丈夫多平安,免得妻子挂心怀。

(扎旦送书上,白)离了京都地,来到岳府门。门上哪位?(老外白)哪里来的?(扎旦白)岳元帅有家书到来。(老外白)启禀夫人,有家书到来。(正旦白)叫他进来。(老外白)叫你进来。(扎旦白)叩见夫人。有书信一封,夫人收下。(正旦白)呈上。下去饱餐。(扎旦下)(小生、武旦白)刚才何人到来?(正旦白)下书人到来,我儿观看。(小生、武旦白)母亲观看。(正旦白)待为娘拆开观看。(唱)

【流水】上书拜上多拜上,拜上夫人看短长。当初夫妻来分别,进京受苦实难挡。我今修书回家转,夫人且莫挂心肠。我的苦楚写不尽,书信上面看分明。打发我儿进京城,妻子在家莫挂心。

(白)啊呀!儿吓!看书信上面,父亲遭了不明之冤,叫为娘痛心吓!(小生、武旦白)孩儿本该前去望与他。(正旦白)父亲被奸臣所害,孩儿此去有恐不利。(小生、武旦白)母亲不必担心,我看书信上面写着平安二字,孩儿去也不妨。(正旦白)孩儿当真要去,早早报信回来,免为娘挂念。一路之上小心啊!(小生、武旦白)母亲休要嘱吩,请上受孩儿一拜别了。(唱)

【流水】母亲请上受一拜,拜别母亲出门庭。孩儿此番赴京城,母亲在家莫挂心。(下)

(正旦接唱)只见吾儿出门庭,好叫为娘挂在心。(下)

(牌子)(冯忠、冯孝上,白)奉秦丞相严命,捉拿岳云、张宪。(牌子)(小生、武旦上,白)走吓!(大花白)圣旨下。(小生、武旦白)万岁,万万岁。(大花白)部下王俊告你三件罪名。将他绑下。(绑介,下)(四红帽、四花上)(小花上,白)只为解粮事,冤仇海样深。(四句)辕门起鼓响仓仓,岳飞父子坐牢房。只为解粮冤仇恨,要他父子一命亡。下官,木其雪。今日坐堂审问岳云、张宪。小禁子,岳云、张宪可已拿到?(四花白)拿到。(小花白)叫他报门进来。(四花白)叫你报门进去。(小生、武旦白)呵唷!那部官员审问,要我报门而进?是而不是,报门进去。(四花白)报,犯官进。(小生、武旦白)哪个犯官?(四花白)你犯官。(小生、武旦白)好无规矩。(四花白)无规矩就无规矩进。(小生、武旦白)嗟!哪个无规矩?(四花白)你是没规矩。(小生、武旦白)站开。(四花白)就站。(小生、武旦白)不用。(四花白)就不用。(小生、武旦白)贤弟,我同你小心报门进去。报,岳云、张宪进。(小花白)只为解粮事,一本一利算来成。(小生白)呵吧!我道哪部官员审问,原来木其雪小小狗官。上面老其请了,请了。(小花白)吓!这个进来老其请了请了,那个进来老其请了请了,你这犯官,见了下官还不下跪?(小生、武旦白)呸!见了你这狗官若要下跪,见了皇上圣旨,难道地上打滚不成?(小花白)你要皇上圣旨倒也不难。去到龙庭拿过皇上圣旨。圣旨下。(小生、武旦白)万岁,万万岁。(小花白)岳云、张宪,你讲不跪下,为何又跪下?(小生、武旦白)我是跪圣旨,岂肯跪你狗官。(小花白)我将圣旨收下。(小生、武旦白)我就起来。(小花白)哼!其父有其子。我又圣旨下。(小生、武旦白)万岁,万万岁。(小花白)岳云、张宪,王俊告你三件罪名。(小生、武旦白)哪三件罪名?头一件?(小花白)克扣军粮。(小生白)第二件?(小花白)按兵不动。(武旦白)第三件?(小花白)私通金邦。(小生、武旦暗示言)贤弟,这三件罪名件件都是死罪,与我打打打出去。(做介)(正生交椅上跳出,白)你好不忠,好不忠。(乱锣)(做介)(小生、武旦、正生同下)(小花做介)(四花白)大老爷,反了,反了。(小花白)调兵,调兵。(四花白)哼!纱帽反了。(小花白)哎!我怕他,连你都怕他咯!他二个呢?(四花白)岳元帅跳出监牢,将二位小公子一把拖进去。(小花白)掩门,掩门。为官做此糊涂事,只为人容天不容。(下)(张保二花上,唱)

【紧皮】离了濠梁到此来,打听元帅怎下落。

(白)在下张保。当初平阳道一别,四路打听元帅下落。闻听元帅已坐监牢,我大街之上求讨水饭送去元帅充饥,看望便了。

(唱)三步并作二步走,监牢之内看分明。(下)(正生、小生、武旦唱)父子本是忠良将,却被监牢坐牢房。(坐下)

(二花上,唱)紧紧忙向前走,不觉来到是牢门。(白)牢头,门开开掉去。(四花白)啥?门开开掉去?来来来。(二花白)什么东西来?(四花白)厘毫数。(二花白)眉毛苏?唔!眉毛苏拔几根与你。(四花白)哼!这轻飘飘啥东西?要长规矩。(二花白)长的?我眉毛不长,胡子长一点,拔几根你拿去。(四花白)这猪毛狗毛拿来做啥?(二花白)要啥东西?(四花白)铜钱银子。(二花白)啥?要铜钱银子?(四花白)轻点,轻点。(二花白)我元帅坐在你监牢?(四花白)我监牢。(二花白)你把我开开掉去。(四花白)不是菜园门、尿厮门,要开就开。(二花白)我是没有钱。(四花白)你拜拜我,我也不开的。(二花白)就拜拜你。(四花白)你跪倒来也不开。(二花白)我就跪到来。(四花白)你跪死也不开。(二花白)啥!你开不开?(四花白)我不开。(二花白)你真开不开?(四花白)我不开。(二花白)你讲三句不开。(四花白)不开,不开,就不开。(二花白)我街坊之上求讨半碗水饭,主仆不能相会,要条性命何苦,待我碰死监牢门口。(做介)(四花白)你不要慌,性咯样躁走来快点。(二花白)我偏要慢点。(四花白)我牢房又要关转去。(二花白)我又碰死这里。(四花白)你死掉在此过年。(二花白)我偏要走进来。元帅。(四花白)轻点,牢里不通风,通风要感动。(二花白)感动感着你。(四花白)你连累与我。不要慌,秦太师造了十座监房。(二花白)哪十座监房?(四花白)我念把你听:雷、霆、申、号、令、星、斗、焕、文、章。章文字,岳元帅坐在章字号。(二花白)元帅在哪里?元帅在哪里?元帅吓!(唱)

【紧皮】只见元帅容貌改,披头散发不像人。

(白)元帅。(正生白)张保,当初平阳道别,命你濠梁府当总兵,今日来在监牢做甚?(二花白)平阳道一别,四方打听元帅。闻听元帅坐牢坐监,我街坊之上求讨半碗水饭,呶!送来元帅充饥。(正生白)张保,本帅喉咙紧闭,吞之不下了。拿二位少爷充饥就是。(二花白)啥?二位少爷都来到此地?(正生白)是来到此地。(二花白)少爷在哪里?少爷在哪里?少爷呀!(唱)

【流水】少爷本是前山龙虎将,今日为何坐监房?

(小生、武旦白)张保,你来此做甚?(二花白)我在大街之上求讨半碗水饭,送来元帅充饥。元帅吞之不下,送来二位少爷充饥。(小生、武旦白)张保,我也喉咙紧闭,吞之不下了吓!(二花白)唉!你也喉咙紧闭,吞之不下了。去去去。(小生、武旦白)张保,你鬼头鬼脑做什么?(二花白)你监牢内面可有铺盖?(小生、武旦白)监牢内面哪里来的铺盖?(二花白)监牢内面没有铺盖,我铺盖进来,军器藏在内面,我外面打进,你里面杀出,我同你反、反、反。(正生白)你好不忠。禁子,你把他拖出去。(做介)(四花白)元帅,拖不出去。(正生白)嗟!你好不忠。(拖介)

(二花唱)元帅,叫你反来你不反,好叫张保无计行。

(白)呵唷!想我元帅忠良上将,坐在监牢这等如此,何况我小小张保是个仆,后来如何?也罢!待我碰死监牢门首便了!(唱)

【流水】元帅请上受一拜,拜过爹娘养育恩。叫你反来你不反,情愿碰死监牢内。(做碰死介)

(四花白)元帅,张保碰死了。(正生白)碰死哪里?(四花白)街坊门首。(正生白)带路。(四花白)在这里。(正生笑介)(四花白)元帅,你为何发笑?

（正生白）非是本帅发笑。我少一义，张保一死，要算一义了。听！张保吓！（唱）

【紧皮】一见张保把命丧，好叫本帅痛心肠。

（白）禁子，你本该看本帅分上，去到街坊买起棺材埋葬就是。听！张保，你灵魂休散，随着本帅来也。（下）（四花白）待我去到街坊买棺木便了。

（唱）紧紧忙忙向前行，去到街坊买棺木。（下）（大花上，白）当朝一宰，名扬四海。老夫，秦桧。闲下无事，坐在后堂伺候。（扎旦上，白）奉了岳家命，送书到此来。叩见相爷。岳家送书到来，老爷请看。（大花白）下去饱餐。（扎旦下）送书到来，待我拆开观看明白。呵唷！原来岳家送黄桔到来。岳飞坐在监牢，并未半句怨言，还送黄橘前来。我本该写起本章，奏明圣上知道，御〔宥〕他无罪。待我与夫人商议。何立，将夫人叫来。（小生上，白）夫人有请。（花旦白）有爷一声请，出堂问原因。老爷，请来有礼。（大花白）还礼，请坐。（花旦白）同坐。请妻子出来何事？（大花白）非为别事，岳飞坐在我们监牢，并无怨言，还差人送黄桔到来。我本该写本章奏明圣上，〔宥〕（御）他无罪。（花旦白）赦他不得。妻身有言语打动与你。（大花白）什么言语打动与我？（花旦白）妻子还有诗句。（大花白）什么诗句？你讲来，我写来。（小花上，记隔壁账）（花旦念）缚虎容易放虎难，不言不语凭栏杆。婆媳三人双流泪，流泪已经透胆寒。（大花白）夫人此计甚好。退下。何立，叫木其雪进来。（小花上，白）听见太师叫，来到是相府。相爷在上，卑职大礼相参。（大花白）免礼，一旁坐下。（小花白）谢相爷座位。叫卑职出来，哪厢使用？（大花白）圣上有旨下来，今晚三更，岳飞父子三人解到风波亭，脱掉衣衫，一时尽……丫鬟，小子。（小花白）相爷，一时尽，尽什么？（大花白）一时尽忠。命你去做，命你去做。（小花白）相爷啊！这场事情我是做不来的。（大花白）木其雪，木其雪，这场事情做得来，你的乌纱戴得牢，这场事情做不来，你的乌纱戴不牢。这场事情命你去做，命你去做。（下）（小花做介，白）这场事情没有天理良心，做不来啊！我衙内一个小禁子诡计尽多，我回转衙内而去，与小禁子商议。行行去去，去去行行，回转衙内。小禁子哪里？（四花白）听见老爷叫，慌忙就来到。拜见老爷，哪厢何用？（小花白）秦太师有命下来，今晚三更时候，岳飞父子三人绑上风波亭上，一……门房，衙役。（四花白）大老爷，一什么？（小花白）一时尽忠。命你去做，命你去做。小禁子，小禁子。（四花白）大老爷，此事我是做不来的，做不来的。（小花白）这场事情做得来，大老爷纱帽戴得牢，这场事情做不来，大老爷纱帽戴不牢。命你去做，命你去做。

（小花下）（四花做介，白）这场事情，秦太师差到大老爷头上，大老爷差到我头上，我又要到大禁子头上去。行行去去，去去行行。大禁子哪里？（大花白）为人不怕死，天天当禁子。叫我出来何事？（四花白）秦太师有命下来，今晚三更，岳飞父子三人绑上风波亭，衣服剥得干干净净，将他一……（大花白）一什么？（四花白）一时尽忠。命你去做，命你去做。（四花欲走被净拉回）大禁子，这场事做得来，我和你纱帽戴得牢。（大花白）哦！你哪里来的纱帽？（四花白）〔这场事情做得来〕，衙门饭吃得牢，这场事情做不来，衙门饭吃不牢。命你去做，命你去做。（大花拉介）（大花白）小禁子，小禁子，这场事情秦太师差到大老爷头上，大老爷差到你头上，你差到我头上，我也不管此闲事。逃吓！（四花拉介）（大花白）这个没有天理良心的东西，我做不来的。逃吓！（拉介）小禁子，我这个衣服不是牛皮。（四花白）大禁子，我和你同吃衙门饭，这个事情，秦太师交到大老爷，大老爷交到我，我和你商量商量，我和你同监牢门首，跪到来，哭起来。（大花白）上好一个人，怎样哭得来？（四花白）口吐也好当当咯！（大花白）我和你学学看。（做介）吓！像是有点像咯！（大花、四花白）元帅有请。（正生上，白）圣上，圣上，夫在监牢妻在家，好比日月隔了一重天。举目抬头来观看，只见禁子跪尘埃来跪尘埃。（四花、大花哭介）（正生白）你二人啼啼哭哭做什么？（四花、大花白）元帅啊元帅！圣上飘旨下来，叫你父子三人衣服脱了干干净净，三更时候，去到风波亭上与奸臣辩本，好脱掉你父子的罪名。我家里还有八十老母，打进监牢，坐井观天，望元帅得救。（正生白）你不说我明白了，父子三人尽忠，此事不会连累与你。请出二位少爷。（四花、大花白）大少爷有请。猛虎来，猛虎来了。（小生上，白）来了。爹爹叫一声，向前问原因。爹爹在上，孩儿拜拜。（正生白）张宪，张宪，事到如今，见什么礼，见什么礼。（小生白）爹爹，你为何与我生气？（正生白）非是爹爹生气。脱下衣服，为父有话。（做介）将他上绑。（二小禁子做绑介）上绑。（四花白）哼！元帅，拿他不下。（正生白）起来。呵呼呼！张宪，张宪，你把二位禁子打在尘埃，难道在父亲手绑你不起？上绑。（绑介）（小生白）爹吓！你为何将孩儿捆绑？（正生白）呵唷！张宪，张宪，圣上飘旨下来，今晚三更脱下衣服，自绑上殿，与那奸臣辩本，脱下你的罪名。退下。（小生下）（正生白）请出二少爷。（武旦上，下）（正生白）来，将本帅衣服脱下，将本帅上绑。（小生、武旦白）嗐！（正生）你好不忠，你好不忠，退下。难道为父不值与你，退下。来，将本帅绑上。（小生、武旦白）爹吓！你为何自捆上殿?(正生白)今晚三更时分,绑上金殿,要与奸臣辩本,脱去父子三人罪名。自古道得好,君要臣死,臣不死非为忠。父要子亡,子不亡非为孝。快快去往风波亭。(牌子)(走介)(小生、武旦做介,死下)(正生白)记得了,记得了。当初朱仙镇起程时节,来到金山寺经过,金山寺和尚奉了一杯香茶,茶中里面一桃一枣,却是为何?后来问和尚,和尚言道,茶中内面有了诗句:元帅此去莫心焦,一见金牌如火烧。风波滚滚须仔细,一到朝中坐监牢。我说道不信,他说道后来还有四句。我说道什么诗句?他说:天岁不足,臣亡天哭。奉下二点,将人害毒。且记且记,谨防风波。抬头一看,风波亭。事到如今,不听神仙之言,悔已迟了。想我岳飞,上不欺君,下不压民,我今一死,要算忠。岳云、张宪死在眼前,要算一孝。张保碰在监牢门首,要算一义。忠、孝、义俱全,好不快乐。(笑介,死下)(雷公、电母上,小花被诛死)(四花、大花白)这场事情不是我做,木老爷做哩!(二边喊)唉!你还在,天雷这样响,打死哪一个?拿点灯亮来看看。原来打死木老爷,你略人该打,该打!这场事情你做的,同你抬下去,抬到粪缸去养肥料。(下)(正生上)(金童、玉女、岳云、张宪上)(小过场)(做介)

下本　倒精忠

人物说明:老外:周三畏。正旦:岳夫人李氏。扎旦:岳飞女。三旦:岳飞媳妇。付末:老院。大花:秦桧。花旦:秦桧妻王氏。小花:地藏王(幽冥教主)。小生:灵隐寺和尚。正生:何立。二花:无常。四花:胡里戏。老外:卖卦先生。扎旦:牧童。二花:鬼门官。小生:小沙弥。

(老外上,登位,白)辞官不做,修身学道。贫道,周三畏。可恨秦丞相霸住朝纲,暗害忠良。当初命我审问岳飞,我知岳元帅天大冤屈,是我弃官不做,修身学道。今我闻听岳元帅父子三人风波亭被害,今日特来报与李夫人知道便了。(唱)

【三五七】风波亭父子被暗害,报与夫人得知情。(下)

(正旦上,白)我儿进京去,时刻挂在心。奴家,李氏。昨晚得下一梦,梦见猛虎赶绵羊。不免叫媳妇、女儿出来商议。媳妇、女儿那里?(扎旦、三旦上,白)听见唤叫声,出堂问原因。拜见母亲。(正旦白)少礼,一旁坐下。(扎旦、三旦白）谢爹娘座位。（正旦叹气）（扎旦、三旦白）母亲为何心中忧闷？（正旦白）只因昨晚凉床一梦，梦见猛虎赶绵羊，因此这等忧闷。（扎旦、三旦白）梦中之事，不可全信，不可不信，在此伺候。（老外上，白）走吓！（唱）

【流水】紧紧忙忙向前走，不觉来到他家门。

（白）叩见夫人。（正旦白）少礼。周年兄，你为何这等慌慌忙忙进来？（老外白）启禀夫人，岳元帅父子三人，风波亭一时尽忠了。（正旦白）你在怎讲？（老外白）一时尽忠了。（正旦白）啊呀！天啊！如何有这等事儿，你可否亲自看见？（老外白）我再去打听便了。（下）（付末白）夫人休要悲泪，本该整起香盘，前去祭奠一番。（正旦白）老院，整起香盘，前去祭奠一番。摇船去吧！（付末唱）

【二凡】我今奉了夫人命，忙把船儿来摇定。整起三牲祭奠礼，前往坟台走一程。

（正旦上，唱）我将衣衫来改换，改换衣衫出堂前。将身上了船舱进，去到西湖祭夫君。（付末做介）母女三人泪淋淋，丈夫坟前走一程。（上岸，做祭坟介，唱）

【流水】我道老爷功劳大，谁知今日这下场。丈夫一死妻难活，死在一起也心甘。（做死介）

（扎旦唱）只见母亲把命丧，好叫女儿痛心肠。母亲一死我难活，九泉之下再相逢。（做死介）

（三旦唱）婆婆姑娘把命丧，媳妇心中无主张。倒不如一起死了罢！夫妻九泉来团圆。（做死介）

（付末唱）只见三人投河死，好叫老奴痛断肠。老奴活着无用处，倒不如一起归阴曹。（欲死，做介，唱）

【导板】猛然睁开昏花眼，昏昏沉沉不知情。

（白）呵唷！我明明投河而死，为何来岸上？难道岳元帅灵魂把我救上？听！家中几位小公子无人料理，待我回去抱养小公子便了。（唱）

【紧皮】急急忙忙回家转，抱养老〔少〕爷长成人。（下）

（大花上，白）可恨忠良，时闷胸膛。老夫，秦桧。岳飞父子三人死在老夫眼前。朝中还有韩世忠一党之人，老夫写起本章，奏明圣上，与岳飞同罪。待我写了一番。（唱）

【三五七】有老夫坐在后府内，写起本章奏圣上。上写韩……

（白）呵唷！一霎行来摆去，有人过往。待我拿灯观看。（做介）原来自己年迈，昏花了眼。待我再写。（唱）韩世忠犯下岳飞一样罪，还望我主做主张。（白）启奏人秦桧。本章写好了，待我来学学看。启奏万岁，上奏韩世忠与岳飞一起同罪，望我主降旨。（做介）（花旦白）老爷，你为何跌在尘埃？（大花白）岳飞将老夫背上打了一下，因此跌在尘埃。（花旦白）老爷，你看花了眼。（大花白）夫人，此事你连累与我。（花旦白）怎说妻身连累与你？（大花白）在东窗下题的字句，是你题的，因此你连累与我。（花旦白）我同你做的事，休要埋怨与我。明日去到灵隐寺超度与他。（大花白）奴奴奴！岳飞来也。（牌子）（同下）（转大过场）（老外、扎旦、小生上）（小花上，坐高台，四句）头戴三十三天，脚踩五色祥云。奉了佛祖严命，巡查四方黎民。我乃幽冥教主，名唤地藏王菩萨是也。我奉如来佛祖严命，叫我化一疯僧，去到杭州灵隐寺来点化秦桧回头，免得一牢之苦。小沙弥。（众白）有。（小花白）换了青衣。（小过场）（众白）师父，你这样改换起来，往哪里而去？（小花白）往杭城化斋而去。（众白）几时而去？（小花白）钟响而去。（众白）几时而回？（小花白）鼓响而回。后殿发鼓三通，菩萨回来登殿。小沙弥退下。（众白）阿弥陀佛。（下）（小花白）我一出宝宫，好一派世界唉！（唱）

【平板心】一见青山不见天，白水茫茫不见船。山中不见神仙出，周公问的打渔船。莫说道西天无活佛，雷霆风雨哪里来？莫说道灵山无修路，宰相公卿哪里来？莫说道做恶无恶报，猪羊犬马哪里来？

（白）我看来此灵隐寺，待我高叫一声。内面可有道友？（小生上，白）门外有人叫，忙步出山门。原来道友，请来见首。（小花白）见首。（小生白）请进。（小花白）有进。（小生白）同请。（小花白）同坐。（小生白）请问道友还是远方而来，还是近方到此？（小花白）凡卑乃是远方而来。（小生白）到此作甚？（小花白）借茶一杯。（小生白）我去拿茶。（下）（小花白）有劳师父。呵唷！我看此地有香斋厨在此。秦桧夫妻二人在窗楼下题的诗句，我看四下无人，待我将它题在此间。（做介，白）捉虎容易放虎难，不言不语凭栏杆。婆媳三人双流泪，流泪衣襟透胆寒。我看胆字写小，就将胆字打动与他。（小生上，白）道友，茶在此。（小花白）有劳道友了。二佛卑有了前养在身。（小生白）此话怎讲？（小花白）见茶而发，要助我一声佛。（小生白）什么佛？（小花白）南无阿弥陀佛。（小生白）就助你南无阿弥陀佛。（小花白）我的疯病来唉！（牌子）（下）（大花内白）人来，起道。（牌子）（四龙套、正生、小花同上，弯门归，拜介）（大花白）何立，问和尚哪里清洁？（正生白）和尚，我相爷问你哪里清洁？（小生白）客堂清洁。（大花白）转过客堂。（双龙进水）（四手下下）（坐下）（小生端茶介）（大花白）何立，相爷有话，叫他带路。（正生白）和尚，相爷有话，叫你上来带路。（小生白）随着我来。（大花白）此地什么所在？（小生白）大雄宝殿。（大花白）阿弥陀佛。此地什么所在？（小生白）观音堂。（大花白）阿弥陀佛。此地什么所在？（小生白）罗汉堂。（大花白）阿弥陀佛。此地什么所在？（小生白）香斋厨。（大花白）为何不开？（小生白）斋小故而不开。（大花白）何立，老爷要吃斋，打开香斋厨。（正生白）和尚，我相爷要吃斋，叫你打开香斋厨。（小生开介）（大花白）待我观看。呵哼！香斋厨里面有四句，待我看来。（念四句介）这诗句我夫妻二人在东窗下所题，无人知晓，怎会在此地呢？呵哼！这笔迹墨水未干，此人还在寺内。何立，传和尚。（小生白）叩见相爷。（大花白）香斋厨上这四句哪里写的？（小生白）来往道友。（大花白）此人可在寺内？（小生白）还在寺内。（大花白）叫他前来见过老夫。（小生白）此人肮脏，见不得相爷。（大花白）叫他大胆上来，老夫不见怪与他。（小生白）里面可有道友？（小花白）谁叫我？（小生白）相爷叫你。（小花白）我又忙吔！嘿嘿！（小生白）你有什么忙？（小花白）我在此烧火忙。（小生白）烧火有火头烧，何用你烧，快快出来。（小花白）我还有忙。（小生白）你有什么忙？（小花白）我在此滚油内面洗澡，饭甑里面乘凉。（小生白）不要多言，相爷叫你来，快快来。（小花白）我还有忙。（小生白）什么忙？（小花白）我在此看经念佛忙哩！（小生白）你念什么佛？（小花白）我念南无阿弥陀佛。（小生白）南无阿弥陀佛，普天下三岁孩童都念得来，哪个叫你念？（小花白）唔！南无阿弥陀佛，普天下三岁孩童都会念，单单秦桧奸臣不会念。（小生白）不必多言，快快出来。（小花念科子）波罗墨，波罗墨，一口沙糖一口墨。有人道我三千界，方显灵山有活佛来有活佛。（笑介）（小花、大花同笑）（大花白）我道哪里来的和尚，原来是小小一疯僧。（小花白）我道哪里来的相爷，原来大大奸臣秦桧。（大花白）唔！你怎敢叫老夫的名字？（小花白）你怎道我疯呢？你的名字我不道，谁人敢道唉？

（唱）休笑我垢面疯僧起，我肚里文字救万民。（大花白）疯僧，香斋厨内这诗句，敢是你写的？（小花笑介，白）题么你题，写是我写的。（大花白）你为何胆写小？（小花白）我胆小，诵经念佛。（大花白）胆大呢？（小花白）你胆大，要杀人弄权的矣。

（唱）你说我胆小写得小，黎民百姓总安全。（大花白）疯僧，你腰边挂的什么？（小花白）火吹。（大花白）为何不放下？（小花白）放下不得。（大花白）怎敢放不得？（小花白）有道火吹两头穿，时时挂在腰身边。拿来吹一口，外国起狼烟。（大花白）拿来老夫吹。（小花白）你吹不得。（大花白）怎说吹不得？（小花白）我吹，四方平静。（大花白）老夫吹？（小花白）你吹，要私通外国的奴！

（唱）有道火吹两头穿，时时挂在腰身边。（大花白）疯僧，你背上插的什么？（小花白）乃是帚笤。（大花白）老夫看来是笤帚，怎说帚笤？（小花白）唔！你这奸臣，到如今还想逃走的奴！

（唱）藏在青天不可欺，奸臣起意我先知。（白）秦桧，当初你可还记得十座牢房？（大花白）哪十座牢房？（小花白）雷、霆、申、学、令、星、斗、焕、文、章。（大花白）章字号怎样？（小花白）章字号吗！岳飞公在章字号等你长远的奴！

（唱）一别朝纲韩世忠，结拜忠良岳飞公。（大花白）疯僧，你这病从何而起？（小花白）在桑林下戏妻而得。（大花白）为何不医好？（小花白）医倒要医好，缺少一味药。（大花白）缺少哪一味？（小花白）缺少父子。（大花白）何立，去到药铺取父子过来。（小花白）且慢，药铺父子不好。（大花白）要哪里父子？（小花白）要丘山的父子。（大花白）呵唷！丘山原来是个岳字。唔！唔！唔！疯僧，丘山是岳字。（小花白）你这奸臣，你怎〔知〕丘山是个岳字的奴？

（唱）岳飞公本是忠良将，却被奸臣弄朝纲。（大花白）疯僧，你晓得老夫的名字怎样写法？（小花白）你的名字怎么不知，乃是大余柱，人字挑手加会字。（大花白）少了一点。（小花白）这一点落在黄桔蜡丸内面的奴！

（唱）黄桔主谋天排定，蜡丸内面起根由。（大花白）何立过来，赐你一盘斋。（正生白）相爷赐你一盘斋。（小花白）哪个要你斋吃？打了。（正生白）相爷，疯僧打了一盘斋。（大花白）再赐他一盘。（正生白）相爷又赐你一盘。（小花白）又打了。（大花白）哼！大胆疯僧！你打了我二盘斋，难道我老夫不心痛的吗？（小花白）唔！你这奸臣！我打你一盘斋，你就要心痛起来，可怜岳飞公父子三人去到风波亭上一时尽忠，岂不是越发心痛的呢？

（唱）岳飞公本是忠良将，却被奸臣梦里丧。（大花白）疯僧，这里不是谈话之处。（小花白）奸臣，哪里？（大花白）凉船亭好。（小花白）凉船亭不好，风波亭上杀人的好。（大花白）老夫要比你先走。（小花白）我要比你先到。（大花白）你这疯僧，老夫比你先走，你如何比老夫先到？（小花白）你这奸臣，岳飞公落你后,我疯僧岂肯落你后?

(唱)岳飞公三人落你后,我疯僧岂肯落你后?(大花白)你晓得老夫的来意?(小花白)你的来意我怎生不知的奴?

(唱)大的阎君把你告,上欺君来下压民。阳间做事由了你,阴曹地府怎肯消?(大花白)疯僧,你讲话这样轻口,你有什么本领?(小花白)我能呼风唤雨。(大花白)老夫要一阵风。(小花白)有有有。西天如来佛祖听着,秦桧奸臣在凉船亭要一阵风,助我弟子一阵风。(大花白)好大的风,收下。(小花白)收下了。(大花白)老夫要一阵雨。(小花白)有有有。西海龙王听着,秦桧奸臣在凉船亭要一阵雨,你助弟子一阵雨。(大花白)好大的雨。(小花白)收下。(大花白)疯僧,风雨在天,如何来得这样快?(小花白)秦桧,风雨在天,来得快非为奇,你当初假传圣旨,连发金牌一十二道,去到朱仙镇上召岳飞公进京,不是比风雨还要快十分?

(唱)连发金牌一十二道,假传圣旨害忠良。(白)秦桧,这不是风。(大花白)乃是什么?(小花白)乃是天下黎民百姓的冤气。

(唱)一别朝纲韩世忠,结拜忠良岳飞公。(白)这不是雨。(大花白)乃是什么?(小花白)乃是岳家婆媳三人眼泪如雨来的。

(唱)婆媳妇三人啼哭哭,双双眼泪如雨来。(白)秦桧,我且问你。(大花白)问我何来?(小花白)上是什么?(大花白)上是天。(小花白)我只道是地呢!

(唱)有道青天无可报〔欺〕,五殿阎罗见分明。(白)我问你,下是什么?(大花白)我只道是地。(小花白)我只道是天奴。

(唱)文公丞相不重贤,我某与你二无冤。(大花白)老夫要出家,哪个寺好?(小花白)就在灵隐寺好。(大花白)灵隐寺太小。(小花白)哦!你讲灵隐寺太小,常常有活佛来往。

(唱)休笑我灵隐寺造得小,常常有活佛在寺中。(大花白)疯僧,你腰边挂的什么?(小花白)乃是经卷。(大花白)拿来老夫观看。(小花白)拿去看起来,要发怒起来不好。(大花白)何立,去取经卷观看。(正生白)和尚,相爷要取经卷观看。(小花白)还是不要看的好。(正生白)不要多言,相爷要看。相爷请看。(大花白)疯僧,你这经卷为何这〔般〕肮脏?(小花白)蜡丸内面取出来,哪有不肮脏?(大花白)不要多言,待老夫观看。(念)久闻丞相有良规,占霸朝纲独自危。都缘长舌私金虏,堂前燕子永难归。闭户但谋倾宋室,塞断忠言口难开。贤愚千载凭公论,路上行人口似碑。(小花白)若见施全出,奸臣命已危。(大花白)何立,见了施全,将他拿下。(小花白)且慢,还有横看。(大花白)怎说横看?(小花白)你奸臣做事横做,我诗句横写。(大花白)久占都堂,闭塞贤路。(又)其情可恼。(唱)

【紧皮】骂声疯僧太不仁,花言巧语为何因?叫人马回转杭城去,要你疯僧一命倾。(下)

(小花白)我看秦桧奸臣回去了,我的疯病好也。(唱)

【紧皮】我今冷眼看螃蟹,且看横行有几时?我今回转地府去,(白)奸贼。

(唱)船到江心补漏迟。(小花白)阿弥陀佛。(下)(小生上,白)只为元帅事,日夜睡不安。小将,施全。我元帅却被秦桧暗害,风波亭上一命身亡。我此去,一祭奠元帅,二秦桧奸臣灵隐寺回来,我要刺杀与他。待我摆起祭礼,去坟前祭奠与他。(唱)

【平板】元帅本是忠良将,却被奸臣害命亡。行步来在坟台进〔前〕,只见坟墓在一旁。

(白)待我打开祭礼祭奠一番。(小过场)(科介)元帅呀!(唱)

【紧皮】只见元帅把命丧,好叫施全痛心肠。

(内喊)呜!(小生白)呵唷!秦桧奸贼回来了,待我躲众安桥刺杀他。(大花上,白)呵唷!此马有三不行,一见侠客〔不行〕,二见盗贼不行,三见刺客不行。左右,二廊搜来。(正生白)有一小将躲在众安桥。(大花白)拿下。(小生白)且慢。小生施全,今日前来刺杀与你。(大花白)谁敢?(四手下喊介)(小生白)呵唷!我看奸臣人马甚多,一人难以抵敌。我岂肯失在你手,我骂你几句奸贼。奸贼!也罢。(正生白)启禀相爷,施全自愤而亡了。(大花白)这疯僧言道,见了施全命危,今日施全死在老夫眼前。何立,命你去到灵隐寺捉拿疯僧。(正生白)遵命。(下)(大花白)人来,起道回府。(牌子)(下)(正生白)奉了相爷命,特地到此来。里面可有和尚?(小花白)何立,你到来何事?(正生白)奉了相爷严命,到来捉拿与你。(小花白)且慢,我去到后堂洗过香汤沐浴,同你一道前去。呵唷!大胆的秦桧,不肯回头倒罢了,反将要何立前来捉拿与我。待我留下四句:文公丞相不重贤,我今与你二无怨。若问老僧家何处,家住东南第一山。也十一题。秦桧呀秦桧!眼前活佛不去问,一朵青莲就起程。(下)(正生白)

我在门外等了半天还未出来,待我进去观看。和尚,和尚。四下无人。呵唷!桌案上有诗句在此,待我拿去报与相爷知道。(大花上,白)何立拿疯僧,未见转回程。(正生上,白)捉拿疯僧事,报与相爷知。叩见相爷。(大花白)何立,捉拿疯僧,可还拿到?(正生白)小人去到灵隐寺,叫那和尚,那和尚言道,等我洗了香汤沐浴,同你一起去。我在门外等了半天,不见疯僧出来,我进去看四下无人,桌案上放着诗句。相爷观看。(大花白)待我观看。文公丞相不重贤,我今与你二无怨。若问老僧家何处,家住东南第一山。也十一题。呵唷!东南第一山,是有名无影。何立过来,命你去东南第一山捉拿疯僧。(正生白)相爷啊!东南第一山,有名无影的,小人不敢去。(大花白)哼!疯僧拿到,不必讲起,拿不到,你家中一位八十岁老母,关进天牢,坐井观天。命你前去。(下)

(正生唱)相爷说话如山倒,吓得小人心惊又胆寒。泪汪汪哭出府门外,未知何日转回程。(白)相爷,你好良心!好毒吧!母亲呀!(下)(□□三不出)(盖台)(二花做介,四句)头戴方巾三尺,身穿麻布七尺。手拿芭蕉扇一把,脚穿草鞋一只。有人问我家住那里?药铺对门,棺材店隔壁。听!无常是也。待我过山去吧!(唱)

【平板】天空地空人也空,天空只怕乌云盖。地空只怕洪水冲,人空只怕阎王请。(下)

(乱锣)(四花上,跌介,白)呜呼呼!阎君来出票,慌忙跌倒。两张白票,一张秦桧,一张王氏。我同胡里戏一同前去,待我去到胡里戏家中一走。(圆台)里面可有老胡?(二花上,白)到来何事?(四花白)白票两张,一张秦桧,一张王氏,一同捉拿与他。叫小鬼一同前去,向前一定。(三角阵下)(大花内白)夫人搀扶。(占扶上)叫夫人与我来搀扶,命重如山不安宁。

(花旦唱)劝老爷休要把话讲,日后病体会安康。(大花讲介,唱)

【平板】心焦躁,心焦躁,心中好比滚油浇。举目抬头来观看,奴!判官小鬼铁索将我吊。(死下)

(花旦唱)老爷吓!只见老爷把命丧,好叫妻子痛心肠。(老外上,白)善哉,善哉,苦事难挨。我若不救,谁能救来?我乃问卜是也。奉了地藏王菩萨严命,何立去到东南第一山,不晓得路途,来此三叉路口等候与他。那旁何立来也。(正生上,白)奉了相爷命,去到东南拿疯僧。来在三叉路口,不知哪条通往东南第一山?那旁一位卖卦先生在此,待我去求一卦。先生,请来有礼。(老外白)何立还礼。（正生白）你怎知我的名字？（老外白）莫说你的名字，你的来意我都晓得。（正生白）我先来哀求一卦。（老外白）你焚香伺候。（正生白）天地神明，日月三光在上，弟子何立奉了相爷严命，去到东南第一山捉拿疯僧，来在中途不知去路，前来哀求一卦，望青天指引。（老外白）我把你哀求就是。单上加单，东南第一山。（正生白）是往东南第一山。（老外白）七上加七，往东投北。（正生白）是往东投北。（老外白）你既有主仆之义，指引你出路。你此去中途路上三岔路口，有一牧童，头戴方巾，身穿龙舌，口吹横笛，身骑黄牛，站在三岔路口高埠之上，你看见不要叫他牧童，不要叫他牧童，叫他救主真人，他会指引你出路。随着我来，登及崎岖。那旁牧童来也。（下）（正生白）牧童在哪里？牧童在哪里？呵唷！先生，看不见牧童。呀！先生也不见了。那旁一蓬烟，莫非神仙指引我？待我望空一拜。【尾声】（下）（扎旦上，四句）湛湛青天不可欺，凡人起意我先知。善恶到头总有报，只争来早与来迟。我乃牧童是也。奉了地藏王菩萨命。何立去到东南第一山，不晓得路途，命我带他出路。向前一走便了。（讲课子）牧童遥去混得成，清早骑牛放操琴。吃到素饭黄昏后，不脱蓑衣卧月明，卧月明。（正生上，课子）登及崎岖过山岭，来到路口看分明。（白）呵唷！来此三岔路口，果然有一牧童在此。待我前去哀求便了。（扎旦白）呀！

（唱）我这里喳喳叫一声，（又）速醒向前行。人到中途莫向前，秦太师差来一公差。（白）要往东南第一山，往东投北，转过山弯，前面后面，哼呼呀！何立，东南第一山抬头就见。（正生唱）

【小倒板】猛然睁开昏花眼，啊呀！我的母亲娘吓！珠泪滚滚到胸膛。心雄跨步向前往，转过山弯，前边后边。举目抬头来观看，东南第一山。

（白）呵唷！东南第一山到了，谢天谢地。里面可有和尚？（小生上，白）何立，你到来何事？（正生白）奉了相爷，到来捉拿疯……（小生白）哼！疯僧是我菩萨的宝号，谁人敢叫？（正生白）小人不知。（小生白）不知者恕罪。（正生白）菩萨可在寺内？（小生白）不在寺内。（正生白）哪里而去？（小生白）杭城化斋而去。我听后殿发鼓三通，恐怕回来了，你在此伺候。菩萨有请。（扎旦、老外、小花上）（小花四句）不须忧来不须愁，春去寒来冬复秋。只见千年铁树开，总是一个土馒头。我乃幽冥教主是也。奉了如来佛祖严命，我去到杭州灵隐寺劝秦桧回头。他不肯回头倒罢，还差何立前来捉拿与我。小沙弥，何立可来到此地？（小生白）是来到此地。（小花白）命你进来。（小生白）何立，菩萨命你进去。（正生白）叩见菩萨。（小花白）阿弥陀佛。何立，你到来何事？（正生白）奉了相爷，迎接菩萨杭城赴斋而去。（小花白）何立，你不讲我明白。（正生白）明白何来？（小花白）你非是接我杭城赴斋，明明白白奉公差。我今劝他不肯回头转，秦桧先拿地府来。（正生白）小人不信。（小花白）不信？容你相见。传鬼门官。（二花、小鬼上）（二花白）叩见菩萨。（小花白）命你去到酆都，吊出秦桧。（大花吊上，白）叩见菩萨。（小花白）秦桧，你在阳间做的好事！我在杭城灵隐寺劝你回头，不回头倒罢，还差何立捉拿与我。（大花白）没有此事。（小花白）你没有此事，何立来在山门。（大花白）可容相见？（小花白）容你主仆相见。（大花白）菩萨，何立在哪里？（正生白）相爷在哪里？相爷啊！

（唱）只见相爷容貌改，披锁带枷不像人。（白）相爷。（大花白）何立，你不要叫我相爷。（正生白）叫哪一个？（大花白）叫我大大的卖国奸臣是了。（正生白）不敢。

（大花唱）当初不知菩萨话，事到如今悔也迟。（白）灵隐寺这疯僧晓得是谁？奴！就是这位菩萨也。

（唱）我今不听菩萨话，酆都地狱受王法。

（正生接唱）听他言来着一惊，（锣介）呜呼呼！苍天，天哪！想我相爷在世当朝一宰，披锁带枷不像人。来在阴曹尚且如此，何况我何立做一个仆。（白）也罢，抵代他的罪名。（唱）

【叠板】我这里哀告菩萨，我这里哀求菩萨，小人替……（锣介）

（大花白）何立，你开口我替，替什么？（正生白）替相爷罪名。相爷好出酆都而去。（大花白）何立，阳间之事好替代，阴曹地府一点不容情，替不来。（正生白）替得来，替得来。

（唱）替代相爷抵罪名。（大花接唱）

【叠板】叫何立，唤何立，回去对那夫人讲，说那东窗题诗行。

（小花白）将秦桧带转酆都。（大花白）何立。（下）（正生白）相爷。（小花白）小沙弥，唤何立惊来。（小生白）何立速醒。（正生白）吓杀我也，吓杀我也。（小花白）何立，你来得去不得了。（正生白）怎样去不得？（小花白）有道千年铁树不开花，来得酆都转世难。（正生白）启禀菩萨，小人本该定罪，小人家中一位八十老母打在天牢，坐井观天，待我侍奉老母终年，再回来定罪。（小花白）何立有了孝母之心。秦桧啊秦桧！何立有孝母之心。小沙弥，赐他金花饼一个，叫他吃下。（正生白）谢菩萨。菩萨赐我金花饼一个。呵唷！这金花饼果然〔有〕味道，这半个拿回老母充饥。（小花白）小沙弥，何立吃了多少？（小生白）吃了半个。（小花白）后来有半仙之职。小沙弥，赐他三昧火一盏，叫他左手拿去，不可换手，若还换手，烧得不能还阳。（小生白）何立，菩萨赐你三昧火一盏，左手拿去，不可换手，若还换手，烧得不能还阳。（小花白）三昧火，照天明，金花饼，度仙人。万里乾坤通明照，不灭此火到杭城。阿弥陀佛。（众下）（正生唱）

【小倒板】霎时吓得我心惊胆寒。（唱）

【叠板】菩萨登殿好威勇，牛头马面二边排。吓得我不敢抬头。

（白）啊呀！雨来了。

（唱）二脚疼痛实难行。（唱）

【尾声】抬头只见天明亮，急听街坊闹洋洋。

（内白）换豆腐吗？（正生白）呵唷！有人叫换豆腐，来此哪里？借问一声。列位请了。（内白）请了。（正生白）来此哪里？（内白）苏州。（正生白）我是苏州去路，回来又是苏州，其中必有缘故。抬头一看脱身石，我难道梦魂去到东南第一山与相爷相见吗？此事实在奇了，奇了。转回杭城在何方？（下）（花旦上，白）老爷亡故早，妻子守空房。王氏。我老爷命何立前往东南第一山捉拿疯僧，至今不见，想起来好不挂心。

（正生上，引）去是愁眉转是喜，今日回转是杭城。（白）在下何立。相爷命我去到东南第一山捉拿疯僧，我在东南第一山与相爷相见，此不知真假，待我偷眼观看。（花旦白）啊！夫啊！（哭介）（正生白）我夫人坐在堂前，全身吊孝，我相爷当真亡故了。待我小心进去。小人叩见夫人。（花旦白）何立，你回来了。（正生白）回来了。（花旦白）命你去到东南第一山捉拿疯僧，可曾拿到？（正生白）没有拿到。小人在东南第一山与相爷相见过了。（花旦白）呸！你这奴才，在夫人面前花言巧语。家里人，看板子过来。（正生白）且慢，夫人休动雷霆之怒，摆狼虎之威，容小人禀告。（花旦白）讲，起来讲。（正生白）小人由府去寻时节，去到三岔路口，有一卖卦先生，小人哀求一卦，他说，单上加单，要往东南第一山。七上加七，往东投北。东南第一山有名无影，不好前去。卑人道，粉身碎骨也要前去。先生道我主仆之义，指引我出路。他说道，中途路上高埠之上，有一牧童，头戴方巾，身穿龙舌，口吹横哨，身骑黄牛，跕在高埠之上。小人来到中途观看，果然有一牧童，小人前去哀求出路便了。

（唱）那真人指引与我，秦太师差来一公差，要往东南第一山。转过山弯，往东投北，抬头只见东南第一山。（白）东南第一山到了。（花旦白）到了就好。后来呢？（正生白）后来叫出和尚。和尚出来：何立你来了，你到来何事？我说道：奉了相爷严命，到来捉拿疯……这和尚大喝一声：呔！疯僧乃是我菩萨的宝号，谁人敢叫？小人不知。这和尚言道：不知者恕罪。（花旦白）这句话你回得好。后来？（正生白）后来，我问他菩萨哪里而去？杭城赴斋而去。后来后殿鼓发三通，菩萨登殿只可。

（唱）菩萨登殿真威风，牛头马面二边摆。吓得心惊胆寒不敢抬头，吓得小人魂飞魄散。（花旦白）后来？（正生白）后来菩萨言道：何立，你到来何事？我说道：迎接杭城赴斋而去。菩萨言道：你非是接我杭城去赴斋，明明白白奉公差。我今劝他不肯回头转，秦桧先拿地府来。我说：不信。不信容你主仆相见。后来主仆相见只可！

（唱）见相爷披锁带枷，披头散发，骨瘦如柴，容貌改换，吓得我小人心中害怕。（白）后来我叫他相爷，相爷言道，不要叫他相爷。（花旦白）叫哪一个？（正生白）叫他大大秦桧卖国奸臣是了。

（唱）有何立，唤何立，回去对着夫人说，说那里东窗题诗行。（花旦白）后来？（正生白）后来小人言道：替相爷的罪名。相爷言道：阳间事情好替代，阴府地曹一点不容情。我说：替得来。相爷说：替不来。见相爷带转酆都。□□□。

（唱）见相爷带转酆都，牛头马面将他打。打得我心惊胆寒，吓得小人心中害怕。（花旦白）后来？（正生白）菩萨言道：何立，你来得转不得。我说：怎样来得转不得？

〔下缺〕

附录 醒感戏乐曲

由黄绍良提供。

一、凶秽消散道气长存（选自《开启》）

$1=D \frac{2}{4}$

| i 7 6 5 | 3 i 6 | 5 — | 6 6 | 6 5 | 3 5 |
凶 秽 消 散　道 气 长　存，　　三 清　无(哎)　上(哎)

| 5 6 i 6 3 | 2 — | (斗斗 次 | 斗斗 次 | 斗次 | 斗斗 |
天　　　　尊。

| 次斗　次斗 | 次　0) ‖

二、供养叩头奏启（选自《开启》）

$1=D \frac{2}{4}$

| 3 5　6 | 6 i 6 5 | 3 5 6 i | 6 5 3　2 | 6 i 6 5 |
伏　以　散 烟 庆 云　飞 洒 玉 京 之　　上，华 都　曲 丽

| i 6 6 3 | 5 3 5　6 | 3 i 6 5 | 6 3 5 6 | 5　　6 |
森 罗 碧 落　之　　中，以 今 炉 焚 百 宝 真 香 供　　养

| i. 6 5 6 i | i 6 5 3 | 2 — | (斗斗 次 | 斗斗 次 |
叩　头　奏　　　启。

| 斗次　斗斗 | 次斗 次斗 | 次　0) ‖

三、无恝观音（选自《献斋》）

1=D 2/4

| 6 i 6 5 | 6 3 | 5 3 5 | 6 - | i 7 6 5 |

亶娄阿荟，无　恝　观　　音。　须延明首，
稼那阿奕，忽　诃　流　　吟。　华都曲丽，

| 6 5 | i 6 i 6 | 5 - ||

法　揽　菩　　昙。
鲜　苔　育　　臻。

四、佛在先天大法王（选自《中元水忏》）

1=D 2/4

　　　　　　　　　　　　（匡冬隆冬　匡）
| 6 i 6 5 | i 6 5 6 5 | 6 0 | 6 i 6 5 | 2 3 5 6 |

佛在　先天　大　法　　王，　　　　法王　顶上　发
毫光　透出　三　千　　界，　　　　三千　界内　焚
宝香　插在　金　炉　　上，　　　　香烟　飘渺　透

　　　　　　　　　　　（令匡次令　匡令 | 次匡　次匡次令 | 匡　0 ||
| 3 5 6 i 6 5 5 3 | 2 - |

毫　　光。
宝　　香。
天　　堂。

五、志心朝礼（选自《中元水忏》）

1=D 2/4

| 6 i | 6 3 | 5 - | 6 i | 6 i | 6 3 | 5 - ||

志心朝　礼　上清灵宝天　尊。

六、大道洞玄虚（选自《供童》）

1=D 2/4

大道洞玄虚，有念无不启，悉归太上经，静念太上经。
炼质入仙真，遂成金刚体，

(斗次 斗次 斗斗次斗 次斗次)

七、十愿（选自《供童》）

1=D 2/4

一愿道化流行，普天怀德。二愿一切有情，咸皆悟道。

八、四门偈（选自《破地狱》）

1=♭B

九幽黑暗那堪往，到者雷同是罪魂。

九、唱花名（选自《破地狱》）

1=D 2/4

散花花供养　剑兰花开叶有青，
家贫受苦小方卿，有情有义
真姑丈，无情无义方姑
娘。

十、哭魂（选自《招魂》）

1=G

太微　　（哭泣声呃）　回黄旗，
符英　　（哭泣声呃）　命灵旛。

十一、游十殿（选自《沐浴》）

1=D 2/4

（匡冬 隆冬
一拜一殿秦广王，

```
     0  0  | 3 1 | 6 5 | 2 3 | 5  5 6 | 3
(匡冬 令匡    二 拜  二 殿  宋 (啊)  帝
 2   -  | 次匡 次令 | 匡  0 ) :‖
 王。
```

（以上为郑章南演唱，项铨记谱）

十二、毛头腔（选自《毛头殇》花姐唱）

1 = F 2/4

慢　山歌民谣风

```
1 2 2 1 6 | 1 2 2 1 6 | 1 6 1 3 | 3 1 3 | 3  -  |
日 勒 头 呀  上 勒 山 呀  云 勒 里  黄 啰 哩,   (T)

3 3 1 2 6 | 1 3 6 1 6 | 1 0 2 1 | 6 1 6 1 | 1 6  -  |
贞 勒 节 呀  娘 勒 子 呀  出   厅   啰         堂。  (T)

1 2 2 1 6 | 1 2 2 1 6 | 1 6 1 2 | 2  1 2 | 2 1 |
棉 勒 花   勿 勒 纺    麻 勒 勿   搓 勒   哩,   (T)

3 3 1 2 6 | 1 2 2 1 6 | 3 0 1 2 1 | 6 1 6 1 | 1 6  -  |
丢 勒 了    功 勒 夫   等   情       啰         郎。  (T)

1·2 2 1 6 | 1·2 2 1 6 | 1 6 1 3 | 3 1 3 | 3  -  |
奴 勒 奴   手 勒 把     珠 勒 帘   开 勒 哩,   (T)

1 3  3 | 1 3 3 1 6 | 1 0 1 2 1 | 6 1 6 1 | 6 1  -  |
轻 勒 轻  移 勒 步 呀  出   房     啰         来。  (T)

1 3  3 | 1 3 3 1 6 | 1 6 1 3 | 3 1 3 | 3  -  |
火 勒 烧  眉 勒 毛    丢 勒 眼  前 勒 哩,   (T)
```

松阳夫人戏·永康醒感戏

```
1 3  3̇ | 1 3 3 1̇ 6 | 3 0 3 6 1̇ | 6 1̇ 6 1̇ | 1̇·7 6  — |
几勒  时   等勒得呀牡   丹  哩    开。(T)

1̇·2 2 1 6 | 1̇·2 2 1 6 | 1 6 1̇ 3̇ | 1 3̇ 3̇ |
奴勒奴  好勒比   天勒上 星  勒哩，(T)

1 3  3̇ | 3̇ 3̇ 1̇ 6 | 1̇ 0 2 1̇ | 6 1̇ 6 1̇ | 1̇·7 6 |
日勒 间   昏勒沉呀 夜 间   啰    明。(T)

1̇·2 2 1 6 | 1̇·2 2 1 6 | 1 6 1̇ 2̇ | 2̇  1̇ 2̇ | 2·7̇ 1̇ |
日勒间呀 藏勒在   青 云  里 勒 哩，(T)

5 3  3̇ | 3̇ 3̇ 1̇ 6 | 1̇ 0 2 1̇ | 6 1̇ 6 1̇ | 1̇·7 6  — ‖
夜勒 间   偷勒出呀 瞧 私   啰    情。
```

十三、太平经（选自道教经曲）

1 = G 2/4

宗教气氛

```
1̇ 2̇    2 1 6 | 1̇ 2̇    2 1 6 | 5  6  1̇ 3̇ | 3̇   — |
行呀   路呀有勒  个呀  行呀路啰  经，
上呀   香呀有勒  个呀  上呀香啰  经，

2̇ 3̇    2̇ 3̇   1̇ 2̇ | 5 3̇ | 2·    3̇ | 1̇ 2̇    3̇ |
一路   顺风   保勒   太 平        南无    佛，
天师   显灵   保勒   太 平        南无    佛，

1̇ 2̇   1̇   2̇ | 1̇ 6 | 5 6   2 1̇ | 1̇   6  · ‖
南无   佛，  阿 弥   陀        佛。
南无   佛，  阿 弥   陀        佛。
```

（上下句的启承结构，第二句的时值扩充了一倍，终止式小三度下行到主音，属羽调式。）

十四、山坡羊 (《毛头殇》花姐唱)

(乐谱)

十五、望乡台

(乐谱)

十六、江头金桂 (《毛头殇》花姐唱)

(旦)媳妇儿禀诉，婆婆，且听启哪！
(帮)啊！啊！(旦)且听媳妇儿呀说分晓，(帮)啊依呀依呀啊！(旦)莫恼奴雨中梨花偏俏呀！红烛带泪把呀心烧呀啊！堂上公婆可知道。(帮)啊！哎！(旦)奴那丈夫年幼小啊哎！待他长大奴啊已老啊哎！误了奴的青春，(帮)啊！哎！(旦)误了青春多多少哎！(帮)误了青春多多少呀啊！